国家社会科学基金重大项目『中国近代日记文献叙录、整理与研究』（项目编号：18ZDA259）阶段性研究成果

江苏省『十四五』时期重点出版物出版专项规划项目

中国近现代稀见史料丛刊【第十一辑】

杨泰亨日记（附诗集）

（清）杨泰亨 著

佘福玲 整理

张剑 徐雁平 彭国忠 主编

本辑执行主编 徐雁平

凤凰出版社

图书在版编目（CIP）数据

杨泰亨日记：附诗集 ／（清）杨泰亨著；佘福玲整理. -- 南京：凤凰出版社，2024. 12. --（中国近现代稀见史料丛刊）. -- ISBN 978-7-5506-4310-9

Ⅰ. I215.22

中国国家版本馆CIP数据核字第2024ZK5925号

书　　　　名	杨泰亨日记（附诗集）	
著　　　者	（清）杨泰亨	
整　理　者	佘福玲	
责　任　编　辑	单丽君	
装　帧　设　计	姜嵩	
责　任　监　制	程明娇	
出　版　发　行	凤凰出版社（原江苏古籍出版社）	
	发行部电话025-83223462	
出版社地址	江苏省南京市中央路165号，邮编：210009	
照　　　排	南京凯建文化发展有限公司	
印　　　刷	江苏凤凰通达印刷有限公司	
	江苏省南京市六合区冶山镇，邮编：211523	
开　　　本	880毫米×1230毫米　1/32	
印　　　张	10.25	
字　　　数	266千字	
版　　　次	2024年12月第1版	
印　　　次	2024年12月第1次印刷	
标　准　书　号	ISBN 978-7-5506-4310-9	
定　　　价	78.00元	

（本书凡印装错误可向承印厂调换，电话：025-57572508）

存史鉴今

袁行霈题

袁行霈先生题辞

「音实难知，知实难逢，逢其知音，千载其一乎！」（《文心雕龙·知音》）今读新编稀见史料丛刊，真有治学知音之感焉。

傅璇琮谨书
二〇一三年

傅璇琮先生题辞

殚精竭虑旁搜远绍

重新打造中华文史资

料库

王水照 二〇一三年一月

王水照先生题辞

逊敏斋日记

癸亥四月二十四日偕童琢珊水部　春洪梅艇同年绰云崔侯桂鑑湘槎俞□斯

瑄张麟洲偕凌震波鸿藻诸同乡拈保元堂药肆下午微雨凌韵舍人费和退直

行均在宴宾斋招饮是夕陈兰谷桂堂宿拈馆蒲云琴舍人费和退直

询知春榜

状元翁曾源　江苏常熟　榜眼馥承钧　湖南湘潭　探花张之洞　直隶南皮傅膤

二甲周　兰　浙江仁和

张麟洲幕游山左携有恩竹樵夙访锡丽著承恩堂集摘录数诗於此

雨发洋河云星蚴去不息小雨发洋河客路文游少净生感慨多岚横

汉鸟渡水腻野云拖试问南来雁应迟故过雨夜云欹无聊更放

谑向谁重问夜如何雨回揽梦声偏聊诗为怀人恨转多翠阁烟沈

上海图书馆藏《逊敏斋日记》书影

慈谿　楊泰亭　理庵

外孫咀英張鈞誠重校

慈湖講舍友人招飲　道光戊申九月十七日

欲訪太湖石旋過浮碧亭炊煙滿城白秋草四山青文字因緣

在炎涼世味醒酒酣思踏月微雨夜其其

同上卽席書贈截句

一笑相逢肝膽傾青衫落拓舊知名更闌人去湖亭畔雲外淒

涼雁一聲

聞思

小院東風長綠苔黎花開盡碧桃開捲簾九十春光老猶有雙

雙燕子來

飲雪軒詩集　卷一

一

天津图书馆藏《饮雪轩诗集》书影

飲雪軒詩集卷一

慈谿　楊泰亨　理庵

慈湖講舍友人招飲 道光戊申九月十七日

欲訪太湖石旋過浮碧亭炊煙滿城白秋草四山青文字因緣
在炎涼世味醒酒酣思踏月微雨夜冥冥

同上即席書贈截句

一笑相逢肝膽傾青衫落拓舊知名更闌人去湖亭畔雲外淒
涼雁一聲

閨思

小院東風長綠苔棃花開盡碧桃開捲簾九十春光老酒有雙
雙燕子來

北京大学图书馆藏《饮雪轩诗集》书影

《中国近现代稀见史料丛刊》总序

　　在世界所有的文明中,中华文明也许可说是"唯一从古代存留至今的文明"(罗素《中国问题》)。她绵延不绝、永葆生机的秘诀何在?袁行霈先生做过很好的总结:"和平、和谐、包容、开明、革新、开放,就是回顾中华文明史所得到的主要启示。凡是大体上处于这种状况的时候,文明就繁荣发展,而当与之背离的时候,文明就会减慢发展的速度甚至停滞不前。"(《中华文明的历史启示》,《北京大学学报》2007年第1期)

　　但我们也要清醒看到,数千年的中华文明带给我们的并不全是积极遗产,其长时段积累而成的生活方式与价值观具有强大的稳定性,使她在应对挑战时所做的必要革新与转变,相比他者往往显得迟缓和沉重。即使是面对佛教这种柔性的文化进入,也是历经数百年之久才使之彻底完成中国化,成为中华文明的一部分;更不用说遭逢"数千年来未有之变局""数千年未有之强敌"(李鸿章《筹议海防折》),"数千年未有之巨劫奇变"(陈寅恪《王观堂先生挽词序》)的中国近现代。晚清至今虽历一百六十余年,但是,足以应对当今世界全方位挑战的新型中华文明还没能最终形成,变动和融合仍在进行。1998年6月17日,美国三位前总统(布什、卡特、福特)和二十四位前国务卿、前财政部长、前国防部长、前国家安全顾问致信国会称:"中国注定要在21世纪中成为一个伟大的经济和政治强国。"(徐中约《中国近代史》上册第六版英文版序,香港中文大学出版社2002年版)即便如此,我们也不能盲目乐观,认为中华文明已经转型成功,相反,中华文明今天面对的挑战更为复杂和严峻。新型的中华文明到底会怎样呈现，又怎样具体表现或作用于政治、经济、文化等层面，人们还在不断探索。这个问题，我们这一代恐怕无法给出答案。但我们坚信，在历史上曾经灿烂辉煌的中华文明必将凤凰浴火，涅槃重生。这既是数千年已经存在的中华文明发展史告诉我们的经验事实，也是所有为中国文化所化之人应有的信念和责任。

不过，对于近现代这一涉及当代中国合法性的重要历史阶段，我们了解得还过于粗线条。她所遗存下来的史料范围广阔，内容复杂，且有数量庞大且富有价值的稀见史料未被发掘和利用，这不仅会影响到我们对这段历史的全面了解和规律性认识，也会影响到今天中国新型文明和现代化建设对其的科学借鉴。有一则印度谚语如是说："骑在树枝上锯树枝的时候，千万不要锯自己骑着的那一根。"那么，就让我们用自己的专业知识与能力，为承载和养育我们的中华文明做一点有益的事情——这是我们编纂这套《中国近现代稀见史料丛刊》的初衷。

书名中的"近现代"，主要指 1840—1949 年这一时段，但上限并非以一标志性的事件一刀切割，可以适当向前延展，然与所指较为宽泛的包含整个清朝的"近代中国""晚期中华帝国"又有所区分。将近现代连为一体，并有意淡化起始的界限，是想表达一种历史的整体观。我们观看社会发展变革的波澜，当然要回看波澜如何生，风从何处来；也要看波澜如何扩散，或为涟漪，或为浪涛。个人的生活记录，与大历史相比，更多地显现出生活的连续。变局中的个体，经历的可能是渐变。《丛刊》期望通过整合多种稀见史料，以个体陈述的方式，从生活、文化、风习、人情等多个层面，重现具有连续性的近现代中国社会。

书名中的"稀见"，只是相对而言。因为随着时代与科技的进步，越来越多的珍本秘籍经影印或数字化方式处理后，真身虽仍"稀见"，化身却成为"可见"。但是，高昂的定价、难辨的字迹、未经标点的文本，仍使其处于专业研究的小众阅读状态。况且尚有大量未被影印或数字化的文献，或流传较少，或未被整合，也造成阅读和利用的不便。因此，《丛刊》侧重选择未被纳入电子数据库的文献，尤欢迎整理那些辨识困难、断句费力、裒合不易或是其他具有难度和挑战性的文献，也欢迎整理那些确有价值但被人们习见思维与眼光所遮蔽的文献，在我们看来，这些文献都可属于"稀见"。

书名中的"史料"，不局限于严格意义上的历史学范畴，举凡日记、书信、奏牍、笔记、诗文集、诗话、词话乃至序跋汇编等，只要是某方面能够反映时代政治、经济、文化特色以及人物生平、思想、性情的文献，都在考虑之列。我们的目的，是想以切实的工作，促进处于秘藏、边缘、零散等状态的史料转化为新型的文献，通过一辑、二辑、三辑……这样的累积性整理，自然地呈现出一种规模与气象，与其他已经整理出版的文献相互关联，形成一个丰茂的文献群，从而揭示在宏大的中国近现代叙事背后，还有很多未被打量过的局部、日常与细节；在主流周边或更远处，还有富于变化的细小溪流；甚至在主流中，还有漩涡，在边缘，还有静止之水。近现代中国是大变革、大痛苦的时代，身处变局中的个体接物处事的伸屈、所思所想的起落，借纸墨得以留存，这是一个时代的个人记录。此中有文学、文化、生活；也时有动乱、战争、革命。我们整理史料，是提供一种俯首细看的方式，或者一种贴近近现代社会和文化的文本。当然，对这些个人印记明显的史料，也要客观地看待其价值，需要与其他史料联系和比照阅读，减少因个人视角、立场或叙述体裁带来的偏差。

知识皆有其价值和魅力，知识分子也应具有价值关怀和理想追求。清人舒位诗云"名士十年无赖贼"（《金谷园故址》），我们警惕袖手空谈，傲慢指点江山；鲁迅先生诗云"我以我血荐轩辕"（《自题小像》），我们愿意埋头苦干，逐步趋近理想。我们没有奢望这套《丛刊》产生宏大的效果，只是盼望所做的一切，能融合于前贤时彦所做的贡献之中，共同为中华文明的成功转型，适当"缩短和减轻分娩的痛苦"（马克思《资本论》第一卷第一版序言）。

　　《丛刊》的编纂，得到了诸多前辈、时贤和出版社的大力扶植。袁行霈先生、傅璇琮先生、王水照先生题辞勖勉，周勋初先生来信鼓励，凤凰出版社姜小青总编辑赋予信任，刘跃进先生还慷慨同意将其列入"中华文学史史料学会"重大规划项目，学界其他友好也多有不同形式的帮助……这些，都增添了我们做好这套《丛刊》的信心。必须一提的是，《丛刊》原拟主编四人（张剑、张晖、徐雁平、彭国忠），每位主编负责一辑，周而复始，滚动发展，原计划由张晖负责第四辑，但他尚未正式投入工作即于 2013 年 3 月 15 日赍志而殁，令人抱恨终天，我们将以兢兢业业的工作表达对他的怀念。

　　《丛刊》的基本整理方式为简体横排和标点（鼓励必要的校释），以期更广泛地传播知识、更好地服务社会。希望我们的工作，得到更多朋友的理解和支持。

2013 年 4 月 15 日

目 录

前　言

　　杨泰亨(1826①—1894),一名百祥,字履安,一字问衢,号理庵,浙江慈溪人。咸丰八年(1858)戊午科举人;同治四年(1865)乙丑科进士,翰林院庶吉士,散馆,授职检讨,国史馆协修纂修,《起居注》协修。同治九年(1870)庚午科、十二年(1873)癸酉科两任湖南乡试副考官,同治十三年(1874)甲戌科会试磨勘官。后以母老告归,居乡奉养,不再复出。《饮雪轩诗集》中曾有自道"无才日咎窳,褊性时魁累",杨泰亨京中斋室名"佩韦",联系《韩非子·观行》中"西门豹之性急,故佩韦以自缓;董安于之心缓,故佩弦以自急"②之句,可见他对

---

　　①　关于杨泰亨的生年,多种文献记载不一。《咸丰戊午科乡试杨泰亨朱卷》载"杨泰亨,字履安,号理庵,行二,道光壬辰年(1832)十月二十日吉时生",此系官年。考《饮雪轩诗集》卷首所附《光绪慈溪县志·列传》"光绪二十年七月卒,年六十九",孙德祖撰《诰封通奉大夫原任翰林院检讨杨公墓表》"公卒于光绪二十年秋七月,年六十有九",按古人虚龄计岁的惯例,可推算其生于道光六年岁次丙戌(1826)。《诗集》中也有多处涉及作者年龄的笔墨,多为精确到年数的实写,如《丁丑(1877)春日,偕洪梅艇同年倬云游天童寺六十韵》"嗟嗟道不闻,问年五十二",《壬午(1882)四月十八日赠别洪秋国即题小像》"我年五十七,君后七旬生",《甲午(1894)元旦三十韵》"新年六十九,妻丧未三虞",等等,皆可相佐,知其实年确为1826年生。张剑师《清代科举文人官年现象及其规律》一文中论及"清代科举文人的官年与实年不符现象非常突出,其中主要是官年减岁,比例高出官年与实年一致者10%以上,已经成为一种普遍的社会问题",可知其然。

　　②　王先慎撰,钟哲点校《韩非子集解》,中华书局1998年版,第197页。

自我性情的定位是偏向褊急一路的。不过从杨氏现存诗歌、日记文字风格来看,其声吻多温厚平和,"佩韦"之效亦显矣。

杨泰亨嗜书成癖,购藏丰富。咸丰三年(1853),时年 28 岁的杨泰亨侨寓时即有"囊有余钱且买书"(《癸丑春月甬上侨寓》)之句。光绪九年(1883),已近花甲的理庵仍念"负债求书不称贫"(《癸未除夕用厉樊榭庚午除夕韵》)。俞樾撰《诰封夫人杨母王夫人墓志铭》言"太史喜网罗群籍,或得异书索价高,力不给,夫人每解簪珥庚之",可见其嗜书之甚。告归居乡期间,杨泰亨筑室拥书,其诗《寿母堂重九迟客不至》有子杨家骝等案语,记述了藏书楼的构建始末:

> 光绪癸未秋,先君于居宅前隙地仿鄞范氏天一阁制,南向建筑楼房六楹,移书籍六万余卷藏之楼上。时先大母任太夫人年及耄,爰额厅事曰"寿母堂"以志幸。楼前旧有屋数楹,庖湢咸备,为经畬塾,课及门与诸子会文之所。东厢濒河翼以后,楼颜曰"文征楼",搜辑吾邑耆旧诗文,将从事校刊也。西厢为"双忠砚室",合庋前明倪文贞公元璐、张忠烈公煌言遗砚各一,属会稽孙丈德祖为文记之。

清代江浙地区私家藏书极盛,范氏天一阁作为地方藏书的翘楚,其形制一直是官私藏书楼的参考。继范钦天一阁之后,甬上又有万斯同的寒松斋,藏书十万余卷;郑性的二老阁,藏书三万余卷;全祖望的双韭山房,藏书五万余卷;卢址的抱经楼,藏书十万余卷……至清末,约与杨泰亨同时的鄞人陈劢,其运甓斋藏书数万卷,董沛的六一山房藏书五万卷,蔡鸿鉴的墨海楼藏书近十万卷,可见杨氏六万余卷的藏书量在地方上也是位居前列的。不过,易代之际的私家藏书已不复"一出一入,此散彼收,朱玺鸿泥,烂然罗列"[1]的盛况,缥囊缃帙,或散或

---

[1]　杨守敬等著《藏书绝句》,古典文学出版社 1957 年版,第 3 页。

捐。如今,杨氏藏书可散见于地方、高校图书馆,钤印诸如"慈溪赭山杨氏经畲塾印""溪南杨氏饮雪轩珍藏""理庵""臣泰亨印"等,今见藏书多以地方文献为主,可见其"搜辑吾邑耆旧诗文"之功。

杨泰亨热心乡邦事业,归乡后不仅讲学宁波孝廉堂、月湖书院和余姚龙山书院,主持编修《慈溪县志》,还创办了"云华堂"和"杨村公学"。同治八年(1869),王庸敬发起重建云华堂,杨泰亨大力支持,建成晚清时浙东规模最大、运行规范的慈善机构。《光绪慈溪县志》云杨氏"就设义塾,以教宗人子姓,施及乡里。义举知无不为,最以奖进后起、扶植孤寒为己任。历主郡孝廉堂、月湖书院及余姚龙山书院讲席,课士一以根柢为尚"。又称其"生平勤学好问,工诗文,精书法,至老手不释卷,钞札岁常盈尺,日记至易箦乃止。熟于掌故,搜采乡邦文献,不遗余力。著《饮雪轩诗》《文》各四卷、《笔记》四卷、《佩韦斋随笔》二卷"[①]。周毓邠所撰《翰林院检讨封通奉大夫理庵杨公传》叙述更详:

> 善书法,初学颜鲁公,继摹赵松雪,后乃逼近二王,求书者群集。室中堆积恒满,得其尺幅,珍若拱璧。所著有《饮雪轩文集》四卷,《诗集》四卷,《笔记》四卷,《佩韦斋随笔》二卷。又勤勤于乡邦文献……与冯学正可镛倡修《慈溪县志》,躬总其事,历十余年不懈,卒底于成。尝校补《海东逸史》刊行之,又尝集县人著述为《慈溪文征》及《诗征》,甫刊郑溱《书带草堂文集》、胡亦堂《拟乐府二种》。

按,杨泰亨著述今存《饮雪轩诗集》四卷,文集恐佚,诗集注中尚存《佩韦斋随笔》一则,日记存稿本《逊敏斋日记》(同治二年至四年),其所编纂《慈溪县志》、辑刻《慈溪文征》、校刊《海东逸史》皆存。

---

① 杨泰亨修,冯可镛纂《慈溪县志》"列传附编",清光绪二十五年刻本,第六页 b 面。

　　杨泰亨是晚清乡宦的代表，他一面吸收甬上学术、艺文资源，一面总结、反哺地方文化与公共事业。本文将分述杨泰亨的家学地学渊源及《逊敏斋日记》《饮雪轩诗集》的况貌，以期勾勒其人形象的剪影，从理庵留存作品中探察慈溪文脉与晚清时局。

一、家学地学的渊源：赭山杨氏与浙东风气

　　杨泰亨一族系慈溪赭山杨氏。《慈溪赭山杨氏宗谱》中杨源来《续修杨氏世系源流说》云"吾宗出自大隐公，居丹山之北，历三世而不传，小隐公承大隐公之后，而杨氏称焉"①，将慈溪赭山杨氏的先祖追溯至北宋杨适，大隐公杨适风徽绵渺，然而这在血统流传上文献颇不足征。

　　我们以杨泰亨等人自拟的朱卷为主要参考②，这些谱系皆只追溯到杨谋，绵延至杨泰亨已是第 28 代，中间亦有脱漏空缺。南宋杨谋"先世居剡，宋绍兴间征辟进士，官明州通判，乐慈溪山水之胜，遂于赭山北麓卜居焉"③，由此可见杨氏对于"隐"一脉相承的文化追求。兹以杨泰亨为中心，上数三代，略述其要，下迄两代，绘出系表：曾祖杨超，字越凡，邑庠生，妣氏郑孺人、孙孺人，能诗。祖父杨兆熊，字声煌，号东图，附贡生，貤赠奉直大夫，内阁中书加四级，妣氏王太宜人、继妣氏郎太宜人。父亲杨庆槐，字晋堂，号树人，附贡生，著有《一阳轩诗文稿》五卷，诰封奉直大夫，内阁中书加四级，敕封儒林郎、翰林院检讨加一级。母亲任氏。胞兄杨复亨，字见心，号次湖，己酉、

----

① 　杨增濂等修，周毓邠纂《慈溪赭山杨氏宗谱》卷首"旧谱序录"，民国二十年敦睦堂刻本，第五页 a 面。

② 　参见《咸丰戊午科乡试杨泰亨朱卷》《同治癸酉科乡试杨家骎朱卷》《光绪壬午科优贡杨家骔朱卷》《光绪己丑科乡试杨家驹朱卷》《光绪乙酉科乡试杨家骥朱卷》《光绪庚寅恩科会试杨家骥朱卷》。

③ 　《慈溪赭山杨氏宗谱》卷五"世传一"，第一页 a 面。

乙卯、庚午科堂备卷,戊午科荐卷,试用训导军功保举,五品衔。胞姊妹四。妻王氏。子五:长子杨家骓,原名家驹,字同生,号桐孙,附贡生,同治丁卯、庚午、癸酉科荐卷,例封中议大夫,貤赠奉政大夫,刑部七品小京官加四级;次子杨家騄,字仲渊,号绳孙,优行附生,同治癸酉科举人;三子杨家骤,原名家骍,字菊生,号鞠孙,更号劬孙;四子杨家驹,原名家騄,字寿生,号寿孙,优行廪膳生;五子家聪出嗣;六子杨家骥,字德生,一字蘦云,号德孙,光绪乙酉举人,庚寅进士,翰林院庶吉士,散馆;女一,适余姚朱续基。

表1　杨泰亨家世表

杨复亨	家骧	乘瑞、乘琇(出嗣,家骏子)
	家骐(夭)	
	家骏(出嗣)	乘琇(家骧次子,入继)
	家骥	乘璜(夭)、乘璋(夭)、乘玢、乘璠(夭)
	家骆(夭)	
	女二	
杨泰亨	家骓(原名"家驹")	无嗣,家骤长子乘瑗①(一名"景瑗")入继

① 《慈溪赭山杨氏宗谱》卷九"世传五"页五十四"乘二十三乘瑗"条下云:"家三十一家骓嗣子,家六十二家骤长子,职名乘玠,改名景瑗,字觉非,号蓬甫,改号玉甫。初以国学生加知府衔,旋补邑庠生,生清光绪元年乙亥十二月初三日辰时。"按俞樾《诰封夫人杨母王夫人墓志铭》"又有孙六人,曰乘玠、乘瑗、乘璐、乘瑄、乘琦、乘琯",孙德祖《诰封通奉大夫原任翰林院检讨杨公墓表》"孙:乘玠,监生;乘瑗,附生;乘璐,附生;乘瑄,监生;乘琦、乘琯、乘琮",墓表、墓志铭均称"乘玠""乘瑗"为两人。检《光绪壬午科优贡杨家骤朱卷》《光绪乙酉科乡试杨家骥朱卷》《光绪己丑科乡试杨家驹朱卷》《光绪庚寅恩科会试杨家骥朱卷》,四种朱卷均显示"乘玠""乘瑗"为两人,且系三人"胞侄",又光绪壬午年朱卷已称乘玠为"国学生,知府衔,加二级",若"乘玠"为"乘瑗"职名,则年岁不符。疑"乘玠"为家騄早夭子乘瑜原名。

续表

	家騋	乘瑜(夭)、乘瓒(职名"康蕃")
	家骒(原名"家骍")	乘瑗(出嗣)、乘璐(俱叶出,改名"景潞")、乘琮(钱出,职名"乘璟")
	家驹(原名"家骤")	乘瑄(监名"乘瑂",一名"景瑄")、乘琅(夭)
	家騘(出嗣)	
	家骥	乘琦(殇)、乘琯(殇,俱童出)、鸿义(许出,一名"犹龙")
	女一	
女四		

　　赭山杨氏世代承续,始迁祖杨谋,二世杨卓,六世祖杨文德、杨文善皆为进士出身,开启了乡宦之家的先河。入清以来,杨泰亨的天祖杨御卿、高祖杨昌文皆为国学生,曾祖杨超邑庠生,祖父杨兆熊、父亲杨庆槐俱为附贡生,胞兄杨复亨优行廪贡生,直到杨泰亨方才登科,五子中杨家骥亦中进士。作为赭山杨氏的代表,杨泰亨在家传祖业的基础上自觉吸收养分,汇家风、家学、地学于一身,他倾心于构建地方学术与艺文的谱系,在对耆贤先辈们的追慕中开创家族内部地方景观的书写传统。以之为窗口,我们可以看到一个乡宦之家与地方文化相互融渗的多重风景。

　　(一)隐德之风:赭山地方形貌与杨氏耕读传统

　　地理环境对人文教养常有潜移默化的作用,梁启超在《近代学风之地理的分布》一文中言:"气候山川之特征,影响于住民之性质,性质累代之蓄积发挥,衍为遗传。"①《宁波府志》记载"登邑而望,江南诸山悬青献碧,若玉屏外障,而双顶山之巧秀、赭山之丰隆,又为西南

----

　　①　梁启超《梁启超全集》,北京出版社1999年版,第4259页。

之旁辅,其后则沧溟迥浸,龙头龙尾耦峙于二隅"①。赭山,又名丹山、紫蟾山,位于慈溪县西南部,土色正赤,《朱卷》记载杨泰亨"世居慈溪南乡赭山杨陈村",赭山的形貌气质滋养着杨氏一族。

　　山水之胜,尤堪嘉赏。杨泰亨在乡闲居时常登览赭山,从《饮雪轩诗集》的描绘中我们或可一睹赭山附近的具体环境。《壬辰四月二日,偕张海斋年家广文世训登赭山》云"西来鹳浦江流曲,南上龙湫石乳悬。一览前溪余万绿,桑阡柳陌又秧田",鹳浦位于赭山之阳,流地蓁尔,纡折如龙蛇,亦为"慈溪县治南一胜绝处"②,龙湫则位于赭山峰顶,湫上覆以石岩,岩上建有龙神祠,"履其地者,足稍重则有声隆隆然,若风起天末而雷殷海底"③,深杳莫测。山中景观之灵秀难免附着神秘色彩,登山临眺则可见山下林木葱茏、秧田丰足的乡村美景。夏日,雨收溽暑后再登峰顶,龙湫近处凉风习习,四望可见"赭北丹砂分野色,溪南碧涨画江流"(《六月望日,携诸子登赭山顶龙王堂》)的鲜翠图景。秋冬之际,"千秋遗蜕寻黄墓,一片寒阳下赭山。行向珊枝河畔去,萧萧红叶两三湾"(《偶占》),霜林寒阳,萧萧红叶,更添幽邃飒瑟之气。

　　除了近处赭山一带的名胜,慈溪声名更显的还有稍远一带的大隐山、大隐溪,也是杨泰亨一贯赏契的地方古迹。东汉董黯事母至孝,汲水奉母,大隐溪因以名曰"慈溪",后为县名。晋时的虞喜、宋时的杨适都曾在此栖隐,饮雪轩诗中讽咏"时求大隐溪中水""故山号大隐,退企结赏音",说明杨氏卜居之地山环水抱、风物秀美,为文思奥府的生成提供了丰厚的自然基础,山水之间的隐逸风尚也成为当地风气,深入杨氏一族的文化基因。

---

　　① 曹秉仁修,万经等纂《宁波府志》卷之五"形胜",清雍正十一年刻乾隆六年补刻本,第四页 a 面。

　　②《慈溪县志》卷八"舆地三",第二十六页 a 面。

　　③《慈溪县志》卷十四"经政三",第四十二页 a 面。

　　与此同时，田产广赡的农业资源也孕育了杨氏一族"七百年来新族望，服畴食德世追攀"（《己丑四月，为十三世祖斋二府君孝子祠落成敬赋》）的耕读传统。杨泰亨曾祖杨超尝有《春景》绝句一首，状出赭山杨氏生存延续之态："杨柳依依绿到门，农夫家世秀才村。一年生计春尤急，且读且耕课子孙。"从事农业生产，致力学业课读，享沐先人遗泽，门风与家学也因之生成与流传。孙德祖《诰封通奉大夫原任翰林院检讨杨公墓表》中称之"千有余岁，世有隐德，未尝以科第显也"，"禀庭诰，务为经世之学，制举文字非所屑"，也展现出杨氏一族耕读隐世、不慕名利、抱持儒学的庭风。

　　明清时期墓志、行状等制文中常用"隐德"一词来概括传主的家世风节，虽有一定习套和谀美成分，但还是能够指向特定的内涵。"隐德"的含义有二：一为隐世不群的美德，二为善行而不为人知。文倬天、孙星衍所纂《三水县志》亦列"隐德"名目，其弁言极中肯綮："若夫隐逸之士，言必先信，履必中正，行修于己，而善著于乡，可谓恒其德焉。"[1]作为超凡脱俗的隐士，具备恤民之心、济世之行，方可称"隐德"，孙德祖所撰的《杨公墓表》便是在此背景下自然而然地用"隐德"一词来概括杨氏家风的。需要注意的是，赭山杨氏的"隐德"并不体现在大隐先生杨适式的"绝意进仕"，事实上，杨兆熊"屡赴秋闱，终不得志"[2]，杨庆槐"屡试不得举"[3]，杨家"未尝以科第显也"显系一种无奈的结果。杨泰亨晚年辞官归隐，则体现出主动的隐逸姿态，其中交杂着对故土的眷恋与侍母的责任，正如周毓邠所言"在清咸同辛壬之

---

　　①　林逢泰修，文倬天纂《三水县志》卷之三，清康熙十六年刻本，第三十七页 a 面。

　　②　周毓邠撰《东图杨赠公传》，见《慈溪赭山杨氏宗谱》卷十一"列传"，第五页 a 面。

　　③　李慈铭撰《杨庆槐墓志》，见慈溪市文物管理委员会办公室、宁波市江北区文物管理所编《慈溪碑碣墓志汇编》（清代民国卷），浙江古籍出版社 2017 年版，第 285 页。

际,乱离极矣。人方仓皇窜匿之不遑,公独潜心问学,既光大其门闾,又不欲好爵是縻,而养母终老,佑启后人,栽植寒畯,考献征文,恳恳挚挚,历久不渝"①,在时局变动中恰是一项稳妥的选择。

隐居乡园的杨氏一族在"隐德之风"上更体现在"善著于乡",如杨兆熊在仕进无望后漫游辽东,归来"研精医术,利人济世,有名于时"②,杨庆槐则"平素清约,授徒自给,而见义奋为","性好施与,戚属称贷,无不量力以应,至有待以举火者",还曾在赭山溪南水患时捐修石堰,促就"溉田万余亩"③之绩。杨庆槐妻任氏"啬于自奉,而好济贫乏,恤孤嫠","积其赢,置膏沃,共远祖祀,而捐高原为义冢,以瘗露榇","至若桥梁道路有兴造,必命检讨力佽之,期于利人有实济"④。理庵诗《寿母桥》小序中也记载了任氏捐修石桥的义举,"桥故有闸,在东河,久圮。予母任恭人耄年出纺织资,命一再修之,村人呼为'寿母桥'",诗中"母言学不修,礼义芼心蔽。箴尔读诗书,永作津梁逮",也强调读书之要:既需注重自身礼法道义的修行,也要志于成为津梁之才,济渡众生。饱受庭训的杨泰亨也将之付诸实践,孙德祖所撰《杨公墓表》将其善举胪列:

> 公创建孝子祠,蠲膏沃,供祀事,因设为义塾,以教育宗人子姓,孝友之所推暨类如此。即凡周亲旧,振穷乏,埋胔骼,课农桑,浚沟渠,平道途,通津梁,利人利物者,事无勿举,见义必为,交瘁

① 周毓邠撰《翰林院检讨封通奉大夫理庵杨公传》,见《慈溪赭山杨氏宗谱》卷十一"列传",第十三页 a 面。
② 周毓邠撰《东图杨赠公传》,见《慈溪赭山杨氏宗谱》卷十一"列传",第五页 a 面。
③ 周毓邠撰《封翰林院庶吉士赠通奉大夫树人杨公传》,见《慈溪赭山杨氏宗谱》卷十一"列传",第九页 a 面、b 面。
④ 孙德祖撰《诰封太恭人杨母任太恭人墓志铭》,见《慈溪碑碣墓志汇编》(清代民国卷),第 370—371 页。

其心力而不辞。宗族乡党到今称之,被其泽者,讴思犹盈耳焉。

在这种"善著于乡"的隐德家风递承下,"曾祖超,祖兆熊,父庆槐,三世皆绩学,有声庠序",杨泰亨"诸子皆有闻于时,当世所比之五常、四括者也"①,理庵本人更是用一生践行素业,以诗笔弘扬祖德。

(二)经世之学:杨氏经史家传与浙东学脉

耕读之家秉承经世之训,一如杨泰亨之母任氏"永作津梁逮"的教诲,杨泰亨在六十六岁口齿脱尽后仍然矢志:"学为经世有用材,男儿不负诗书腹。"杨泰亨自述任太恭人懿训:"自吾处室,习见吾祖、吾父之立教,虽祁寒酷暑,鸡初鸣,必促子弟起读书,为之取良师友讲贯,必根柢于经史。"②其父庆槐既冠,晨朝寝门,大父兆熊即命之背诵所治经,终于"淬厉为经史学","于《易》尤邃"③。到了杨泰亨,则更"禀庭诰,务为经世之学","研穷濂洛关闽之传,精思力践,以为士范。其校艺亦必以根柢磐深为尚"④。经史之学是杨氏儒家治学传统的根柢,经世思想则可导源于明末清初浙东学派黄宗羲等人力求"专讲经世致用的实务"⑤。明中叶以降,讲学之风盛行,或"高谈性命,直入禅障,束书不观;其稍平者,则为学究,皆无根之徒耳",黄宗羲始谓"学必原本于经术,而后不为虚蹈,必证明于史籍,而后足以应

---

① 俞樾撰《诰封夫人杨母王夫人墓志铭》,见《饮雪轩诗集》"墓志铭",宣统二年经畲家塾初刻本,第二页 b 面。

② 孙德祖撰《杨庆槐妻任氏墓志》,见《慈溪碑碣墓志汇编》(清代民国卷),第 370 页。

③ 左宗棠撰《杨庆槐墓碑》,见《慈溪碑碣墓志汇编》(清代民国卷),第 337 页。

④ 孙德祖撰《诰封通奉大夫原任翰林院检讨杨公墓表》,见《饮雪轩诗集》"墓表",第二页 a 面。

⑤ 梁启超著,夏晓虹、陆胤校《中国近三百年学术史》,商务印书馆 2011 年版,第 16 页。

务,元元本本,可据可依,前此讲堂锢疾,为之一变",在其言行倡导下,"至今吾乡后辈,其知从事于有本之学,盖自先生导之"①。浙东学风沾溉一方,杨氏家学承其波澜并非不自觉的偶然,而是在学术认同中有意识地踵武前人。

章学诚《文史通义》中言"浙东之学,虽出婺源,然自三袁之流,多宗江西陆氏,而通经服古,绝不空言德性,故不悖于朱子之教",又云"浙东之学,言性命者必究于史,此其所以卓也",叶瑛注明此"浙东之学"非指南宋时期以吕祖谦、陈傅良、叶适、陈亮为代表的"浙东学派",而是兼取朱、陆之"言性理",复又融合王守仁、刘宗周、黄宗羲、万斯大斯同兄弟及全祖望"究于史"的另一"浙东学术"②。杨泰亨所接收的也是这种长时段的浙东一带生长、风行的学术思想,重视"性理"与"史",会通朱陆的同时追步黄宗羲、全祖望诸人,强调经世致用。浙东学术自吕祖谦起便试图兼容朱陆,同时包含永嘉、永康的"事功"学说,奠定了调和朱陆、经世致用的基础。其后,以杨简、袁燮为代表的四明学派接续心学的发展,宋元之际,以黄震为代表的东发学派,传承朱熹之学,理庵诗中"句章耆旧研朴学,文元文洁俎豆陈"(《寿魏丈云浦明经凤林八十丙子八月》)指的就是杨简与黄震在甬上开创的学统,此处的"朴学"是汉人专称的原始儒学。文元公杨简播扬心学,文洁公黄震宗法朱子,作为句章后学的杨泰亨具体是如何调和二者的呢?

杨泰亨在与孙德祖、冯舸月纂修《光绪慈溪县志》期间,用龟山先生"此日不再得"韵成诗一首,在陈述"吾道"的同时勾勒地方学缘:

　　彩笔不梦江,铁砚当磨桑。三人笑相视,鬓发各苍苍。文章

①　全祖望《甬上证人书院记》,见朱铸禹《全祖望集汇校集注》(中),上海古籍出版社 2000 年版,第 1059 页。
②　章学诚著,叶瑛校注《文史通义校注》,中华书局 1985 年版,第 524—525 页。

岂不贵,期为君道光。吾道有派别,象山与紫阳。德舆在主敬,力行道同方。懿钦杨文元,析理极毫芒。风徽渺难即,心仪良亦臧。扩充此善端,无任物欲戕。立言不立德,词华亦秕糠。嗟哉兵燹后,遗籍鲜秘藏。披辑不惮劬,泽古征余芳。愧余驽钝质,铅刀抵金刚。负山责蚁力,中夜起彷徨。古人或诏我,缧短心苦长。好学阚生宅,旧邻城北庄。回思汉道季,人文启句章。馨香奉俎豆,辟兹选佛场。爱今而薄古,卖饼讥公羊。万灵郁潜德,阐幽毋遗忘。百年余过半,蹉跎四十强。譬如断港流,难济大海航。涓滴容有补,汲汲修尔常。求得在心源,舍之则速亡。因文以见道,穿凿心所伤。慎旃各努力,余言瞀且狂。

根据此诗,我们可以将杨泰亨之"道"分为两个层次。其一,在"朱陆之争"这个辩题上,杨泰亨具有朱陆会通兼右陆的思想特征。此诗标举杨简来阐明自己的思想倾向,慈湖先生杨文元公作为陆九渊的高足,发展了心学,杨泰亨极为倾慕这位前辈,可与《慈湖》一诗并观:"多少学人谈孔孟,纷纷门户相争竞。高明笃实同一归,金溪于尔独何病。一轮明月印慈湖,心之精神是谓圣。"杨泰亨并不囿于门户之习,而是认为高明之陆杨心学、笃实之程朱理学皆可统一为孔孟之道。元代,杨简的流裔郑玉作为调和朱陆的典范,认为"陆子之质高明,故好简易;朱子之质笃实,故好邃密"[1],最终由陆入朱。全祖望在《宋元学案》中评师山学派"继草庐(吴澄)而和会朱、陆之学者,郑师山也。草庐多右陆,而师山则右朱,斯其所以不同"[2]。正如师山所言"高明笃实,各因其质",学者可以依凭个体的质性选取更相契合的路数,取径因人而异,道理归趋一同。杨泰亨便与师山异趣,在兼

---

　　① 黄宗羲著,全祖望补修,陈金生、梁运华点校《宋元学案》,中华书局1986年版,第3128页。

　　② 《宋元学案》,第3125页。

融二家"道问学"与"尊德性"的基础上,更认同陆、杨一脉,倾向于"心之精神",亦即"求得在心源"。其二,从"性理"与"经世"的层面来看,陆、王皆为性理之学,诗中"德舆在主敬,力行道同方"则表明"主敬"是德行的载体,践履是行道的方式,不难看出,杨泰亨在会通朱陆的基础上,又有明显的躬行致用态度。

地方之学在一代代学人的累积、融合中,逐渐形成一种区域性的集体风气。《逊敏斋日记》中摘录鹭洲陈彝赠余姚朱肯夫的送别诗,中有句云"君家清望人争羡,鹿洞心源传一线",亦反映出朱陆之学在甬地并行不悖的流传现象。李慈铭赠杨泰亨再典湘试诗中言"慈湖自昔讲学地,龙山蕺山一脉寄",则将地方学源切近到以王阳明为代表的姚江学派和以刘宗周为代表的蕺山学派。慈湖书院为纪念杨简而修建,地方文脉将宋明心学贯为一线,理庵诗"阚湖复慈湖,讲席鹅湖嗣。始信学术闳,渊源有由致""阚峰高而竦,慈湖清且涟。绝郭发精采,治繇儒教先",也是以慈湖为中心建构的学术源流。阚湖亦名德润湖,为纪念阚泽而竣成,因杨简而易名"慈湖"。总其数端,以杨泰亨为代表的地方士人视慈湖为慈溪学术的核心地带,又以杨简为中心,上追朱陆,继嗣王刘,最终仍以儒学为旨归。

当然,晚清的杨泰亨对浙东学脉的追溯不止于由宋至明的朱陆王刘诸人,他对明清之际的浙东思想风潮亦有所取摄,尤其关注黄宗羲、万泰等人的内在精神品格。《饮雪轩诗集》中的作品自注往往涉及黄宗羲、万泰、全祖望诸贤。理庵早年泛游定海,所见之处备参方志、史籍,写成《定海杂咏》组诗,共五言古绝二十九首。纪游之作,兼备考证,其中《雪交亭》一首题下小注引全谢山《鲒埼亭集》所载叙张肯堂投缳殉国事:

> 筑雪交亭,夹以一梅一梨,开花则两头相接。尝曰:"此吾止水也。"己丑,名振等奉鲁王至公虚所居邸,以为王宫。辛卯城陷时,名振奉王捣吴淞,而以公为留守,投缳亭下,则雪交亭在参将

署中可知也……乱后，公所植一梅一梨独无恙。黄公宗羲接其种于姚江，高公宇泰接其种于甬上，至今二郡亦皆有雪交亭。

杨泰亨沿袭全谢山的考稽之习，在游历中考出雪交亭的故址非在蓉浦书院，并在诗中寄寓着对晚明遗民的同情："身萍世絮人，命叶愁山日。谁与白雪交，梨一梅花一。"梅花与梨花被目为白雪之交，寓托着监国遗臣抱持芳贞的生命追求，世运交移，雪交亭下的两树花非独无恙，而且通过黄宗羲、高宇泰二人得以繁衍别处。一梨一梅的生命种子给漂泊落寞的易代人以精神希望，以雪交亭为寄托的忠贞品格成为纷乱变化中志士仁人们的笃定追求。

黄宗羲的知交万泰也是极具民族气节的名士，杨泰亨曾作《读万悔庵先生〈续骚堂诗集〉二十韵》，感慨"生友梨洲黄，死友文虎陆。决绝博士征，奚烦詹尹卜"。循其交游，黄宗羲曾在《祭万悔庵文》中追忆：

当是时，东林、复社争相依附，予所居僻远尘市，亦不乏四方之客。丧乱之后，其迹如扫。瑞当尝曰："文虎云亡，百里之内，自履安而外，谁复窥黄氏之藩篱者？"晚潮落日，孤蓬入港，虽里媪茎儿，亦知其为先生访余兄弟之舟也。①

黄宗羲与万泰、陆符订交在"壬申之岁"，彼时可谓门庭若市，而国家破亡、邦族无归之际才更见友朋真情与士人品节。杨泰亨感念于斯，遥想"先生魂归来，寒松风谡谡"，悔庵之子万斯同(寒松斋)等俱师从梨洲，以布衣身份参修《明史》，继承经史之学衣钵的同时不负遗民的贞洁操守，也让这位心慕浙东学人遗风的晚辈感到欣慰。

____

① 黄宗羲著，沈善洪主编《黄宗羲全集》(第 10 册)，浙江古籍出版社 1985 年版，第 623 页。

此外,杨泰亨辟馆双忠砚室,供奉张煌言、倪元璐遗砚,也是有感于双公的忠烈之气,"自昔石交零落存,雪交老梅为公寿"(《张忠烈公遗砚歌》),雪交亭之清芬在学人志士的心脉间流传,溪上风骚也因之流衍。

(三)艺文之声:溪上风骚与杨村形塑

慈溪的地方学统承浙东一脉,艺文传统也由本籍先贤耆旧播扬。我们从杨泰亨诗歌中,可以窥见他心中的地方文学谱系。

理庵曾在阅罢柯振岳诗集后题诗述及地方艺文前哲,诗云"溪上风骚孰与论,襟怀挚敛苇间存。寒村风废横山老,光气多惭饮雪轩"(《读〈兰雪集〉》),"苇间"即清初文人姜宸英别号,曾有《苇间诗集》,深受杨泰亨推重;"寒村"为清初浙东史学派学者郑梁的别号,郑乃黄宗羲门生,有《寒村诗文》;裘琏,世称"横山先生",擅作传奇、杂剧,诗文可与姜宸英齐名,有《横山先生文集》《横山先生诗集》。三者俱为清初慈溪人,被杨泰亨视为地方诗文造诣的高峰,柯振岳《兰雪集》的问世使甬地艺文芳馨得以接续。"溪上风骚主,谁欤独擅扬。苇间无继轨,兰雪亦流芳。前辈陪裘郑,同人角尹王。凤凰山色旧,图画郁苍苍"(《题柯丈霁青振岳〈兰雪图〉》),理庵自注"尹"即尹元炜,"王"则王信,皆柯振岳同时人,尹存《清风轩诗文稿》十四卷,王有《万卷楼诗文稿》,据此可见当时溪上风骚之概况。

杨泰亨在自己的诗歌创作中也时常显露追步慈溪前贤的痕迹。晚年乡居期间,理庵有《存稿》一首,自言"时求大隐溪中水,好住寒村屋后山。未有诗人传作在,聊存旧稿不容删";六十六岁的杨泰亨在口齿脱尽后作诗伤怀自志"我虽衰老所欲奢,西溟寒村相追逐",与他读《兰雪集》时评述地方文学的楷模大体一致。观《饮雪轩诗集》,集中有数首诗和韵姜西溟、乌春草、厉樊榭等同籍或浙东一带诗人,亦可见他对地方诗人的认同与接受。此外,地方诗文选集的编刊在延续慈溪诗文传统中也具有重要的作用。尹元炜即编《溪上遗闻集录》十卷、《别录》二卷、《溪上诗辑》十四卷、《补编》《续编》各一卷。杨泰亨亦尝撰《慈溪诗征》《慈溪文征》，是继李邺嗣《甬上耆旧诗》、全祖望《续甬上耆旧诗》之后对溪上风骚流传的又一贡献。

山川风物之美因人而彰，这些诗文不光是作者寓居山水之间的生活写照，也在流传之中为山水注入人文气息，重新形塑当地自然风光。《杨村八咏》《杨村十六咏》是专咏杨村的组诗，皆作于光绪庚辰年（1880），其中多首含有题注，提供了杨村景观营构的信息。《杨村八咏》以五言绝句的形式分题双峰、杨柳村、小方池、枇杷潭、清果禅院、龙湫、堵江闸、草舍利庵，诸景中小方池为杨泰亨之兄杨复亨甃石赐名，堵江闸由杨庆槐方外交远尘捐修，草舍利庵则与杨古岩息息相关，祖德之风初露；及至《杨村十六咏》，单纯吟咏自然的篇目无存，该组诗以五言六句的形式分题珊枝河、东图墩、诵芬堂、二石居、寿母桥、饮雪轩、紫稼桥、双穗陇、说经轩、涤园、树德庵、蒙养书屋、步蟾山庄、朱陈村、簠山堂、松风水月阁，其中开篇《珊瑚枝》一首在自然中引出人事，《双穗陇》寓含地方旧闻，其余十四首皆为杨氏构建或因杨氏先人遗迹得以传名，迹由人而意更新，人因地而名益显，其间文字作为记录的载体发挥了关键作用。此后，杨泰亨四子家骕复创《杨村十六咏》组诗，依其父组诗次序一一题咏，变五言六句为五律形式，虽在内容上有所扩充，但大体不出原诗范围，十六首皆无题注，已经默认了乃父杨村风物的经典化塑造。杨氏一族世代居于赭山北麓，杨村的兴建与杨氏家族休戚相关，可以说，丰隆秀润的自然山水给杨氏一门提供了栖隐的环境，而杨氏也以实业、人文方面的建设反哺了一方天地。

除了家族内部的吟咏小传统，慈地也有结社讴和的风尚。据全祖望《句余土音序》的追述，鄞地诗社可溯自宋元祐、绍圣之间，建炎而后，汪思温、薛朋龟、王珩等人为五老会，倡导孝友，唱酬日出；乾道、淳熙间，魏杞、史浩诸人相与酬唱；庆元、嘉定而后，杨简、袁燮、楼钥、吕祖俭等人以道学为诗，同时高似孙另辟诗坛，从事苦吟；史宅之兄弟偕郎婿赵汝楳在湖上又为一社。咸淳而后，高衡孙、陆合、汪之林等四十余人一月一集；宋亡后，遗老自相酬唱，王应麟为主盟，"是宋元三百年中吾乡社会之略也"①。此外,谢山本人也与胡君山、董钝轩等人成立真率社,《句余土音》中前二卷中即吟咏地方古迹。及至同治年间,王素闲、潘哲夫、王纫兰、魏云浦、杨庆槐、叶兰生拟效前贤,成立溪上六老会。参孙德祖《溪上六老会记》②,该会举于同治四年(1865)季岁,上元观灯之集,集于鸡鸣山庄,由王素闲组织;其后上巳修禊之集在大隐溪亭,潘哲夫为主;端午竞渡集沤渚水榭,王纫兰为主;七夕乞巧之集会于水云仙馆,魏云浦为主;重九登高集于赭峰,杨庆槐为主;踏雪寻梅集于金谷梅园,叶兰生为主。杨泰亨诗集中也有对六老会盛况的追念:"当年曾举六老会,龙山鸥墅鸡湖滨。吁嗟小子得隅侍,至今父执星已晨。金窖隩中梅寂寂,水云庵外水潾潾。水流不竞云常在,中有一叟行戴仁。"(《寿魏丈云浦明经凤林八十丙子八月》)如今,溪上六老会的诗文无存,管窥以上文献,我们仍能追寻、重温慈地结社的风雅盛状与孝友之谊。

综上,赭山杨氏是家学与地学融合的典范。杨氏一族禀受江山之助,形成耕读传统,充分汲取历史文化资源,陶染化成隐德之风、经世之学、艺文之声,成为延续浙东文脉、塑造地方文明的佳构。

二、进京赴考的实录:《逊敏斋日记》中的个人与社会

《逊敏斋日记》,稿本,不分卷,藏于上海图书馆。逊敏斋为杨泰亨在京寓所,斋号"逊敏"当出自《荀子》"端悫顺弟,则可谓善少者矣。加好学逊敏焉,则有钧无上,可以为君子者矣"③,盖自励谦顺敏学也。日记自同治二年四月二十四日(1863 年 6 月 10 日)京中同乡欢

---

① 《全祖望集汇校集注》(中),第 1233—1234 页。

② 孙德祖撰《寄龛文存》卷二,清光绪十年刻本,第二十九页 a 面至三十一页 a 面。

③ 王先谦撰,沈啸寰、王星贤点校《荀子集解》,中华书局 1988 年版,第 34 页。

聚招饮始，止于同治四年六月二十二日（1865 年 8 月 13 日）杨泰亨闻父恙讯而归，总计两年有余，是一部进京应考春闱的实录。除同治四年（1865）三月初九日至十五日、四月十二日至三十日两段时间因参加会试、殿试留白未记，其余皆逐日记载。

两年多来，杨泰亨的日记除了日常事务、活动的记载，便是大量邸抄、诗文的摘录，前者属个体私人性的记载，后者则是公共书写部分。摘录部分内容庞杂，常有圈点批抹痕迹，不仅具备资料本身的文献价值，也寄寓着杨氏个人的阅读心史。生活日常的记载则笔墨俭省，鲜有强烈的情感流露，总体声吻中正平和，以简单记叙为主，时或穿插若干描摹风景、显露性情的随笔片段，为日记增添了一份文学色彩。以下从私人领域扩展至公共范围，分述杨泰亨日记中日常、交游与见闻三方面的记录。

（一）日常：工作备考与读书修身

有学者提出，杨泰亨"同治四年进士"的身份与同治二年日记中随处可见的"入职内阁""缮誊校对皇太后谕旨""内阁团拜"的翰林院工作情况不符，认为只有进士出身才能在翰林院供职，并进一步质疑杨泰亨为"同治四年进士"的可靠性。实际上，杨泰亨在考取进士前已入职内阁，任内阁中书。按照清人笔记中的记载，"京朝官惟内阁中书舍人进身之途最多"①，包括进士引见、吏部拣取、会试荐卷明通榜、举人考授、召试取优、举贡捐输等多种途径，杨泰亨可以凭借举人的身份参与选拔或捐输而得。日记中最早的相关记载是同治二年五月二十日"托焕卿同年代办具呈、中书注册、验看、投供等项"，马文华（焕卿）是吏部文选司主稿者，此前日记中有三次拜访记录，杨泰亨得以入选内阁中书可能与他的引荐有关。五月二十八日，杨泰亨记"由中书分发到阁行走，在阙左门验看"，六月初四日首次值班，时阁长为许庚身，同期初俸直者有余恩照、陈珪。同治三年六月初六日，杨泰

---

①　陆以湉撰，崔凡芝点校《冷庐杂识》，中华书局 1984 年版，第 182 页。

亨为戚属殉难奏请旌恤时即以仆人王升的口吻写道"窃家主杨,浙江慈溪人,现任内阁中书",亦表明出此时身份。

杨泰亨例入内阁值班,平日工作内容主要包括发抄校对公文,偶尔派调其他职务,每月初一日参加吏部投供。能够及时接触到一手朝政公文的工作性质也给杨泰亨带来了特殊的便利——"承办内阁月折初一日起,三十日止,抄录逐日随旨、上谕,汇送中堂校阅,另储以备纂修国史之用"(同治三年九月十四日)。正是在熟悉档案的基础上,杨泰亨才得以加深对朝政局势的认识、强化高度的历史责任感。现存日记稿本末附有不少奏文、谕旨,日记行文中也穿插了大量的邸抄等朝政文献。这些公共文献与私人生活并无太大的关联,穿插于日记行文中与日常内容并不衔接,只有在择取与批抹中才能窥见杨泰亨的意识流露。

入职内阁期间,杨泰亨并没有忘记此番来京的主要目的:备考春闱。自同治二年六月至会试进场前,日记中自课题文可征者有六次:"我欲仁斯仁至矣"(《论语》)、"见贤思齐焉"(《论语》)、"果能此道矣"(《中庸》)、"君子欲讷于言而敏于行"(《论语》)、"雨我公田"两句(《诗经》)、"汤之盘铭曰"一节(《大学》)。索览题文则更多,包括新贡士朝考题、国子监学正学录考题、国子监试监生月课题、宁属古学生员题、顺天甲子乡试、保和殿覆试举人题、江南闱试、保和殿覆试、国子监肄业生题,等等。试题名目纷繁,有论、疏、策等,所涉范围不出四书五经。同治四年三月初八日,日记中载"会试进场",直到十六日才续记,次月十一日后空白,直到五月初一日复记,中间几天即在应试。最终,杨泰亨考取进士第三甲,同级登第者还有吴汝纶、陈子楷等。

除了练习试题,杨泰亨也时常翻览书卷、摘录诗文。在京期间,杨泰亨所购书目有《五子近思录》《近思录》《明鉴》《薛文清全集》《读书录》《蓝鹿洲集》《四书汇参》《于清端公集》《格致镜原》《经世文编》《二铭堂墨选》种种,书画如《益寿延年图》《云麾碑》,阅及《今白华堂集》《买愁集》《涑水纪闻》《东林传》《觚剩》《鹿洲文集》《樊榭山房集》

《南湖集》《蚕尾续集诗》等书,摘诗如《承恩堂集》《白华绛跗阁集》等。可以见出,这一时期所购所览书目大多以科考仕进为主要目的,又兼修身养性、怡情遣玩。

同治三年十一月初一日,杨泰亨郑重记下这是"甲子上元肇历子月朔日",当日手录薛文清公从政名言30条自警。薛文清公即薛瑄,官至礼部左侍郎、翰林院学士,被清人视为"明初理学之冠""开明代道学之基"。日记所摘当为薛瑄《读书录》中内容,尤其值得注意的是杨泰亨圈点的文字:"闻事不喜不惊者,可以当大事。""因一事不快于心而迁怒之心妄发,此学者之通病。""安重深沉者能处大事,轻浮浅率者不能。""第一要有浑厚包涵、从容广大之气象。""轻与必滥取,易信必易疑。""立得脚定,却须宽和以处之。"可以推断杨泰亨性格中或有轻率急躁处,于是格外注重自身从容深沉特质的修养。日记中当月十二日又载"与竹珊观南来信件,多所评骘雌黄人物,亦属损德,志十过",可见杨泰亨好议论却试图克制以修德的努力。

杨泰亨日常以工作备考、读书修身为主业,与京中好友相会时,则能享受娱乐活动,深化同乡之谊。

(二)交游:宴饮叙谈与生死观摩

杨泰亨甫至京城即融入以同乡为主的交游圈,这些同乡多在京任职或备考,以慈溪会馆、全浙新馆、浙慈会馆为站点,闲暇时相与游宴。日记中记载了一段完整的交友经历,即杨泰亨与李慈铭的订交,可作为京中浙人互相结识的程序参考:

> 同治二年八月十八日(9月30日) 往候钟慎斋观豫、寿玉溪祝尧两同年,均盛称伊乡亲李莼客慈铭能诗古文辞,为近时作手,容日过访也……
>
> 同治二年八月三十日(10月12日) ……摘录李莼客《白华绛跗阁诗集》:……
>
> 同治二年九月初七日(10月19日) 小筠来馆,往候慎斋

同年。读李莼客《霞川花隐词钞》……

　　同治二年九月十三日（10 月 25 日）　慎斋同年来。是日，为余尔昂兄开丧，以楮仪赙之。访李莼客不遇。

　　同治二年九月十六日（10 月 28 日）　慎斋同年偕李莼客农部慈铭来寓。

杨泰亨在访钟观豫、寿祝尧时得知绍兴李慈铭颇富文名，便有心拜会；寻访前，还特意读过他的诗词；钟观豫作为二人交往的媒介，先是带杨泰亨访李慈铭，未遇后又偕李慈铭会杨泰亨，终于促就了一段文缘。日记中还记载了两人交游的许多细节：杨泰亨尝见李慈铭自撰春联云"余事只修文苑传，闲身暂署户曹郎"，还曾阅览其《孟学斋日记》。又得览李慈铭近作二首《夏初薄暮倚树读书》《病中闻新蝉有咏》，日记中所摘录的诸多诗稿也可补充我们对越缦堂诗歌早期面貌的认识①。此外，李慈铭还为杨泰亨撰其父杨庆槐七十寿序。

　　相应地，《越缦堂日记》中也记有两人订交伊始的片段：

　　同治二年八月二十四日　慈溪杨舍人太亨以所为《亡妹叶贞妇行略》介慎斋乞余为作传。

────────────

　　① 与李慈铭本人审定的光绪十六年刻本《白华绛跗阁诗初集（越缦堂诗初集）》对校，杨泰亨日记抄录李慈铭诗，多有"简化"之处，这种"简化"可能是杨泰亨为免文繁作出的删汰，也可能是李慈铭诗的初稿形态。如《惆怅》一诗中无题下小序，疑刻本小序为审定时所加，刻本诗作"画堂南畔曲阑东，柳下球场尽日风。细草色从人去绿，小桃花为燕来红。收帘院落钗声里，烧烛楼台雨影中。惆怅此情谁更见，玉珰缄札总难通"，日记中"燕来红"作"雁来红"，"楼台"作"房栊"，"谁更见"作"谁更觅"，"缄札"作"小札"。又如《别友》诗中无夹注，该诗刻本题为"癸丑上元后二日与鲁蓉生燮元孙子九垓陈闲谷煌王平子章结昆弟之好即送子九之吴门平子之姚江二首"，异文一处，日记作"珍重江南春草谙，寻诗莫上秣陵船"，刻本作"闻说江南春减少，寻诗休上秣陵船"。

由此可见杨泰亨最初想见李慈铭是希望他能为亡妹杨贞女（即叶贞妇）作传，次年三月初九日，李慈铭终于携传来见杨泰亨，《逊敏斋日记》录其全文。《越缦堂日记》同治二年至四年所记提及杨泰亨的凡五处，皆与文字、藏书相关，不似杨泰亨每提及宴饮、叙谈。对读《越缦堂日记》，我们可以看到两位浙人基于乡邦文献交流的情谊不断深化。同治二年十月初九日，李慈铭记杨泰亨帮自己对勘了新旧本《萝庵游记》，同治三年三月初九日记与杨泰亨谈及四明近儒新作，并从理庵处得知黄宗羲《明文海》稿本、全祖望《七校水经注》、《明夷待访录》、《湛园未定稿》、《寒村集》刻板等乡邦要籍的递藏情况。尽管相交时间未长，李慈铭却非常认同这段友谊，同治三年二月十二日记"理庵虽新交而甚殷殷，同乡中于余文字心悦者虽不乏人，然无如晓湖、慎斋及理庵之挚也"。其后，他们的交谊也一直保持着，岳爱华《晚清浙籍士人的社会网络关系：以李慈铭为核心》中提及李慈铭有"结义兄弟王兴先、秦曾熙、杨仲愉、沈宝森、杨泰亨等"，"杨泰亨及其两子杨家骥、杨家骒也同为李慈铭交游对象"①。

李慈铭与杨泰亨的京中交游已属较为深入的文字交，京中交游更常见的活动则是宴会娱乐，尤其是生辰时，同乡们群集宴饮，酣乐无穷。桐甫生辰，诸同乡"在宴宾斋会饮，迭为宾主，觥筹交错"（同治三年三月十二日）；徐世英为其母七十寿辰时"优觞款客，共有六十余席，妇女盈庭，宾朋杂沓"（同治三年四月初九日）；丁芥帆为其父八十四寿，"席设于汾阳馆，彩觞款客，冠裳文物，一时毕集。招致眷属等，粉白黛绿，珠翠盈楼，不设纱幔，各以富丽相竞"（同治二年十二月初八日）；周少山五十生辰时，"有清音侑酒"（同治三年十月十七日），征歌选技，夜深始散……两年多的时间里，杨泰亨共计参加了二十余次生辰、寿诞之宴，日记中鲜露的个人情感也在往来的活动间得以展

---

① 岳爱华《晚清浙籍士人的社会网络关系：以李慈铭为核心》，《河北民族师范学院学报》2013 年第 4 期。

现:未及赶赴廉水生辰时"心殊歉然";琴伯生日,诸伶玉山倾颓,理庵兴会成句"关河朋酒原奇福,花月沧桑又胜游";及至自己的生辰十月二十日,收获友朋准备的惊喜,畅游款曲,直似小品:

> 黎明,进署直早班,缮丝纶。午刻退直,至德恒,与罗云峰叙谈片时。出城,企云、纶言、仙洲、竹珊群聚于龙源楼,皆酌酒为予寿。予惧然询其言,竹珊泄之。上灯后,纶言拉至西安义,雏伶更迭侑酒。继乃偕过于兰荪家,宣笛师田某,至者心兰、稚珊、金生,能为珠喉宛转歌。时已三鼓,兴将阑矣。竹珊强之,复至西福云,迟采菱不至,捉酒开宴,咸接膝于绿梅黄菊之间。比采菱至,而玉山已颓,企云兴复不浅,与小兰相泥,邀予辈必过其家,乃群鼓腰脚力踏雪访之。至则径入其室,临其卧榻,围炉密坐,相与大噱。予则宿醒未醒,又拇战屡北,即于榻旁齁齁睡矣。迨烛炧酒阑,诸伶皆散,企云先抽身去。予与仙洲过虎坊桥,闻打铁声铮铮然。比至馆,鸡已三唱,纶言、竹珊继至。

童竹珊事先透露出理庵生辰的消息,龙源楼一众人为杨泰亨举杯祝寿,杨泰亨大惊,入夜后,罗纶言拉着众人再赴西安义更迭侑酒,继而至兰荪家闻笛听歌,又去西福云酌酒开筵,最后一众踏雪访赵企云家,围炉相噱,天将明时始回馆,一夜中总共辗转了五处游乐之所,是日记中所历诞宴最为丰富的一次,这次游兴花销也达三十余金之多。杨泰亨初步感受到个人财资与京中群体交游费用的冲突,在日记末尾感叹"长安居大不易如此"。

寿辰的欢宴是常态,日记中几处庆生与亡病的交错叠映则更能激荡人心,这也促使杨泰亨在目睹他人的悲欢中迅速成长,在个人情绪的波动中逐渐担负起更多的集体责任。"叶守矩前辈寿母七十,在药行馆彩觞款客,未赴。守矩于是日早晨病殁,座客皆罢酒"(同治三年二月初九日),为母做寿的叶氏当天即以病殁,欢庆的色彩迅速被哀悼所取代,虽未亲临会馆,但可想见杨泰亨闻此消息的愕然。方子卿生辰当日,又"闻蓉舟丁外艰,偕子腾、珉阶、竹珊往唁之。蓉舟有至性,哭泣甚哀"(同治三年十二月二十四日);宓薇卿生辰时,杨泰亨与之相偕探望"淹蹇床褥已有月余"(同治三年八月初五日)的洪梅艇,幸与不幸恰于同日交汇,目睹他人的悲欢,杨泰亨面对死亡的心态也在发生变化。

同治二年九月初六日:"余尔昂兄病故于都中后园寺本宅,年五十七岁。下午往唁,其二子侍侧。客死异地,殊堪悯恻。"这是日记中记载的首例病亡,杨泰亨对于客亡异乡的魂灵心感戚戚。数月后,杨泰亨亲见同乡好友的临终情状:"是晚,闻陈继香病亟,偕尺瑚、竹珊往视,已气息淹淹,痰涎上雍。即过子廉宅商酌方药,时已三更。延至次早寅刻,竟闻溘逝。竹珊握手相永诀,泪如雨下。"(同治二年十一月二十二日)陈继香尝与杨泰亨、童琢珊一道观棋、联诗,也曾与凌春波一同下棋、拇战,如今再见却是"僵卧于床"。杨泰亨送继香柩至盆儿胡同鄞县阴馆,该馆创自前明,后经浙人陈心斋修整,沿用至清,中堂匾额所书"望远当归"四字,寄寓着客子异乡的无奈酸楚。落叶归根往往是客亡之人最后的心愿,而旅榇回籍并非朝夕立就之事,需要充足的资金和恰当的时机。例如,郑子侨就"因资斧不给,恐扶柩回籍之事,坐是因循",杨泰亨遂"以大义责之"(同治三年六月十九日)。正是因为种种不便,才出现京中停榇之地:如白家庄,"为王守成兄旅榇寄停之所,族人邦庆叔公瘗于是园",吕家窑新庄,"为药行寄柩之处"(同治三年二月二十八日),余尔昂便停柩于此。继香停柩日久,直到次年七月,同乡们始为其"寄柩回籍之事,咸愿伙助,共捐银约一百四十余两"(同治三年七月十五日)。

两年后,为陈继香治丧的凌子廉也病卒邸寓,停柩于增寿寺。凌子廉是杨泰亨抵京后交往最密切的同乡之一,在日记中共计出现60余次,两人常常"谈至夜分"或"剧谈半晌"。出于密友之谊,杨泰亨此时又增加了一份典丧的责任,几乎同时,他又"接家书,悉父亲抱恙未愈,决计南归"。于是,同治四年六月二十二日"子廉枢停于增寿寺,是日开吊",也成为杨泰亨在京日记的最后一笔。从往唁、送枢,再到捐银、典丧,杨泰亨在几次目睹客亡中承担起越来越多的责任,目睹生辰的热烈与死日的枯寂,杨泰亨个人的情感体验升华为郑重的乡邦意识,关切同乡事宜、关心故乡情势,乃至关注家国兴亡,成为日记中历历在目的"大义"。

（三）见闻：乡邦意识与家国兴亡

由南入北,身处京中的同乡交游圈,杨泰亨的乡邦意识益显。"世事沧桑感,光阴迅十年。槎星俄犯浙,夷舶竟临燕。"杨泰亨摘录的朱久香年伯《留别》诗道出咸丰年间(1851—1861)清廷内忧外患的局面,诗中"槎星"句指的是太平天国侵扰浙江事件,"夷舶"句则指英法联军攻入北京。

书生生值风尘际,杨泰亨与京中同乡们时常心系着家国危亡。《逊敏斋日记》中同治二年四月二十五日附有全文摘录的曾国藩讨贼檄文,杨泰亨于声调激昂处多加圈点,如痛斥太平军者,"此其残忍惨酷,凡有血气者未有闻之而不痛恨者也";号召士人齐心者"此岂独我大清之变,乃开辟以来名教之奇变,我孔子、孟子之所痛哭于九原。凡读书识字者又乌可袖手安坐,不思一为之所也";厉言殄凶攻敌者,"统师二万,水陆并进,誓将卧薪尝胆,殄此凶逆,救我被掳之船只,拔出被胁之良民"。杨泰亨作为思想保守的清廷官员,并未能认识太平天国运动的革命性意义,他的痛切着眼于家园沦亡的现实。同治三年六月,杨泰亨呈报了一份抗逆捐躯的名单：

　　杨涌泉,慈溪监生,咸丰十年二月发逆陷浙江省城,涌泉纠众巷战,在洋坝头地方力竭被害。其友定海人叶烈扬亦同时遇害。杨周氏,杨于淮之妻,同治元年八月慈溪复陷被执,骂不绝口,被焚死。陈杨氏,陈宝箴之妻,守节十余年,同治元年八月慈溪复陷被执,遇害。王嘉祥,慈溪人,同治元年四月贼复扰慈溪,被害。俞兴让，慈溪监生，同治元年八月慈溪复陷被执，百般挫辱，不屈死。俞观乐，系兴让之弟，同日被执，不屈，遇害。俞钱氏，从九品职衔俞斯珣之妻，同治元年四月慈溪新复，贼败遁避乡，被执，继以饮水奋身入河，贼以枪刺洞胸，犹执枪挺拒，被刀乱砍死，尤为惨烈。杨沅，慈溪廪膳生，同治元年四月，贼复扰慈溪，遇害。郑履和，慈溪，从九品职衔，同治元年八月慈溪复陷，被执，不屈死。郑边氏，履和之妻，与其夫同遇害。

这些地方士绅忠义思想根深蒂固，为了维护自己的家园奋起反抗，极为勇烈。日记中摘录的其他同乡诗词中也同样表现出与杨泰亨相同的立场。张麟洲《赠友》云："蛇豕纵横道路中，只身天地哭途穷。故园田宅沦兵火，海上风波老寓公。甬水无鱼书寂寂，苏台有鹿走匆匆。相逢尽是无家客，一夜情怀两处同。"钟慎斋《早秋书怀和蒋湘洲农部韵》云："小窗听雨水潺潺，天送凉风一夜还。乡国初消兵火后，客心难定去留间。秋分远袖寒添色，梦绕清溪翠满湾。盼煞银河长洗甲，捷书新喜下江关。"童琢珊《念奴娇》云："自从兵燹，几惆怅、零落故乡风物。"

浙江的战火由内祸所致，京师则在外患中留下了乱后疮痍。咸丰十年（1860），英法联军攻入北京，纵火焚烧圆明园，《逊敏斋日记》中记载了杨泰亨一行人往游海淀、目睹圆明园遗址的场景：

> 出阜成门，缘城濠而行，经西直门，约三里许，向西北隅，皆辇道，策马前进，其村落墟里，皆南中景象。迤逦十余里，所谓圆明园者，经庚申夷人焚掠后，废址颓垣，一望荒榛弥漫，若静漪园、乐善园、畅春园等处，皆鞠为茂草矣。惟昆明湖之水尚不尽涸，沿湖皆有水田，见有数处插秧者，乡思为之勃然。

这是同治三年四月十四日的记录，距离庚申焚掠已过四年，杨泰亨在海淀村落中看到与家乡风物相似的景象,遂升腾起乡思。值得注意的是,杨泰亨虽然眼见圆明园附近的荒颓现状,却并没有为之感伤、愤懑,而是把眼光聚焦于败落中的生机:尚未干涸的昆明湖之水。这不啻于对清政府的一种隐喻,《逊敏斋日记》的记载正值同治中兴时期,杨泰亨也仍然抱持着对朝廷的希望,其同僚们也多存有中兴的冀愿。

　　同治三年十一月二十四日:"接尺瑚兄陕西来函,十月十五日发,知已署淳化令,操刀初试,其如民人凋敝、疮痍未复奈何?"谢尺瑚赴陕西淳化当差,仍有革新除弊之心,然而现实并不理想。又同治三年十一月初二日:"朱味莲同年遄然送安徽试牍来,晚间粗涉一过,清丽居宗,其中如王恩培、杨恒枢诸作,尤为惬心贵当,皖省经兵燹后人物凋残,循览斯编,其亦焚林之回柎乎?"杨泰亨在安徽试牍中重新找到焚林萌蘖、人才犹在的希望。此外,杨泰亨在京两年格外关注清军镇压太平天国的消息,接连手录克敌战讯邸抄,从富阳、苏州、宁波、奔牛、宜兴,再到荆溪、武康、德清、石门诸地,直到同治三年六月二十九日"辰刻返馆,得曾帅克复金陵捷报",密切的关注终于得到期望已久的胜利回音,杨泰亨在日记写道:"为我朝中兴第一战功。"然而,社会实际情况真如这些传统士子所愿吗?

　　日记中,杨泰亨所录的官场见闻、社会现象早已透露出中兴外表下的衰蔽气象。当生员试题还在以"一片承平雅颂声"为韵时,清政府的官兵之弊已经传为笑谈。童介山自山西解饷来京,述及山西巡抚沈桂芬的官声政绩:"其属下州县二百余人,拟皆试以策论,觇其底蕴,后因捐班过多,黜陟太分,有碍政体,为默写履历,局门面试,有先期告假者数人。其中有眼目昏花不能作端楷则称曾经落海被卤坏眼者,有提笔而手战则称因覆车而折臂者,有书'捐饷'而误作'损饷'者,有书'推升'而误作'摧升'者,一时传为笑柄,有人调以诗云:'县令堂堂者,惊闻院试期。翻车肱半折,落海眼全迷。官爵摧升日,功名损饷时。早知今日苦,恨读十年迟。'"(同治三年二月二十八日)与此同时,军营恶习仍然积弊未除,据杨泰亨同治三年五月初二日手录僧格林沁所奏:"近见各路军营奏章,每以贼众兵单为词,获捷之后,络绎不绝,而贼势愈众,蔓延愈广。总由领队之员不能确探贼情,贼至不肯迎头堵击,贼去又不肯跟踪追剿,但敷衍出境,即报胜仗,故意以少报多,讳败为胜,预为冒功邀赏地步。"州县官吏因捐班过多导致资质乏陋,清兵军队又无心征战、弄虚作假,可见清廷基础之摇摇欲坠。

　　以后人视角来看,杨泰亨所注目的未涸之水与焚林回桴的喻象终究是回光返照中的短暂生机,根基涣散下的中兴之梦只能成为泡影。尽管最终杨泰亨与其同僚们的中兴之梦仍然破灭了,但这批传统读书人仍然用殷切的乡邦意识与家国情怀为衰凋时世献上了最后的雅音。

三、出处行藏的见证:《饮雪轩诗集》的记叙意识

　　《饮雪轩诗集》四卷,目前所见两种版本,分藏北京大学图书馆(以下简称"北大本")、天津图书馆(以下简称"天津本"),两版均为清宣统二年(1910)经畬家塾刻本,但并非同一版次。北大本为较早一批刻本,一函二册,四周双边,每半叶11行,行24字,注文小字单行或小字双行,字数不一。单鱼尾,花口,版心上题"饮雪轩诗集",中标卷数,下标页数。集前附(光绪)《慈溪县志》"杨泰亨"部分及《诰封通奉大夫原任翰林院检讨杨公墓表》《诰封夫人杨母王夫人墓志铭》。每卷卷首题"慈溪杨泰亨理庵",卷末标明校者,均为杨泰亨儿孙辈,卷一末题"男家駥、骥,孙景瑷、潞同校",卷二末题"男家駥、骥,孙景潞、乘瑄同校",卷三末题"男家駥、骥,孙乘瑄、琮同校",卷四末题"男家駥、骥,孙乘瓒、犹龙同校"。天津本为重订版,一册,版式与北大版相同,集前增录朱孝臧所撰《饮雪轩诗集序》,删去《诰封夫人杨母王夫人墓志铭》,每卷卷首增题"外孙咀英张锡诚重校",卷末校者相同。天津本改正了原本的若干细误,如"内(国)[阁]中书""藏之名(出)[山]""(鹏)[鹏]鸟赋"等。此次整理以天津本为底本,较北大本改订

处不再出注,正文中仍有误处以"整理者按"的形式置于脚注,供读者参考。

　　"饮雪轩"位于慈溪杨村,是杨泰亨"兄弟读书讲艺处",《杨村十六咏》中有同题诗:"不赋饥雪吟,不学食雪事。惟兹澡雪心,借励映雪志。兄弟相友师,朝夕饮文字。"说明"饮雪"的意涵不同于孟郊诗中雪压巢倾、饥乌悲鸣,也非指苏武啮雪咽毛、以求生存,而是期于在文字中砥砺心志、澡雪精神。《饮雪轩诗集》为家刻本,在杨泰亨本人手订的基础上由子孙辈整理而出,集中小注多为理庵原注,有几处案语为家骙等人题写。《杨公墓表》中记载"公少以余力学文,长以余事作诗,著作等身而手不释卷",《寿铅山程叔渔年丈鸿翔暨德配郑宜人七十》一诗又云"诗书泽斯民,咸拜传经赐。儒雅乃吾师,力矫词章弊",可见理庵虽尚文字饮,却非专力作诗之人。杨泰亨更加注重诗歌的功能价值,于他而言,诗是记录生活的一种绝佳方式,是与同僚好友交往的良好媒介,是地方教化的有效途径。诗集四卷约有290题,古近体诗共计450余首,另附他人赠诗、和诗30多首,题材分布广泛,写景纪游、咏史怀古、兴怀赠答,靡不具备。

　　《饮雪轩诗集》虽未标明编次体例,但若统计诗题及小注的时间、地点信息,可知四卷基本以年编次,同时诗歌正文间亦不乏以数字记录年岁,彰显出作者一贯的记叙意识,成为其一生出处行藏的见证。根据《诗集》中的记录,可将理庵的诗歌创作大致分为三个阶段:早年(1863年以前)居乡读书,多漫游纪历之作,时见意气豪宕的笔调;中年时期因职任而迁转,行迹稍为复杂,1863年入京后酬唱之作渐增,父恙南归以后,入粤抚蒋益澧幕(1866年),随后两典湘试(1870年、1873年),赴湘途中留下了大量的行役诗,此为杨氏诗歌创作数量的一个高潮;1874年,时年49岁的杨泰亨乞假归省,居乡后创作了约占诗集半数的诗歌,这段时期诗作内容主要以闲居生活为主,诗风趋于简澹平和。总其一生行止,可用诗集中的自况来概括:"南逾湘汉北天津,两次蒙恩得省亲。来往羊城经万里,百年身外又何身。"

朱孝臧在诗集序中言杨泰亨"所作饮雪轩诗,体格在王、孟之间。中年尝客游粤东,缋《岭峤望云图》,题诗见意。及官京朝,又有'千里江关无恙在,望云不复岭南吟'①之句。又以知先生之诗,原本至性,虽早退似乐天,非但如《池上》诸篇委心任运,遂其闲适之情而已",其所关注的是杨泰亨诗中闲适淡泊的一面,这是饮雪轩诗的主导风格,尤其体现在理庵居乡期间创作的短幅律绝之中。若从创作实绩来看,杨泰亨对长篇古体也颇有会心,尤其是在歌行中展现出的雄豪疏放风格,近乎放翁气质。当然,不论是"上追王孟"还是接轸乐天,饮雪轩诗的艺术成就自然无法与唐宋人比肩,但作为清诗一集,饮雪轩诗中呈现出的记叙特色则较为突出。

(一)纪程:两典湘试的记忆交响

同治九年庚午科、十二年癸酉科,杨泰亨奉命两主湖南乡试,担任副考官,这不仅是湖南乡试考官任上仅有的一例连任,也是杨泰亨宦途中至为重要的一段经历。其中初次出试湘南又是他诗歌创作数量激增的一段时期,首月日程几乎逐日记录,这些旅途之作在诗歌艺术上并非上乘,有的近乎白话,但诗歌承担着如日记一般的记录功能,为近世以来诗歌日记化的现象又添一案例。

1870年6月至8月,杨泰亨从京师出发,经河北、河南、湖北一路直下湘南,计程三千余里,共计作诗75首。从诗歌记录来看,杨泰亨此行以陆路为主,间涉水渡,有车马仆夫相从。按照"遄行三四千里,料量五六十天"(《大荆镇作即呈王柳汀年前辈绪曾》)的估算,大约日行六十余里,时或达到"昨夜趁程途,计里八十二"(《录旅夜作》)的日程。差使在急,"夙有爱山癖"(《过赵州大石桥至古郭城作六月十五日》)的杨理庵少有驻足观览的余闲,只能无奈发出"此乡风景好,走马惜匆匆"(《晓发良乡六月八日》)、"匆匆乘轺去"(《过赵州大石桥至古郭城作六月十五日》)的喟叹。又因出发时正值夏初,征途在暑

---

①　整理者按,此诗作于退隐居乡期间,并非为官京中之作。

热和蚊蚋的相逼之下尤为"苦艰"。不过,持节负命的杨泰亨依然"不嫌炎暑道途长"(《出望都境口占六月十二日》),一路观光中将目及的民风民情——形诸笔端。

古滹沱的"略礿长虹断,余皇浅濑拖"(《发真定六月十四日》)与太行山的"苍翠分明滴"(《经临城第一铺》),螺湾河"乱摊荷叶卖鲜鱼"(《过螺湾河》)与彭家湾"山民勤力作"(《彭家湾书所见》),郑州道上的"珠颗蒲萄玉削瓜"(《郑州道上》)与洞庭湖上的"紫蟹黄鸡载酒天"(《差竣乞假省亲南旋,途次巴陵驿,即呈王柳汀前辈,四叠李兰生司马元韵》),杨泰亨眼中的景观、人情充满着"乡风古朴敦"(《草墩坡至沙河》)的生活气息。诗人以日乘辂车的姿态观察风土,自具皇华使者的身份意识,因而能够在匆匆行程中关心民生民情。《蒲圻民夫》"官差役民夫,夫价例有常。胥役会中饱,前途多逃亡。我仆驱之前,鸣饥坐路旁。长官闻而怒,追价还以偿。胡为仍兔脱,或者是农忙",揭露胥役在官差和民夫之间中饱私囊的社会问题,民夫无法从差役中得到常例的酬劳,因而在差使中屡次逃脱。尾句"胡为仍兔脱,或者是农忙"为民夫再次逃跑的失当行为开解,面对途中的人事波折,诗人仍然以宽厚心怀来体谅民夫的苦境,可谓体察民瘼。同样,杨泰亨自拟新题乐府《官书急》中也表现出对百姓赋税处境的理解与同情:"铸铜无山金无穴,苦我百姓膏与脂。剥民脂,充汝腹,青蚨横飞鞭棰酷,堂下吞声不敢哭。长吏粒粒盘中餐,小民刀刀几上肉。"驰骋想象,将百姓之苦活化于形,又在吏与民的鲜明对比中警示在上位者应当体恤民生,颇有白居易"歌诗合为事而作"的遗风。

观察异乡风土的同时,杨泰亨脑海中的时事与史实迭现,即地怀古之作蔚起。从太行山、黄河附近"淇水汤汤可有声"(《晓发宜沟六月二十一日》)的发问,到汉江、湘江处"澧兰沅芷思无极"(《汉上》)的追想,贯穿诗骚文脉的一路给予了这位皇华使者丰富的想象空间。行旅途中的历史场域诱发着诗人的怀古之思,杨泰亨之作在继承怀古诗传统基础上延展出新的格调。首先,他在今昔对比的传统结构中关注到历史变迁的现实境况，如《梁原道中》"古迹金鸡邈，荒邱石马非"，《至信阳州》"古来折戟沉沙地，都被农人犁作田"，《杜村》"三晋争衡迹已陈，杜村风雨草如茵"，《应山道上书怀》"晓入清溪路几湾，松杉滴翠洗尘颜。往来鹭埭观音站，环绕螺峰武胜关。三户雄图流水换，五朝血战夕阳殿。于今大地狼烟息，禾黍秋风过应山"；更进一步，杨泰亨发现，曾经的兵家相争之地翻为平民百姓耕种的农田，战火连天的平息宛然成了一种幸运。他将"行迈靡靡，中心摇摇"的历史沉重感转化为"禾黍秋风过应山"的轻快自如，既非固守昔盛今衰的套路，也不至于堕入历史虚无的泥沼。诗作中喧嚣的历史战场落实为安宁的田间地头，与此同时，他也期盼着眼前所历的山河大地从一场硝烟中缓缓复苏。1867 年冬，西捻东渡黄河，经并州北上定州，进犯保定，京师告急。左宗棠率领五千人马追贼至畿辅，官文退守保定，在清兵的围剿之下，次年西捻覆灭。杨泰亨旅途中行至保定时所作的《保定感事》便是兴怀此事，"要知贼运将销歇，滚滚洪荒界廪延"，可见诗人对剿贼灭敌的信心及对国运兵势的关切。

初使湘南，杨泰亨在匆匆差旅中具有"持节"使臣的身份体认，他的观景着眼点是平视地面、切近民生的，近观田耕作物，遥想国家时局，在经行田地间讴吟出特有的怀古模式，表达对和平家园、中兴之业的期许。再典湘试，杨泰亨则彰显旧地重经的使者姿态，不断回响着初次纪程的韶声。1873 年，闰六月望日午发泾阳驿，杨泰亨作诗云"四载欣持节，鸿泥记昔经"（《癸酉再典湘试，闰六月望日午发泾阳驿》），《出望都》云"莫漫尘劳讥热客，清风明月我重来"，《经信阳州》云"客至似曾相识面，信阳城外旧青山"，重经旧路的诗人襟怀畅达，"谁知一雨收炎暑，满地蜩螗不敢声"（《泾阳驿阻雨》）更是俊爽挺出。从诗集中现存的六首纪行诗来看，第二次出使湘南的路线和第一次大致相同，所记站点多有重合，其中万年庵一处重经自己的题壁旧迹，感触更深。初次经过万年庵，杨泰亨和明人吴讷原韵题诗两首于壁上；再经故地，杨泰亨仍用吴讷原韵再题一首于道远和尚诗册，同典湘试的陈翼也依吴韵题诗一首。陈翼诗云"老僧清不俗,题句遍山门",说明万年庵的道远和尚颇好收集翰墨,杨泰亨诗中云"上方题句遍,初地借经翻",也可见山门题壁的盛况,对比初次题壁的"老僧留榻待,初地借经翻"之句,复现的"初地借经翻"既指重阅寺院经典,又是对昔日旧作的回思。"衣钵传新命,湖山拜旧恩。松风时一径,再到记云门",杨泰亨不惮词费地勾勒再访的姿态,颇可见其对旅途记忆的反复涂写与深化。

《饮雪轩诗集》卷二末附有杨颐、李慈铭、尹金篯、董学履诸人贺杨泰亨再典湘试的赠诗,他们纷纷撷取楚骚之典期冀杨泰亨为国家网罗楚才。"三年两使湘南天"(李慈铭诗语),杨泰亨在行旅中歌诗不辍,笔下的风景与人文交相辉映,制造记忆的同时也不断追忆,形成历历可见的文学空间。

(二)纪年:退官居乡的自我观照

杨泰亨退官较早,如朱孝臧序中所言"挂冠于清晏之时,从容暇豫,奉亲著书",彊村深许其退隐于家、施教乡里的德行道艺符合古义。若从饮雪轩早期诗作追溯,可知杨泰亨少年进取时即兼有隐逸风怀,《漫兴》组诗每首首句以"家在溪南杨柳村"题咏杨村,其中"避人何必武陵源""小桥流水隐柴门"均显示出慈地适宜隐居的幽美环境。彼时浙江正遭受战争的重创,杨泰亨有诗云"山川纵眺惊烽火,妻子饥驱哭乱离"(《避地至师桥呈沈素庵同年书贤》),"世事日纷纷"(《慈湖与叶侣皋分赋》),"嗟予值乱离"(《自万金湖经永济禅寺步至后隩而返,同予兄及子美、子玉、少梅昆季作》),因而早期诗作多有"避地"之作。在早年诗歌的观照下,杨泰亨晚年辞官奉母的选择实如彊村所云"原本至性""遂其闲适之情"。

诗人的晚年生活往往不如青壮年涉历丰富,闲适之作的诗歌语言更易流于平泛、烦絮。杨泰亨的居乡之作亦不能免除此弊,诗集中触目可见的数字有时形同账簿,不过换一种视角来看,这些细致的纪年书写正符合"日记化"的典型特征。

其一，杨泰亨在自叙诗中时常提及自己的年龄。最具代表性的是《我年三首》，该组诗用白香山和元微之原韵，同以"我年五十七"起首，所不同者，白居易的原作围绕着"荣名"与"仕途"，而杨泰亨之作则分别以"治学""家世""奉母"为主题进行自我叙述，诗人关注的焦点反映着两人同一年龄的不同心境。频繁在诗中记录年龄并非杨泰亨首创，更为重要的是诗人在纪年中描述的身心状态变化。初典湘试后，杨泰亨居京，《又上广文兄》诗中初系行年"自问行年四十七，齿摇发秃未为迟。抽书架上我寻事，运甓斋头天赐时。数数还家徒有梦，悠悠作宦竟无诗。原知短绠苦修汲，勉强精神尚可支"，正是壮年为官时却已露老倦之意。归乡后得愿侍母，精神重振，《〈寸草心图〉自题》"十载违亲杨理庵，两蒙恩假在湖南。归来犹有婴儿色，不道行年五十三"，从"齿摇发秃"勉强支持到"婴儿色"，可见杨泰亨辞官归乡的心态变化。步入晚年之后，杨泰亨对于年岁增长格外敏感，且更多了一些自愧疏慵之叹，如《涉历》中云"虫鱼风月从朋酒，老我无闻六十年"，《甲午正月十日，自题丙寅粤幕所绘小像，距今二十八年，致不相识，感而赋此》云"悔我无闻修省法，不知六十九年非"，《壬辰立春试笔》云"自分毫厘无一补，空令七十少三年"，《壬辰三月晦书家书后》云"论年七十未输三，劳我如何杨理庵"。在特定年龄中进行自我观照体现着诗人对于生命的珍重与省思，正是由于杨泰亨始终对自己有道德学问上的要求，才会时时进行自我反顾。

其二，杨泰亨将具体日期写入诗歌正文中。诗题中的年月并不鲜见，饮雪轩诗中也所在多有。正文中嵌入精确日期则更见诗人的记叙意识，如《风雨叹》中"光绪癸未七月三，疾风怪雨来溪南"，记录的是一次雨水之灾。诗中描述灾情："不道才经二十日，东风大作吹海溢。发屋动地势更雄，雨阵迅冲车轴匹。虹龙怒吼豺虎噪，金铁钲铮万窍号。深山老松千尺偃，平地潮头一丈高。屋瓦乱飞沙石走，风荷水藻穿户牖。"形象摹写后更添叙笔："自辰交午骇绝时，耳聋幸未惊我母。我母年今八十五，异事百不一二数。"以母亲行年所历异事凸显风雨狂暴。如果说这场自然灾害是一次重大事件,和杜甫《北征》起首"皇帝二载秋,闰八月初吉"之句一样蕴含着时事关切的话,那么《丁丑春日,偕洪梅艇同年倬云游天童寺六十韵》则不出个人游历体验的范围,该诗起首云"嗟嗟道不闻,问年五十二。我与洪梅艇,老母幸各侍。母言尔两人,同年又同志。朝夕营旨甘,里居苦憔悴。眷言太白山,仙灵凤所寄。五日以为期,儿但去游戏。皮陆互唱酬,游山亦高致。光绪丁丑春,二月二十四。乃检游山具,酒榼并茶器",直以白话语言运诸诗体,该诗结云"絮述向母前,作诗当游记",申明了该诗替代游记的记叙功能。《甲午元旦三十韵》中首言"新年六十九,妻丧未三虞",记录自己的行年和亡妻的分离,新年第一天便开启自我省思,诗中述及晚辈的各自景况,重重絮述仿佛在自陈的同时也道与亡妻之灵。

"日记体诗"是观照近世诗的一种研究视角,马东瑶指出其"发端于杜甫,在元、白诗中逐渐明显,到宋代则成为典型特色"[1],同样的日常琐细的生活化书写也延续至晚清诗歌。饮雪轩诗中的纪程与纪年多是出于私人化经验对空间、时间进行的繁密记叙,时或关合家国时事。与此同时,诗集中的记叙意识还体现在咏史怀古、记录时事等作品之中,"史"本身即是一种"元叙事",传统士人重视"立言"精神,杨泰亨亦存史臣之心,因此诗集中不乏对历史的重审。

（三）纪事:"以小见大"的史臣之心

清诗中存在大量咏史、怀古之作,蒋寅认为其中具有"诗人们有意识地摆脱日常经验的一种策略性选择——以神游千载来超越日常经验的时空"[2],这种对于四维世界的超越性也存在于杨泰亨的作品之中。杨泰亨的纪事特色在于以"小叙事"重审"大叙事",后现代主

---

①　马东瑶《论宋代的日记体诗》,《文学遗产》2018 年第 3 期。

②　蒋寅《生活在别处——清诗的写作困境及其应对策略》,《文学评论》2020 年第 5 期。

义利奥塔将"元叙事"或"大叙事"定义为"具有合法化功能的叙事"①,生于晚清的杨泰亨自然不会运用后现代式的解构意识,他的做法也并非瓦解历史,而是运用细密视角、"以小见大"地补充历史。

首先,杨泰亨本人即是"小叙事"书写的践行者,其补校的翁洲老民所撰《海东逸史》至今存世。《海东逸史》卷首有孙德祖序,云其从事《慈溪县志》编撰工作时邹文沅出示藏籍,从而得览《海东逸史》十八卷,其书为纪传体,志南明鲁王政权,序言"至若鲁王之延息海隅,则并不得列于小朝廷数,故载纪亦从其略",说明正史中关于鲁王监国的记载还是较少的。该书有"监国纪""家人传""列传""忠义""遗民"等目,孙德祖谓之"史体具焉。凡所叙述,大都身亲见之,文尤雅驯"。序文中提到"理庵杨检讨以词曹星使告养家居,方勤于乡邦文献,尤重忠孝大节;亟钞得副本,属王君子祥及其次公绳孙孝廉校正而刻之",按照孙德祖自叙得书时间推算,杨泰亨得见此书是在回乡总摄提调《慈溪县志》编写之后,据《光绪〈慈溪县志〉述略》所云"光绪五年,署任知县施振成再谋编纂,可惜依然没能编成"②,可知方志编纂最早不过 1879 年,杨泰亨诗集中最早提及编写组孙德祖、冯可镛的诗也在 1880 年。总之,杨泰亨是在 54 岁之后才着手《海东逸史》校刊工作的,与此同时的任务则是主持编纂《慈溪县志》,由于后者参与人员众多、分工更细,在具体文本上,杨泰亨倾注的心力可能不及《海东逸史》。目前,《海东逸史》已成为研究鲁监国的重要参考资料,孙德祖、杨泰亨诸人的文献发现、整理之功不可忽视。

其次,杨泰亨对于鲁王一朝的关注由来已久,集中体现在其早年所作《定海杂咏》29 首。这组诗为杨泰亨 30 岁游访舟山所作,体例

---

　　① ［法］利奥塔著,谈瀛洲译《后现代性与公正游戏——利奥塔访谈录》,上海人民出版社 1997 年版,第 160 页。

　　② 王孙荣《光绪〈慈溪县志〉述略》,《慈溪方志研究》,浙江人民出版社 2018 年版,第 28 页。

颇近王夫之《怀入山来所栖伏林谷三百里中小有丘壑辄畅然欣感各述以小诗得二十九首》,以 29 首古绝分别题咏游历诸处景观。船山之作专注写湘中景致,蕴藉空灵,而杨泰亨之作则以访史的审辨态度探寻特殊政治场域,诗作语言平易质实,艺术性虽不及船山,但其中蕴含的信息体量则有胜之。组诗前附陈步云道光十四年所呈奏折《定海永安策》千余言,览者可见舟山地势在海防上的关键作用,正是由于地势危重,鲁王监国才得以在此偏安一隅。值得注意的是,杨泰亨在《定海杂咏》每首诗前都附有小注,其内容一般为对照新旧方志、结合全祖望《鲒埼亭集》进行史事与实地的考证,有的还参考了《明史》《云麓漫钞》等史籍。根据所引内容,注中"旧《志》"当指《翁洲志》,"新《志》"当指《大昌国图志》。在诸书对读与实地考察中,杨泰亨注重发掘历史叙事中较为隐蔽的小人物,《宫井》一诗附注"前明鲁王陈妃,城破日偕贵嫔张氏、义阳王妃杜氏投井死,太监刘朝荷土掩之。事详《明史》暨全谢山《鲒埼亭集·宫井记》。考鲁王走昌国时,以镇署为宫,即今之镇署也。山麓有堂,堂东南有井,井泉甘冽。初疑为殉难处,后闻之老兵云,堂之西槛有瞽井,大石掩之,中夜常有声,直者不敢居,其为埋贞之所无疑",诗云"妃嫔殉君王,掩井辱亦了。有斯大节人,莫谓朝廷小",杨泰亨以小人物的"大节"精神为杠杆撬动"小朝廷"的历史叙事,与他关注鲁王监国、校刊《海东逸史》同一机杼。

　　最后,从杨泰亨的咏史之作来看,他关注的人物、事件多与自身所处时局有关。如果说《同治庚午春日,宫保佩蘅夫子命分赋咏史诗》中咏"郭汾阳"曰"中兴事,一委卿,非公长者畴输诚"是一种被动赋咏的话,那么居乡期间所作《怀彼都十章》等篇则是主动选择与时事相关的历史叙事。《怀彼都十章》分咏秦之咸阳、东汉之洛阳、蜀汉之成都、曹魏之邺都、孙吴之建业、北宋之汴京、南宋之临安、朱明之燕京、吴之姑苏、越之会稽,所关注的事件并非定鼎国业,而是各个朝政的覆亡,尤其是最后两首,从时间上来看,朝代的一路顺下中结尾忽而追溯至春秋吴越，较为突兀，实际上这是将个人关注的周边史事附着诗中。《南宋杂事》《五国城》也是基于个人关切的现实处境，叹息南宋、北宋末期的孱弱政局，感慨遂深、诗味较浓。此外，杨泰亨还格外关注历史中具有悲剧性结局的人物，如周亚夫、贾谊、晁错、李陵、杨修等。《故明景帝陵怀古和王渔洋韵》写明景帝朱祁钰，夺门之变后被其兄软禁于西苑，最终崩逝，杨泰亨诗末云"斜照残碑野芜没，君臣一代空斯须。行人下马拜秋色，败丛窜鼠卷苍须。十三陵树悲风起，晚山感慨纷何如"，杨泰亨惋叹于"豆萁本是同根株"的无奈，对景皇体魄赋以"了解之同情"。

　　总之，杨泰亨以个人经验的叙事方式渗入对历史材料的解读，试图以"小叙事"唤醒历史中长期为"大叙事"所遮蔽的部分，用吉川幸次郎的话来说，就是"只有历史家，才是因常识的暴力而遭受不幸的人们的异代朋友"[1]，对于此类人物、事件的抉发，是以"史臣之心"赋予他们新的生命。

　　综上所述，饮雪轩诗歌中的纪程、纪年、纪事充分体现了杨泰亨基于身份认同下的记叙意识。出使湘南时，以"皇华使者"的姿态记录贯穿南北的诗骚一路，关心民生民情；晚年居乡时，以读书为职志展开自我叙事；总其一生中，常以"史臣之心"，结合时势，对历史中的人物、事件进行挖掘与评价。杨泰亨诗歌在抒情传统的基础上突出叙事功能，这与其日记时常流露诗人心怀产生了有趣的互文。其实，不论是日记的日常记录，还是诗歌的反复题咏，本质上都是对记忆的一种制造与追索，杨泰亨对于"过去"与"现在"的书写本身也成为一段心史，刻录着个人生命的印记，等待着历史书页的翻腾。

---

　　① ［日］吉川幸次郎著，章培恒、骆玉明等译《中国诗史》，复旦大学出版社2012年版，第87页。

整理凡例

　　本书整理所用底本为上海图书馆藏稿钞本《逊敏斋日记》、天津图书馆藏《饮雪轩诗集》，参校北京大学图书馆藏《饮雪轩诗集》，其正文及人名索引整理凡例大致如下：

　　一、据"中国近现代稀见史料丛刊"惯例，将正文书名改作《杨泰亨日记(附诗集)》。

　　二、据"中国近现代稀见史料丛刊"要求，正文所有整理文字除特殊情况外，均使用规范简化汉字。

　　三、在正文原年、月、日后增加公元纪年，以圆括号"（ ）"括注其后。

　　四、正文夹注原为单行小字或双行小字，今改用小五号字体单行排印。正文添补字句随文整理，添补字句于原文语句不顺处则出注标明，天头处文字亦附入注中。

　　五、正文原稿确定误字者，以圆括号"（ ）"括出误字，后继以方括号"[ ]"括出改字，但明显的形近误字径改；原稿有脱字者，所补字亦用方括号"[ ]"括出；原稿有衍字者，用"【 】"括出。

　　六、正文所录词作上、下阕之间以圆圈符号"○"相隔。

　　七、日记正文后附入杨泰亨诗歌、人名索引，以便览者研究。索引仅为日记正文中人物姓名、字号或其他称谓，并按音序排列。

　　八、索引以姓名为检索主体，姓名之后括注日记中出现的字、号、别名、习称、昵称、官称、简称及其他称谓。

　　九、凡日记中出现的字号或其他称谓，亦列为检索条目，并与其姓名的主索引条目互见。

十、凡日记中仅出现字号或其他称谓者，尽力考出其姓名，列为主索引条目；暂时未能考知者，则径列字号或其他称谓为检索条目。

十一、人名后所列数字为该人物在日记中出现之年月日（公元纪年），如"刘熙载 1864.3.18,9.3"，即表示刘熙载出现在日记 1864年 3 月 18 日和 9 月 3 日。

十二、诗集所用底本与参校本均为宣统二年经畬家塾刻本，天津图书馆所藏《饮雪轩诗集》较北大本为修订再版，集前增朱孝臧所撰《饮雪轩诗集序》，每卷卷首增题"外孙咀英张锡诚重校"，改正了原本的若干错误，如"内（国）[阁]中书""藏之名（出）[山]""（鹏）[鹏]鸟赋"等，此类修订例以天津本为据，不再出注。此外，天津本中未检细误如"内宦监大监"等，由整理者在脚注中以按语形式注出。

十三、为反映刻本面貌，诗集中避讳字一律不改，如"（元）[玄]亭""荒（邱）[丘]"等。

十四、诗歌题下小注、附录以及正文中附注人名予以保留，其余内容置于脚注，以便读者观览。

杨泰亨日记

同治二年日记

　　癸亥四月二十四日（1863 年 6 月 10 日）　偕童琢珊水部春、洪梅艇同年倬云往候桂鉴湖熙、俞小筠斯珣、张麟洲翙俊、凌春波鸿藻诸同乡于保元堂药肆。下午微雨，凌韵士同年行均在宴宾斋招饮。是夕，陈兰谷桂堂宿于馆，蒲云琴舍人贵和退直。询知春榜：状元翁曾源江苏常熟，榜眼龚承钧湖南湘潭，探花张之洞直隶南皮，传胪二甲周兰浙江仁和。

　　张麟洲幕游山左，携有恩竹樵廉访锡所著《承恩堂集》，摘录数诗于此：《雨发洋河》云：星轺去不息，小雨发洋河。客路交游少，浮生感慨多。岚横溪鸟渡，水腻野云拖。试问南来雁，应从故里过。《雨夜》云：欹枕无聊更放歌，向谁重问夜如何。雨因搅梦声偏骤，诗为怀人恨转多。翠阁烟沉慵宿燕，黄河风紧走灵鼍。年来惯惹牢骚感，野馆宵深飐女萝。《对月》云：独对三更月，频添五夜愁。璇闺乱砧杵，铃阁冷兜鍪。历历归鸿影，萧萧战马秋。漫劳骑鹤想，烽火照扬州。《送别》云：送别彭城郡，天涯百感生。骊歌寄樽酒，鞭影数邮程。剪烛前宵话，班荆异日情。载涂多雨雪，游子慎长征。《七夕》云：客路茫茫又早秋，故乡儿女拜针楼。三年七夕天涯度，万古双星河畔留。此夜嫦娥应有妒，旧时王粲不胜愁。倚阑远望情何限，借得乌尼一翼不？《题止酒图》云：浮生只解蓸腾醉，到处头衔署酒徒。野火松陵刚设篘，西风彭泽自提壶。黄花晚节酡颜对，红稻斜阳对影扶。何事糟邱思避迹，却教赭墨点秋图。《留别寿州》云：春婆梦醒感华胥，赋到归来是遂初。好谢郁林一片石，载途犹有满车书。已拼踪迹老淮浉，一旦身从北雁归。几树新栽堤畔柳，乱蝉无数咽斜晖。万事从看一

羽轻，平生无奈是多情。临岐几叠阳关曲，搀入凄凉鼓角声。《寒夜》
云：西风阵阵掠檐过，酒尽灯昏发浩歌。眼看公卿挥玉麈，心伤荆棘
掩铜驼。天边月晕寒烟迥，江上潮回战鼓多。满耳荒鸡催我起，披衣
重问夜如何。《赠张麟洲诗》有"归田窃比陶元亮，浮海还如管幼安。
孤馆青灯愁里对，故园黄菊梦中看。探珠谁道骊难得，振翮原知鹄不
群。独倡风骚横一代，叠张旗鼓奢三军。莼芦秋思君难遣，诗酒豪情
我未捐"等句，皆极倾倒麟洲者。麟洲述有女郎题壁《满江红》一阕
云："满目凄凉，看门外、一车两马。问道是、萧郎去了，泪珠盈把。欲
语更无分说处，临行不道如何可。但叮咛、珍重两三声，情无那。
○情莫问，真和假。交孰比，君与我。尽一枝斑管，此情难写。别酒
尽倾襟袖上，离魂长绕轮蹄下。且登高、极目望长亭，魂销也。"朗诵
一遍，殊觉口齿皆芬。

二十五日（6月11日）　寄第拾柒号家书。由兰谷附封寄南。走
价至朱肯夫同年处，索观曾帅讨贼檄文。钦差前任礼部右堂曾为传
檄讨贼事：逆贼洪秀全、杨秀清称乱以来，于今五年矣。荼毒生灵数
百余万，蹂躏州县五千余里，所过之境，船只无论大小，人民无论贫
富，一概掳掠罄尽，寸草不留。其掳入贼中者，剥取衣服，搜括银钱，
满五两而不献贼者，即行斩首。男子日给米一合，驱之临阵向前，驱
之筑城浚濠；妇人日给米一勺，驱之登陴守夜，驱之运米挑煤。妇女
而不肯解脚，则立斩其足以示众妇。船户而私议逃归，则倒抬其尸以
示众船。粤匪自处于安富尊荣，而视我三江两湖被胁之人曾犬豕牛
马之不若。此其残忍惨酷，凡有血气者未有闻之而不痛恨者也。自
唐虞三代以来，历世圣人，扶持名教，敦叙人伦，君臣父子上下，尊卑
秩然，如冠履之不可倒置。粤匪窃外夷之绪，崇天主之教，自其伪君
伪相，下逮兵卒贱役，皆以兄弟称之，谓惟天可称父，此外凡民之父皆
兄弟也，凡民之母皆姊妹也。农不能自耕以纳赋，而谓田皆天王之
田；商不能自贾以取息，而谓货皆天王之货；士不能诵孔氏之经，而别
有所谓耶稣之说，《新约》之书。举中国数千年礼仪人伦、诗书典则，

一旦扫地荡尽。此岂独我大清之变,乃开辟以来名教之奇变,我孔子、孟子之所痛哭于九原。凡读书识字者又乌可袖手安坐,不思一为之所也。自古生有功德,没则为神,王道治明,神道治幽,虽乱臣贼子、穷凶极丑,亦往往敬畏神祇。李自成至曲阜,不犯孔庙;张献忠至梓潼,亦祭文昌。粤匪焚郴州之学宫,毁宣圣之木主,十哲两庑,狼藉满地。嗣是所过州县,先毁庙宇,即忠臣义士,如关帝、岳王之凛凛,亦皆污其宫室、戕其身首,以至佛寺道院、城隍社坛,无庙不焚,无像不灭。斯又鬼神所共愤怒,欲一雪此恨于冥冥之中者也。本部堂奉天子命,统师二万,水陆并进,誓将卧薪尝胆,殄此凶逆,救我被掳之船只,拔出被胁之良民。不特纾君父宵旰之忧劳,而且慰孔孟人伦之隐痛;不特为百万生灵报枉杀之仇,而且为上下神祇雪被辱之恨。是用传檄远近,咸使闻知。倘有血性男子号召义旅助我征剿者,本部堂引为心腹,酌给口粮;倘有抱道君子痛天主教之横行中原赫然奋怒以卫吾道者,本部堂礼之幕府,待以上宾;倘有仗义仁人捐银助饷者,千金以内,给予实收,千金以上,专折奏请优叙;倘有久陷贼中自拔来归杀其头目以城来降者,本部堂收之帐下,奏授官爵;倘有被胁经年发长数寸临阵弃械徒手归诚者,一概免死,资遣回籍。在昔唐宋元明之末,群盗如毛,皆由主昏政乱,莫能削平。今天子忧勤惕厉,敬天恤民,田不加赋,户不抽丁。以列圣深厚之仁,讨暴虐无赖之贼,无论迟速,终归灭亡,不待智者而明矣。若尔被胁之人,甘心从逆,抗拒天诛,大兵一压,玉石俱焚,亦不能更为分别也。本部堂德薄能鲜,独仗忠信二字以为行军之本。上有日月,下有鬼神,明有长江之水,幽有前此殉难各忠臣烈士之魂。实鉴吾心,咸听吾言,檄到如律令,毋忽。此檄,咸丰四年□月□日檄。

涤生先生此檄卫道辟邪,昌言牖世,不但声罪致讨足壮国威,实为近代以来有数文字。吾乡士人金谓不可不镂诸石,昭示来兹。因斋盥敬书,立石陶桓公书堂中。咸丰庚申武昌王家壁。

老泉发策,虑及奸民。恬熙既久,声昧顽嚚。况兼邪说,侮圣致伦。桓桓曾公，侯度儒巾。贼毒三楚，楚贤帝抡。公值里居，诏起重臣。先驰一檄，尊圣笃亲。数年枋槥，帝鉴忠勤。命督三江，海内欣欣。思前两载，巴河之滨。临江大宴，兵卫骁骁。公座有客，武部王君。曾与斯议，曾懋公勋。刻公斯檄，寒溪粼粼。公功肇敏，视此雄文。咸丰十年黄冈梅见田题。

二十六日（6月12日） 读《鹿洲文集》。

二十七日（6月13日） 族叔小峰名钰嘱至四雅轩观剧。晚至福兴居酒馆陪客。小峰叔前为奉天义州吏目，有官声。知州李文森赠以联云：能吏每兼廉吏少，治民更较爱民难。过钟雨辰骏声、李苟洲宪章两同年处茶话。晚间凌韵士行均、子廉行堂同年昆季来馆，谈至夜分而散。上谕：此次散馆之修撰徐郙，编修何金寿、温忠翰、孙毓汶，业经授职二甲庶吉士。陈彝、宜绶、宗室昆冈、刘瑞祺、曹秉濬、王昕、张家骧、龚聘英、姜敏修、林天龄、张鸿远、平步青、杨先荦、马相如、薛斯来、周德润、董兆奎、毕保厘、范德馨、陈（孚）［学］荣、谭钧培、吴文钊、龙湛霖、黄槐森、张良璋、欧寿樗、王道源、廖坤培、尹绍甫、游百川，俱着授为编修三甲庶吉士。孙诒经、王荫丰俱着授为检讨。潘家钰、范鸿谟、周潘、王桐、汪正元、王福保、唐国翰、徐肇珣、童毓英、李祖光、赵子瑞、宗室桂昂，俱着以部属用。寻銮晋、王允谦、王琛、鹿传霖、同棪奎，俱着以知县用。钦此。

二十八日（6月14日） 送小峰叔以知县验看，在午门外阙左门。钦派验看大员八人。晤见马焕卿同年文华，伊系吏部文选司主稿者。午刻，至赵蓉舫师处祝寿。回寓后，偕梅艇同年往谒宝佩蘅座师，领归《佩蘅诗钞》一册、楹联一副。兼至张子腾太史家骧处，因留馆道喜。新贡士朝考题："三不殆论""询事考言疏""赋得四时花竞巧"。

二十九日（6月15日） 周惺庵同年绍达、卞竹坪兄宝璋来寓，不值。

五月初一日（6 月 16 日）　凌子廉同年、张子舟兄嘉桢来寓。

初二日（6 月 17 日）　朱久香年伯兰、张麟洲、俞小筠、桂鉴湖来寓。午后，偕梅艇同年过马焕卿同年文华宅，为亡妹请旌贞孝事。便道过赵粹甫太史佑宸书馆，晤见童薇研先生华、沈桐甫前辈淮，与赵企三中书有涛、李廉水兵曹濂、赵琴伯家薰叙谈。晡时，往候陈念东同年元骥、徐秋宇谱兄锦华、李咏裳葆恩诸兄。

初三日（6 月 18 日）　梅艇同年应子廉同年之聘于是日进馆教读。是晚雨。

初四日（6 月 19 日）　谒宝佩蘅师鋆、赵蓉舫师光、万藕舲师青藜各宅拜节禀安。随至周惺庵同年绍达、卞竹坪兄、马韵海兄处，不值。暨姜梅生同年敏修留馆道贺。午后，至凌定甫兄忠镇宅与赵企兄、李廉兄相晤。

初五日（6 月 20 日）　端阳，为诵苏老泉"佳节每从愁里过，雄心时傍醉中来"之句。午后，臧峻峰锡钧来分发，福建县丞楼玉圃同年誉普来馆。小峰叔病痢而寒热未退，商酌方药，延医调治。

初六日（6 月 21 日）　赵香士兄来寓。晚间，过子廉同年处茶话。

初七日（6 月 22 日）　接春木兄四月十二日托沈步蟾翁寄来一函。是晚，子廉、梅艇两同年来馆，谈至鸡鸣而散。子廉曰，学以变化气质为先，欲治病根，当劝吾读《五子近思录》以药之。次早，即于琉璃厂购得一册。

初八日（6 月 23 日）　与琢珊水部围棋。下午书屏扇各件。

初九日（6 月 24 日）　陈琢堂同年兆翰为张子腾太史家穰钱行，席设于豫章会馆。同席者为赵粹甫太史佑宸、童春海太守恩、凌韵士子廉同年昆季、蒲云琴舍人贵和、张竹晨比部善倬、沈桐甫中翰淮、童琢珊水部春、赵企三茂才有涛、赵琴伯茂才家薰、李廉水驾部兵曹濂、桂双湖兄炳、凌春波兄鸿藻、郑小竹比部芳圭、冯柳堂观察镕、马子桢孝廉廷械。豫章馆在悯忠寺侧，楼阁丹垩，位置水石，花竹翳如。有景贤堂,祀江右历代乡先达暨孝友节烈者,为位于中堂,旁悬纸版六,胪名于上,以时肸蚃而瞻仰焉。旁有谢叠山先生祠,像塑如生,风骨棱棱,神采奕奕。上悬朱鸟来食,额为彭邦畴书,并撰楹联云:小女子岂不若哉,向萧寺招魂新公祠宇;大丈夫当如是也,与文山比节壮我江乡。其裔孙谢增有联云:萧寺怆孤忠,回首故乡何处是;桥亭留片石,伤心祖砚几时还。其前有一琴一砚斋,为万藕舲师所书。琴曰号钟,砚乃桥亭卖卜之砚,拓其铭合为一帧,旁列姜西溟宸英联云:彝鼎图书自贵重,兰苕翡翠相鲜新。笔法遒逸,墨迹如新。

初十日(6月25日)　送小峰叔至内阁验放。钦派王大臣四员在内阁大堂,由吏部司官带领该员分班跪诵履历,或即引见仪注也。是日黎明进东华门,过御河桥,见有新荷万柄,弥望一碧,田田可爱。晤见马焕卿同年、钱揆初前辈勖。午刻,会饮于富兴楼酒肆。

摘录张麟洲《抱月楼诗草》数诗,其《泛海放歌》云:黑风卷地号深秋,海水壁立突兀撑山头。天云四合黯无色,但见万里不断泥沙流。伏龙横卧金鸡峙,冯夷狂吼天吴愁。奔腾溯泙走怒雷,蛟门锁钥不得收。楼船迅驶出关去,茫茫日夜乾坤浮。鼙鼓动地呼嗲千貔貅,铁骑突出琅琅鸣戈矛。一起一伏上下百余丈,低昂直似梭抛投。长舸巨艑络绎来不绝,明灭闪烁飞白鸥。大鱼吹水作人立,赤鬐摇摇排旌斿。长江如带黄河如钩,五岳眼底有如浮沤。此中惟有朝见日出暮见月,一双跳荡琉璃球。我欲登三岛,我欲穷十洲。仙之人兮山之陬,羽衣蹁跹招我游。以玉为宇兮以琼为楼,烟云隐现凉飙飕飗。神山可望不得至,中心顾而烦忧。海外未必无九州,我无仙骨仙不可求,不如归卧空山幽。胡为一身沧海上,朝生暮死同蜉蝣。时清有日会须待,海波不扬昭神庥。南溟行将六月息,下视榆枋弱羽声啾啾。《广杜前出塞六章》:军书催我去,万里赴戎行。亲朋走相送,置酒歌同裳。王师讨不庭,除莠安善良。吾侪小人耳,何敢恋故乡。　边地多悲风,落日旌旗卷。沙漠日以近,骨肉日以远。生死寄他方,敢望延残喘。威重性命轻,身贱恩情浅。　驱马长城下,月黑霜天高。胡骑四围合，阴风相怒号。左射人队车，右射人伏韬。诸将竞高宴，丝管声嘈嘈。　猿臂矜善射，老死南山头。金印如斗大，不识兜与鍪。举世崇蝇鼋，盐车困骅骝。何不据要津，而怀数奇忧。　墨磨盾鼻云，米淅矛头铁。脱我旧战袍，红溅猩猖血。诸君得虎子，我独探虎穴。十年壮士心，化作天山雪。　枕戈宿草露，北风何萧瑟。中夜梦故乡，恍惚入我室。入室见妻子，相对旧颜色。梦醒竟何在，军门吹筚篥。《抵申浦》云：水色连天似镜铺，斜阳一抹澹寒芜。青黄村树都成画，平远江山已入吴。对客忽惊乡语改，思家倍觉梦魂孤。风尘憔悴何人识，市上空多碧眼胡。《黄浦》云：黄歇江头落日斜，帆樯猎猎起寒鸦。高官惯醉兰陵酒，商女犹歌玉树花。霸国河山随逝水，鲛人邑里溷中华。《胡儿向化》：皇恩大夷夏，如今是一家。《赠友》云：蛇豕纵横道路中，只身天地哭途穷。故园田宅沦兵火，海上风波老寓公。甬水无鱼书寂寂，苏台有鹿走匆匆。相逢尽是无家客，一夜情怀两处同。

十一日(6月26日)　买《云麾碑》。

十二日(6月27日)　祝沈桐甫前辈淮寿母六十于鹿鸣堂。晚间在如松馆为张子腾太史家骧饯行，蒲云琴前辈、琢珊水部迭为宾主，时张麟洲、陈琢堂、郑小竹、凌定甫、赵香士、李廉水、凌春波诸同乡皆在座，召歌伶芷秋、芷侬、天保、梦香、湘屏、琴香、素香、绚云以侑酒。

十三日(6月28日)　陈兰谷兄招饮于富兴楼。午后四雅轩观剧。沈芷秋演《昭君出塞》，素香、兰香演《回龙阁》诸剧，皆倾靡四座者。

十四日(6月29日)　雷雨。接第柒号家书及姚美堂兄上海发、杨习之兄天津发各件。

十五日(6月30日)　四雅轩观芷秋、小侬演《琴挑》一剧，色艺双绝。晚与小峰叔、赵香士、李濂水辈会饮于富兴楼。发第十九号家书。托张子腾太史寄归，并监照七纸、《搢绅》一部。

十六日(**7月1日**)　董樵孙比部学履来馆。

十七日(**7月2日**)　朱久香年伯招饮,倪叶帆宫詹杰、顾淡如稼部菊生皆在座。

十八日(**7月3日**)　向方子望稼部熊祥处出印结。

十九日(**7月4日**)　潘辛芝同年观保来寓。

二十日(**7月5日**)　托焕卿同年代办具呈、中书注册、验看、投供等项。

二十一日(**7月6日**)　梅艇同年来借考具。

二十二日(**7月7日**)　考国子监学正、学录,共约四百四十余人。钦派阅卷大臣灵桂、皂保、朱凤标、万青藜。四书题:"故君子不出家而成教于国""容民蓄众策"。

二十三日(**7月8日**)　在凌子廉同年宅晚饭,食西瓜。同席者为童薇研、赵粹甫两先生,桐甫前辈,耕叔世兄。托陈兰谷兄寄归第贰拾号家书。

二十四日(**7月9日**)　郑小浦兄偕王吉人兄来为伊父嘱书墓碑。楼玉圃同年来馆晚饭。

二十五日(**7月10日**)　接第五号家书,托王礼堂寄来。是晚,马焕卿同年在宴宾斋招饮。吴子英八兄、汪芍卿兄绶之、邵信甫兄、陈雨香司马树勋、周伯荪兄兰皆在座。

二十六日(**7月11日**)　大雨。

二十七日(**7月12日**)　阅《五子近思录》。

二十八日(**7月13日**)　由中书分发到阁行走,在阙左门验看。钦派倭什珲布、绵宜、基溥、齐承彦、庞钟璐、宝珣、沈桂芬、桑春荣等八名,验看人员一百十名。晤见马春阳传煦、金少伯曰修、陈云舫沂诸前辈。适大雨,遂于午刻偕至内阁。蒲云琴前辈在阁候久,而儤直内廷者已散矣。汉票签廨宇凡三楹,中悬"职掌纶音"匾额及"攀龙鳞附凤翼"六大字,旁悬联对云"天下文章莫大处,龙门声价最高时"。与蒲云翁偕出东华门,雨稍霁,道路泥泞,车行颠簸。晚,在宴宾斋邀马焕卿、朱肯夫两同年,童春海世叔恩,蒲云琴前辈贵和,童琢珊水部春,洪梅艇兄倬云,小峰族叔钰集饮。

二十九日(7月14日)　赵粹甫太史佑宸、楼玉圃同年誉普来寓。

三十日(7月15日)　王春芳表弟、李濂水兄、赵企三兄、子廉同年来寓。晚,与冯柳堂观察镕在宴宾斋招薇研先生、粹甫先生、子廉同年、云琴前辈、子贞、廉水、琴伯诸兄饮。定更时,大雷雨。

六月初一日(7月16日)　凌韵士稼部行均、马子桢孝廉廷械来寓,不值。晚,饮于童薇研先生宅。

初二日(7月17日)　朱久香年伯、陈云舫沔、冯鹤岩柏年诸前辈来寓。

初三日(7月18日)　陈琢堂同年兆翰、邵縠人同年允昌来寓。晚,与竹山、廉水、香如、定甫诸兄饮于宴宾斋。饱啖西瓜后,乃偕至春馥堂,晤见小筠、春波、麟洲,促席移尊,有冰桃、雪藕、鲜胡桃、鲜杏仁四小冰盘。谐谑间作,极欢而散。是夕,麟洲醉归,与竹山同榻,拇战不胜,使酒骂座。附录,前在如松馆,予逃席绝句云:扑索迷离两不真,登场老我眼中人。东皇着意留春住,无奈杨丝不系春。

初四日(7月19日)　巳刻,到内阁直班,约琢堂兄偕进东华门。时金少伯曰修、惠春农庆滋、徐子寿延祺、饶筠圃世贞、王楚香宝善诸前辈先后到阁。退直已在未刻,记联云:丝纶阁下文章静,钟鼓楼前刻漏长。

初五日(7月20日)　卯刻,阁长许星叔前辈庚身以予及余辉庭恩照、陈叶封珏三人初曝直者在内阁大堂带见贾中堂桢、周中堂祖培、瑞中堂常。巳刻,谒宝座师不值。至姚守性兄处食粉面。出城拜客,阳乌逼人,停骖憩息。郑小竹比部芳圭来寓,发山西松崖伯一信。

初六日(7月21日)　上午拜客,晚过粹甫先生馆,食西瓜。

初七日(7月22日)　翁巳兰琳来馆、广升郑小浦兄退年以车来邀至元庆堂挂笏楼看荷,在后门鼓楼西侧,冰窖在其南,一水湾环,长堤围绕,绿荷万柄,绛屑嫣然,拓窗以观,香风袭人,举爵劝酬,受浮无算。时则周少山咏、尹德欢、王通元、礼堂、春芳辈俱与饮。是夕,宿广升。

初八日(7月23日)　元成徐宝忠兄邀饮,仍在元庆堂食烧鸭,极肥。傍晚回寓。

初九日(7月24日)　邵縠人同年来馆,偕竹山、定甫、香士饮于宴宾斋。

初十日(7月25日)　黎明,乘舆至东华门,在内阁值房暂憩。适余辉庭恩照、陈叶封珪亦至,相与偕至景云门,遇许星叔前辈庚身、冯鹤岩前辈柏年于途往取名单。少焉,而倭艮峰中堂仁下马至朝房,遂带见焉。星叔并指示军机领事处,遂相率入景云门。过乾清宫门,有金猊二、金缸大四围二列于宫门外。至大军机处,从西阶登,在保和殿右侧,其前即中和殿也,并有太和殿巍然障于前。缘阶而行,见宝级千层、瑶阶万叠,其上有篆烟炉十余座,铜鹤、铜鹿各一。其下阶砌可容数万人,有品级山范以铜,如覆斗状,骹列于前。折而东,出德左门,左行过廊庑,遂至内阁值房。比归,复大雨。

十一日(7月26日)　董樵孙比部来馆。

十二日(7月27日)　至朱宅拜年伯母周年。下午至福隆堂晤见郑小竹比部、宋静川兄、周少山兄,为同乡旅榇航海回南之事。晚,过子廉同年家,偕至宴宾斋,座有陈雨香明府树勋、孙子授太史诒经、孙咏仙同年颂清、周惺庵同年绍达、马焕卿同年文华。

十三日(7月28日)　沈桐甫前辈来馆。

十四日(7月29日)　至薛家湾及宁府馆为王子竹大森、陈剑泉宗翰、江秀苏仁葆、王蕊香赓华送行。

十五日(7月30日)　凌春波孝廉、陈雨香明府来寓。

十六日(7月31日)　内阁入直。饶筠圃世贞、惠春农庆滋、徐子寿延祺是日同值也。晚间,肯夫同年来馆,偕至子廉同年宅,谈至夜分而散。

十七日(8月1日)　偕云琴前辈、谢尺瑚同年辅缨至琉璃厂宝月斋买殿卷,集益斋买宣纸。途遇薇研先生、粹甫先生、桐甫、琢堂两前辈,继至童春海先生宅索取《今白华堂集》一部。

十八日(8月2日)　秦思泉工部士美、徐秋宇孝廉锦华来馆。

十九日(8月3日)　午后,往候孙咏仙同年颂清不值。楼玉圃、潘荻渔诸同年皆赴饮不遇。傍晚,钟雨辰、李苟洲两同年来寓晚膳。洪梅兄、马子贞兄亦继至,坐谈仟月,更余始散。

二十日(8月4日)　春波兄来寓。

二十一日(8月5日)　发第贰拾贰号家信。

二十二日(8月6日)　在谢公祠备席二,邀许星叔庚身、惠春农庆滋、沈桐甫淮、蒲云琴贵和、陈琢堂兆翰、金少伯曰修、何介夫承禧、鲍子年康、徐子寿延祺、史莲生致煮、陈云舫沂诸前辈饮。冯鹤岩柏年、许善长季仁、刘星岑湘毓、王楚香宝善、周卓园友檀、黄佑堂谋烈皆未赴,以柬辞。

二十三日(8月7日)　观陈继香水部与凌春波孝廉围棋。

二十四日(8月8日)　午刻,入直内阁。是日早班为陈琢堂,午班为周卓园、黄佑堂诸前辈。未刻,至军机处领事,晤见沈桐甫淮、方子颖鼎锐诸翁。领得折片十五件、清单四件。晚间誊写谕旨五道,校对折片各件,并恭缮"子皇帝庆贺皇太后表文套面"等件。时已夜阑,苦壁虱不能成寐。槐阶月上,薇省风清,此时求一知己坐谈至晓,不可得。比黎明,而许星叔前辈踵门。至辰刻,魏吟舫乃勷前辈来接班,始退直。

二十五日(8月9日)　陈云舫前辈沂来寓。琢珊兄为小峰叔饯行。座有孙咏仙同年、翁巳兰稼部琳、沈桐甫前辈、秦思泉工部士美、周少山咏、李廉水、赵琴伯诸兄。

二十六日(8月10日)　沈桐翁、李濂兄、赵琴兄为小峰叔饯行,仍在如松馆。

二十七日(8月11日)　凌定甫兄来馆。

二十八日(8 月 12 日) 卯刻，入直内阁。魏吟舫前辈乃勴尚在校对折片，共勴其事，并誊写丝纶档本。辰刻，而惠春农庆滋、王楚香宝善、刘星岑湽焮诸前辈亦继至。书签已竣，供事禀称方略馆校对需人，诸前辈遂以予名应焉，明年议叙可加一级、纪录二次也。未刻，偕云琴前辈退直，出东长安门。适午门、端门、天安门均开，进辇毂五，缘下月朔日举行祀典也。步行至德恒号，晤见罗纶言朝宣昆季，遂用午膳。着人至吏部衙门探问本月廿五日中书六名掣签名次，还报以予居首，补缺之期较速也。雇车至馆，询知朱久香年伯来寓不值。申刻，仍偕云琴前辈过翁馥笙兄在玑寓，托办诰封事。晤见翁蕙舫先生、邵茗仙文煦前辈。

二十九日(8 月 13 日) 朱久香年伯为伊亲怀柔县教郑慎斋广文重嫁女与倪叶帆先生杰为媳，来馆赍屋。适童琢翁转致秦思泉工部士美纳妾，代询久香年伯之使女苏姓者，缘视学安徽，将出都，而事得谐。下午，往候孙子授太史诒经、方子颖前辈鼎锐、方子望农部熊祥，不值。

七月初一日(8 月 14 日) 早晨，至吏部投供，在文选司澄叙堂①点名，以次投结。至吏部大堂观堂榜。继至德恒号晤见罗纶翁。午刻回寓，子廉、梅艇两同年来寓，秦思翁亦踵至，后与肯夫同年相遇，订定纳妾日期。是夕，偕云琴前辈饮于沈桐翁宅。

初二日(8 月 15 日) 在韵士同年宅晚膳。

初三日(8 月 16 日) 发第贰拾叁号家书，托顾淡如稼部菊生寄沪。是晚，为孙咏仙之任山东、朱肯夫随侍视学安徽两同年、小峰叔之任山西饯行，座有马焕卿、潘辛芝前辈观保、楼玉圃誉普诸同年，徐秋宇孝廉锦华、童春海先生恩在宴宾斋酒肆。

初四日(8 月 17 日) 至咏仙同年处送行。午刻，云琴前辈、子

---

① 原文旁附补字：中悬"瑶林冰镜"匾。

廉同年为小峰叔饯行,仍在宴宾斋。

初五日(**8 月 18 日**) 麟洲来馆辞行,云将于初九日出都。夜来防秋未严,感染寒热,服甘桔等药。

初六日(**8 月 19 日**) 双湖来馆辞行,仍卧疾。

初七日(**8 月 20 日**) 疾稍间。晚,乃与琢珊、尺瑚、继香诸翁联句,得十二韵:七夕例有诗理,客居况凄寂。明河淡微云琢,细雨截雌霓。高斋暑气清继,宾从兹良觌。小饮理浊醪尺,遥夜闻寒笛。长安风景殊理,抚时增欢戚。牛女望秋期琢,燕婉诉绸缪。天钱讵易借继,终年常疏逖。一岁一团圞尺,星霜几经历。聚首各天涯理,苔岑殷勤觅。无为儿女悲琢,吉语愿申锡。富贵亦寿考继,翔步中唐甓。壮哉千里志尺,何事叹伏枥理。

初八日(**8 月 21 日**) 服午时茶而寒热渐退。薇研先生汤饼会,未赴。

初九日(**8 月 22 日**) 发贰拾肆号家书。力疾。至保元堂,为张麟洲、桂双湖诸兄送行。是日,子廉、梅艇两同年及定甫兄来馆问疾。

初十日(**8 月 23 日**) 肯夫同年来馆。下午,过定甫宅,以高丽笔见赠。晤见邵信甫懿瑞、朱纯甫锡安。

十一日(**8 月 24 日**) 内阁入直。午后,出东华门至万聚钱铺,固邀观剧。傍晚,至后门广升过宿。

十二日(**8 月 25 日**) 早晨,郑小浦、王春芳诸兄邀至德馨处食羊脯。已刻,至交道口安和堂,宋渠翁为母发丧,遂往奠焉。过余仰翁处坐谈片刻,雇车至旃檀寺,晤见陈德芳兄。于未刻出顺治门回寓。继至肯夫同年宅,出观久香年伯《花间补读图》小像,其尊甫少仙太年伯题二截云:未画当年课子图,海昌岁月不荒芜。从前大半为场屋,经济书曾补读无? 老我无心揽五车,年逾八十向人夸。灯前尚觉双眸炯,高阁群书只看花。并出其夫人卿藻钱氏遗册索题。附录久香年伯题诗一律云:脱除脂粉气,绘事亦家声。妇慧原非福,儿痴在好名。枉锼同用印,题诗作画有肯夫卿藻同用印。谁荐未尝羹。呜咽池瀼水,青春了此生。后书:壬戌八月,属伯声检卿藻遗墨,伯声哭不能止。乃偕适范妹,共检得画册八页、题诗一首,俾他日得免兵燹之灾,愿定基诸孙宝斯焉。

十三日(8月26日)　寒热复作,服范制神曲取汗,稍瘥。久香年伯来馆。徐秋兄约偕过焕卿同年宅,不果。沈步蟾兄来辞行,即托其带第贰拾伍号家书。

十四日(8月27日)　徐秋翁来馆,偕过焕卿同年宅,遂往凌宅问梅艇同年疾。迨回寓而寒热复作,蒙被而卧。是日,董樵翁、张卓翁、李廉兄、赵企兄、琴兄、陈春兄暨秦思翁来寓。秦名士美,原名宪昭、福谦,号思泉,壬子举人,工部主事,住绍兴高埠西官塘,土名独树,岳庙对河便是。

十五日(8月28日)　病寻愈。云琴前辈、竹珊兄强拉予至城隍庙观香市。地僻人稠,庙旁百戏杂沓,妇女被服,靡有丽都者,风景大异南土。继至全浙新馆,往候荻渔、玉圃两同年,晤见黄漱兰体芳、周伯荪兰、孙子授诒经、平景苏步青诸太史及徐秋宇兄锦华、钱登卿前辈赟。是夕,春波兄来馆。

十六日(8月29日)　李廉兄、赵琴兄、谢尺兄、陈继翁与春波兄拇战。

十七日(8月30日)　发贰拾陆号家书,托王春芳表弟附南。下午,童琢兄、陈继翁偕过全浙新馆,观春波兄与俞嗣生稼部之俊围棋。徐秋兄招饮,因病未赴。

十八日(8月31日)　王小铁舍人堃来寓。下午,偕童琢兄、陈继翁过梁家园寿佛寺,观春波兄与秋航和尚围棋。座悬崇恩联云:钵盂分我云堂饭,拄杖敲君竹院门。笔法绝类东坡,又有李瀹泉屏幅、周少白竹石,亦佳。晚间,楼豫斋同年在宴宾斋招饮,未赴。

十九日(9月1日)① 　早晨,钟慎斋同年观豫来馆,出观旧作。

---

① 　天头处文字:胜保赐死。

附录二律。《早秋书怀和蒋湘洲农部韵》:小窗听雨水潺潺,天送凉风一夜还。乡国初消兵火后,客心难定去留间。秋分远袖寒添色,梦绕清溪翠满湾。家在钱清。盼煞银河长洗甲,捷书新喜下江关。时吴江、震泽收复。《登雁塔》云:层霄独立谢同群,一览秦川眼底分。绝顶危栏摇日月,横胸奇气压风云。千年碣断迷苍藓,万里峰高入暮曛。听彻钟声归去晚,马头黄叶落纷纷。慎斋善楷书,兼习韵语。

二十日(9月2日)　偕陈继翁过子廉同年宅,晤见肯夫同年、姜仲林兄。午后,至琉璃厂买白折卷五十本,于同文堂买《薛文清全集》并《读书录》《蓝鹿洲集》《四书汇参》等书。晚间,郑小竹比部来馆。

二十一日(9月3日)　偕张竹晨比部、凌春波孝廉过寿佛寺观秋航和尚及汪慕杜太史承元围棋。

二十二日(9月4日)　午后,过凌定甫兄宅,见案头有王起旧作数首,附录于此:柔魂一缕,看纤纤钗朵,嫩凉如水。玉琢肌肤冰镂骨,恰好纱幮风细。末丽输芳,蘅芜忆赠,商略瑶阶地。黄昏何处,有人愁拥双髻。○怜尔倩影轻摇,几茎瘦削,尽把铅华洗。罗扇云屏秋寂寞,留伴胆瓶乌几。逆鼻芬清,搔头样短,月荡帘阴碎。珊珊来晚,霍家琼佩应似。咏晚香玉,调寄《念奴娇》。　年年今夕,是可怜宵。望不见、江南金粉,情难堪、塞北萧条。人何在、银烛秋屏,翠袖珠翘。○倦游踪迹①,一样魂销。算只有、发星依旧,怎安排、独客无聊。明河外,尘海茫茫,填不成桥。七夕书感,调寄《两同心》。　十万金钱欠帝婚,无端公案太销魂。天孙也阅沧桑劫,空费麻姑指爪痕。　井梧飘叶触帘钩,如许天涯尔许秋。终得团员又离别,漫云上界不知愁。稽首瑶軿叩玉京,几人富贵与长生。痴见骇女寻常事,那得修来福慧并。　雾鬓云鬟幻太虚,相思眇眇独愁余。愿凭咫尺银河水,化作人间比目鱼。　凭几低诉可怜宵,纵少琼浆渴亦消。不是新婚是成例,

----

① 整理者按:按词谱,"倦游踪迹"后当有两平声字,入韵。此处或为杨泰亨抄写之误。

鹊桥遮莫拟蓝桥。　地久天长无尽期,姮娥奔月定输伊。昨宵密制鸳央锦,都在停机不语时。　谁家设果窃为君,第一玲珑迥出群。我怕聪明坐磨折,焚香细读柳州文。　小谪红尘经几年,鬓丝惆怅杜樊川。画屏罗扇飘零甚,夜色天街倍黯然。

二十三日(9月5日)　入直内阁,是日系惠春农前辈兼班。晤见冯鹤岩柏年、慕慈鹤荣幹、顾宜楣芸、钱敦卿贽、蔡滋斋世保、张房农兴留、冯杏林向华诸前辈。未刻,出东华门,至四牌楼谒宝座师。适公出,遂至德恒晤罗纶翁。出正阳门,过和泰食粉面。适郑小竹比部及桐甫前辈在座,相与同车回寓。傍晚,过焕卿同年宅,继至粹甫先生馆晚膳。

二十四日(9月6日)　童薇翁惠所画山水横幅。日晡,肯夫同年来馆,谈述阳明理学及胜国遗事,甚悉。夜三鼓而散。汉军李云麟有将才,军行有纪律,闻以五金出京,徒步至陕。雨辰同年祝云琴前辈所亲四十寿言:风姿潇洒露精神,四十居然强仕身。诰锡九华荣梓里,筹添五福下蒲轮。解推誉起乡闾颂,山水情怡杖履春。未睹眉犁传齿德,芜词聊与祝灵椿。

二十五日(9月7日)　为童春海先生道道州喜。晴时,秦思翁在如松馆招饮。

二十六日(9月8日)　玉圃、芍洲同年来馆。秦思翁纳姿苏氏,赠以联云:风流不减秦淮海,才调何如苏若兰。尺瑚兄赠联云:题诗淮海风情旧,入画眉山黛色新。

二十七日(9月9日)　偕韵士、子廉两同年,沈桐甫前辈,郑小竹比部公饯久香年伯于谢公祠,肯夫同年亦继至。附录久香年伯《留别》诗:世事沧桑感,光阴迅十年。槐星俄犯浙,夷舶竟临燕。谁料乘桴至,重联把盏缘。谈心曾几日,今别更凄然。　天助中兴业,金瓯卜相材。甫申扶毂起,燕许染毫来。杰士搜深谷,耆贤列上台。访名先责实,泰运待重开。　翘首睹苍苍,钧天岂醉魂。鉴观衮影寂,保护姓名香。朝重刀铁赐,霄回日月光。帝威胥震叠,指顾复苏杭。

晨星慨寥落,入座半同庚。叶帆、菊潭与余同庚。旧事怀师友,深情若
弟兄。遭时恩莫报,经乱道难行。临别交相赠,升高惧满盈。　我老
乞箴言,心惩俗誉喧。垒多希问学,德薄愧乘轩。陶侃阴同惜,慈湖
教尚存。皖江犹咫尺,锦字寄天孙。癸亥七月既望,艮峰相国偕奎印甫、
全小汀、倪叶帆、孙莲塘诸同年招朱和之明府小饮,嘱张菊潭及余陪坐,次叶帆
赠别原韵别诸同年。

二十八日(9 月 10 日)　作家书示驹儿。

二十九日(9 月 11 日)　童春海先生、潘荻渔同年、琴伯兄来馆,
翁巳兰兄及沈梅翁在馆饭膳。

三十日(9 月 12 日)　朱肯夫同年来馆晚膳。《赠朱肯夫同年》
鹭洲陈彝:余素不识肯夫,去年春,与同里王饮之、嘉定廖榖士相约北
行,而君自浙来会,遂叨投分。是时捻焰方炽,中间行而复止、止而又
行,仓皇反覆,皆共尝之。君又自道其家被贼状,相与太息。既而同
成进士,适年丈久香先生亦被命来都,而君未及授官,丁内艰。兼闻
淑配亦转徙于兵间,以殁。每要余为诗,代道离奇伊郁之况,迁延未
报,而余复将南旋,乃为七言一百六句备述相知之始末,而卒之以敦
勉,以希古人赠言之义,未知肯夫以为何如也。时癸亥六月十二日。

与君相遇毛公家,神清意远语不哗。归来说项向妻子,此人须折
长安花。是时履端八九日,相期同上春风车。兵间世事那可定,长堤
羽檄俄纷拿。同行记是仲春月,方舟北向袁江发。卅里平桥正落帆,
传来消息惊人骨。大军昨夜薄贼垒,后军无继几沉没。土城新筑苦
未坚,贼骑翻来肆驰突。大将横刀坐垒门,誓扫鲸鲵气嶙峋。如此风
波不可行,浮名到此须消歇。移船却傍淮堧住,斜阳试访韩台路。谁
遣车声北道来,黄尘从此征衫污。淮徐齐鲁千余里,比年处处兵氛
起。寇来长吏但闭城,城外无人加一矢。小村遇贼便灰烬,大村团丁
高筑垒。晨鸡三唱放函关,日暮叩关宿村里。喧呼足使旅人惊,进退
居然军令拟。敖山之阳风鹤多,萧萧马鸣行复止。一日驰驱两日程,
出险相看大欢喜。书生生值风尘际,倦游我欲蓬门闭。赖君壮志相

激昂,长途勉把羁愁制。陈箧犹闻金石声,书墙惊见龙蛇势。时将辛苦说生平,为君于邑悲身世。升平文物浙东西,竹箭由来美会稽。尊人廿载参朝列,清俸诒经手自题。庭阶玉树娱怀抱,鉴湖合伴知章老。岂料黄巾粤峤来,城郭人民尽如扫。臣心耿耿抱孤忠,皂帽栖迟山寺中。张俭流亡溷佣保,杜陵弟妹各飘蓬。望云迢递千山隔,对月性情五处同。浮家同是嗟悬罄,流转如君我差胜。意气偏于患难亲,同年沆瀣亦前因。温峤才原非第二,神山风引知何意。吉语才酬毛义心,哀情顿感皋鱼泪。秦嘉徐淑最相思,故里书来更可悲。那堪塔下题名日,回忆羹汤共捧时。见说秋风即长路,为营丙舍依先墓。我亦东华困软红,还向江湖狎鸥鹭。人间茵溷等劳生,张邴谁知少宦情。何处烟波堪卜宅,催人车马又登程。紫陌寻春曾几日,天街重见郎君出。海上何从觅驻颜,过眼流光飞电疾。君家清望人争羡,鹿洞心源传一线。即今应诏起东山,颇闻抗疏明光殿。勉矣王韩济世才,莫将文笔相矜炫。索我新诗苦未成,愧君持赠东阳扇。今日吟成邰示君,情长句拙书笺遍。领取冰壶一片心,他年握手重相见。

八月初一日(9 月 13 日)　直宿内阁。军机领来折片八件、随旨三道,发抄校对。

初二日(9 月 14 日)　九点钟,田壬霖到阁接班,始退直。

初三日(9 月 15 日)　接到家书并柏亭兄、春木兄、云轩弟、徕青兄、筠潭兄、素庵同年、兖水弟各函件。是夕,宿于松椿树胡同穀人同年馆中。

初四日(9 月 16 日)　偕穀人同年出城至寓。是日,诸同乡皆至云琴前辈处问唁,为丁继母章太宜人艰也。七月初八日在籍病故,八月初二日在京闻讣,择日开吊。附录《念奴娇》砚香王起和竹山无题,继用坡翁赤壁韵:翠娇红婉,问一般、谁是眼前尤物。扇影钗尘,都是幻、赢得新词题壁。嫩约无凭,东风又嬾,点点杨花雪。多情红粉,几人能识英杰。○争若檀板金尊,浅斟低唱曲,啭珠喉发。一缕柔肠,容薄

醉，颊上潮痕难灭。子夜双声，丁娘十索，暗里催华发。不如归去，天
涯千里明月。《雨霖铃》写怀，用屯田韵：蛩吟幽切。正黄昏候，梧雨终
歇。天涯怅远何处，最难禁受，商飙凉发。一段相思，耐枕上、清泪凝
咽。悔曩日、添种情根，碧海青天太寥阔。○悲秋况复伤离别。料从
今、负却团员节。无端锦瑟弦柱，弹碎了、半楼斜月。此恨茫茫，精卫
难填，旧约空设。算只有、词笔凄凉，独自和谁说。

　　初五日(9月17日)　　直内阁早班，兼送童春海先生、翁蕙舫先
生验放。

　　初六日(9月18日)　　至久香年伯处送行。

　　初七日(9月19日)　　云琴前辈继母章太宜人设灵于本馆。是
日，薇研兄转右春坊右庶子，谢恩未到。宁属赵粹甫、董樵孙、张竹
晨、胡小山、俞小筠、凌春波、童可常、秦老隆、童耕叔、陈琢堂、凌韵
士、子廉、马子桢、洪梅艇、杨小峰、凌定甫、赵琴伯、李濂水、谢尺瑚、
陈继香、童竹珊诸同乡以酒醴公荐。

　　初八日(9月20日)　　云琴前辈奔丧回里，托带家书并春木兄、
美堂兄各件。附录竹珊和王砚香《雨淋铃》词：凉飙凄切。过东园去，
芳草消歇。流光容易如此，方惆怅处，寒砧催发。耳畔商音断续，有
无限鸣咽。一回首、绿意红情，尽付茫茫水天阔。○西陵柳色犹伤
别。况匆匆、又值寒衣节。愁肠百结难解，空踏遍、一庭凉月。密约
轻抛，算是山盟海誓虚设。怎待到、旧雨重逢，离绪从头说。　缠绵
情切。诉衷肠话，欲歇难歇。新愁旧恨多少，如原上草，才芟旋发。
一管春风词笔，写如许幽咽。甚惆怅、字字啼痕，不尽相思怨相阔。
○满腔烦恼非伤别。这其间、语意多枝节。杜家惯习猜谜，如遍照、
愁肠明月。反复吟多，遮莫良缘一段虚设。急盼望、乌鹊桥成，细与
天孙说。

　　附录《念奴娇》七阕：观音锁子，分明是、特地天生尤物。人世有
缘，谁似我、巧会青骢油壁。白练题词，青衫浇酒，漫道鸿留雪。喁喁
私语，壮怀消尽豪杰。○弹指八载京华，几经花谢，又看花争发。潦

倒才人，仍故我、灰烬相思未灭。只恐他时，名成蜗角，已换星星发。眼前知己，唯凭卿与明月。　　萍踪无主，本同是、冷落风尘中物。我按新词卿试唱，胜似旗亭画壁。眉黛微颦，眼波斜注，衬出肤如雪。幽欢留恋，此时不羡豪杰。○怪底无赖东风，吹到鹃啼，频促兰舟发。漫说他时衫袖检，点点泪痕难灭。只是当时，一声珍重，心乱先如发。生憎杨柳，酒醒何处残月。　　人生何似，似恒河、沙内些儿微物。落拓未逢青眼客，谁解纱笼诗壁。海内文章，天涯涕泪，做弄头将雪。频年磨剑，几时气吐豪杰。○闻说江上才人，长风巨浪，一叶扁舟发。我欲阁中同献艺，姓氏肯教磨灭。目极遥天，望空帝子，此恨多于发。惊心更箭，声声催落斜月。　　先前自负，看尘世、眼底空空无物。五试春闱皆画饼，更待何时破壁。壮志消残，名心灰尽，汤沃千堆雪。任人奚落，有何意态雄杰。○几辈同学少年，春风得意，裘马翩翩发。颠倒穷途惟仗我，魄磊屡扪难灭。造化小儿，百般调弄，怒气冠冲发。请看今夜，浓云又掩明月。　　自从兵燹，几惆怅、零落故乡风物。连亘楼台回首处，半是颓垣坏壁。寂寞荒原，凄凉废址，堆满梨花雪。可堪胥吏，催科依旧横杰。○骨肉分处西东，心伤羁旅，异地愁同发。中夜披衣频起坐，灯火半明未灭。纪恨徒长，埋忧不尽，难擢丝丝发。凭谁相诉，天涯海角明月。　　不如归去，琴和剑、自是我家长物。更有烬余书画卷，分付小僮悬壁。院静人空，焚香煮茗，心地同冰雪。约谁相伴，异书不少英杰。○回首年少心情，夸多斗靡，才思花争发。独坐有时翻旧稿，墨迹淋漓未灭。老去裁诗，渐知格律，精细真如发。萧斋无恙，安排吟弄风月。　　青春过也，快貂裘、将去换杯中物。万恨千愁淘不尽，更把新诗题壁。斗酒百篇，横涂竖抹，风卷残冬雪。豪情飙举，骚坛惊起词杰。○凭吊往古才人，累累荒冢，唯有棠花发。六腑五脏空锦绣，过眼云烟都灭。底事痴情，镂心刻骨，早变青丝发。及时行乐，当头几见明月。

初九日（9 月 21 日）　内阁直班。录孔继涑撰联云：辉映先达，领袖后进；绸缪史馆，容与经闱。其裔孙绣山前辈宪彝勒石云。

初十日(9月22日)　在四雅轩观剧。申刻,招宋思赞司马纯修饮,不至。宋前令慈邑者,永平人,治慈有官声。

十一日(9月23日)　过晋升,客寓候徐秋宇兄锦华,兼晤焕卿同年,即用饭膳。时坐上有陈少溪明府钺、汪子养孝廉曾本。

十二日(9月24日)　书屏幅各件。

十三日(9月25日)　巳刻,入内阁直班。晚,饮于翁巳兰稼部琳宅。巳兰儒雅风流,召菊部倩云、梅五、采菱以侑酒。

十四日(9月26日)　至同诚堂,晤王礼耕兄,索取银两。随过宝座师宅叩节。附录徐秋宇锦华《偕游金鳌玉蛛》诗:人生不遇赤松子,从游蓬海长不死。犹当才如李青莲,珥笔瀛洲号谪仙。我今策马长安道,雨霁六街秋色好。跨水双桥卧彩虹,镜中万柄芙蓉绕。白塔红墙绿树围,楼台金碧影参差。太液风景何浓丽,绝似西湖三月时。忽听朱门动鱼轮,禁园天假民同乐。枢衣连步登云衢,身到上方眼界拓。玉阶净洗软尘红,瑶草琪花晓翠笼。松栝千秋依禁阙,云霞五色霭晴空。湖山胜处厂宫殿,听说高庙屡游宴。龙涎夕爇金猊烟,凤翅朝迎翠羽扇。隔花铜鼓鸣鸾坡,赐宴春浮玉瓮多。区夏齐赓湛露什,臣僚竞献卿云歌。我朝景运文明治,石经煌煌颁御制。东壁图书何足论,此是琅环真福地。仰观宸翰张天庭,云汉为章雅吹音。宝物由来仗神护,熊熊奎藻光气增。方今薄海蝼蚁蠢,两宫宵旰罢临幸。画栋丹楹渐剥蚀,帝念时艰繁华屏。圣人至德化妖氛,转瞬铙歌达九阍。赤徼咸宾鳄浪静,翠华重莅凫藻春。鲰生文章期报国,自愧此身无仙骨。羡煞凤皇池上客,清班供奉天咫尺。

十五日(9月27日)　余江秋梦枫来馆。是晚,饮于凌韵士同年宅。

十六日(9月28日)　秋宇嘱题唐妓楚兰香图。《天宝遗事》:楚兰香者,京中名妓,每出入则蜂蝶相随,盖慕其香也。换戴暖帽。调寄《西江月》:燕瘦环肥体态,姚黄魏紫精神。明皇若宠女儿身,长此昭阳蝶幸。○力士长安传敕,念奴争似卿卿。怕生团扇弃捐情,装点春风小影。

是夕，秋宇招同钱惇卿前辈赟、王夔石稼部文韶、谢琴石部郎棨照、骆月樵比部文蔚、徐小云章京用仪在宴宾斋小饮。秋宇、惠①、湖②、颖③四友。

十七日（9 月 29 日）　俞小筠集欧阳永叔及庾子山"琴觞开月幌，香气动兰心"句为联，嘱代书之。

十八日（9 月 30 日）　往候钟慎斋观豫、寿玉溪祝尧两同年，均盛称伊乡亲李莼客慈铭能诗古文辞，为近时作手，容日过访也。是夕，韵士、子廉、子桢诸兄来馆，谈至夜分而散。

十九日（10 月 1 日）　往贺钱惇卿前辈续鸾之喜。郑小竹比部来馆。晚晤徐秋宇兄，以《航海北游草》见示。其《海中见成山》云：野分井鬼窥天象，界入登莱核地图。《烟台沮风》云：自愧周流无驷马，敢矜出险有三鱼。西夷到处居奇货，东海于今尚女闾。《都门留别》云：半世文章付流水，一年踪迹等抟沙。心惊辽海洪涛险，梦落芦沟晓月低。初愿长安同走马，雄心半夜尚闻鸡。早知别恨牵秋柳，无那乡思动紫莼。一诺千金知不易，尺书万里寄何难。《赠歌伶雁秋》云：凤子穿花香里活，雁奴带月夜深来。春风几度钟情甚，秋水双湾惹恨长。到此罢吟红豆句，将归且醉碧霞觞。《过余山晓雾》云：海中俨起凌烟阁，天上同乘贯月槎。《登高望崆峒岛》云：鼎湖龙去白云横，此地曾传访广成。涛响疑闻仙乐作，境间自觉道心生。浅沙有岸鼋鼍隐，空谷无人鸟雀争。欲乞金丹换凡骨，西风鼓浪不能行。

二十日（10 月 2 日）　偕尺瑚同年、粹甫先生、赵香士兄至琉璃厂流览古玩。

二十一日（10 月 3 日）　入直内阁，写秋审签。

二十二日（10 月 4 日）　入直内阁，写秋审签。是晚，竹珊以《贤

---

①　疑为惠春农。

②　疑为桂鉴湖。

③　疑为方子颖。

己词草》见示,其《怨别》用辛稼轩韵:恶风波,郎莫渡,纤手指南浦。郎不回头,泪点落如雨。道旁柳带千条,惯拴愁绪,却不把、征帆拴住。○眼空觑。独自强上妆楼,心香爇无数。祷告苍天,哽咽万千语。祷侬今夜离魂,梦神前引,化蝴蝶、随郎同去。右调《祝英台近》。《思乡》:排旅闷,侑酒唤双鬟。可奈银筝调拨处,声声齐唱念家山,何似唱刀镮。右调《望江南》。

　　二十三日(10月5日)　慎斋同年来馆,以旧句偶存见示。《随侍家大父归里晓发西安》云:八载秦关客,飘然返故乡。鸡声三辅晓,驱背一天霜。家尚儿时记,情难此地无。骊云与灞柳,回首郁苍苍。黄叶西风路,秋高兴不孤。关山收健笔,骨肉聚征途。橐重书千卷,天寒火一炉。故园烟水好,归去饱莼鲈。《归舟》云:水阁灯凉细似星,空江人静泊孤舻。西风夜半吹芦荻,一枕寒潮梦里听。渡江旧事话兴亡,金粉销残古堞荒。几点寒鸦烟柳澹,六朝秋色剩斜阳。布帆归去正如飞,烟水人家半掩扉。十日盘飧风味好,橙香时节蟹初肥。《落花》云:卷帘低抹淡烟痕,满地残差鸟不喧。绝代容颜偏薄命,一天风雨奈黄昏。瑶华易谢春难主,绿水无情客断魂。珍重雕阑加意护,数枝留得伴清樽。《病起》云:病榻消除晓梦清,未凉天已作秋声。小窗风雨焚香坐,一卷黄庭悟养生。《秦中秋日》:万里中原匹马来,入关晓色华云开。秋高河朔销兵气,日落边城吊将才。作客经年疏笔密,此行迟我上蓬莱。卷帘惆怅西风里,落叶萧萧尚未回。三辅重来补壮游,十年身住帝王州。天涯独立谁知己,客里悲歌易感秋。乡国梦回青雀舫,风霜寒摧黑貂裘。西行添得狂奴态,拍遍长安旧酒楼。摘《春日杂兴》句云:晓色一帘云似墨,春寒三月雨如丝。柳烟催絮远闻笛,花气扑人春满衣。《舟泊枫桥》云:长作天涯客,枫桥泊未曾。江寒惟有月,寺古不逢僧。乡梦重回枕,春风又试灯。疏钟留意听,夜半摧青绫。《江口阻风》云:北风吹不断,并入大江声。落日低平野,寒云压废营。艰难天下路,慷慨客中情。破浪明朝去,苍茫万里行。《晓征》云:客梦未成人又起,一天风雪落征衫。荒鸡声不断,催客上征鞍。拥被恋残梦,披衣冲晓寒。人如冻雀噤无语,马踏残冰碎有声。《归途》云:家无昆弟难为客,身到乡关便是仙。《秋日偶成》云:疏帘雨过和烟卷,翠簟凉生有梦知。一夜虫声人静后,满庭月影雁来时。溪山暝色归双桨,药饵浓香守一炉。云山劫后春无色,风鹤江边夜有声。《送别》云:西风燕市柳千条,三晋云山路正遥。尺幅云笺频手寄,一天骊喝奈魂销。知交自古多离别,客馆从今又寂寥。安得随君征马去,太行寒翠句中消。

二十四日(10月6日) 书屏对各件。

二十五日(10月7日) 入内阁住宿。是日派写勾到签者为史莲孙、孙予恬、刘蔗泉、金少伯、黎炳森诸前辈,同宿直庐。

二十六日(10月8日) 退直。接班者为高栩轩寯昌。

二十七日(10月9日) 侍读派写勾到签,宿直庐。

二十八日(10月10日) 辰刻,退直。陆恂友鸿达、陶柳门甄、钟慎斋观豫诸同年来馆。梅艇同年嘱书屏对。午刻,偕竹珊、定甫至东兴居,晤鉴湖、春波、小筠、刘既堂诸君,过四雅轩观剧。

二十九日(10月11日) 辰刻入直内廷,未刻退直。李苈洲同年来馆,不值。

三十日(10月12日) 书柬云琴、美堂各件。摘录李莼客《白华绛跗阁诗集》:《惆怅》:画堂南畔曲阑东,柳下球场尽日风。细草色从人去绿,小桃花为雁来红。收帘院落钗声里,烧烛房栊雨影中。惆怅此情谁更觅,玉珰小札总难通。《游武林山还至灵隐憩冷泉亭》:绝境追招提,宿霭淡犹积。笋鞋秋径香,十里踏松屑。宵宵钟磬音,云深渐堪即。日幽溪景阒,林断鸟声合。晖晖净僧境,丹霞出层碧。冷泉终古鸣,石鳞冒秋雪。山翠扑寺来,亭光□①为接。坐对凄心神,清梵破兹寂。归去衣襟寒,合眼梦寥夕。《访樵风径至郑太尉祠》:溯风访遄址,荒祠倚古松。野梅落细花,石径苍苔浓。遥寻拾箭处,云翠常相

---

① 原稿中字样磨灭,据《越缦堂诗文集》此处为“适”字。

从。溪风终古来，不见樵人踪。隐隐伐木声，夕阳在前峰。《过巂石湖南宋葬宫嫔处》：廿四堆前草又春，巂湖云树昼冥冥。望断君王翠华影，六陵风雨一冬青。《别友》：寥落天涯几弟兄，素筝浊酒泪纵横。吾曹相勖唯名节，海内谁堪托死生？席帽烽烟千里感，布衾风雨百年情。对床后约无多愿，同作村甿过太平。征尘惨黯起尊前。才唱留公便惘然。名士对人添酒韵，东风送客在花先。生能并世关天意，交到忘年总宿缘。珍重江南春草诺，寻诗莫上秣陵船。《东郭门外渡东桥吊余忠节公尚书》：对策翘然压众英，未成要典拂衣行。浮言岂为平生累，遗爱难胜故里情。公居乡日，创修海塘及三江闸。一死从容完晚节，二刘先后重科名。明季状元殉国者，公与杞县刘文正、吉水刘文忠三人而已。隔城亦有尚书里，惭见桥东一水清。兵部尚书徐大化故第在东郭门内，徐即奄党五彪之一也。画江仓卒起中枢，分饷征兵泪血枯。航海已无残局望，开门尚免后时诛。监国遁后，公知事不可为，即启之九门纵民出走，大兵至，幸免屠戮。六贤俎豆犹须补，城内六贤祠祀刘忠介、黄忠端、倪文贞、祁忠惠、施忠愍、周文节，而未及公，故云。异代褒荣未可诬。公之得谥忠，我朝高宗时所赐。更忆城南清节苦，沧桑有弟荷耕锄。即公弟孝节先生。

九月初一日（10 月 13 日）　吏部投供。在赵粹翁宅晚饭。

初二日（10 月 14 日）　往齐化门同诚堂为王沛翁娶孙媳朱氏道贺。次日开七秩寿筵。晡时出城，至焕卿同年宅预祝耘圃年丈六十寿，其生辰在初六日。同席者为子廉同年、童小槃兄、刘古山御史塈、陈雨香明府树勋、吴子英赞廷、马春阳编修传煦。

初三日（10 月 15 日）　作家书。午后往同兴楼，郑小竹比部为定甫兄饯行，座有董樵孙先生、尺瑚同年、琢珊水部。召优伶倩云、芷香、琴香、梦香以侑酒。

初四日（10 月 16 日）　凌定甫世大兄南旋。

初五日（10 月 17 日）　接家书，八月初六日发。作王午樵柬。

初六日(**10 月 18 日**)　余尔昂兄病故于都中后园寺本宅,年五十七岁。下午往唁,其二子侍侧。客死异地,殊堪悯恻。继至东四牌楼恒源钱铺,晤郑慎珪兄,知南中消息。

初七日(**10 月 19 日**)　小筠来馆,往候慎斋同年。读李莼客《霞川花隐词钞》。是日,属琢堂同年兼班。邸抄:左宗棠奏官军克复富阳县城,并攻克新桥各垒。藩司蒋益澧、游击徐文秀、副将杨政谟、游击余朝贵、副将刘清望、参将李运荣等并水陆弁勇,准其汇案保奏。

初八日(**10 月 20 日**)　董樵孙比部来馆。晚间,尺瑚同年商买镇海会馆事。附录潘谱琴祖同《六丑》词一阕,和竹珊韵:忆追欢胜地,数旧侣、而今都寂。泪痕在襟,尊前常暗拭,梦影难觅。信步寻春去,后游相约,似那时朋息。相如雅意倾王吉。玉树三生,琼筵几度,登楼转滋伤恻。正黄花北地,红豆南国。○银河斜侧。又魂销旅客。咫尺天涯远,肠断绝。人生几两游屐。只寒蟾夜夜,伴吟窗格。心头事、总难轻掷。情何极、也料鸳鸯未许,白鸥分席。空赢得、怅望晨夕。况怎禁、岁月催人老,光阴迅疾。

初九日(**10 月 21 日**)　寄胞兄二律,兼呈何徕青:佳节每从愁里过,烽烟南望奈关河。尊前绿酒追欢少,市上黄金洒泪多。远道音书原不绝,高堂眠食近如何。天涯我为饥驱累,惆怅西风独放歌。　客岁乡关尚被兵,风声鹤唳梦魂惊。艰难骨肉春间别,顸洞波涛海上行。廿载名场仍故我,一肩家事属难兄。中宵回首亲门远,失计年来薄宦营。

初十日(**10 月 22 日**)　作排律二。附录徐祉受前辈延祺律诗一。《赋得金山留带得苏字》:四大空空耳,浑难著老苏。愿凭垂带证,留作镇门须。选胜琳宫好,参禅玉版俱。机锋何处有,解脱一尘无。已作沾泥絮,如分调水符。衣传仙吏重,寺压大江孤。此即莲花钵,长怀笠屐图。金山添掌故,谁更坐跏趺。

十一日(**10 月 23 日**)　晚偕竹珊、翁巳兰稼部琳、汪诵清水部棻步月,为坊曲游。

十二日（10月24日）　童春海先生来馆。张竹晨比部善倬来馆。

十三日（10月25日）　慎斋同年来。是日，为余尔昂兄开丧，以楮仪赙之。访李莼客不遇。邸抄：童华着授孚郡王读。

十四日（10月26日）　邵毂人允昌同年来馆。继至桐甫前辈宅晚膳。

十五日（10月27日）　与竹珊、琴伯、小筠、春波、尺瑚、毂人举字会课。下午，韵士、梅艇来馆。

十六日（10月28日）　慎斋同年偕李莼客农部慈铭来寓。

十七日（10月29日）　作袁伯鸿、方心莲、王友梅诸兄书。

十八日（10月30日）　琴伯来馆。

十九日（10月31日）　内阁直宿。水始冰。

二十日（11月1日）　退直。晚在福兴居为钟慎斋、寿玉溪两同年、李莼客农部钱行。邸抄：童华转补左春坊左庶子，夏同善补授右春坊右庶子。太常寺少卿员缺，着庆升补授。

二十一日（11月2日）　作律诗。《赋得名山为辅佐得臣字，张华〈博物志〉》《赋得一渠流水数家分，得渠字，项斯》。邸抄：曾国藩奏青阳援军大捷，立解城围，出力员弁开单请奖。又折：记名总兵周保清提饷买马，侵渔玩误，奏请革职，永不叙用等语。

二十二日（11月3日）　郑际廷兄到京。接到拾四号家书。八月廿五日发。是晚，偕竹珊在翁巳兰稼部宅赏菊，座有慕慈鹤前辈荣幹、韩穆笙、赵枚卿汝臣、宝隆何子升炳书、同丰余子衡诸兄，召伶人梦香、芷秋、梅五、蘅仙以侑酒。

二十三日（11月4日）　趋晤际廷兄，详知家乡近事。继至内阁直宿，军机处领事二十一件，随旨三道。沈宽甫明府拣发广西知县及钟慎斋同年来寓，不值。

二十四日（11月5日）　辰刻退直，接班者为孙鹤巢枞。

二十五日（11月6日）　在西林同年宅饭膳。早晨微有雪。

二十六日（11月7日）　梅艇同年接家书，以贫窭告，拟于次日出都,相对为之泫然。晚间,子廉同年为之留驾。

二十七日(11月8日)　巳兰、霁亭来馆。邸抄:卞宝第补授顺天府府尹。

二十八日(11月9日)　惠春农前辈庆滋,高隽生伟曾、王砚香起两孝廉,陈文惠、王维嘉诸同乡来馆。李廉水兵曹为伊兄懒仙索题《红袖添香夜读书图》,《百字令》一阕用稼轩韵:故乡千里,又流连,文宴围炉时节。细思量不如归去,兰夜何忧孤怯。鬟溜金钗,香薰玉帙,种种成轻别。三生艳福,年来难与君说。○君乃座拥缥缃,屏围粉黛,消受闲风月。装点画图还旧时,省识春风颜色。分手南天,寸心北地,驿使逢梅折。新词寄意,思乡愁绪如发。又七绝二首附录:玉轴瑶编万卷搜,兰宵侍史与风流。人间莫道无清事,第一神仙李邺侯。　中秘观书夜直庐,御炉身惹篆烟无。他时归校家藏本,更谱添香侍女图。

二十九日(11月10日)　作排律诗二。《呼龙耕烟种瑶草》《楚狂歌凤》。

十月初一日(11月11日)　作叁拾贰号家书。吏部投供。晚间,邀同郑企云、童竹珊、李廉水、赵琴伯、凌春波、俞小筠、赵企三、童耕叔在宴宾斋小酌。

初二日(11月12日)　进城至东四牌楼,晤方子卿、王朵山诸兄。晡时,谒宝座师。宿于保元堂药铺。迟小筠、春波不至。

初三日(11月13日)　至董樵孙比部宅,不值。晤毅人同年于张竹晨比部馆中,知郑小竹兄移寓,遂偕毅人同年往候。与童可翁、李子清比部,李廉水兵曹,张千里姻世兄家驹晚膳。晡时回寓。

初四日(11月14日)　谢菊堂工部辅址、陈巨卿明经汉镇、童纯舫世兄会于昨日到京,今日来馆。巨卿即于晚间以襆被来同寓。

初五日(11月15日)　往祝凌年伯母六十冥寿。韵士、子廉昆季在魏染胡同寓宅开筵称庆,时则秦隆翁、童可常、童春海、薇研、纯舫、沈桐甫、谢菊堂、尺瑚、张卓人、马子桢、童竹珊、小槃、升伯、耕叔、桂鉴湖、赵粹甫、企三、琴伯、陈琢堂、巨卿、春田、洪梅艇、凌春波、俞小筠诸同乡皆在座。午后，往郑小竹比部宅问唁，知封翁竹溪于九月初十日疾殁蟹浦。昨日，接家报拟于日内奔丧。

初六日（11 月 16 日）　附录排律《呼龙耕烟种瑶草》：瑶草郁葱茏，寒烟莽万重。人间耕叱犊，天上种呼龙。日射蓝田暖，云蒸碧海浓。避看双鹤矫，驯只一羊从。仙界无凡卉，星躔即上农。伏辰刚起蛰，坼甲渐抽丛。月里声频喝，霞边路欲冲。收成丹灶炼，妙药驻春容。摘句：白光飞尺木，碧润长新茸。听咒骊醒睡，衔香鹿认踪。剪到花鬟艳，锄将土脉松。《楚狂歌风》：南服驱车会，狂歌有陆通。伤麟时未遇，叹凤道何穷。飞翔岐山下，行吟楚泽中。似怀栖枳棘，为咏集梧桐。门敢题凡鸟，田难卜梦熊。雄心嗟往日，躲舌溯遗风。韶乐来仪切，河图慨想同。何当鸣盛世，献颂达宸聪。

初七日（11 月 17 日）　校阅李莼客《萝庵游赏小志》。

初八日（11 月 18 日）　设公奠，荐郑竹翁于邸寓。诸同乡皆赴吊，继至粹甫先生馆晚膳。代撰挽联云：祖饯记申江，四座宾朋开郑驿；官游同子舍，一鞭风雪送皋鱼。

初九日（11 月 19 日）　作家书。叁拾叁号，初十日记，郑小竹兄寄南。

初十日（11 月 20 日）　直宿内阁。

十一日（11 月 21 日）　退直。晚间步月，竹珊邀同琴伯、廉水、尺瑚作坊曲游。

十二日（11 月 22 日）　晚偕竹珊，邀菊堂同年、陈巨卿兄汉镇、童春海、薇研、莼舫诸兄，翁巳兰稼部琳在毓兴合小酌。邸抄：闽浙总督署浙江巡抚左宗棠、福建巡抚徐宗幹合词具奏，为署福建按察使桂超万特发、浙江知县徐台英故员二名，政绩卓著。恳恩饬下史馆，广为搜辑立传表彰，以资激劝事。

十三日（11 月 23 日）　下午李廉水、赵琴伯邀同谢鞠堂、尺瑚、翁巳兰、童竹珊作曲中游，继至毓兴合小酌。

十四日(11月24日)　早晨谒赵蓉舫师不值。至内阁直班。

十五日(11月25日)　未刻，偕粹甫先生至太常寺衙门救护月食。周中堂、贾中堂及各衙门各科均派员序班，拜跪如礼，恭读御制《太常寺仙蝶诗》石刻。并阅德保恭纪二十韵。

十六日(11月26日)　夏子松庶子同善、董樵孙比部学履来馆。晚以小筠、春波之招在吉兴斋为消寒之会。酒既酣，步月作曲中游，见素素校书有一联云：薛素温柔樊素艳，飞卿诗句柳卿词。

十七日(11月27日)　徐子寿前辈交来赵蓉舫师评阅第七课律诗。

十八日(11月28日)　鉴湖、小筠、春波邀鞠堂先生及粹甫先生、桐甫前辈、竹珊兄、尺瑚兄在庆和园观剧，即偕至吉兴斋晚膳，秬卿亦继至。

十九日(11月29日)　叶香谷司马炯来馆。香谷由四川解饷进京，崇庆州知州。

二十日(11月30日)　早晨食粉面、羊脯。午后，偕竹珊往候香谷不值。继至和泰与王维嘉同至广德楼观剧。四喜班为都中彩部，演《飞义阵》及《回窑》等剧，声容并美。芷侬、芷秋演《独占》，蘅仙演《湖船》，巧伶、梅伍演《闺房乐》等，均称独擅胜场。日晡，会于吉兴斋酒肆。香谷、小筠、琴伯、廉水暨刘继堂先后踵至，召绚云、芷秋、梦香、蘅仙、琴香、素香、芳云、素秋诸伶以侑酒，觥筹相错，谐谑间作，饮微醺，复移席于保安堂，欢聚至四鼓而散。

二十一日(12月1日)　沈桐甫前辈在时丰斋招饮，诸同乡皆在座。桐甫推官刑部主事。

二十二日(12月2日)　榖人、子桢来馆。琴伯邀梅艇暨予至广德楼观剧，在毓兴合酒肆晚膳，梅艇偕予至子廉宅谈至夜分，曾记录近作楹联，云：道在日用伦常之内，学以变化气质为先。敬义达天，智礼成性，易简得理，正大见情。

二十三日(12月3日)　为琴伯生日。廉水及竹珊、小筠、春波、继堂等皆为琴伯寿,在广德楼观剧,在吉兴斋景龢堂称觥。予与竹珊、菊堂先赴西河沿叶香谷招饮之约,戌刻来会。诸伶人奉觞迭进,按拍徵歌,极为盛举。继堂犹有余兴,相邀至桐义堂款叙。时绚云、琴香、小凤诸伶皆醉欲眠,玉山颓矣。予有句云:关河朋酒原奇福,花月沧桑又胜游。

邸抄:曾国藩奏官军迭克东南八隘,如上方门、高桥门、双桥门诸石垒,抄过七瓮桥,收复秣陵关、南博望镇。各营会克中和桥,追贼至长流嘴,地方余匪复由朝阳、太平两门分服来犯,经各军剿截,退匿入城。此次出力人员汇案请奖等因。又曾国藩奏收复石埭、太平、旌德三城一折。本年八月间,皖南官军自青阳围解,军威大振。踞守石埭等处之古隆贤等情愿率众投诚。九月间,总兵朱品隆先遣营弁,驰赴石埭宣谕,降众缴械剃发。二十八日,朱品隆督军入城受降,当将石埭县城收复。次日,并复太平县城,其旌德县城,亦经总兵易开俊引军收复。降众分别安插遣散,降人古隆贤悔罪输诚,自当宽其既往,予以自新,并着加恩,赏给游击衔,以昭激劝。

二十四日(12月4日)　琴伯、廉水、竹珊邀同菊堂、继堂、春波、小筠辈至庆乐园观剧。素香、兰荪、连升演《打金枝》等剧,似雏莺呖呖可听。复至吉兴斋,偕过福云堂欢叙。

二十五日(12月5日)　书殿卷。

二十六日(12月6日)　午后,王朵山来馆,偕过和泰店,与叶艿谷司马、沈桐甫比部晚膳。周少山邀同郑企云偕至咏秀堂小酌。竹珊亦继至,时召丽生、吉仙、佩秋、绚云、梦香、连喜诸伶侑酒。邸抄:李鸿章奏官军攻克浒墅关、虎邱等处贼营一折。苏州官军自攻克蠡口、黄埭后,由浒关一带进剿。本月初九日,各军分路进逼浒关,该逆连营数十座,坚守抵御鏖战三时。戈登带枪队奋勇直扑,立破王家泾贼营六座,程学启亦将观音庙贼营四座攻克。各军直抵关口,施放枪炮、火箭,轰毙悍贼无算,遂将浒关贼营五座全行攻破。程学启复会克根木督,带轮船进逼十里亭贼营五座。先破左营,余营四座亦即败遁,虎邱贼营相继溃走,贼下十余处一律扫平,擒斩悍将不计其数。官军直追至阊门街口,沿途贼尸枕藉。其由五龙桥进攻盘门之军,亦将贼营六座踏毁,剿办甚为得手,着即乘胜进拔苏城,尽殄丑类,所有出力员弁着李鸿章查明保奏。

二十七日（12月7日）　邸抄:祁寯藻、倭仁、李鸿藻等合词奏为释服逾期敬陈管见、崇俭黜奢防微杜渐一折。李鸿章奏查明失守城池,随同官军克复之,前署江苏昆山县知县蔡勉基、前署太仓州知州杨锡麟、前署昭文县知县王庆元均因众寡不敌,尚非堵御不力,请将该员等免罪免议等语,着该部查核具奏。钦此。

二十八日（12月8日）　午后过焕卿同年宅,不值。

二十九日（12月9日）　琴伯、廉水邀同菊堂、竹珊、企山、小筠、春波、继堂诸同乡在广德楼观剧。继晤香谷、桐甫、周少山、郑企云、徐子华,遂偕至韫山堂晚膳。《赋得讲易见天心得心字》:善易方言易,天心即圣心。咨询开讲幄,契合本渊襟。识解西铭萃,诚孚北极临。养蒙诒训稟,来复悦研深。广大牺经备,高明象纬森。两仪探简册,数点指梅林。坐井人何陋,乘乾帝曰钦。折中承祖纂,继序懔难谌。

三十日（12月10日）　趋候顾云台于前门朝阳阁,不晤。遂至夏子松宫坊同善、潘辛芝同年观保宅投刺。傍晚,至焕卿、湖荪两同年宅叙谈。梅艇同年托寄家书。

十一月初一日（12月11日）　吏部投供。至德恒晤见罗纶言、云峰昆季,晤湖北杨云舫孝廉焕章。

初二日（12月12日）　菊堂先生过寓叙谈至日晡,遂邀同粹甫先生、尺瑚、竹珊诸兄在宴宾斋小酌。发叁拾四号家书。托李鉴泉六兄寄天津。

初三日（12月13日）　徐子华世英来馆。晚间,菊堂先生叙谈至三鼓而散。

初四日（12月14日）　顾云台、邦瑞,德州卫千总。余心图明拜会张竹晨比部，为惜字会醵钱，承议于本馆筑惜字炉一座，予出其资，谨谢监收字纸之役。傍晚，廉水、琴伯、企山来馆，得苏州克复捷报，为之距跃称喜。菊堂、竹珊、琴伯、廉水趋至西福云堂酌酒相贺，迟香谷不至。

　　初五日（12 月 15 日）　阅厉太鸿征士鹗《樊榭山房集》。附录《杨贞女诗》：杨氏有贞女，窈窕年初笄。英英司马孙，乔木无卑枝。明心兼秀质，说礼复敦诗。行媒得快婿，许嫁亦不迟。何郎蓟门死，女闻涕涟洏。上堂告父母，听女前致词：女幼习诗礼，大义或稍窥。古称未亡人，鲜有不结缡。若女而不妇，他适无相訾。此语众苟同，女心难自欺。许身等珪璧，亲命讵易移。匹如婿贫落，夙诺无参差。贫且不可背，死乃忍背之。女心抱微尚，奚取乡国知。当归何郎家，再拜从此辞。父母闻之泣，咄咄事大奇：汝有松柏心，吾亦不汝乖。桂楫青丝绋，相送于河麋。吴阊三百里，云水天一涯。本意曲顾归，竟为同穴期。入门拜尊章，毁容披素帷。身是女贞木，泪作寡女丝。死当化王雎，生当号长离。邸抄[①]：李鸿章奏督军攻剿苏州城垣，贼势穷蹙，内应官军入城截杀，克复省城一折。览奏实深欣慰，苏州省城被逆匪占踞四年之久。经李鸿章督队进攻，连克娄、齐、葑、盘四门外长城贼垒，城内贼胆已寒，乞为内应。十月二十日，伪忠王李秀成见官军攻逼日紧，城贼散乱，带死党万余宵遁，专交老贼伪慕王谭绍洸掩死固守二十三、四等日。程学启、李朝斌、黄翼升等亲督水陆，各由各门分路进攻，昼夜不撤，愈逼愈紧。戈登亦亲抵城根，开炮轰击。二十四日，伪慕王谭绍洸上城抵拒，正在对众指挥。伪王郜云官等商令，伪天将汪有为出其不意，将谭绍洸乘隙刺杀，并杀毙谭逆死党千余，开门迎降。程学启等统带队伍入城，弹压并杀毙余党悍贼数千名。李朝斌等复由盘门等处截杀毙贼多名，解散数千人，立将苏州省城克复。仍着李鸿章督令将士乘胜进攻，常州会师，金陵扫穴，擒渠廓清江境。协办大学士两江总督曾国藩遣将助兵克复名城，着交部

---

① 　天头处文字：江苏城克复。

从优议叙。李鸿章自简任江苏巡抚以来，悉心调度，谋画万全，迭下坚城，战力屡著，此次督军克复苏州省城，尤堪嘉尚，着加恩赏，加太子少保衔，并赏穿黄马褂，以示优奖。黄翼升、李朝斌均着赏给云骑尉世职，并交部从优议叙，程学启着赏给云骑尉世职，并赏穿黄马褂。权授江苏省总兵戈登带队助剿，洞悉机谋，尤为出力，着赏给头等功牌，并赏银一万两，以示嘉奖。总兵刘士奇、杨利见、李助发，均着交军机处记名，遇有提督缺出，请旨简放。记名提督杨明海，着遇有总兵缺出，先行请旨简用。总兵陈有昇，着赏加提督衔，并赏给从一品封典。陈东友、张遇春均着遇有总兵缺出尽先提奏，并赏加提督衔。成俞卿着赏加提督衔，并赏从一品封典。张光太、杨鼎勋均着赏加提督衔。李恒嵩着赏加提督衔。其余将士均奖叙有差。所有阵亡游击张福、龚绥等十余名，均着交部，从优议恤①。僧格林沁等奉督军进援蒙城，斩馘首逆苗沛霖，生擒悍党，踏平贼垒，立解城围一折。苗逆纠集悍党数万，围攻蒙城，其势甚炽，经富明阿、陈国瑞等先后督兵驰救，叠有擒斩，而贼众且悍，围城三匝，营垒如林。十月十四日，僧格林沁督带马步各军驰赴亳州，节节进剿，先将附近之蒋集匪首陈万福擒斩，并攻破杨家寨贼巢，遂与国瑞等军围合进逼。二十五日，富明阿、国瑞进攻正南一面，断贼粮路，贼匪并力扑城，并出犯长濠，官军枪炮齐施，毙贼极多，当将蔡家圩及贼营二十四座攻破。二十六日，僧格林沁亲督大军分路进攻。何建鳌于西南一面进剿，炮无虚发。傅振邦、陈国瑞带勇齐进，攻破贼营，贼势大乱。英翰即由正南，詹起纶由正西继进。各军一齐呐喊，同时分登贼垒，枪击矛刺，毙贼无数，余匪奔窜，复经陈国瑞、姚广武等军攻破。首逆苗沛霖于昏夜之中越濠图窜，经总兵王万清亲持短兵，奋力砍毙，抢尸入营，呈验属实。是役共计杀贼数千名，夺获军械、骡马、旗帜、刀矛无算。蒙城之围立解，逆党苗景开、张建猷、赵克元等亦经副将张从龙擒获解营，着即讯

---

①　天头处文字：苗沛霖授首。

明正法。苗沛霖以诸生充当练总,擢至道员,不思图报高厚,竟敢怙恶不悛,屡降屡叛,戕官据城,荼毒生灵,罪大恶极。现经僧格林沁等督兵砍杀,戮尸枭示,洵足以伸国宪而快人心。僧格林沁甫抵蒙城,元凶授首,具见调度有方,深堪嘉尚,着交部从优议叙。富明阿、国瑞着一并交部从优议叙。记名总兵陈国瑞,总兵詹起纶、王万清等从优奖叙。蒙城官绅李南华等固守待援,时逾数月,卒能保全要地,实属奋勉。李南华前经唐训方保奏以副将补,着再加恩,交军机处记名,遇有总兵缺出,请旨简放。署蒙城令贺绪蕃,着免补知县,以同知直隶州知州补用,并赏四品衔以示优奖。其余解围出力及婴城固守之员弁官绅,着僧格林沁等查明择尤保奏,候旨施恩。钦此。

初六日(12月16日)　竹晨在本馆收买字纸。

初七日(12月17日)　子华邀予及竹珊在药行会馆观剧。座有程容伯恭寿,叶香谷、王子弼昆季。邸抄:曾国藩等奏官军连克要隘并收复高淳、宁国、建平、溧水四城一折。江南逆匪盘踞东坝等处要隘,与高淳等处踞匪互相联络。九月二十六等日,官军水陆并进,连克水阳、新河庄、塘沟、沧溪、长乐镇等处贼垒,进逼高淳,杨友清等献城乞降。初二日,官军入城安抚,是日并将固城镇收复。初三日,易开俊一军进剿东安镇镇贼,所向披靡。该逆退至株木店地方,复经刘松山督兵截击,纷纷败溃,宁国之贼闻风宵遁,当将县城收复。广德降将郑魁武亦率众万余乞降。初七日,彭玉麟、鲍超亲督诸军,合趋东坝,降将杨柳谷等乞为内应。官军奋力攻击,歼贼甚多,立将东坝贼垒攻克。建平降将张胜禄等即于是日斩伪跟王蓝仁得,举城以降。十二日,踞守溧水之杨英清亦率众万余缴械投诚,当将该县城池收复,降众分别遣散、安插,办理尚为妥协。该降众等悔罪输诚,献城反正,自当宽其既往,予以自新。杨柳谷、郑魁武、张胜禄,均着赏给都司衔。杨仁义、黄儒绣、李明魁、黄勇发、江元太、陈永爵、董明玉、汤桂风、陈世清、周珍金、汪保发,均着赏给守备衔,以为自拔来归者劝。所有出力阵亡各员,着曾国藩查明汇案奏请旌恤,余着照所议办理。

初八日（12月18日）　至子廉同年宅叙谈。

初九日（12月19日）　在桐甫比部宅晚膳，座有叶香谷、春海先生乔梓、子廉、竹珊、巨卿诸兄。

初十日（12月20日）　偕竹珊在如松馆邀同顾云台、叶香谷、徐子华、罗纶言、云峰、周少山、郑企云、沈桐甫诸兄小酌。桂鉴湖、筱筠、春波暨菊堂、尺瑚继至。

十一日（12月21日）　周伯荪兰来馆叙谈。晡时，偕菊堂先生过琴伯馆晚膳。粹甫先生感冒。

十二日（12月22日）　直宿内阁。是日【者】同班者为徐子寿、何俊卿、田厚坤。邸抄：僧格林沁奏攻克西洋集贼寨，及收复下蔡、寿州，攻克逆苗老寨一折。蒙城解围，苗逆正法以后，西洋集逆匪仍敢负隅死拒。十月三十日，僧格林沁调队合攻，先以炸炮环击，继以喷筒火箭燃烧寨内房屋，烟焰冲天，人声鼎沸。国瑞等由西面攻入，傅正邦等由南面攻入，刀砍矛刺，将寨内贼匪搜杀。其翻墙扑河出窜之贼，经舒通额等带兵截杀，统计毙贼三千余名，生擒匪首葛春元、葛玉太、葛占青、葛东、杨孟举，就地正法。并派恒龄等收抚葛家圩等十处，其魏群儿寨等亦俱剃发投诚。总兵陈国瑞等收复苗家老寨及寿州、下蔡等处，将苗沛霖妻孥诛戮，搜捕二十余人，生擒苗希年父子。其前获之苗党张建猷、赵克元，续获之孙萝卜、管世祥等，均于讯明后凌迟处死，办理甚为得手。仍着僧格林沁督饬各军，乘胜将颍上等处一律克复，肃清皖境，毋留余孽。钦此。

十三日（12月23日）　午刻退直。申刻在春海先生宅晚膳，座有香谷、菊堂、桐甫、钜卿、韵士、子廉、西林诸兄。

十四日（12月24日）　焕卿同年来馆，至午生同年宅晚膳。

十五日（12月25日）　在琉璃厂买馆赋及《二铭堂墨选》。邸抄：左宗棠奏查明克复宁波等府县，并防守定海出力官绅请奖一折。清单一件。袁君荣以副将补用，刘国观以知府补用，张廷来加都司衔，袁行泰以知县，不论班次，遇缺即选，杨启恒、谷裕茂同知衔，赏戴蓝翎，曾廷炽请以训导,不论班次,遇缺即选,陈元耀府经历县丞,尽先选用,布兴有以参将补用,布良带、李光以参将升用,加副将衔,万城以都司升用,陈政钥以内阁中书即选,加五品衔,赏戴花翎,孙诒经俟编修,授职后以应升之缺开列在前,钱学懋光禄寺署正,加五品衔,赏戴花翎,郑维春加运同衔,赏戴花翎,楼一枝请以知府,仍归江苏,遇缺即补,卢以瑛以同知,不论班次,遇缺即选,加知府衔,沈兆元以知县,不论双单月,遇缺即选,王方照以知县,不论班次,遇缺即选,并加五品衔,张徵以知县,不论双单月选用,周君宜分发江苏县丞,加五品衔,廪生陆霞、附生张葆诚以训导尽先选用,廪生洪庆瑞、增生史锦标以训导选用,谢辅濂加内阁中书衔,赏戴蓝翎,吴有容桐庐教谕,请俟服阕后,遇缺即选,并加五品衔,周绍旦、王莳蕙加内阁中书衔,沈槐州判,分发省分,加五品衔,谢辅坫工部额外主事,请免其学习,作为候补,双月主事,童会以主事,不论双单月选用,朱朗然请补缺后,以同知补用,王锡衮以知县,不论班次,遇缺即选,归显定海道头司,以县丞补用。

十六日(12月26日)　内阁入直。午后退直,诣宝座师宅禀安。是日廉水生辰,未及赶赴,心殊歉然。

十七日(12月27日)　作排律诗。香谷邀同桐甫、竹晨、竹珊、粹甫诸翁在庆和园观剧,继至韫山堂晚膳。粹甫先生以故辞。邸抄:李鸿章奏官军攻克无锡金匮县城生逆首一折。无锡官军自攻克高桥、望亭等处贼垒,分路进攻,四面合围,逆目伪潮王黄子澄父子率党六七万人负隅死守。李鹤章督军环攻破惠山石卡二道,斩馘二千余,令丁日昌手燃三眼开花炮,焚烧贼屋数处,乘贼荒乱,率张树声等攻破亭子桥口头营。初二日,进逼东南北门贼营十余座,夺获贼船甚多。李鹤章见城上贼渐移动,令郭松林、吴建瀛、黄翼升分饬水陆各军,奋勇齐进,一拥登城,贼众下城巷战。黄逆自率老贼五六千名逃出北门,经周盛波击斩二千余级,该逆转由西门而遁,周寿昌等督队截杀,断其去路,该逆冲突十余次,周寿昌纵马手擒黄逆,余逆追斩殆尽。潮逆之子亦经郭松林擒获,共计生大小贼目五百余人,擒斩溺毙二万余人,救出难民三万余人,当将无锡金匮县城克复等因。

十八日(12 月 28 日) 金少伯前辈曰修、李芍洲同年宪章及王虞亭、菊堂、筱筠来馆。邸抄：安徽巡抚李续宜照总督阵亡例赐恤。

十九日(12 月 29 日) 至裕泰晤见钱雅琴明府宝清，晚与竹珊至和泰，继过龙源楼小酌。

二十日(12 月 30 日) 李芍洲、赵粹甫、鞠堂、春海诸翁来馆。

二十一日(12 月 31 日) 菊堂来馆，录莼老诗竟。

二十二日(1864 年 1 月 1 日) 谢尺瑚赴拣知县入选，陕西请拣知县八名。派拣者为贾中堂、赵蓉舫光、罗椒生惇衍、万藕舲青藜三尚书。薛琴堂焕侍郎又派满员五名。是晚，闻陈继香病亟，偕尺瑚、竹珊往视，已气息淹淹，痰涎上雍。即过子廉宅商酌方药，时已三更。延至次早寅刻，竟闻溘逝。竹珊握手相永诀，泪如雨下。

二十三日(1 月 2 日) 早晨，至王与轩工部思沂宅，继香已僵卧于床，董樵孙、凌子廉、童可常为之经纪其丧，择二十四日含敛。在王宅午饭，傍晚回馆。

二十四日(1 月 3 日) 内阁直中班。是夜三更视继香敛。董樵孙宿于馆。

二十五日(1 月 4 日) 送继香枢至盆儿胡同鄞县阴馆。馆创自前明，旋即倾圮，经大理卿陈心斋先生修整，栋宇完好，故尸祝至今。其旁停枢之屋二十余间，亦有欹斜可蔽风雨。中堂悬"望远当归"四字匾额，为胡鉴所书。尺瑚拣发陕西知县，已钤用，是晚在宴宾斋小酌。

二十六日(1 月 5 日) 东小市金华会馆赴吊。姜梅生同年敏修为伊母申太宜人开丧。午刻，同席者为施北林琢章、陆恂友鸿达、平景苏步青、李芍洲宪章、钟雨辰骏声、朱纯甫锡安、唐根石壬森。

二十七日(1 月 6 日) 徐子华世英邀至广和楼观剧，在韫山堂晚膳，座有桐甫、竹珊、小筠、春波、霁亭、香谷。

二十八日(1 月 7 日) 送蕖卿至阙左门验看。岁贡，捐内阁中书。午刻至宝座师宅祝宝师母生日，遂即出城拜春海先生七秩寿辰，诸同乡皆在座。

二十九日(1月8日)　刘星岑在宴宾斋招饮,汪芍卿绥之、春海、蒉卿、菊堂、梅艇来馆。

十二月初一日(1月9日)　在吏部投供,送蒉卿到阁。是日系内阁京察过堂,故实缺满汉中书俱候点名,而蒉卿因得许、冯两侍读带见中堂。未刻,偕过保元堂晤筱筠、春波,晚与同车出城,邀尺瑚、竹珊、汪玉森朝荣、潘味琴祖保饮于吉兴斋,遂至春馥堂小叙。时已二更,迟香谷不至。香谷嘱《代题荔仙画》云:富贵神仙本出群,重逢茗碗对炉熏。压他桃李花千树,管领春风属使君。

初二日(1月10日)　何子莪如璋、林海岩泉、梅艇、蒉卿来馆。未刻,为梅艇拣发事往赵蓉舫师宅,晤见赵世兄及徐子寿前辈延祺。

初三日(1月11日)　骆月樵文蔚娶媳。往候谢琴石荣照不值,遂至潮州会馆晤子莪、海岩,叙谈片时。李莼客来馆,遂邀同竹珊、菊堂、翁蕙舫学涵在宴宾斋小叙,迟潘辛芝不至。邸抄:李鸿章奏官军连复平湖、乍浦、海盐各城。

初四日(1月12日)　竹珊生辰。桐甫邀同小筠、琴伯、廉水、春波在福兴居为竹珊寿,继至广德楼观剧。周少山邀同晚膳,座有桐甫。

初五日(1月13日)　偕菊堂观春台部于庆和楼,晤见徐子华世英、叶香谷,遂邀至万兴居小叙。饭后,香谷拉予至韫山堂走简,召蔼卿、藕香。系胜克斋旧部。

初六日(1月14日)　香谷邀菊堂、竹珊、春波、小筠、廉水、琴伯在毓兴合晚膳,偕过维新堂。是夕,竹珊酒酣无状。晡时,在西福云观梅。

初七日(1月15日)　翁蕙舫先生宅晚膳。

初八日(1月16日)　丁芥帆前辈士彬为伊父八十四寿,席设于汾阳馆,彩觞款客,冠裳文物,一时毕集。招致眷属等,粉白黛绿,珠翠盈楼,不设纱幔,各以富丽相竞。

初九日(1月17日)　陈蕖卿邀同桐甫、竹珊在三庆园观四喜部,继至福兴居小酌,琴伯、廉水、西林亦继踵至。邸抄:曾国藩奏皖江以北肃清,开单请奖多名。

初十日(1月18日)　尺瑚邀同粹甫、薇研、菊堂、企山、莼舫、竹珊、香如在宴宾斋小叙。顾衍高、李邦永、平步青来寓。邸抄:李鸿章奏攻克平望贼垒。

十一日(1月19日)　阅潘辛芝同年《鹊泉山馆诗词》。

十二日(1月20日)　为叶香谷饯行,在保安堂,座有琴伯、竹珊、企山、春波、尺瑚。

十三日(1月21日)　沈念徵敦兰、孙子授诒经、金少伯曰修、童耕叔坊来馆。晚间,小筠邀同竹珊、春波、尺瑚、叶初芳、琴伯、廉水、菊堂在春馥堂小叙。

十四日(1月22日)　竹珊、小筠、春波偕至薛家湾鄞县馆,为继香三虞以香楮祭焉。遂过宁波府馆,见改修房屋已落成,系子廉经理其事,需赞三百金。晚间,穀人同年在龙源楼招饮,座有尺瑚、菊堂、竹珊,步月作坊曲游。遇辛芝同年,遂聚饮于西福云堂,归时大风。

十五日(1月23日)　周少山、汪玉森、王楚香来馆。

十六日(1月24日)　小筠、春波为惜字会来馆。

十七日(1月25日)　郑企云邀同竹珊、李仲京比部镐、孙氏竹林在广德楼观剧,继至龙源楼晚膳。接拾捌号家书。

十八日(1月26日)　陆恂友、陶柳门两同年来馆,继至韵士同年宅晚膳。

十九日(1月27日)　阅《买愁集》。摘录《怅怅》诗云:杜曲梨花杯上雪,灞陵芳草梦中烟。前程两袖黄金泪,公案三生白骨禅。《漫兴》云:内园歌舞黄金尽,南国飘零白发长。髀里肉生悲老大,斗间星暗误文章①。去日苦多休检历,知音谅少莫修琴。平康驴背驼残醉,

① 此为唐寅《漫兴》十首其一中二联。

谷雨花坛费朗吟①。万点落花俱是泪，满杯明月即忘贫②。四更中酒半床病，三月伤春满镜愁③。交游散去绵袍冷，风雪欺贫瓦罐冰④。张仪扪颊犹存舌，赵壹探囊已没钱。满腹有文难骂鬼，措身无地反忧天⑤。录辛芝句云：毕竟无家还胜死，尚能举火莫言贫。《平山堂》句云：而今池馆空流水，终古楼台有夕阳。《游邓尉》云：万树梅花春在眼，一帆蒲叶月当头。《山居述怀》云：一径桑阴蚕上簇，几家梅雨燕成巢。《山居口占》云：可怜百道清泉泻，犹是潺湲要出山。《瞰云楼》云：湖光当槛阔，山势抱楼圆。灯影照清梦，钟声摇暮天。《宿钟吾山》云：松战西风催暝色，泉流残雪带寒声。梅花万树鼻功德，香篆一龛心吉祥。垂花窗户莺初老，飞絮园林蝶亦稀。溪山深处无多地，花竹佳时自一天。《留别汪玉森》云：零星灯火尊前泪，细雨湖山画里诗。《古别离》云：未免有情空宛转，明知无益更思量。

二十日(1月28日)　晚，尺瑚偕至裕兴居小饮，座有桐甫、菊堂、竹珊、小筠、春波、琴伯、廉水、刘继堂、叶初芳。宁波折差魏廷荣来馆。

二十一日(1月29日)　惠春农前辈来馆。晚间，桐甫、竹珊及予为尺瑚饯行。

二十二日(1月30日)　辰刻，尺瑚束装南下。午后，樵孙、子廉来馆。

二十三日(1月31日)　值宿内阁。寒宵残漏，炉火不红，诵"料得家中夜深坐，只应说着远行人"之句，乡思怦然为动。是夕，与陈藻卿同宿于直庐。

---

① 此为唐寅《漫兴》十首其三中二联。
② 此为唐寅《漫兴》十首其五颔联。
③ 此为唐寅《漫兴》十首其八颔联。
④ 此为唐寅《漫兴》十首其十颔联。
⑤ 此为唐寅《漫兴》十首其七中二联。

二十四日(2月1日)　午后退直。至万聚,晤见姚守性,叙谈片刻。晚在郑企云处用膳,属书招牌六扇。偕竹珊归馆,录汪玉森编修朝荣《感事》云:歌舞平阳宠遇新,双条红烛照重茵。西风一掬灵均泪,尚有江头寂寞人。陆梅生御史秉枢尝有《御穷》绝句云:先裁骡子后裁人,舟去师门二两银。只有酒钱裁不得,一回把盏一伤神。虽属游戏笔墨,亦见前辈一时风致。

二十五日(2月2日)　邸抄:李鸿章奏官军进攻嘉善,逆首率众投诚,收复县城一折。

二十六日(2月3日)　尺瑚同年行将之官陕西,作歌送之:与君作客长安道,肥鱼大酒金尊倒。离骚一卷剑一囊,我独悲歌君大笑。著书不作穷愁状,东山早系苍生望。行年五十除一官,盛名不使幽闲放。计偕等是今春赋,春申江上寻诗路。花月沧桑又胜游,天涯朋酒原奇遇。飙车迅驶吴淞口,柁工篙师好身手。四十二人韵事联,柏梁吟罢才无偶。座有恶谑阳侯怒,朔风夜半鲸涛鼓。纵教出险有三鱼,山驱海立已惊怖。心香虔爇上苍祷,蓬莱捧出日杲杲。艰难一饭崆峒山,淹留七日田横岛。荒漠溯洄春不温,渊渊戍鼓达津门。结束敞裘事征策,余生水火慰惊魂。入都又逐青骢骑,满城桃李争风致。蓟门四月无好春,落花万点都成泪。乡关回首尚干戈,钱唐以西烟尘多。共君郁郁不得志,劝君且尽金叵罗。意气偏于羁旅亲,同年沆瀣亦前因。河阳君注种花籍,一朝披拣兼金珍。士元之才非百里,牛刀何堪屈吾子。诏书迭下甘泉宫,不为时艰征不起。出门惘惘愁揣揣,行李萧条不得发。余生闻之心忱然,昨宵追骑芦沟月。绨袍张禄旧知己,不然作计南归矣。文章薄俗莫诋诃,岂无健者令公喜。丈夫具有封侯相,贤王亟事防秋将。鞭丝帽影入临潼,壮怀要与风云抗。频年螳斧潢池弄,贾生献策久增忉。疮痍会待使君苏,百二关河手能控。天弧星掩扫搀枪,郊薮麟游与凤翔。君今幸假尺寸柄,天骥万里资腾骧。愿君功名盖当世,肘后黄金眼前事。十年种学道在兹,扶风士民①解读甘棠诗。

二十七日(2 月 4 日)　入直内阁。午刻退直,诣宝座师宅祝寿,遂至赵蓉舫师、万藕舲师处拜节。

二十八日(2 月 5 日)　在子廉宅晚膳。晚归至果子巷内,有匪人尾予,行至宴宾斋门前,被夺去潮烟管一支。

二十九日(2 月 6 日)　在春海先生宅晚膳。

三十日(2 月 7 日)　在粹甫先生宅晚膳。除夕,子廉送汤团来馆,竹珊、尺瑚听乡音卜。

---

①　原稿作"陕人",后改为"扶风士民"。

同治三年日记

　　甲子元旦(2月8日)　谒正阳门。关帝庙拈香。至瑞中堂、宝座师、倭中堂、贾中堂、周中堂宅投刺,诸同乡处贺岁。

　　初二日(2月9日)　至文昌馆内阁团拜,演剧一天,各派分金一两二钱。

　　初三日(2月10日)　为叶子戏,座有竹珊、梅艇。

　　初四日(2月11日)　与竹珊、尺瑚、梅艇食粉面。晚至薇研先生宅贺小星喜,饮六七巨觥。

　　初五日(2月12日)　城外拜客。邸抄:李鸿章奏克复奔牛贼垒。

　　初六日(2月13日)　发山西省三伯一信。

　　初七日(2月14日)　天雨雪。梅艇来馆晚膳。

　　初八日(2月15日)　天雨雪。

　　初九日(2月16日)　雪霁。尺瑚之官陕西。代刘星岑入直内阁夜班。

　　初十日(2月17日)　巳刻退直,往外城拜客。

　　十一日(2月18日)　筱筠邀至吉兴斋早膳,继至余庆堂赴席。李莼客为母诞辰,座有谢梦渔增、陈珊士寿祺、骆月樵文蔚、平景孙步青、马春阳传煦、胡梅卿寿谦、谢星斋钺、李仲京镐。

　　十二日(2月19日)　竹珊邀食粉面。

　　十三日(2月20日)　在子廉同年宅晚膳。

　　十四日(2月21日)　是夕,与竹山、小筠、春波、继堂、琴伯、莲水在桐义堂聚饮。

十五日(2 月 22 日)　赵粹甫、谢菊堂、童莼舫为春灯谜。宁波府会馆团拜、拈阄,以余与琢堂值年。

十六日(2 月 23 日)　是夕,与小筠、竹山、春波、琴伯在福云堂观烟火。有铁筒、泥筒、炮打襄阳城、卷边、连星等名目。

十七日(2 月 24 日)　接到家书。十一月十一日发。

十八日(2 月 25 日)　琴伯邀至吉兴斋晚膳,座有玉森、竹珊、小筠、春波,继至爱莲堂小饮,晤小卿校书。

十九日(2 月 26 日)　陈文惠兄来馆,予与竹珊邀同小筠、春波、菊堂在利美小叙。郑企云、岑秀峰荣全、王吉人维嘉亦入座。

二十日(2 月 27 日)　春海先生乔梓、玉森、琴伯、王礼耕来馆。

二十一日(2 月 28 日)　入直内阁夜班。

二十二日(2 月 29 日)　午刻退直。接班者为慕慈鹤,逾刻不至,恐迟误军机事务,不能即退。下午,余江秋、杜吉人来馆。晚在子廉同年宅食水饺。

二十三日(3 月 1 日)　罗云峰、翁巳兰、崔逸亭来馆,偕竹珊均至吉兴斋晚膳,夜间在保安堂小饮,座有李鉴泉。

二十四日(3 月 2 日)　汪玉森朝棨、潘味琴祖保来馆。上谕:朕奉慈安皇太后、慈禧皇太后懿旨,三载考绩,为国家激扬大典,中外满汉诸臣有能认真办事、克著勋勤者,允宜特加甄叙,其或衰庸不职,亦必立与罢斥。当兹多事未已,朝野望治孔殷,尤应斥陟幽明,用彰旌别。兹届京察之期,吏部开单题请,自当详审,以为举错。议政恭亲王贤亲最著,辅翼公忠,自首赞枢廷,于今三载,于用人行政一切,克尽匡襄、勤劳罔懈,着交宗人府,从优议叙。工部尚书文祥、户部尚书宝鋆、工部尚书李棠阶、兵部侍郎曹毓瑛同心协赞,克慎克勤,均着交部议叙。大学士湖广总督官文,扬历封疆,勤宣最久,于军谋吏治,众善靡遗。协办大学士两江总督曾国藩督军剿贼,节制东南数省,尽心区画,地方以次削平,举贤任能,克资群力。四川总督骆秉章连年剿贼,迭平巨股贼匪,全蜀渐就肃清,于邻省军务及地方整顿各事宜,均能实力讲求，精勤罔懈。闽浙总督兼署浙江巡抚左宗棠，自简任封圻以来，办理军务及地方事宜均能果敢严毅，克复浙东郡县，卓著战功。江苏巡抚李鸿章亲履行间，克复苏州省城及各郡县，功绩殊彰，均着交部从优议叙。吏部左侍郎孙葆元才具平庸，内阁学士中常年力就衰，均着以原品休致，余着照旧供职。钦此。

二十五日（3月3日）　入直内阁早班，未刻退直。在和泰用膳后，邀同琴伯、巳兰在裕兴居小集，竹珊、莲水亦踵至。既乃移席于保安堂，崔逸庭与饮，食水饺，比归已四鼓。

二十六日（3月4日）　小筠、春波在春馥堂邀饮，未赴。

二十七日（3月5日）　崔逸亭在东安义招饮，座有鉴泉、南洲，竹珊亦继至。晡时，为春海先生之任道州，在宴宾斋饯行，邀同鞠堂、粹甫、薇研、子廉、纯舫、琢堂、耕叔诸君。

二十八日（3月6日）　鞠堂拟大学文题五十。王玉书、徐汀鸥由山东进京，寓于会馆。晚间，崔逸亭在东安义堂邀饮，未赴。

邸抄：左宗棠奏官军收复海宁州城一折。浙军自杭州、余杭等处迭获大捷后，伪会王蔡元隆踞守海宁州，望风通款，献城乞抚。经蒋益澧派令，前署海宁营都司王锡驯等入城晓谕，蔡元隆将被胁伙党一律剃发，缴械投诚，并捐资遣散其众。官军遂于十二月二十七日入城，当将海宁州城收复，办理尚为周安。着左宗棠乘势分军北渡，以期合围杭城，迅奏肤功，用伸天讨。降人蔡元隆于官军未至之先自拔来归，献城反正，着准其更名蔡元吉，从优赏给四品翎顶。已革前署宁绍台道张景渠随同办抚，尚属出力，着免其治罪，留营差遣，以观后效。前署海宁营都司王锡驯首先入城，尚知愧奋，着免其查办，仍以都司留于浙江补用，并免缴捐资。其余出力员弁，着左宗棠查明，俟克复杭城汇案保奏。钦此。

二十九日（3月7日）　琴伯、小筠来馆。

二月初一日（3月8日）　吏部投供。发蒲云翁一信。托余春源兄寄三江口,源泰木行董申之兄转寄。

初二日(3月9日)　宁波府馆祭文昌。

初三日(3月10日)①　在广德楼观剧。翁巳兰邀予及竹珊、春波、继堂、小筠、莲水在吉兴斋晚膳,继至福云堂小饮。馥笙亦踵至。

初四日(3月11日)　偕小筠至吉兴斋早膳,随往和泰,春馥叙谈至晡时,复会于吉兴斋。巳兰、馥笙、竹山、春波、继堂亦继至。都中寺观山门联俱书"古庙无灯凭月照,山门不锁但云封"两句,云是文宗御制,此二句书于大内之庙宇门者,故都城皆录之。

初五日(3月12日)　罗云峰来馆,邀同竹珊、莲水、琴伯至万福居晚膳,继至西安义堂小酌,缘煤气熏蒸,头目皆为之眩晕,竹珊尤甚。

初六日(3月13日)　移寓于城内齐化门北小街烧酒胡同五号熊老长颖宅,授伊孙松龄、松榛读。午膳时宋蘗川、余江秋、杜吉人、潘锦春皆在座。

初七日(3月14日)　觉罗瑛同年桂为伊父弈斋嵩年伯开唁,原任刑部正郎,丧居东西牌楼北十条胡同中间路南本宅。嘉[庆]丁巳二月初九寅生,同治甲子正月廿五申卒。

初八日(3月15日)　杨士玉同年为伊母七十寿辰,在汾阳馆彩觞款客,未赴。课题:"我欲仁,斯仁至矣。"

初九日(3月16日)　叶守矩前辈寿母七十,在药行馆彩觞款客,未赴。守矩于是日早晨病殁,座客皆罢酒。

初十日(3月17日)　徐子华世英邀至汇元堂观剧,座有董端甫司马、李善初比部,竹珊、桐甫、纶言、宝晋继至。

十一日(3月18日)　收贰拾号家书。子廉同年来馆,为公请宝座师在文昌馆彩觞搭席,兼戊午同年团拜。因座师有事不到,改在余庆堂,专请马世叔。国子监祭酒衍秀、司业刘熙载试监生月课题:"羁靮

---

①　天头处文字:天雨雪。

以御马而不以制牛论”“赋得山色雨余青近人得人字,七言八韵”。

十二日(3月19日) 童春海先生六十寿辰,诸同乡皆在座。晡时进城趣谒宝座师,已上灯时分矣。其厅中悬“冰凝镜澈”四大字,同治二年十九日慈禧皇太后赐军机大臣户部尚书臣宝鋆。“福寿”二大字。同治二年十二月十六日御书赐军机大臣户部尚书。其厅前植修竹千竿,凉月筛影,清夜无尘,煮茗焚香,谈艺论文,娓娓不倦。

十三日(3月20日) 童春翁将出都之任道州,来馆辞行。道经江南,由航海之家,告假修墓,拟托带家书。课题:“见贤思齐焉。”

十四日(3月21日) 潘辛芝同年观保为伊父六十寿辰,在衍庆堂称庆,即往祝焉。遂至子廉宅,偕过惺庵同年处,不遇,即诣童春翁送行,在赵粹翁馆剧谈半晌,至郑雩亭处用膳。晡时进城。邸抄:李鸿章奏收复宜兴、荆溪县城。

十五日(3月22日) 俞小筠、王朵山、童耕叔来馆,濬卿赴国子监月课。小筠为伊叔兴让、观乐及从堂弟俞钱氏殉难请恤。

十六日(3月23日) 罗纶言来馆。发第三号家书。

十七日(3月24日) 小竹委领诰轴,托童春翁寄南。

十八日(3月25日) 陈维屏来馆。

十九日(3月26日) 浙榜戊午同年团拜,在西余庆堂。宝座师因有事不到,马子奇世叔早临。是日会者:戴小村邦荣、邵穀人允昌、周云裳孙锦、洪梅艇倬云、陶柳门甄、李芍洲宪章、凌子廉行堂、周惺庵绍达、陈琢堂兆翰,暨予共十人。是夕,赵琴伯邀予及竹珊、春波、鞠堂、小筠、廉水在西福云堂盛筵相款,召优伶侑酒,有影戏,鸡鸣始散。

二十日(3月27日) 戊午大同年团拜,在浙慈会馆。朱桐轩尚书凤标、程楞香廷桂俱到,系顺天榜座师,是日会者约六十人。郑懋勋、蔡世俊、梁恩问、王器成、崔穆之、康缙、刘恩濬、陈本枝、邓泽培、康模、赵朴、王珊、焦骏声、汪承恩、翁曾翰、李宪章、凌行堂、郭从矩、林镛、纪星灿、崧骏、彭毓菜、罗棻、孙汝霖、温忠翰、裴荫森、徐炳烈、徐士銮、昆冈、英卓、刘振禾、潘观保、陈大诜、马文华、张联第、王允善、侯坚、江炳煦、杨澍鼎、陈兆翰、王桐、宜绥、英启、李庆元、高文铭、萧廷滋、李汝弼、董毓葆、高文煜、海容、全霖、欧阳保极、恽祖诒诸同年。

二十一日(3月28日)　左宗棠奏收复桐乡。

二十二日(3月29日)　书李文田殿试卷一本。是夕梦梨云。

二十三日(3月30日)　日课文一首。

二十四日(3月31日)　接第一号家书。二月初一日发。

二十五日(4月1日)　接小峰叔山西来信。

二十六日(4月2日)　往宋渠川宅为余梦梁送行。托带家书。是晚宿于保元堂，与小筠、春波、徐六兄瀛、鉴湖，为马虎之戏。

二十七日(4月3日)　永安堂童澄斋来馆。

二十八日(4月4日)　清明。内阁值早班。王楚香接班，始退直，江西抚沈葆桢具题为已故江西学政巡抚张芾请入祠名宦。芾字小浦，在籍殉难，予谥文毅。下午，出海岱门至白家庄，为王守成兄旅榇寄停之所，族人邦庆叔公瘗于是园，爰于冢前致礼焉。晤见裴心传、富贵父子、宋老三、岐丰、叶礼南诸君。继至法塔寺东吕家窑新庄，为药行寄枢之处，余尔昂兄枢前亦烧纸钱。其地园皆为前明袁相国炜所置买，老庄悬像，新庄尸祝，故至今念其遗泽云。至和泰号晤见童介山自山西解饷来京，述及沈经笙桂芬为山西巡抚，实事求是，颇有官声，其属下州县二百余人，拟皆试以策论，觇其底蕴，后因捐班过多，黜陟太分，有碍政体，为默写履历，局门面试，有先期告假者数人。其中有眼目昏花不能作端楷则称曾经落海被卤坏眼者，有提笔而手战则称因覆车而折臂者，有书"捐饷"而误作"损饷"者，有书"推升"而误作"摧升"者，一时传为笑柄，有人调以诗云："县令堂堂者，惊闻院试期。翻车肱半折，落海眼全迷。官爵摧升日，功名损饷时。早知今日苦，恨读十年迟。"

二十九日(4月5日)　至恒和，偕王朵山过隆福寺观，游人麋集，百戏杂陈，古玩及玉器、书籍摊设列肆，名曰庙会。每月逢九逢十为会。王吉人来馆。

　　三月初一日(4月6日)　偕濬卿诣国子监,观两庑十三经石刻,中有辟雍,旁为壁水,规模宏敞,制度壮丽,前列圜桥教泽、学海节观两坊,博士厅、绳愆厅及率性正义等六堂俱在两庑。后即彝伦攸叙堂,祭酒司业题名碑皆在后署。监之东为圣宫,进成贤门,古柏交荫,明代及本朝进士题名碑皆露刊其间。有石鼓十排列于大成门外,有张照书韩愈古鼓歌碑及平西川、回疆、准噶尔御制纪功等碑,蟠以蛟螭,负以屃赑,皆竭千人之力所辇致者。其大成殿视各直省较宏整,所谓太学也。在监肄业诸生每月朔日考取一等方能补班。附贡、增廪贡、拔贡等考二等,即取入送乡试。官学教习每月各旗员子弟向司业处背诵经书以稽勤惰。继至元成用膳而回。

　　初二日(4月7日)　天雨雪。

　　初三日(4月8日)　雪霁。王沛然翁述及嘉庆廿三年四月初八日,伊在京师,于下午有黑云自西南隅蔽天而来,顷即狂风卷地,飞沙扬尘,白昼昏黑,四幕皆同,街衢腾沸,面面相觑,无所投止,关门塞户,燃烛以继照,约自未交申渐即开朗,人心始怗然矣,引领东望,惟天半朱霞与斜阳相掩映而已,识者谓鹏鸟戾天,其翼蔽遮下土,或亦事理之有由然乎?

　　初四日(4月9日)　李鸿章奏水陆官军攻克嘉兴府城等语。嘉兴官军连破东北门外贼垒后,于正月二十七、八日,程学启等督饬各部逼城猛攻,一面赶筑炮台,轰坍城垣十余丈,城贼拼死抵拒,程学启挥众冒险拥上,贼燃拨火药下击,总兵何安太等中枪阵亡。湖州逆贼另股窜扑王江泾官军后路营盘,图援嘉兴。经程学启急令,王永胜等回军绕击,贼众却走。二月十六日,程学启会同李朝斌等奋力攻打,督队爬城,城头矢石如雨。程学启奋不顾身,亲率将士,大呼杀入,众队继进。城上逆尸枕藉,犹有悍贼二三千人排枪抗拒。程学启肉薄以登,致被枪子打伤。该部将刘士奇等见主将受伤,各舍命率队登城,纵横击刺,贼众纷纷溃散,各军纷纷而入,将城内悍逆围杀净尽,遂将嘉兴府城克复。此次程学启进攻嘉兴,日则往来督队,夜则露坐炮台,指挥照料,冒死血战,身受重伤,用能攻拔坚城,扫除巨逆,其志可嘉,其功尤伟,着李鸿章传旨嘉奖,令其安心医治,以冀速痊,仍着该抚详查劳绩,奏请奖叙。其尤为出力之将领各员,并着查明一并奏请。阵亡之总兵何安太谋勇兼优,平日最为出色,因攻城过猛,中枪殒命,深堪悼惜,着照提督阵亡例从优议恤,并准其于死事地方建立专祠,以慰忠魂。副将郭兴发受伤身故,亦堪悯恻,着照副将阵亡例议恤,该部知道。钦此。又奏请将已故巡抚徐有壬建立专祠,并将事迹宣付史馆等语。

初五日(**4月10日**)　李鸿章奏官军收复溧阳并解江阴、常熟、无锡等处城围一折。江苏官军自克复宜兴后,进图溧阳,郭松林等沿途获胜,扫荡而前,直抵溧阳县境,当将县城收复。郭松林拔队进剿金坛,将城外贼营贼卡一律扫平。时常州各处援贼屡次败衄,遂分股绕窜,扑犯江阴、常熟、无锡等城,各路防兵将贼击败,江阴、无锡次第解围。贼众窜并常熟,围攻甚紧,官军坚守待援,贼不得逞。郭松林闻信,由金坛带队驰援,一路痛剿,毙贼甚众,会同黄翼升等各路援兵并力夹击,贼遂大溃,常熟之围立解,剿办均属得力。着李鸿章督饬诸军乘胜进剿,务将败匪悉数歼除,毋留余孽。

初六日(**4月11日**)　接家书,知金陵逆贼分股由江西金溪窜至福建边境一路,由山道窜入浙东之衢、严,金、兰震动,宁、绍戒严,此贼之釜底抽薪法也。左制军上年由豫入浙,扼守金华,据其上游,贼势渐盛。今乃驻扎富阳,一面进攻杭垣,兼有李鸿章分兵攻克嘉兴,贼胆已落,求援于李逆,以蹑我后、以捣我虚。所虑左制军兵力单弱,首尾相顾,于势甚难,所愿金、兰守兵得力,贼不得逾越西行,则宁、绍幸甚。

初七日(**4月12日**)　郑企云邀至燕喜堂观剧。有四川分发大挑知县志秀借补库大使缺,于年内赶紧文书函托和泰,周少山转嘱吏部,而司办俞姓者将堂稿挖补改换日期,以期于封印前赶办出京,不无渔利等情。案经御史奏参,而司官叶毓桐并不知情。现奉上谕从严究办,而少山不能不为之地矣。平瑞片奏乌鲁木齐于八月十三日戌刻地震,压毙数十人。

初八日（4 月 13 日）　罗纶言邀至燕喜堂观剧。

初九日（4 月 14 日）　李莼客慈铭来馆。附来四妹传一首。《杨贞女传》:贞女杨氏,慈溪人,父附贡生,贞女年十五,许字同邑叶金龄。越三载,金龄病瘵死,贞女闻之,欲同死。家人环守之,且许持服,乃止。服斩衰,为位,哭泣尽哀。既闲,稍稍劝以改字,辄大恸,又觅死。已投缳矣,救之得苏。越五载,志益坚。父母为请于叶尚归之,事舅姑,一家称其孝。抚夫之兄子为嗣,严而有恩。咸丰十一年六月卒于叶氏,年二十五。贞女之兄,内阁舍人,恭谨诚荐人也,为予言如此。舍人又曰:"当庚申岁,贼之窥浙东也,予视妹,叩以行止。妹慨然曰:'寇亟矣,吾不能窜山谷求苟免,吾办此早矣。'指舍后瞽井曰:'是吾死所也。兄他日来收吾骨。'"言讫,泪涔涔下。及卒后搜其遗箧,得裙服一袭,钩联缀属,不可得解云。

论曰:节行之难者,圣人不敢以望之人。故礼不禁改适,况改字乎?而竖儒恧恧不达此旨,遂以不改字者为过,是诚何心哉?观贞女截发劗面,五年而后遂,是岂出于勉强者所能耶?盖吾越近十年来,贞姝烈媛,风节相望,以予所见死烈者,有山阴林烈妇李氏,会稽王烈妇孙氏,慈溪金烈妇李氏;死贞者有山阴杜太守宝辰女,金上舍某女,会稽王训导庆恩女,而粤逆之变,妇女死难者至数百人,臣视崇阶高阀之缙绅,或持节奔窜,或幽闭拘辱,大率涊淰垢污,辗转自免,其贤不肖为何如耶?抑江东节义之气有时钟于闺褵,而彼之偷生者亦势非自主耶?乌虖!

初十日（4 月 15 日）　方子卿、郑慎珪来馆。尝见柯湖子自撰春联云:余事只修文苑传,闲身暂署户曹郎。

十一日（4 月 16 日）　为家严生朝,邀同莼客、辛芝、鞠堂、粹甫、子腾、樵孙、竹珊、子廉、梅艇在宴宾斋兑酌，琴伯、小筠亦继至。是夕，琴伯复邀至福云堂小叙。闻杭垣克复消息。

十二日（4月17日）　为桐甫生辰，其明日为小筠生朝。竹珊及予与琴伯、廉水在宴宾斋会饮，迭为宾主，觥筹交错。桐甫缘事未至。是日雨。

十三日（4月18日）　雨霁。琢堂、竹晨偕童可常兄南下，往送行。继至鲍子年前辈康处，为亲属殉难请恤之事，业已代向都察院具呈申请，俟月终可汇题也。后至和泰一转。晡时返馆。

十四日（4月19日）①　左宗棠奏攻克杭州、余杭两城一折。杭州、余杭两城踞逆，经官军于二月二十一日攻剿，得获大胜。贼势极为穷盛，蒋益澧复亲督水陆各军，于二十三日乘势奋攻。庆春、艮山等门昼夜不息，贼胆愈寒，是夜五更急启武林门，向德清一路窜走。蒋益澧督队入城，杀贼无算，即于二十四日卯刻将杭州省城克复，余杭之贼亦于二十四日卯刻由东门逃窜。经左宗棠预饬，各营整队以待。是日，见城中火起，各营分路跟追，余贼败窜瓶窑镇。此次官军将杭州、余杭二城同日克复，办理甚为得手。所有窜逸余匪即着左宗棠督饬兵勇，迅速追剿，尽歼丑类，毋留余孽。闽浙总督左宗棠自督办浙省军务以来，连克各府州县城池，兹复将杭州省城、余杭县城攻拔，实属调度有方，着加恩赏，加太子少保衔，并赏穿黄马褂。浙江布政司蒋益澧自调任浙江以来，战功卓著，屡拔坚城，兹复亲督各军，克复杭州省城，实属奋勇异常，着赏穿黄马褂，以示优奖，所有在事出力将士，着左宗棠查明，择尤保奏。钦此。

十五日（4月20日）　广升郑遐年兄邀至西河沿正乙祠彩觞相款，系春台班演《洪门寺》等剧。座有童竹山、李霞城、王宝晋、罗云峰、周少山、张子腾诸兄。

十六日（4月21日）　传阅《茗香室诗》课卷。《赋得冬读书得冬

---

① 天头处文字：克复杭州。

字》:百二篇章著,虞庠教泽浓。观书呈七义,课读用三冬。莫惮聱牙苦,休耽曝背慵。职思赓蟋蟀,尚友许夔龙。逸韵谐丝竹,寒宵听鼓钟。一编功焠掌,五代史罗胸。继响推盲左,分程异瞀宗。闱桥多士集,嘉会庆临雍。孔壁传心法,虞庠配瞀宗。摘句《赋得明月小桥人钓鱼得鱼字》:坐占溪桥月,何人此钓鱼。印波明似练,跨水小成渠。露洗孤轮净,潮平半板初。箫声怜子夜,弓影聚王余。独茧烟中曳,垂虹画里如。摇红双镜夹,沉碧一钩虚。鹭立汀莎静,鸦栖岸柳疏。盛朝璜应兆,贤访渭滨渔。小小红桥跨,湖庄夜钓鱼。三更人静后,半魄月明初。蓑立矶头悄,纶垂镜面徐。锦鳞游不隔,玉蝀画难如。蟾影澄中渚,虹腰卧一渠。风疏杨柳岸,梦醒鹭鸥居。歌响清弥远,波涵湛若虚。得鲈归缓缓,把酒快相于。摘句蟹大幽难辨,鸥心淡不如。烟波空外梦,蓑笠水边渔。烟波双桨路,风露一竿余。断虹横隐隐,独茧下徐徐。争饵萍花碎,浮阴柳岸疏。

十七日(4月22日) 接冯吾楼一信,发山西小峰叔一信。寄去茶叶、笋尖。

十八日(4月23日) 俞小筠来馆。

十九日(4月24日) 感冒风寒,胃口稍损。

二十日(4月25日) 为汪玉森太史朝荣之父寿辰,在太原馆彩觞款客。偕小筠出城,在粹甫宅晚膳。是夕,与鞠堂同榻。算梅艇同年填款银念两,交子廉;袁韫山出京,帮分五两,交竹珊。

二十一日(4月26日) 午刻到枣红馆。下午陈文惠来晤谈片时,阅张功甫《南湖集》。《浩然斋雅谈》:放翁在朝日,尝与馆阁诸人会饮于张功父南湖园。酒酣,主人出小姬新桃者,歌自制曲以侑尊,以手中团扇求书于翁,翁书一绝云:"寒食清明数日中,西园春事又匆匆。梅花自避新桃李,不为高楼一笛风。"盖戏寓小姬名于句中,以为一笑。当路有恚之者,遽指以为有所讥,竟以此去。张良臣,字武子,近世诗人,有《雪窗集》。子时,尝从张功甫至象台。《诚斋诗话》:自隆兴以来以诗名者:林谦之、范致能、陆务观、尤延之、萧东夫。近时后进有张镒功父、赵蕃昌父、刘瀚武子、黄景说岩老、徐似道渊子、项安世平甫、巩丰仲（玉）〔至〕、姜夔尧章、徐贺恭仲、汪经仲权，前五人皆有诗集传世云云。功父云"断桥斜取路，古寺未关门"绝似晚唐人。《咏金林禽花》云"梨花骨格杏花妆"，《咏黄蔷薇》云"已从槐借叶，更染菊为裳"，写物之工如此。予归自金陵，功父送之，末云"何时重来桂隐轩，为我醉倒春风前。看人唤作诗中仙，看人唤作饮中仙"，此诗超然矣。

二十二日（4月27日） 李德亨、徐子华来馆。张功父词《江城子》凯旋：春风旗鼓石头城。急麾兵。斩长鲸。缓带轻裘、乘胜讨蛮荆。蚁聚蜂屯三十万，均面缚，赴行营。○舳舻千里大江横。凯歌声。犬羊惊。尊俎风流、谈笑酒徐倾。北望旄头今已灭，河汉澹，两台星。《鹧鸪天》咏阮：不似琵琶不似琴。四弦陶写晋人心。指天历历泉鸣涧，腹上锵锵玉振金。○天外曲，月边音。为君转轴拟秋砧。又成雅集相依坐，清致高标记竹林。《水调歌头》项平甫大卿索赋武昌凯歌：忠肝贯日月，浩气抉云霓。诗书名帅，谈笑果胜棘门儿。牛弩旁穿七札，虎将分行十道，先解近城围。一骑夜飞火，捷奏上天墀。○畅皇威，宣使指，领全师。襄阳耆旧，请公直过洛之西。箪食欢呼迎处，已脱毡裘左衽，远著旧藏衣。箫鼓返京阙，风采震华夷。《满江红》贺项平甫起复知鄂渚：公为时生，才真是、禁中颇牧。擎天手、十年犹在，未应藏缩。说项无人堪叹息，瞻韩有意因恢复。用真儒、同建太平功，心相属。○忠与孝，荣和辱。武昌柳，南湖竹。一箪瓢非欠，万钟非足。知命何曾怀喜愠，轻身岂为干名禄。看可汗生缚洗烟尘，神机速。

二十三日（4月28日） 偕王沛翁过东四牌楼永安药铺晤见童承载，同丰钱铺晤王礼本、陈维彬，万聚钱铺晤方子卿、陈子兴，恒和晤王朵山，恒利晤冯昆山，恒源晤郑慎珪。

二十四日（4月29日） 余梦枫来馆。

二十五日（4月30日） 凌韵士、洪梅艇、马子桢来馆。

二十六日(**5月1日**)　郑慎珪来馆索书名印。

二十七日(**5月2日**)　入直内阁早班。左宗棠奏官军攻克德清、武康、石门各县。沈葆桢保举孝廉方正张其藻。申刻,军机处领事三十七件,申未退直,竹珊来馆未遇。

二十八日(**5月3日**)　方子卿、郑企云来馆。发第陆号家书。

二十九日(**5月4日**)　批"学也,禄在"两句题文。收徐秋宇兄一函。邸抄:左宗棠奏官军克复武康、德清、石门三县,并截剿窜获胜一折。浙省官军克复杭城、余杭后,余匪分窜武康、德清等处。经左宗棠派令杨昌濬、蒋益澧等分路进攻,罗大春先将黄洞桥浮桥拆毁,密饬各营分伏武康贼垒之外,火器轰击,逆匪大震。三月初四日,罗大春等各率所部薄垒环攻,逆首吴海胜凭卡抵拒,降人杨芸桂等开门迎纳官军。吴海胜逃至三桥埠地方,复率援贼回斗。官军排炮轰击,毙贼无数,当将武康克复。德清一城经高连升等并力猛攻,自辰至未,鏖战四时之久,贼势不支,弃城而遁。官军分路追杀,擒斩悍贼数百名,夺获船只数十号,器械无算,德清县城亦即收复。蒋益澧复饬知州李邦达等进逼石门,踞逆邓光明出城就抚,遂于初五日收复石门。道员李耀南等并将图窜孝丰匪股迎头截击,歼毙无算,救出难民数千名,剿办均属得手。着左宗棠督饬诸军一面搜剿败贼,一面迅拔湖州府城,肃清全省,所有出力知府李耀南、知州李邦达,着以道府留浙补用。副将刘明澄有总兵缺,请旨简放。余萃隆着以总兵补用。其余出力员弁,着左宗棠存记汇案保奖。该部知道。钦此。

三十日(**5月5日**)　立夏。偕王闰翁过隆福寺买夏用朝珠一串,遂至恒和寻王朵山不遇,继至恒利用膳,遇汪三元泉、冯昆山、汪□□诸君。邸抄:孙家鼐放湖北主考,着于四月十五日在保和殿考试,试差人员唐训方署理湖北按察使。

四月初一日(**5月6日**)　吏部投供。马子桢、李心阶来馆。是夕雨。

　　初二日(5月7日)　出城，晤子腾，送来胡小山缴出慈溪馆契券一包，并无正契。与竹珊相商，殊难收管，即将原契一包交与子腾转还。晚在子廉宅过宿，谈至鸡鸣方就寝。后附录批命。

　　初三日(5月8日)　至冯虎臣宅吊丧。李莲水邀同鞠堂、竹珊、琴伯、筱云、莼舫及予在维新堂小酌。晚偕至慈溪馆便饭，酒酣，莼舫及鞠堂能为昆弋腔，座上皆为解颐。是夕与鞠堂同榻。

　　初四日(5月9日)　晴霁。与筱云至保元堂，继至东四牌楼恒和，晤郑焕文、魏载康、王朵山诸君。焕文自南来接，有春木兄各件。壬戌，太仆卿朱兰奏请宁波保举孝廉方正者二人。广西候补知县陈劢，鄞县拔贡，现年五十九岁。因病请假回籍侍亲，曲尽孝养。接丁亲父及祖母、亲母三艰，哀礼备至。乡党矜式，教授里塾，束脩之外不名一钱。近年本地办捐办团，地方官敦请该员到局以孚众望，公事既举，即恬然引退，不复妄通一刺，官民咸敬惮焉。桐庐县学教谕王引孙，镇海拔贡，现年六十二岁，孝事父母五十年如一日，友于兄弟，抚孤侄尤挚爱，食贫共炊，乡党重之。近时上海办理海运，宁波官商邀请该员商办在事数年，公私信服，屡膺荐牍，选授今缺，旋以足疾难愈，不便起跪，解职归田，风裁清峻，气度和平，综厥生平，允堪坊表。

　　初五日(5月10日)　往吊宝世叔友梅。钦天监主簿厅。午刻入直内阁。是夕梦见阮芸台先生。

	印			
丙戌	比	初七庚子	四七甲辰
己亥	杀财	十七辛丑	五七乙巳
戊辰	比	廿七壬寅	六七丙午
食神庚申	食神	卅七癸卯

戊生亥月，七杀长生，复得申辰助之。宦星既旺，而年日辰戌，对冲有力，丙印透干，帮身入用，清而且健，科第之命也。行运寅卯辰甲乙东

方,既为宦星禄旺之地,又是印绶生处,一路相帮,面面俱到,当由京职出膺外任方面,仕途亦复康泰,富贵何疑?妻宫当克,否则须纳宠。子卜窦氏之桂,寿至周甲有余。再查八字五行,错杂不纯,交游宜慎,否则当有比匪之伤。凌子廉批。

初六日(5月11日)　至旃檀寺陈德芳处视病。继过致和堂药铺,晤刘既堂、春波、小云、汉佐、李友鹤,由御河桥金鳌玉蛛出地安门返馆。接小峰叔、子玉同年各函。邸抄:曾国藩奏官军攻克句容县城生擒逆首一折。江苏贼匪踞守句容县城,负隅抗拒。三月初五日,提督鲍超督军进剿,先将三岔贼卡攻破,初八日军次塔岗,该逆悉锐出城猛扑,官军分三路进击,逼近城下,斩馘数千。附城贼垒同时骇走,各营枪炮齐施,彻夜环攻,城中之贼潜启南门,倾巢冲出,官军乘胜进剿,歼毙尤多,旋经内应之翟本邦等将伪翰王项大英、伪列王方成宗擒献,讯明正法。初七日黎明,立将句容县城克复,其附近句容之宝堰地方贼垒复经鲍超率队进击,亦于初九日攻破,毙贼无算,剿办尚属得手等因。

初七日(5月12日)　冯晓沧先生枕来馆。

初八日(5月13日)　莼客邀至广和楼观剧,与陈曼禅农部、吴硕卿水部、敖金生比部策贤、王柳堂诸君聚饮于福兴居。晚间移席于棣华堂。是夕宿于粹甫宅,与琴伯同榻。

初九日(5月14日)　广聚徐子华世英为其母七十寿辰,在平介会馆优觞款客,共有六十余席,妇女盈庭,宾朋杂沓。晡时,偕桂鉴湖进城。

初十日(5月15日)　刘星岑浙焆来馆。晚间出城,宿于会馆。

十一日(5月16日)　接尺瑚同年陕西省三月二十七日发来一函。午后进城。

十二日(5月17日)　接到三月初二日所发第三号家书,并周晓村县丞实收郑乙巢托汇银信,史致光一件,并驹、騄二儿课文四篇。郑嘉元及吴集成来馆。

十三日(5月18日)　直内阁早班。午后至和泰用膳。

十四日(5月19日)　偕诸同人往游海淀及香山之碧云寺。出阜成门，缘城濠而行，经西直门，约三里许，向西北隅，皆辇道，策马前进，其村落墟里，皆南中景象。逶迤十余里，所谓圆明园者，经庚申夷人焚掠后，废址颓垣，一望荒榛弥漫，若静漪园、乐善园、畅春园等处，皆鞠为茂草矣。惟昆明湖之水尚不尽涸，沿湖皆有水田，见有数处插秧者，乡思为之勃然。玉泉山兀峙于西，琳宫琼室，碧瓦红墙，辉映于青山绿水间，跨以双桥，如彩虹卧波，金碧万状，恍置身在六桥三竺，从图画中行也。用膳于海淀之市，晤侯熙民、印征及镜亭、镜堂昆季，驱车遵万寿山麓十余里，至八旗营垒，环以长溪，涓滴无水，沙砾确荦。午刻，至碧云寺，其规制视菖岭而大之，系元(律耶)［耶律］楚材之裔阿利吉所创始，有乾隆十四年御制碑文。东有行宫，其北东为是山之幽邃处，有泉从石罅出，涓流不息，甃以石，作洗心亭于其上，翼以池榭，四周皆水，古木荫蔽，虽感暑三伏，亦翛然出尘，洵属清凉世界。御制《洗心亭诗》中云拟之吾杭之云栖，则荃题增岩壑之辉矣。其后殿之山坳建塔，高出云表，其大小塔以十计。旧说明季魏奄营生圹处，国初坏之，因垒石以成塔。其旁即香山院，云烟缥缈，楼阁玲珑，缭以长垣，岩腰山腹，高低参差，如修蛇联娟，曲折可辨。山僧以蔬笋相饷，暂憩行脚。未刻，至蓝田厂过娘娘庙，游人麇集，车马阗塞于道。申刻，至万寿寺与方丈茶叙片刻。晡时，入西直门，到馆已上灯久矣。

十五日(5月20日)　薇研、粹甫保和殿考试，差共有二百零八名。申刻完卷。与筱筠等在中左门接考。考差题："先行其言，而后从之"，"君子以自昭明德"，"赋得江南江北青山多得山字，五言八韵"。

十六日(5月21日)　看饲蚕。邸抄：李鸿章奏官军攻克常州府城生擒逆首全股扑灭一折。江苏常州踞逆陈坤书等拥众死守，经李鸿章亲督，各军于四月初三等日乘两搭造浮桥，四面环击。初六日，戈登、刘铭传等将南门等处城垣轰塌，屋瓦皆飞，毙贼甚多，各军同时大队奋勇登城,该逆率悍党数千拼死抗拒。刘铭传等挥兵直前,将陈逆大股逼入街心,节节追剿,沿衢塞巷,贼尸枕籍,追至护逆住处。该逆犹扎石卡,以枪炮对击,官军围之数重,杀伤无算。龚生阳等冲入贼队,生擒伪护王陈坤书、伪佐王黄和锦,余众奔溃弃械投降者六七万人。其时,伪费天将一股复由小南门蜂拥来扑,周寿昌等合力夹击,该逆亡命乱走,缒落城下者数百人,经周盛传等截杀净尽,其潜伏城内悍贼悉数歼戮,并将费逆捡获。自未至酉,将逆党全股擒杀,无得脱者,当将常州府城克复,剿办甚属得手。此次李鸿章亲督各军痛歼巨股,克拔坚城,实属谋勇兼全,深堪嘉尚,着加恩赏。经骑都尉世职道员李鹤章遇缺提奏,提督刘铭传、记名提督郭松林、王永胜尽先提奏,提督刘士奇俱能亲冒矢石,奋勇争先,均着赏穿黄马褂,以旌劳勋,遇缺提奏。黄翙升着交部从优议叙,权授江苏省总兵戈登带队助剿,着赏加提督衔,并着照所请颁给旗帜功牌,以示优奖。仍俟将所部常胜军部署妥协,再由李鸿章奏请嘉奖。所有开单出力之员弁,均赏责有差。敕封朝鲜国王,正使着皂保去,副使着文谦去。

十七日(5月22日)　食粉面。买《近思录》及《明鉴》。

十八日(5月23日)　偕陈渠卿在春林堂合请同乡,其赴席者为童蕙湘、莼舫、谢鞠堂、陈春田、童竹珊、玉廷、芝田、赵粹甫、企山、赵琴伯、李廉水、董樵孙、沈桐甫、孙小泉、凌韵士、子廉、洪梅艇、马子桢、童小磬、叙伯、耕叔、郑企云、张子腾、邵毅人、桂镜湖、凌春波、俞小筠、童升伯、罗纶言等三十六人。其未到者为冯晓沧、沈念徵、董竹吾、闳卿、周少山、桂香树、鉴湖、胡幼山、少山、秦丙南、高蓉泉、钱厚庵、王宝晋、黄祉堂、郑小浦、陈文惠、方子卿、张千里等。是夕,渠卿邀薇研、粹甫晚膳,后乃宿于粹甫寓中。《赋得江南江北青山多得山字》粹甫考差诗:一望青无际,长江此往还。不分南北界,多是古今山。天堑中流画,吴趋列岫环。六朝留粉本,两岸拥烟鬟。镜水明曾夹,梯云近可攀。置身宜绝顶,到眼总屠颜。玉局登临处,金陵指顾间。怀柔逢圣世,奏凯正师班。薇研押山字韵云:"江程分采石,乡思动眉山。"许滇生尚书为易上句云:不如"宦游开眼界"之合时样也。许星叔庚身诗有"潮声瓜步棹,云气秣陵关"之句,为宝佩蘅师所激赏,张之洞则云:"猿声瓜步驿,螺影秣陵关。"粹甫曰:"瓜步无猿声,不比巴峡、夔巫等处,'驿'字亦属硬凑,缘张南皮人,此处未曾经历也。"汪玉森朝棨押山字韵云:"乡心萦玉局,江势抱金山。"洪幼元调纬起四句云:"极目青如许,南徐北固间。诗怀澄玉局,江景揽金山。"此次考差钦派阅卷大臣八人,每各取十卷,中有用娴字、般字韵者,均被黜。并有"西望家何在,东流水自闲"等句,周芝台相国曰:"虽属名手,其诗思究嫌有萧瑟景象。"

十九日(5月24日)　礼耕邀至药行馆观剧,有胡姓演《捉曹放曹》一出,音节极慷慨。邸抄:冯子材、富明阿等克复丹阳县城。

二十日(5月25日)　接第四号家书。

二十一日(5月26日)　徐世标来馆,为汇银之事说,甚支吾。

二十二日(5月27日)　在锡庆堂酌吴寿岩,迟朵山不至。

二十三日(5月28日)　袁春帆前辈为伊母寿,在太原馆彩觞款客。改期廿五平嘉馆。

二十四日(5月29日)　桂林一来馆。

二十五日(5月30日)　内阁直夜班。晤见春农、子寿、楚香。次日接班者为唐蓉石。

二十六日(5月31日)　辰刻退直。

二十七日(6月1日)　发第捌号家书及煦堂函件。邸抄:章鋆转补左春坊左庶子。

二十八日(6月2日)　偕濬卿入东华门至内阁直房。晤见翁海珊。出午门,至阙左门。是日为郑子侨观察金文、赵企山中书有涛验看,其陪送者为粹甫、蕙湘、琴伯、廉水、升伯、耕叔、焕卿、俊卿辈。已刻,出端门至西长安门,乘舆至赵蓉舫师拜寿。继过李莼客处叙谈片时,即至子廉、梅艇馆,适晤毛烺、陈守鸿、守湜、周毓麟、姜烜,俱入都应乡试者,即订晡时在宴宾小叙。是夕宿于慈溪馆。

二十九日(6月3日)　偕竹珊过粹甫处问唁。为伊兄在籍病故。偕子廉过骡马市,买木器、床桌等物,为府馆添置也。买未就。回至琢堂宅,与鞠堂及小筠、钧堂、清甫、春田晚膳。是夕与小筠宿于慈溪馆。

五月初一日(6月4日)　吏部投供。偕子廉带同裱糊匠至宁府馆眼同估工,子廉至通茂,予遂至鹿鸣堂。是日,孙秋溪兰谷为茗香室诗课,邀集同人在绿杉野屋团聚,各派公分八千,诗酒流连,迭为宾主。座有江苏管岑云鼎勋、江西谢诒孙燕、广东(辛亥)叶亦宾观光、何子羖(戊午辛酉)如璋、林海岩(戊辛)达泉、林雪樵(戊辛)家江、山西武雨生(乙卯拔)丕化、李逸仙(辛酉拔)如莲、徐充之兆勋、王镜逸(辛酉拔)儆。

初二日(6月5日)　方子卿来馆。邸抄:据僧格林沁奏,用兵之道,首贵严明侦探,知己知彼,调度战守,方能合宜。近见各路军营奏章,每以贼众兵单为词,获捷之后,络绎不绝,而贼势愈众,蔓延愈广。总由领队之员不能确探贼情,贼至不肯迎头堵击,贼去又不肯跟踪追剿,但敷衍出境,即报胜仗,故意以少报多,讳败为胜,预为冒功邀赏地步。握兵符者既不能身临前敌,复不知详加查考,率行据禀入告,相沿成习,亟须认真整顿等语。各路军营恶习,以少报多,讳败为胜,迭经通谕。各路统兵大臣及督抚大吏痛除积弊,不啻三令五申。兹览僧格林沁所奏,是各路军营积弊仍未革除,该统兵大臣等仍不能认真整顿。似此积习日深,何以殄灭贼氛、乂安黎庶?僧格林沁此次督师,由豫入楚,所言军营各弊,自必确有见闻,该大臣老于用兵,惟能真实不欺,故能所向克捷,洵足为各路军营之法。嗣后各路营员及统兵大臣于贼势之多寡、接仗之胜负,均须字字从实奏报。如仍任意铺张,未能扫除积习,一经有人参奏,必将捏报军情之营员及统兵大臣等一并从严惩治,决不宽容。僧格林沁督师皖、豫、楚三省之交,如有似此情弊,一经见闻所及,即着名奏参,惩一儆百,以挽颓风。庶几各路军营不敢视朝廷谆谆诰诫为具文也。

初三日(6月6日) 作第玖号家书。

初四日(6月7日) 诣宝佩蘅师、赵蓉舫师、万藕舫师宅拜节。继至子廉、樵孙宅,过慈溪馆,晤竹珊、溪芷、珊梅、春波,在子侨、仙舟寓晚膳。座有企云、酉卿、刘五辈,饮六七巨觥。偕企云醉归,宿于和泰,次早返馆。

初五日(6月8日) 辰刻,在东四牌楼,途遇九王爷扈从数十骑,服团龙褂、线顶纬帽,容止简定。午刻,偕润翁出齐化门,至隆和茶馆,观广和成乐部。张子久演《牧羊圈》,四座叫绝。晚遇骤雨,雇舆而归。是夕大雨,闻雷。

初六日(6月9日) 阅邸报:广东主考着郑锡瀛、惠林去,广西黄锡彤、王祺海去,福建殷兆镛、许庚身去。

初七日(6月10日) 书殿卷。

初八日(6月11日) 入直内阁票签,接班者惠春农。

初九日(6月12日) 朵山、心阶来馆。邸抄:陕甘总督着杨岳斌补授,该督现在督办皖南、江西军务,未到任以前着都兴阿署理,都兴阿现亦带兵,一时未能抵省,所有甘肃省城应奏应行事,宜仍着护理总督甘肃布政使恩麟暂行代办。钦此。

初十日(6月13日) 冯云楂骞来馆。偕礼耕过恒和午膳。

十一日(6月14日) 接天津杨习之、崔逸亭各件。

十二日(6月15日) 在药行会馆邀同郑子侨金文、王玉书雩苪、童蕙湘可忿①、桐甫、竹珊观剧。申刻大风雨,天日蔽昏。是夕宿于逊敏斋。

十三日(6月16日) 晡时,桐甫邀子侨、小园、鞠堂、蕙湘、竹珊、琴伯、升伯在福兴居叙饮。琴伯继乃移席于福云堂。

十四日(6月17日) 粹甫为亡兄穀生开丧,在铁门文昌馆,派予及子廉、玉森、焕卿、珊士、张伯陪客。傍晚归馆。

---

① 疑为"童可常"。

十五日(6月18日)　黎明,送子侨在乾清宫引见,遇耕叔、蕙湘辈。午刻,邀至长巷庆丰堂用膳。玉森来馆不遇。

十六日(6月19日)　课"果能此道矣"题文。邸抄:山东试用道郑金文引见后照例发往,孙翼谋奏投效人员杂出,请变通办理。四川正考官着胡家玉,副张晋祺去。湖南正考官庞钟璐,副祁世长去。

十七日(6月20日)　《题家书后二截句》:寸草春晖欲报奢,溷人科第此京华。天涯鱼雁迢迢路,能有几封书到家? 家书到否知难必,逢着归人便寄翰。明月西清孤馆夜,家山时向梦中看。

十八日(6月21日)　郑复三来请观剧,坚辞之。

十九日(6月22日)　辛芝同年邀至文昌馆观剧,座有周家勋前辈及春舫同[年]。是夕,宿于逊敏斋。

二十日(6月23日)　琴伯邀竹珊及予在广德楼观剧。晚间,廉水在裕兴居饮,子侨拉予作陪。是夕,宿于逊敏斋。

二十一日(6月24日)　郑仙舟兄翰偕陈养珊邀至广德楼观四喜部。晚间,大雷雨,饮于利美楼,宿于福峰禅林,与仙舟剧谈至曙。

二十二日(6月25日)　接第柒号家书。巳刻天雨雹。

二十三日(6月26日)　课题:"君子欲讷于言而敏于行。"

二十四日(6月27日)　雇舆至安和,晤宋渠川,继至顺天府署内户杂科回拜。戴鸿帆。沄,镇海人,广东府经。遂至元成、广升一转。王锦全不晤,至柳门同年处又不晤。午后,薇研来馆。由惇郡王处便道。

二十五日(6月28日)　松龄至国子监录课。午后,韩梅仙来馆,偕至锡庆堂用膳,迟彀人同年不至。

二十六日(6月29日)　下午,至保元堂与筱筠叙谈片刻而返。闻西尊入都。

二十七日(6月30日)　彀人来馆用早膳。巳刻出城至府馆,晤见盛蓉洲铨部植型、郑也宾福纯,继至慈溪馆候钱西尊铭书、宓薇卿祖羲。晡时返馆。接到袁少簪、章子玉、蒲云琴、余春木、周晓村各件。

二十八日(7月1日)　入直内阁夜班。是夕雨。

二十九日(7月2日) 辰刻,于光甲楼接班,始退直。至聚丰堂赴席,缘吉人不至而返。午后,西尊、溪芷来馆,遂至锡庆堂小叙,樵孙亦继至。

三十日(7月3日) 书屏扇。周珊梅毓麟来馆。

六月初一日(7月4日) 吏部投供。宓薇卿祖羲来馆。

初二日(7月5日) 入直内阁早班,厚坤接班。退直,途遇蓁卿。是夕,宿于逊敏斋。

初三日(7月6日) 蓁卿请客,在文昌馆,座有许星叔、袁春帆、徐子授、沈桐甫、王楚香诸前辈及田厚坤、王膺之、刘星岑诸兄。是日为洪幼元侍御寿父演剧,四喜乐部皆选其擅场者,如芷侬、芷秋演《琴挑》《独占》,绚云演《虢国夫人》《金盆捞月》,秀兰演《罗敷采桑》,琴香演《教子》《吉祥》,甘三演《磨房》八出,天保、玉官演《儿女国》,诸剧声容俱美。是夕,邀纯客至保安小饮。辛芝、小筠、莼舫、莲水、琴伯亦继至,接小峰叔书并墨四锭。

初四日(7月7日) 与小筠公请鲍子年前辈康,座有樵孙、薇研、粹甫、竹珊、辛芝诸君。蓉洲来馆,未晤。是夕,小筠邀同薇卿、梅仙、西尊、竹珊在春馥堂召吉祥、梦香、绚云、桂兰、琴香侑酒。亥集卯散。

初五日(7月8日) 雯芗侄自永平至都,晤于逊敏斋,下午始返馆。

初六日(7月9日) 雯芗、企山来馆。湖北正考官梁肇煌、副王珊去。莼客在春华招饮,不赴。观莲节邀诸诗人斗韵。具抱呈家人王升为戚属殉难吁恳奏请旌恤事:窃家主杨,浙江慈溪人,现任内阁中书。缘家主之族叔监生杨涌泉于咸丰十年正月在浙江省城纠众杀贼遇害,家主之堂婶杨周氏、堂姊陈杨氏均于同治元年二月在慈溪被执不屈殉节,并家主之戚属候选训导王蓁、王嘉祥,监生俞兴让、俞观乐、俞钱氏,廪膳生杨沅,从九品职衔郑履和及履和之妻边氏先后在慈溪遇贼,均各慷慨捐生,惟至今未蒙恤典,为此开列事实清单,取具同乡京官印结黏连具呈，伏乞大人恩准代奏施行，实为德便。上呈。同治三年二月□日。

计黏清单一帛。计开：杨涌泉，慈溪监生，咸丰十年二月发逆陷浙江省城，涌泉纠众巷战，在洋坝头地方力竭被害。其友定海人叶烈扬亦同时遇害。杨周氏，杨于淮之妻，同治元年八月慈溪复陷被执，骂不绝口，被焚死。陈杨氏，陈宝箴之妻，守节十余年，同治元年八月慈溪复陷被执，遇害。王嘉祥，慈溪人，同治元年四月贼复扰慈溪，被害。俞兴让，慈溪监生，同治元年八月慈溪复陷被执，百般挫辱，不屈死。俞观乐，系兴让之弟，同日被执，不屈，遇害。俞钱氏，从九品职衔俞斯珣之妻，同治元年四月慈溪新复，贼败遁避乡，被执，继以饮水奋身入河，贼以枪刺洞胸，犹执枪挺拒，被刀乱砍死，尤为惨烈。杨沅，慈溪廪膳生，同治元年四月，贼复扰慈溪，遇害。郑履和，慈溪，从九品职衔，同治元年八月慈溪复陷，被执，不屈死。郑边氏，履和之妻，与其夫同遇害。同治三年五月二十七日内阁奉。

上谕：都察院汇奏各省官兵士民妇女开单呈览一折。所有浙江内阁中书杨泰亨呈报之监生杨涌泉等，或慷慨捐躯，或从容就义，均堪悯恻。着该衙门按照单开，分别移咨各该省督抚查明，奏请旌恤。单并发。钦此。

初七日（7月10日）　发第拾贰号家书。托冯品玉兄寄去，并附郁德培部照、京报、扇子。郑复三兄来馆。

初八日（7月11日）　李莼客见示近作二首。《夏初薄暮倚树读书》云：韶景不可驻，老树初敷荣。宿雨夜来过，广庭有余清。羁人倦永暑，读书寡所营。出户仰乔柯，婉婉斜阳明。扫地坐其下，喜与新赏并。绪风自何来？眷此弦歌声。暮禽亦已返，交交相和鸣。掩卷已忘得，但见芳草生。取适匪在家，幽怀暂为盈。应令千载下，想兹嘉誉情。《病中闻新蝉有咏》①：绿阴静当户，睡觉闻新蝉。初似缫断

---

①　《越缦堂诗文集》中题为"午卧闻新蝉思故山作"。

丝,渐若调生弦。清风为之引,纤徐生孤妍。微物孰为感,时至情乃宣。吾生何郁郁,劳歌空悁悁。语默不自主,愧此物理全。羁耳倏已满,烦襟殊相煎。景光岂能驻,遣病为我年。行将假羽翼,归去冀息肩。洁清本素盟,山居多幽便。及尔选嘉树,朝夕同芳鲜①。即事有佳听,会当券斯篇。

初九日(7月12日)　邀韩梅仙、宓薇卿、钱西簏及郑子侨、雯芟侸在燕喜堂彩觞以款之。午聚申散,酷暑殊甚。辛芝同年闻予出城,晚间专拉予至福隆堂欢叙。竹珊、莼客、琴伯、莲水、筱筠、春波俱在座,召诸伶侑酒。酒阑已三鼓,复至春馥堂,西簏及钧堂、薇卿诸君已先集,乃偕琴伯抽身归矣。途过源顺堂,琴伯强进之,见盼云校书风致饶秀,惜不能歆,捉席饮之。归时已晓,鸡喔喔矣。

初十日(7月13日)　周少山邀请诸同乡在庆和园观三庆乐部。予于午刻过彼,而西尊复邀观四喜部诸伶人,更迭上座,晤见盛蓉洲乔梓、李鉴泉、雯芟侸、桂镜湖诸君。炎暑逼人,予以病辞归,卧于逊敏斋,胸隔痞满,服藿香丸。是夕潮热往来,比晓,周珊梅来为诊脉主方,服一剂,遂力疾。雇舆进城返馆,已午正。

十一日(7月14日)　进城时便道过郑仙舟处,为辞翊日天灵寺之局。邸抄:李鸿章越境带兵攻拔五月廿四日浙江长兴县城,歼毙逆首,并阵亡将弁请奖恤一折。

十二日(7月15日)　卧病。食西瓜。

十三日(7月16日)　卧病。课题:"雨我公田"两句。

十四日(7月17日)　卧病。服清凉散,病稍间。雯芟侸来馆。

十五日(7月18日)　酷暑。

十六日(7月19日)　酷暑。晡时,大雷雨,罗纶言来馆。

十七日(7月20日)　批文七篇。

---

　①　《越缦堂诗文集》"洁清本素盟,山居多幽便。及尔选嘉树,朝夕同芳鲜"四句为"松窗足高卧,吟诗饮清泉。时或扶老母,倚杖柴门前"。

十八日(7月21日)　直内阁中班。未刻退直,接班者为王楚香。邸抄:湖北乡试请展限至九月举行。

十九日(7月22日)　大雨。未刻出城至福峰寺,与子侨、养珊叙谈。子侨因资斧不给,恐扶柩回籍之事,坐是因循,以大义责之,亦不能无动。申刻,至周少山宅赴席,坐有西尊、珊梅、竹山、霁亭、筱筠、桐甫。

二十日(7月23日)　桐甫邀至宴宾斋午膳,座有竹珊、伯璇、鉴湖、筱筠、薇卿、梅仙、西簏,召优伶侑酒。晡时,雩芗至逊敏斋茶叙。

二十一日(7月24日)　偕竹珊过子廉寓,尚宴眠未起,遂至子侨处劝府县馆输捐。府馆书三十金,县馆书五十金。用膳后,返至逊敏斋食西瓜。申刻,仙洲来过,遂以柬邀王酉卿、雩芗、谢菊堂、竹珊共至宴宾斋欢叙。是夕,宿于逊敏斋。西簏、钧堂兴复不浅,月上后犹趋使,促琴香、仪仙来馆。

二十二日(7月25日)　研农邀至药行馆观春台部,座有西簏、梅仙、雩芗、范宰执允中。酷暑殊甚,晡时返馆。邸抄:杨岳斌、彭玉麟、曾国荃由八百里驰奏官军克复金陵外城大概情形一折。粤逆久踞金陵,经杨岳斌、彭玉麟、曾国荃等督军围攻,城大而坚,贼众且悍,提督朱南桂等挖开地道,前后轰发,均未得手。五月三十日,曾国荃督饬各将士攻克太平门外之伪地保城。六月初一等日,各营逼近城根,轮流猛攻,总兵陈万胜等死之。提督萧孚泗、道员黄润昌等于龙脖子山麓修筑炮台轰击,总兵李臣典、吴宗国、何玉贵、杨喜贵等从山麓距城十数丈开挖地道,萧孚泗等进攻益力。半月以来,炮毙贼酋伪王甚多。十四日,朱南桂轰开神策门地道,毁其月城,而大城屹立未动。十六日午刻,地道火发,冲开二十余丈,朱洪章、刘连捷、伍维寿、张诗日、熊登武、陈寿武、萧孚泗、彭毓桥、萧庆衍等率各营大队从倒口抢入城内,悍贼数万死护倒口,舍命死拒。经朱洪章等奋勇血战,从中路进。刘连捷等抢扎各门,由右路进。朱南桂、梁美材从神策门月城梯攻而入,守定城北一带。彭毓桥等立夺朝阳、洪武、通济等门。

罗逢元等从南门旁旧倒口梯攻而入，守定城南一带。中关拦江矶石
垒，亦经提督黄翼升、总兵许云发率水师各营攻入。曾国荃由太平门
倒口进，登龙广山督阵，诸将士倍加奋勇，十荡十决，纵横鏖战，贼众
大溃。自十六日午时起至日暮，歼毙悍贼数万，攻毁各伪府数十处。
惟逆首伪城未破，死党万余跧伏不出，官军四面围攻，釜底游魂，谅难
久稽显戮。仍着曾国荃等严饬各军，力拔伪城，歼擒巨逆，以伸天讨，
而快人心。此次立功诸臣，俟曾国藩将详细战状奏到时，即行渥沛恩
施，同膺懋赏。钦此。

二十三日(7月26日)　发第拾叁号家书。是夕大雨。

二十四日(7月27日)　王景全、陈文惠邀至西河沿正乙祠观
剧，座有王宝晋、周少山、王酉卿、罗云峰、魏载康、郑小浦、李霞城、徐
子华、杨小园、郑仙舟、子侨、陈养珊、蒋绥青诸君。接到第八号家信。

二十五日(7月28日)　阴雨。

二十六日(7月29日)　直宿内阁。致哥哥书云：完姻家之有贺
房闹房，亦礼由情制也。薄俗相沿由来已久，《丹铅录》备载此条，殆其敝
也。浪言恶谑，油腔滑调，寡廉鲜耻，而俗不长厚矣，败坏风俗，莫此
为甚。升庵先生所以痛加禁斥也。子弟无知，转相尤效，情窦或开，
厥害匪细。愿我家预行教诫，惩此陋习，革此浇风。俾知门庭肃穆，
以为乡间表率。

二十七日(7月30日)　巳刻退直。至德恒晤罗纶言、云峰昆
季，徐子授亦继至，食粉面。出城至逊敏斋，诸同人咸集，梅艇闻予
至，亦来叙谈。闻宁属小试案，趋使索单阅之，意兴索然。为周珊梅
毓麟食饩道喜。是晚，珊梅出酒食及烧鸭饷客。

二十八日(7月31日)　巳刻，凌春波为伊弟鸿章入泮，在宴宾斋
款客。诸同乡毕集，缘炎暑，未终席而归，卧于逊敏斋。申刻，鞠堂、
桐甫、辛芝、琴伯踵至，琴伯复拉过宴宾斋捉席轰饮，召优伶七人侑
酒。撤席后鞠堂兴复不浅，又偕至福云堂小酌，时辛芝、琴伯、竹珊在
座，比归已醺醉。七人者巧林、幼珊、绚云、仪仙、梦香、雁秋、琴香也。

宁属古学生员题：五月二十六日，吴学宪和甫存义"五经鼓吹赋以一片承平雅颂声为韵"，"赋得竹柏得其真得真字，五言八韵"。七学科考题："孟子曰：大人者不失其赤子之心者也。"问贡举，覆生员题："周监于二代"二句。优生题："诗三百，一言以蔽之，曰'思无邪'。"古学案：冯清榕慈、章鳌鄞、刘锟镇、郭庆藥鄞、吴茱鄞、乐嗣经镇、吴日华慈、周华府、杨子和定、施念祖府、纪山钧鄞、陆霞鄞、潘成勋鄞、周宗坊鄞。童生古学题："水车赋以分畴翠浪走云阵为韵"，"赋得碧筒杯得凉字"。七学生员题："设为庠序学校以教之"，"皇皇者华，于彼原隰"四句，"赋得平远山如蕴藉人得如字"。

二十九日（8月1日）　辰刻返馆，得曾帅克复金陵捷报，为我朝中兴第一战功。

七月初一日（8月2日）　吏部投供。入直内阁，接班者王楚香、徐子寿。

初二日（8月3日）　范允中宰执、蓝鹿苹承瀛来馆。

初三日（8月4日）　方子卿来馆。

初四日（8月5日）　出城至府馆晤盛蓉洲、鹿苹、允中，适丁福娶媳，赏给京蚨四千，遂至文昌馆，王膺之同年允美为母开表。反过裕泰及雯芗处。是夕宿于逊敏斋。

初五日（8月6日）　至薇妍兄处道喜。山东主考：朱梦元、童华。山西主考：铭安、张兴留。河南主考：昆冈、王之翰。福建主考：殷兆镛、阿克丹。

初六日（8月7日）　至张房农兴留宅道喜。遂过赵企山谢步，进城至致和堂及旃檀寺。宿于后门元成，饮于元庆堂后楼，其槛外万柄荷花，香风袭袭，惜月色微茫，不能沿堤散步。座有郑企云、王镜泉、郑小浦、尹德辉、陈文惠诸君。

初七日（8月8日）　已刻返馆，携有蒲桃数百颗。

初八日（8月9日）　接第九号家信。六月初七日郡寓发。

初九日(**8月10日**)　入直内阁中班。

初十日(**8月11日**)　发第十四号家书。接第十号家书,方吟香寄京《湛园集》等。

十一日(**8月12日**)　早晨,在国子监送考。晤见陈伯蕴、蓝鹿苹、筱筠、西箴、吟香、觐光、陶柳门。

十二日(**8月13日**)　接叶菜田来信,葛小士来馆不晤。

十三日(**8月14日**)　出城至府馆晤见南来乡试者:励听和藩清,陈立甫德坊,陆渔笙廷黻,马觐光廷概,穆管香经荣,葛左臣麟,陈季台汉章,范允中宰执,郑也宾福纯,蓝鹿苹承瀛诸君。宁属入闱者尚有毛溪芷凤纶,周珊梅晋麟,赵炳章琴伯,赵企山有涛,姜悦堂烜,陈钧堂守鸿、清甫守湜、春田守泽昆季,王濬卿松龄,杜吉人祥,李廉水濂,童莼舫会、童玉庭德厚、芝田秉厚,董鸿卿世翰,董竹吾学师,宓薇卿祖艺,俞小云斯珺,方吟香魁,韩梅仙葆元,钱西箴铭书,章藁卿鏊,陈藁卿汉镇,张吟伯家甫,郑葆臣显晋诸君。

十四日(**8月15日**)　林辉叔及族叔祖志莳邀予及雯芗在利美楼小饮,后至三庆园观四喜乐部。是夕宿于逊敏斋。

十五日(**8月16日**)　诸同乡京官在余庆堂为薇研先生典试山左饯行,谢鞠堂、董樵孙、盛蓉舟、孙小泉、童小檠、沈桐甫、沈念徵、凌韵士、子廉、张子腾、陈琢堂、李廉水、童竹珊、赵粹甫、赵企山、陈藁卿及马子桢邀童莼舫暨升伯、耕叔同席饮酬四十余斤。说及陈继香工部耀寄柩回籍之事,咸愿伙助,共捐银约一百四十余两。

十六日(**8月17日**)　晚间,在宴宾斋邀同盛蓉洲、方吟香、郑葆臣、张吟伯、竹、琢小酌,迟章藁卿不至。是夕同梅仙、春波步月至虎坊桥,饮于桐义堂,晤见西箴、既堂、筱筠、薇卿诸同乡。

十七日(**8月18日**)　葛小士在余庆堂招饮,午后过久大药行,见徐枕山钦鏊,酌商乡试录科出印结之事,恐诸同乡碍难出结云云。晡时返馆。

十八日(**8月19日**)　徐枕山来馆。

十九日(8月20日) 郑小浦邀至富兴楼小酌,坚辞不可。

二十日(8月21日) 发小峰叔信。

二十一日(8月22日) 入直内阁,宿于直庐。

二十二日(8月23日) 巳刻退直,谒宝座师,朱少庵宝林来馆。

二十三日(8月24日) 偕方子卿出城。

二十四日(8月25日) 返馆。

二十五日(8月26日) 入直内阁。

二十六日(8月27日) 子卿邀予及西篯在同兴楼小酌,继至广德楼观四喜部,座有小浦、星如、霁亭。是夕宿于慈溪馆。

二十七日(8月28日) 偕韩梅仙过掌扇胡同顺广号,晤谭韶甫,继至生和泰号晤胡瑞图兄。晚间,饮于裕兴居,伶人仪仙、芷衫、梦香、瑞兰入座。是夕,西篯画富贵团圞图已就,予拟题诗其上云:神仙富贵本天然,管领长安花万千。愿与维摩作供奉,春风长驻此韶年。为梦香、鲍郎作也。

二十八日(8月29日) 返馆。

二十九日(8月30日) 雩芗及子谦来馆,内阁直房派调外帘官四名,以予名应中堂,已进单候钤用矣,而子谦由山左来京兆试,例应回避,与桐甫、星叔诸前辈酌商计,维予在本署告病,咨文至礼部将予名上签病,必须赶紧云云。

三十日(8月31日) 子谦邀予至桐甫宅,吟伯卧犹未起,叙谈片刻,即用早膳。后过雩芗寓,余心图邀至广德楼观四喜部。是夕饮于聚亿号。

八月初一日(9月1日) 吏部投供。午后,知粹甫先生简放山东学政之信,为之喜跃起舞,即趋贺,而诸同乡已满室矣。是夕,饮于宴宾斋,饮三四巨觥。

初二日(9月2日) 为樵孙先生宅冥寿,与葆臣、薇卿、梅仙、吟香偕往。下午,在和泰用膳,晡时进城。

初三日(**9月3日**)　邸抄:简放学政之期。江苏宜振、奉天王映斗、安徽朱兰、江西何廷谦、浙江吴存义、福建章鋆、湖北孙家鼐、湖南吕朝瑞、山西黄钰毋庸更换外,顺天着庞钟璐、河南欧阳保极、山东赵佑宸、陕甘钟宝华、四川杨秉璋、广东刘熙载、广西孙钦昂、贵州黎培敬去。

初四日(**9月4日**)　寄谢尺瑚一书。

初五日(**9月5日**)　宓薇卿来馆,相偕出城至琉璃厂,继过凌宅视梅艇,病湿,淹蹇床褥已有月余。至聚贤堂少坐,薇卿是日生辰,邀至吉兴斋欢叙,梅仙为东道主,筱筠、钧堂、春波亦踵至。晡时返馆。

初六日(**9月6日**)　至厂东门寻西尊、梅仙小寓。是夕,宿于琴伯、蕖卿之寓,晤李莼客、陈曼禅、童玉庭、芝田、葛小士诸同乡。

初七日(**9月7日**)　偕筱筠、梅仙、薇卿、西尊登观象台,谨按:台在内城东南隅,上有浑天仪,铸铜为器,四柱以铜龙架而悬之,又有简仪状相似,而省十之七。玉衡亦以铜为之,如尺而首尾皆曲,有二孔,对孔直窥,以候中星,又有铜球左右转旋,以象天体,以方函盛之。函四周作二十八宿真形,台下小室有量天尺,中为紫微殿,旁有铜台滴漏,匾曰"观象授时",联曰"敬协天行所无逸,顺敷星好敕时几",皆高宗纯皇帝御书。简仪、仰仪及诸仪表并元郭守敬所制也,按《春明梦余录》以为耶律楚材,误矣。紫微殿东小室即浮漏堂,内有铜人一、铜壶五,铜人为调铜壶用,并不占日晷短长,康熙十二年以旧仪岁久不可用,圣祖仁皇帝御制新仪,凡六:一天体仪、一赤道仪、一黄道仪、一平地经仪、一平地纬仪、一纪限仪,陈于台上,至今遵用,其旧仪藏台下。乾隆九年高宗纯皇帝御制玑衡抚辰仪,复钦定《仪象考成》一书,绘图著说,传之万世,又御制诗云:奉若钦惟显,研几懔日明。瑶枢调律纪,珠贯验天行。翠辇临黄道,星台据月城。浑仪观建象,神器惕持盈。命羲仲和叔,在璇玑玉衡。授时熙庶绩,敢恃泰阶平。

初八日(**9月8日**)　往举厂东左门送考。宁属赴考三十八人,午刻点名。满官卷十三本;合蒙古、汉军官卷三本;贝官卷五本;夹奉天官卷一本;承热河、承德府官卷无;南皿中额二名官卷八十本;北皿官卷廿一本;中皿官卷六本;满卷二百五十七本;合卷二百卅六本。贝卷六千七百五十八本;夹卷二百卅六本;承卷一百〇七本;南皿卷乙千一百六十三本;北皿乙千二百〇四本;中皿二百六十乙本;共计一万〇六百五十三本。邸抄:顺天乡试正考官着瑞常去,副考官着朱凤标、罗惇衍、李棠阶去,这同考官着毛鸿图、孙毓汶、崔穆之、李祉、郭从矩、黄槐森、宜绶、谭钧培、徐桐、马元瑞、张瀛、范运鹏、霍穆欢、杨泗孙、林天龄、刘瑞祺、龚聘英、徐景轼去。李鸿章苏抚攻克湖州府城。七月二十七日。

初九日(9月9日)　书第拾陆号家书。钦命四书诗题顺天甲子乡试:"上老老而民兴孝","林放问礼之本,子曰:'大哉问'","齐人有言曰"一节,"一洗万古凡马空得龙字"。

初十日(9月10日)　兰卿来馆。

十一日(9月11日)　至举厂送考。是夕大雷雨。邸抄:江西正考官许彭寿,副考官蒋彬蔚。

十二日(9月12日)　下午往候仙舟。是夕宿于福峰寺寓。钦命二场五经题:"圣人南面而听天下,向明而治","厥贡羽毛齿革","怀柔百神,及河乔岳","晋侯侵曹,晋侯伐卫隐公二十有八年","君子听鼓鼙之声则思将帅之臣"。

十三日(9月13日)　偕企云至瑶台观女剧,行绳、叉、缸杂耍。是夕宿于和泰。钟峕山来馆,未晤。

十四日(9月14日)　进城。张子腾、刘星岑来馆。

十五日(9月15日)　入直内阁,宿于直庐。晡时在德恒过节,座有仙舟。

十六日(9月16日)　辰刻,往吉兴斋,迟梅仙、薇卿、西尊、吟香不至,企云邀至三庆园观四喜部。在和泰晚膳,宿于逊敏斋。

十七日(9月17日)　西尊闻伊父星桥翁凶耗,亦得封翁凶耗,偕蕖卿、溪芷、珊梅,拉秦丙南之伴,束装南下。观诸同乡场作及鞠堂先生拟作。是夕,宿于粹甫寓。琴伯、巳兰邀作曲中游。

十八日(**9 月 18 日**)　返馆,樵孙、也宾来寓不晤。

十九日(**9 月 19 日**)　入直内阁中班。

二十日(**9 月 20 日**)　郑葆臣来寓。

二十一日(**9 月 21 日**)　写殿卷。

二十二日(**9 月 22 日**)　春波来馆,陈立甫德坊、陆渔笙霞来馆。

二十三日(**9 月 23 日**)　秋分。

二十四日(**9 月 24 日**)　宓薇卿来馆,偕过四牌楼同丰钱铺,晤方子卿,为汇银事。是夕,宿于逊敏斋。

二十五日(**9 月 25 日**)　宝座师见招,缘宜振简放江苏学政勘校阅文,以陶柳门同年旅况甚苦,因推毂焉。

二十六日(**9 月 26 日**)　柳门来馆。

二十七日(**9 月 27 日**)　入直内阁中班,韩梅仙来馆。

二十八日(**9 月 28 日**)　晡时闻雷,微雨。

二十九日(**9 月 29 日**)　舒亨熙号芙峤来馆。壬辰举人,奉化西乡,甲辰大挑,河南知州。邸抄:奏官军截剿窜贼大获胜仗歼毙首逆一折。浙江湖州败贼由广德分窜,八月初三等日,堵逆黄文金一股窜至昌化县白牛桥地方,经分水守将刘光明等率队迎剿,擒斩甚多,复经总兵罗大春等前后击毙无算,余匪向昱岭关逃窜,生擒贼目,供称黄文金在宁国地方已经官军炮子击毙。其偕逆谭体元等一股于初八日窜近淳安县蜀口地方,经黄少春督军分路进击,立毙悍贼数千名,追至洪桥头。该逆凭桥死拒,官军分队从后抄击,中路乘势冲杀,追斩谭体元及伪乐王之子莫桂先等大小贼目一百五十余名,杀死击死及自相践踏死者约六七千人,生擒悍贼千余名,救出难民万余人。初九日,昭逆黄文英大股复由蜀口凹岭蜂拥扑营,黄少春督军叠次猛击,贼势不支,纷纷败北游击,卢华胜冲入贼队,立将黄文英砍毙,群贼溃散,复追杀数千名,剿办甚为得手等因。

三十日(**9 月 30 日**)　筱筠宿于馆,偕陈蓂卿出城。

九月初一日(10月1日)　吏部投供。拟撰钱丈星桥挽联:乐土适羊城,无恙云帆报道先生归也;强台登燕市,不情风木其如季子奈何。

初二日(10月2日)　为王沛翁寿辰出城,至府馆和泰、吴兴会馆聚亿钱铺。是夕宿于逊敏斋。

初三日(10月3日)　在余庆堂公钱。粹甫先生及舒芙峤兄,同乡如鞠堂、樵孙、蓉洲、子廉、韵士、蕓卿、琢堂、竹珊、小槃、子腾、企山、莲水、莼舫、蕢阶、子谦、桐甫均到,惟沈念徵、孙小泉未到。

初四日(10月4日)　韩梅仙邀筱筠、蕢阶、薇卿、葆臣及予在燕喜堂观剧。小部征歌,酒徒咸集,当筵唱采,浪掷缠头,为琴伯、竹珊、钧堂、清甫、春波、听和,皆酒阑而兴未阑者。晡时进城。

初五日(10月5日)　接第拾叁号家书。八月十五日发。

初六日(10月6日)　郑慎章招饮,未赴。

初七日(10月7日)　发袁伯鸿、洪凤洲各函。

初八日(10月8日)　赵甫来馆辞行。

初九日(10月9日)　入直内阁早班,未刻出城,至琉璃厂看北录。晚间在饮和堂小叙,座有薇卿、梅仙、竹珊、吟香。

初十日(10月10日)　为梅仙生辰邀同琴伯、钧堂、竹珊、叙伯、吟香在吉兴斋欢叙,迟薇卿、子谦、筱筠不至。宁属中北榜举人马廷概、章鏊,副陆廷黻、周晋骐,顺天乡榜挂于顺天府照墙,南皿中三十五名。

十一日(10月11日)　至和泰晚膳,晡时返馆,过吏部观誊录榜,知子谦、莼客、薇卿、李濂均取,誊录荐卷则梅仙、春田、悦堂诸君。

十二日(10月12日)　为筱筠措办路资出城。是日,粹甫先生赴山东学政之任,至亿魁店为舒芙峤司马亨熙送行。

十三日(10月13日)　直宿内阁。桐甫前辈邀至方略馆晚膳,在隆宗门西南,座有徐小云同年用仪,散步瑶阶,皓月当空,握手而别,时已微醺。经御河桥,古木千章,月影亏蔽。入德右门,晚,太和殿玉笈千层,朱甍丹垩,清寂弥甚,笼罩瑞烟。折而东行,径文渊阁前面转入薇垣,所谓"丝纶阁下文章静,钟鼓楼中刻漏长"也。比就寝已三鼓。

十四日(10 月 14 日) 承办内阁月折。初一日起,三十日止,抄录逐日随旨、上谕,汇送中堂校阅,另储以备纂修国史之用。

十五日(10 月 15 日) 筱筠、薇卿、吟香南下。方子卿、郑葆臣来馆。

十六日(10 月 16 日) 发蒲云琴、王友梅各函。保和殿覆试举人题:"为人臣止于敬","清泉石上流,得清字"。

十七日(10 月 17 日) 直内阁早班。徐子华邀至西河沿正乙祠观剧。是夕宿于和泰号。

十八日(10 月 18 日) 已刻。邀顾云台邦瑞、郑仙洲、郑葆臣、郑企云、罗云峰、王酉卿在龙源楼小饮。申刻,至王楚香处,嘱分缮月折。

十九日(10 月 19 日) 郑葆臣来馆。

二十日(10 月 20 日) 方子卿来馆。下午偕聘三过隆福寺买书籍。

二十一日(10 月 21 日) 刘星岑来馆。

二十二日(10 月 22 日) 发二十一号家书,托葆臣附南。邸抄:曾国藩奏江宁贡院建修工竣,请于十一月举行乡试一折。所有该省应行简派考官各事宜,即着礼部改题具奏,迅速办理。其咸丰九年酌留四成中额三十六名,应否归入本年甲子科补入取中,并着该部速议具奏。

二十三日(10 月 23 日) 江南正考官刘崐,副考官平步青。

二十四日(10 月 24 日) 汤章甫同年鼎熺嘱书楹联。

二十五日(10 月 25 日) 入直内阁中班。

二十六日(10 月 26 日) 阴雨。

二十七日(10 月 27 日) 至大方家胡同朱少庵、瑞堂处投刺。

随至东华门南首口袋胡同,晤汤章甫同年鼎煊,叙谈片刻,伊在莳山同年宅教读也。出城至和泰,晤企云,探问补缺事。即过清厂,托李莼客转商通商衙门应考人员,必须由本署保送也。至平景荪步青寓道喜。至陈蕉生文霨、吴蓉圃凤藩寓谢步。趋至桐甫兄宅,不晤。即过香炉营头条胡同,晤见沈念徵兄敦兰,后即至竹珊处,不晤。过梅艇馆,与子廉、韵士昆季剧谈半晌。经琉璃厂松竹斋买白折纸,仍由和泰进城,已上灯时分。

二十八日(10月28日)[①] 朱瑞堂来馆,伊由清江遗山湖荷花极盛乘船至冀州,由水路进京,寓少庵宅。据说清江自庚申捻匪滋扰后,商贾行旅,稍稍骈集。其河南有祥泰绸缎铺,有林老五德清作伙云云。

二十九日(10月29日) 内阁直班。是夕梦见聘园夫子。

十月初一日(10月30日) 吏部投供。

初二日(10月31日) 恭缮九月分谕旨七十五道毕,午后呈送瑞中堂校阅。折面书稽查房中书恭缮。

初三日(11月1日) 宫保佩蘅夫子命赋赏菊诗,效柏梁体以应:小阳月届犹重阳,卷帘不怯西风凉。裴公雅有绿野堂,宾朋乐举菊花觞。鸿雁南归草木黄,唯尔菊花能傲霜。尔香虽冷英煌煌,金精玉质当粻粮。养生自得延龄方[②],会与吾师祝寿康[③]。慈恩献颂拜宠光,何以纪之俾久长。钜公枚马凌词场,毫挥珠玉纷琳琅。佩萸曷取费长房,戋言不数临川王。笑余湜籍走且僵,钧天广乐杂羽商。昔年桃李列门墙,书林艺圃漫翱翔。何图风月与平章,托根小草近帝乡。

---

① 天头处文字:酉刻,有大星坠于东北,其光如月,有顷天鼓鸣。

② 原稿为"延龄会得养生方",后改为"养生自得延龄方"。

③ 原稿为"愿与东朝祝寿康",后接小字"十月十日为慈禧皇太后生朝",后改为"会与吾师祝寿康"。

故园三径虽未荒,敢言高蹈归柴桑。英可餐兮实可囊,永怀君子不能忘。此花有谱殿群芳,长饮韩琦晚节香。

初四日(11 月 2 日) 李莼客招同周允臣河南人、吴松堂、傅莲舟、徐介亭贵州绍分府、殷宏畴温州人诸君,晚间在春华堂设席款客,为芷秋醵钱卜宅也,座有雁秋、芷香、小卿、玉喜、兰生、王二、倩云、仪仙诸伶。是日,童薇翁差竣复命。

初五日(11 月 3 日) 招竹珊在毓兴合小酌。往候何子莪、林达泉、区作孚、方潚师。宿于景贤堂。

初六日(11 月 4 日) 雯艻侄入都,嘱至龙源楼小叙。竹珊亦继至。

初七日(11 月 5 日) 返馆,瑞堂、馥山来。

初八日(11 月 6 日) 张竹晨入都。薇研来馆。

初九日(11 月 7 日) 往晤竹晨,索所带信件,辞以明日检付。七月十五日家兄所托带。

初十日(11 月 8 日) 内阁拣选八员送总理衙门考试。贾、倭、周三堂进署主拣,得潘观保、丁士彬、恽祖诒、徐延祺、于光甲、钱赟、蔡世保、杨澍鼎等八人。

十一日(11 月 9 日) 仙舟留宿福峰寺。偕至厂肆,为顾云台制买屏幛。

十二日(11 月 10 日) 仙舟邀予及侯五三锡在广德楼观春台剧。

十三日(11 月 11 日) 申刻返馆。

十四日(11 月 12 日) 阅《孟学斋日记》毕。

十五日(11 月 13 日) 邸抄:左宗棠锡封伯爵。

十六日(11 月 14 日) 宿于直庐。

十七日(11 月 15 日) 周少山五十生辰。竹珊、桐甫、卓人辈皆往祝,有清音侑酒。下午,桐甫复征歌选技,如琴香、慧仙、喜禄、常四、佩秋、金生、梦湘、富奎、心福诸伶,皆著明菊部者。夜深始散,宿于和泰。

十八日(11月16日) 往晤刘星岑。至何介夫宅道喜。

十九日(11月17日) 进署,与徐子寿、惠春农写秋审签。天阴。桂友笙双湖来馆。

二十日(11月18日) 黎明,进署直早班,缮丝纶。午刻退直,至德恒,与罗云峰叙谈片时。出城,企云、纶言、仙洲、竹珊群聚于龙源楼,皆酌酒为予寿。予惧然询其言,竹珊泄之。上灯后,纶言拉至西安义,雏伶更迭侑酒。继乃偕过于兰荪家,宣笛师田某,至者心兰、稚珊、金生,能为珠喉宛转歌。时已三鼓,兴将阑矣。竹珊强之,复至西福云,迟采菱不至,捉酒开宴,咸接膝于绿梅黄菊之间。比采菱至,而玉山已颓,企云兴复不浅,与小兰相泥,邀予辈必过其家,乃群鼓腰脚力踏雪访之。至则径入其室,临其卧榻,围炉密坐,相与大噱。予则宿酲未醒,又拇战屡北,即于榻旁齁齁睡矣。迨烛灺酒阑,诸伶皆散,企云先抽身去。予与仙洲过虎坊桥,闻打铁声铮铮然。比至馆,鸡已三唱,纶言、竹珊继至。计是夕所费约三十余金,长安居大不易如此。

二十一日(11月19日) 酉卿与云台在宴宾斋招饮,予与纶言、仙洲赴之,晤菊堂、蕙湘。申刻,过潘家河沿,赴子腾之约,诸同乡皆在座,予以不胜酒力辞。是夕,与侯五承斋三锡宿于聚贤堂。

二十二日(11月20日) 与承斋进城至德恒用早膳,予乃返馆。下午云台来,为伊母于十一月十九日七秩帨旦,属予撰文为寿。

二十三日(11月21日) 作二十三号家书。附去仙洲、雩芗各件,后由协成乾钱四申。邸抄:僧格林沁官文奏受降十余万人,继园口号云:蕲州城外上巴河,回首僧王马队多。十数万人齐就抚,如何不唱凯旋歌。

二十四日(11月22日) 直内廷。

二十五日(11月23日) 往候桂有声、鉴湖、双湖诸君,不晤。往云台寓叙谈后,乘舆至后门广升、元成,偕企云共至金丹阶宅观字画松竹,满壁淋漓。晡时出城,知郑兰翁长亲有所遗妾,天津人,因仙洲处索银未遂,在都察院控告奉票指传云云。

二十六日(**11 月 24 日**)　仙洲在聚贤堂宴客,座有鞠堂、蕙湘、升伯、耕叔、桐甫、纶言、竹珊诸君。撤席后复至青云堂小酌,则予与竹珊及纶言、仙洲是夕宿于慈溪馆。

二十七日(**11 月 25 日**)　早,子腾来缴慈溪馆契券一包,契本藏友山先生处,其子小山因有遗产同契,不便分卖,故匿其正契而以草契呈缴。予曾难之,复函致午楼,仍主前说,予乃勉应焉,亦以会馆之废兴不在契券之有无也。惟守馆人及司阍者工食之资,一无所出,及每年修葺工程若何经久,无可与筹商者,而午楼欲立碑工竣,来函云云,亦为久长计也。①

二十八日(**11 月 26 日**)　作小云覆书及蕤香、性斋、琴伯各件。邸抄:张亮基奏捻教首逆包茅仙就擒。

二十九日(**11 月 27 日**)　阅《薛文清文集》。

三十日(**11 月 28 日**)　岑秀峰来辞行,朱肯夫来馆。

同治三年甲子上元肇历子月朔日(11 月 29 日)　作二十四号家书,托朱瑞堂兄由清江浦转寄。读河东薛文清公从政名言:"每日所行之事必体认,某事为仁,某事为义,某事为礼,某事为智,庶几久则见道分明。""余昨自京师来,湖南濒行院中僚友有诵唐人'此乡多宝玉,慎莫厌清贫'之句,余每不忘其规戒之厚。""韦应物诗曰'所愿酌贪泉,心不为磷淄',亦可以为守身之戒。""处人之难处者,正不必厉声色与之辩是非、较长短,惟谨于自修,愈谦愈约,彼将自服,不服者,妄人也。""闻事不喜不惊者,可以当大事。""待吏卒辈,公事外不可与交一言。""为政以爱人为本,清心省事,居官守身之要。""处事即求是处,格物致知之一端。""心不可有一毫之偏向,有则人必窥而知之,余尝使一走卒,见其颇敏捷,使之稍勤,下人即有趋重之意,余遂逐去

① 原稿中此段浸染水渍,"一无所出"之"出"字、"欲立碑工竣"之"欲""工"字漫漶不清,意补之。

之。此虽小事，以此知当官者当正大明白，不可有一毫之偏向。""小人有功，可优之以赏，不可假之以柄。""因一事不快于心而迁怒之心妄发，此学者之通病。""大事小事即平平处之，便不至于骇人视听矣。""处事了不形之于言，尤妙。""尝见人寻常事处置得宜者，数数为人言之，陋亦甚矣，古人功满天地，德冠人群，视之若无者，分定故也。""安重深沉者能处大事，轻浮浅率者不能。""一字不可轻与人，一言不可轻许人，一笑不可轻假人。""当事务丛杂之中，吾心当自有所主，不可因彼之扰扰而迁易也。""至诚以感人，犹有不服者，况设诈以行之乎。""胆欲大，见义勇为，心欲小，文理密察，智欲圆，应物无滞，行欲方，截然有执。""治狱有四要：公、慈、明、刚，公则不偏，慈则不刻，明则能照，刚则能断。""第一要有浑厚包涵、从容广大之气象，取与是一大节，其义不可不明。""心不错则诸事不错矣。""轻与必滥取，易信必易疑。""韩魏公、范文正公诸公皆一片忠诚为国之心，故其事业显著而名望孚动于天下，后世之人以私意小智自持其身，而欲事业名誉比拟前贤，难矣哉！""方为一事即欲人知，浅之尤者。""持己得一敬字，接物得一谦字。敬以持己，谦以接人，可以寡过矣。""不欺君自不欺其心始。""机事不密则害成，《易》之大戒也。""有凤皇翔于千仞之气象，则不为区区声利所动矣。""事贵审处，古人谓天下甚事不因忙后错了。""人遇拂乱之事，愈当动心忍性、增益其所不能，所行有窒碍处，必思有以通之，则智益明。""立得脚定，却须宽和以处之。""大丈夫心事当如青天白日，使人得而见之可也。""余每夜就枕，必思一日所行之事，所行合理便恬然安寝，或有不合即辗转不能寐，思有以更其失，又虑始勤终怠也。因笔录以自警。"

十一月初二日（11月30日）　朱味莲同年遽然送安徽试牍来，晚间粗涉一过，清丽居宗，其中如王恩培、杨恒枢诸作，尤为惬心贵当，皖省经兵燹后人物凋残，循览斯编，其亦焚林之回梓乎？

初三日（12月1日）　阅柯湖子《孟学斋日记》。《癸亥生日十二月廿七日立春入曹视事》云：生日逢春至，高堂定慰情。一官隋左户，廿载鲁诸生。冗散初叨禄定制部曹学习诸员皆无俸，惟户部给养廉银，乡关渐息兵。况逢元历始，将母祝升平。《除夕守岁作》：醉吟拥鼻漏三商，经卷茶烟绕半床。王粲善愁长门客，顾温临老始为郎。予今年三十五，故用顾事。只怜岁月添逋券，尚有音书滞远方。回首闹厅赍烛夜，青红跳地最难忘。《阅渔洋〈蚕尾续集诗〉戏补其〈铜雀伎〉一首》云：穗帐凄弦邺水旁，可怜宫里已催妆。五官死晚将谁恨，阿母从今不据床。《瓶荷》云：江湖乡梦落谁家，帘幕通明日影斜。柏子罢薰茶未热，且欹高枕看荷花。《赠晓湖》云：牢落村居少往还，天涯相见各潸然。怀中涕泪三年刺，乱后桑麻一顷田。有弟持家能继苦，为亲捧檄等堪怜。何时得就归耕约，寿胜山光共结廬。

　　初四日（12月2日）　按《东井文钞》，共二卷，四明黄定文著，文皆谨严有法度，《岳忠武论》二首尤佳。《礼部侍郎邵公墓表》名洪，字海度，号双桥，鄞人，吏部侍郎基之孙，其父铎，官检讨。洪为侍郎，故相和珅扼之，由吏部郎改刑部，十余年始得郡守。睿皇帝亲政，一岁中自江西知府擢至布政司。《屠凫园先生墓砖铭》名继序，字淇篁，董诸生，为《困学纪闻》补注。为考董邑文献者所必需。又有《何烈妇传》，则《绍兴志乘》亟当采入者，略最于此：何氏，山阴平溥之妻也。溥从其兄春江游幕揭阳，娶何氏，春江亦娶番禺某氏，同寓家揭阳。未一年，溥病卒。何氏妊八月，方依其兄翁以生。又一月，春江亦暴卒。某氏遽挈其资扬去，且讽何氏，何氏唾之，独殡其夫兄弟于县西门外，归依母以居，弥月而子痷生。此用《史记》"难生说"，痷者，连也，亦作午，又作邀。痷生者，谓儿胎交迕产门不得出也。宛转床蓐不可忍，医者言母子不并留，何氏疾应曰："留子！"既而子下，何氏瞑眩中问其母曰："生矣男乎？"母曰："女也，且死矣。"何氏嗷然呼曰："是复何望！"举首击床桄，血濆溢而死，年二十七。烈妇亦山阴人，父贾于丰顺，生烈妇云云，读之感人，增越中闺阁色矣。黄字仲友，少师其乡董秉纯少钝及蒋学镛樗庵，为谢山全氏再传弟子，而婿于卢镐月船。由乾隆丁酉举人宰粤东，历七县一州，擢江南同知,又历署扬、徐、松、常四郡守。父绳先,乾隆二十二年进士,官知县,近日浙人罕能道其姓氏,故特著之。

初五日(12月3日) 大雨雪。呵冻,作条幅屏对数十纸,上灯时雪霁。

初六日(12月4日) 接家书并驹騄儿、骧侄近课文诗各数十首,风声彻夜。

初七日(12月5日) 以蓝布属陈缝人为小衫裤两副。

初八日(12月6日) 往晤纶言、星岑、子腾、子廉,继至慈馆。仙舟属撰联寿顾太亲母云:子舍洽凫欢,临东粟挽;辰居颁凤诰,堂北萱荣。是夕仙舟宴客于聚贤堂,座有桐甫、蕙湘、云舫、竹珊、子腾、霁亭、升伯。

初九日(12月7日) 至肯夫同年寓道喜,即用早膳。肯夫壬戌岁进士,殿试后丁内艰,未经点用,今补行引见以庶常用。继至子廉宅,即将宁府馆簿据交与琢堂。

初十日(12月8日) 作贰拾陆号家书。寄生来。丁培镒补祭酒,杨能格赴甘省接办粮台,彭毓桥补福建汀漳龙道,发还毛鸿宾、郭嵩焘所捐银两,撤销议叙。邸抄:前因左宗棠督师恢复浙东郡县,规复浙西,并攻克杭城,肃清全浙,援剿皖南、江西,扫除余孽,特恩将左宗棠锡封一等伯爵,以示优异。兹据左宗棠奏陈下悃,请收成命,并推功将士各等语,所奏意存退让,具见悃忱。惟朝廷懋赏,原以该督抵浙江后削平巨寇,屡克名城,肃清全浙,厥功甚伟,能无破格恩施,以奖劳勋?至温、处、嘉、湖用兵,虽得苏军、闽师之助,总由该督调度有方,克期底定。洪福瑱窜扰江西,亦由该督派兵援剿,方能迅速藏事。左宗棠实为有功国家之臣,锡爵酬庸,洵可当之无愧,所请恳辞伯爵之处,着毋庸议。

前因沈葆桢剿贼屡捷,生擒幼逆洪福瑱,该抚自抵江西以后,筹防筹剿,深合机宜。浙皖贼匪屡次窜江,均经扫荡,当降旨赏给一等轻车都尉世职,并赏给头品顶带。兹据沈葆桢奏,沥陈悚愧下忱,推功诸将,并以曾国藩、左宗棠不分畛域,协饷济师,始得转危为安,恳请收回成命等语,具见该抚退让之忱。惟朝廷论功行赏,一秉至公,沈葆桢歼除各逆,肃清疆圉,戡乱之功,深堪嘉尚。至该省兵力不敷调遣,虽由曾国藩、左宗棠拨军援助,究由该抚开诚布公,联络一气,始能将士用命,迅奏肤功。且江西吏治民风日有起色,皆由该抚实力实心,克尽厥职所致,允宜殊恩特沛,以奖励勤。该抚所请收回成命之处,着毋庸议。

十一日(12月9日)　出城至和泰,偕企云、慎斋过和义当铺道喜,系是日开张,其掌柜者为马仁山。遂至子廉宅,问季台行期,径将军桥厂,过晋升店,与味莲不晤。至巳兰宅,是日伊弟在玥完姻,晤敏生、叙伯、珊士诸君。继过聚贤堂,与竹珊、仙洲、纶言谈叙。晚食白肉火锅。夜有寒疾。寄生来。玥,音冒,同瑁,名玉为玥,言其德能覆盖天下也。

十二日(12月10日)　与竹珊观南来信件,多所评骘雌黄人物,亦属损德,志十过。企云寄侣皋教谕部照及注册照共三纸。来馆,即作书托季台附南。与菊堂先生叙谈片刻。偕纶言进城。星岑来寓,不晤。

十三日(12月11日)　季台、仙洲、曹亦兄出都。邸抄:前因兵部奏军台废员,已革兵部尚书穆荫补交台费,当经降旨,俟扣满三军,再行释回。兹据阿克敦布等奏,该废员现已三年期满,遵旨释回等语。穆荫前在军机大臣上行走有年,班次居首,于载垣等窃夺政柄,不能力争,溺职辜恩,获罪甚重。此次虽经加恩释回,仍着闭门思过,毋得再蹈愆尤。钦此。

十四日(12月12日)　范雪芝暨妻姚氏死节略。咸丰十一年冬,粤贼陷宁波。明年,同治纪元之三月,范秀才雪芝倡义讨贼,起兵樟村。先是,君奉母挈妻子避地村中许家岩,贼始至,虏君去,以计得脱。贼踞甬久,设乡官,索财帛,人莫之谁何。君愤甚,思集村民为破贼计,而未得其当。会大阆山义民吴嵩灵一曰芳林举旗募众,闻者响应。君欣然介山中人以往,相与周览地势,揣度机宜,议坚守西北,以

固要隘,并力东南以迎官军。且以鄞江桥统扼西南诸路,贼集精兵,
盘踞其地,宜先剿除,然后徐图进取。言论慷慨,吴君心韪之。三月
十八日,大阅师出樟村,十九日黎明,抵鄞江桥,直捣贼巢。吴君奋勇
而前,所向辟易,众争效命。贼魁窜伏民舍,众追捕之,耸身如飞,傅
墙不坠,以枪击之,颠而毙,余贼百余人歼焉。既战,吴君以赴援下
管,即日班师,拨数百人留屯樟村。陈上舍福畴议村中别树一帜,以
应大阅。村中人曰:愿得范先生一言,当唯命是听。君慨然力任其
事,且以大义相激劝。于是大姓争出,毕会于樟村文昌阁中,流寓诸
君之好义者亦相承至,驰檄远近,军声大震。君差陈舍人政钥,时舍
人方寓甬江北,谋与西人相联络,假其轮船火器,合官军民团并力剿
贼,以复郡城。君间道密访舍人于江北,告之故,且约互为声援,戒期
四月望前而别。前邑侯江公名荣光,君受知师也,亦来会君山中。君
复从公遍徇大雷内外,招兵筹饷,以当一面,与樟村军为犄角势。而
贼所立乡官,多倚贼势作威福,唯恐贼之败而去也,日探吾山中消息,
以报贼渠。贼乃选锐四百余,以四月朔日突出郡城,由凰吞市入藤
岭,径趋大岙岭,至樟村。大雷一军猝闻贼至,鸣金集众,声振山谷,
顷刻得数千人,追贼至大岙岭。贼既逾岭,遇樟村兵,不敢深入而返。
未及半岭,大雷追贼之众迎敌力战,大噪杀贼,或悬崖坠石击之,贼死
者相枕籍。余贼跟跄奔窜,复追杀二十余里,其得脱者仅数十人而
已。贼闻山中诸军,君实为谋主,索君甚急。君亦虑贼必大举入山,
徒跣走数十里,乞师大阅。适前援下管之师失利,吴君嵩灵死之,继
事者不遽发师,君效包胥哭,始以三千人畀君。不数日,贼果召余上
诸邑之众,号数十万,分道并进,山中村落焚掠殆尽,而陈舍人江北之
约未及师期,不能相顾,卒以众寡不敌溃师,君被执不屈死,实同治元
年四月初八日也。君生道光十一年十二月廿三日,年三十二。君讳
邦祚,字锡之,别字雪芝,世居鄞西。曾祖莪亭先生讳永祺,乾隆丙午
举人,以品学重乡里。祖讳懋颖,字敏功。考讳上腾,字达夫,俱国学
生。妣氏郑、娄,继母氏顾。达夫先生尝为人掌质库,道光辛丑、壬寅

间，西夷据郡者数月，及退，库中钱数万缗，并他物无一失者。主人感之，以二千缗为赠，先生素宽厚，贷钱者多负之，不数年，尽丧其资，叹曰：古人有言，盖知穷达有命，恨不十年读书。因锐意课君读，君亦克自奋励，取给脩脯以养亲。庚申科试，以县试第一人入郡庠，平居端默寡言，语及忠孝节烈事辄侃侃而谈，至是竟以身殉，盖君之素志也。配姚孺人，同邑德刚公女，年二十四归君，布裙椎髻，躬井臼之役，遇不给时，或脱簪珥以供甘旨，尝语君曰："读书当致用于世，盍博览史事以广识乎？"君奇其言，心志之。及随君山中，遇警者屡矣，必俟姑出然后行。君既举事，邻妇或谓之曰："事不济，范先生且不免，奈何？"孺人笑谢之。贼至，孺人走匿山谷间，夜见二灯若前导者，女伴莫之睹也。翼日遇贼，骂不绝口，贼怒刃之，遂死。贼退，得其尸如生。孺人与君同年生，长君一月，先君一日死。子二：多梁、多诗，俱幼。君死六月，多诗又殇，顾太孺人抚其孤孙多梁，老幼茕茕，可为伤悼。今浙东诸境以次肃清，朝廷命有司设采访局，表彰忠节，君与孺人例得仰邀旌典，垂光志乘。霞获交君十余年，起事山中，以袍泽之谊，备知颠末如此，幸立言君子垂采焉。同里陆霞。张正芳者，慈溪芝浦张人。年二十八，有膂力，制火器尤精。同治二年，随副将陈飞熊航海至直隶威县，总戎吴再升爱其才，令军中习火器，张尝以一枪毙三贼者。会吴调赴河南，与张俱。嗣攻李青店贼垒，张与候补令黄立鳌、武举魏应升等往探形势，猝遇贼，张以身殿后，黄令等逸去。继迷失道，渡涧，马折足，被贼擒，则同治三年正月十六日也。贼渠张忠玉知其善制洋枪，诱降百端。张乃乘间修书与吴，约为内应。贼觉，大怒，以钉钉其手足，张骂不绝口，死，时为二月初四日。鄞人陈继增知其死事，故略县于此。申刻晤蓉舟于宁府馆。

十五日（12月13日）　偕张慎斋至东小市买旧衣，晤苏缝人。在东兴居邀霁亭小饮，霁亭往至三庆园观四喜部，郑素香演《教子》一剧，声泪俱下。晚至桐甫宅食年糕、粉团，座有竹珊、蓉舟、子腾、西林。

十六日(12月14日)　星岑在宴宾斋招饮,适梅艇、味莲来馆,匆遽而别。晚与鞠堂、竹珊在毓兴合小叙,迟绚老不至,作坊曲游。晤韩仲鸣、孙承卿,偕至寒潭,踏月寻梅。时则绛雪初霁,皓魄如银,绮筵既张,高谈转清。咏花客到,素香袭人,喜斗诗牌,复竞拇战。苏州刺史,湘沅骚人,鲍老郭郎,逢场作戏。金尊已倒,玉山不颓,回天上之紫云,按曲中之红豆。脱有形似,妙契同尘,明月雪时,意象欲出。

十七日(12月15日)　邸抄:陈鲁补衢州知府。沈葆桢奏江西乡试,展期于十月十六日考官入帘,十八日开考。

十八日(12月16日)　作蔺侯简,并附小铁来字寄南。

十九日(12月17日)　王楚香宝善来馆,属书本署谕旨。

二十日(12月18日)　至隆福寺市肆,百货杂陈,游人麕集,经过旧书摊,阅《涑水纪闻》及《东林传》《舤剩》等书,并得《朱子小学》善本,索值过昂,未经购归,怅怏而返。

二十一日(12月19日)　大风,尘霾涨天,晡时严寒,风声彻夜。

二十二日(12月20日)　宿于直庐。晤子年、房农、春舫、菱舟、少伯、西垣诸前辈。

二十三日(12月21日)　长至①,例宜坛上值班,缘改派亲王往祀,毋庸随跸。午刻退直。邸抄:阎敬铭另片奏山东学政赵佑宸所延阅文幕友,系安徽举人王大钥,浙江举人单恩溥,江苏贡生吕保椿,浙江贡生丁养元、赵家棠,据称均品学兼优,足资襄校,照例咨会前来。臣覆核无异,除仍随时稽察,不敢稍涉徇隐外,理合附片奏闻。

二十四日(12月22日)　鞠堂先生来馆,属代撰文寿江小云观察五十。接尺瑚兄陕西来函,十月十五日发,知已署淳化令,操刀初试,其如民人凋敝、疮痍未复奈何?

二十五日(12月23日)　缮写谕旨。天寒短晷,炙砚为劳,还属

---

①　整理者按:此处当为短至,亦即冬至。

楚香、竹珊分缮焉。是夕感冒风寒,头痛潮热。

二十六日(**12 月 24 日**)　力疾,入署视事。春农至嘱散直。和泰招观剧,以疾辞。

二十七日(**12 月 25 日**)　卧疾服药。

二十八日(**12 月 26 日**)　卧疾服药。维屏、朵山来馆。

二十九日(**12 月 27 日**)　卧疾服药。肯夫、渭生来馆,作致开州小园函。

三十日(**12 月 28 日**)　卧疾服药。头痛不可忍。

十二月初一日(**12 月 29 日**)　吏部投供。大红蜡笺寿屏,长六尺三寸,阔一尺六寸,五行,每行二十五字,米色,四合宋锦边五采花,裱好装匣。银廿二两。

初二日(**12 月 30 日**)　企云邀延树、南铭、鼎臣及予在同兴楼小叙,以疾辞。

初三日(**12 月 31 日**)　李虎峰如松来拜,未会。是夕,宿于景贤堂,肯夫来谈,至四更方散。林文忠公补正丸即戒烟断瘾方,潞党参二钱,明党参二钱,炙黄芪二钱,杞子二钱,罂粟花二钱,法半夏(制)、炒枣仁二钱,旋覆花二钱五分,益智仁二钱五分,杜仲二钱,枸杞二钱,茯苓二钱,橘红二钱,玉竹二钱,甘草一钱。右研末以糊为丸,每药九两,加乌烟膏一两。有瘾,一钱者以药,一钱服之,以次递减,可绝根。

初四日(**1865 年 1 月 1 日**)　为志荶族叔祖七十寿辰,遂往庆祝,男女各筵七。竹珊于庚寅十二月初四日生,其友周少山、桐甫邀予及企云、竹晨在庆和园观四喜部。晚在如松馆便酌,召秀兰、桂仙、梦湘、心兰、幼珊、慧仙侑酒。桐甫乃鼓其余兴,复偕至北韦小饮。促使召王盼云、小白子至。

初五日(**1 月 2 日**)　企云复邀至同兴楼小聚,以病酒辞。未刻返馆,发贰拾捌号家书,由天津转烟台寄上海,附去鞠堂、企云、慎斋、云峰、肯夫各件。邸抄:衍秀补内阁学士兼礼部侍郎衔。左宗棠奏撤杭州北新关以纾民困,又奏敬举人才请旨录用一折。浙江杭府生员丁丙在杭州赈抚局办理各务,巨细咸宜,着以知县发往江苏补用。内阁中书陈政钥在宁波襄理局务,能持大体,江苏候补知县陈其元,办理宁波局务,勤干有为,以上二员均着以直隶州知州,发往江苏补用。国子监学正衔洪自含,甘贫守正,劝捐善举,皆有实济,着赏加光禄寺,署正衔,以示鼓励,该部知道。钦此。

初六日(1月3日) 属居停主人洗浣布衾,缘冷如铁也。

初七日(1月4日) 往晤朵山、少鹿、燕春、子卿。

初八日(1月5日) 童华补光禄寺卿。午刻入直,申刻散直。

初九日(1月6日) 朵山来馆。

初十日(1月7日) 散馆。移寓至城外慈溪会馆,与竹珊同砚席,晚乃偕过潘家河沿薇翁处道喜。继至子廉宅视疾,在耕叔处道喜。直隶知州保举运同衔。即用晚膳,座有蕙湘、桐甫、藁卿。

十一日(1月8日) 因感冒服药。晡时,巳兰来馆,偕竹珊过韩家潭,在保安堂小酌,以柬邀纯客、鞠堂先生,以消寒会未与。

十二日(1月9日) 头痛未愈,服凉剂。蕙湘以为不相宜,次早而热稍减,乃酌其方药而服之。巳兰偕黄菊人裳来馆,邀至春和堂晚膳,以疾辞。

十三日(1月10日) 恽杏耘同年祖诒以双亲五十寿在平介馆彩觞燕客。午刻往祝,与子寿、小铁、双九同席。

十四日(1月11日) 江南闱题:"叶公问政"两章,"有余不敢尽","汤执中,立贤无方","赋得桂树冬荣"曹子建《朔风诗》"秋兰可喻"。企云来视疾,鞠堂、珉阶、子桢、觐光、梅艇在馆便膳。耕叔、琢堂来,朵山来,托带家信。

十五日(1月12日) 过肯夫寓叙谈,晚在珉阶处用膳。天雨雪。

十六日(1月13日) 雨雪严寒。云峰在馆晚膳,作排律。

十七日(1月14日) 春农、子腾、星岑来。

十八日(1月15日)　薇研、少山来。晚间,鞠堂先生邀同蕙湘、蓉舟、竹珊在宴宾斋小酌。

十九日(1月16日)　未刻,至德恒收取银两,晚与竹珊在和泰用膳。

二十日(1月17日)　发二十九号家书,并吾楼、琴伯各件。托戎莆卿广兄名维棠附南,分发福建县丞。

二十一日(1月18日)　徐子华邀同竹珊、企云、少山、侯敬庵(山西人)在建县丞万福居小酌,后与梅艇、子桢、觐光合席,作坊曲游。比归,已三鼓。梅艇馆被偷儿穴墙,窃去零件。

二十二日(1月19日)①　邀同薇研、鞠堂、冀阶、桐甫、蕙湘、竹珊在如松馆便酌。

二十三日(1月20日)　子桢、觐光邀同梅艇在宴宾斋小叙,后与竹珊偕至凌宅。

二十四日(1月21日)　方子卿来馆,是日生辰。朵山来,属书楹联,闻蓉舟丁外艰,偕子腾、珉阶、竹珊往唁之。蓉舟有至性,哭泣甚哀。据询父年七十三,卒于十月初五日子时,时流寓定海。

二十五日(1月22日)　偕子腾宿于蓉舟寓所,鸡鸣方就枕。其父铭斋先生。

二十六日(1月23日)　未刻返馆,送年例,有粉团、卷糕。晚与肯夫共食之。

二十七日(1月24日)　至宝师宅拜寿兼叩节,在万聚食粉面。出城,至赵师宅、万师宅拜节,继晤馥笙中翰而回。

二十八日(1月25日)　书春联。樵孙来馆晚膳。

二十九日(1月26日)　雾凇。接家书。

---

①　整理者按:原稿中"二十三日(1月20日)"与"二十二日(1月19日)"错位,径改。

同治四年日记

乙丑元旦(1月27日) 黎明起,盥漱,具衣冠,南向叩头,遥祝亲帏万安。诣文武二帝神前拈香后,偕竹珊、鞠堂、珉阶同往诸同乡贺岁。

初二日(1月28日) 内阁团拜,在文昌馆彩觞朋盍,日以继夜,红灯既张,华筵不彻,约演三十出。昆伶如芷秋、芷侬,及丑如杨三,生如陈长庚,皆擅胜场,科白如甘三,笛师如田某,咸著名都下者。

初三日(1月29日) 往内城贺岁,出后门,经旃檀寺,从宣武门返馆,时已上灯。

初四日(1月30日) 母氏生朝,南向拜祝。梅艇、子桢、觐光、春波、珉阶咸在馆食粉面,为叶子戏,鞠堂、竹珊继至。

初五日(1月31日) 雪霁。

初六日(2月1日) 云峰来,偕至庆乐园观三庆部。小伶福寿演《打连相》,殊楚楚可怜。晚在如松馆小酌,竹珊邀偕过佩珊寓谈宴。

初七日(2月2日) 直早班。午刻,至宁府馆公奠蓉舟之父铭斋先生,各出幛分并于灵前,公备祭席,是日到者鞠堂、薇研、蕙湘、戴云帆、童可常、小檠、位卿、童汝雨、子桢、觐光、梅艇、竹珊、桐甫、耕叔、蕖卿、子腾、卓人。

初八日(2月3日) 出门贺岁。晚间巳兰、肯夫谈至宵分始散。

初九日(2月4日) 立春。下午偕鞠堂、肯夫至香炉营马德风寓占六壬课,占功名则魁度天门,占父亲泄泻症,则有惊恐不安、反覆不宁之象。

初十日(2月5日)　鲍子年前辈邀至文昌馆观剧,座有张房农、史莲生、石潭、何介甫、陈蕉生、景剑泉。

十一日(2月6日)　偕子桢、觐光诣马德风处,占六壬课。晚间赴莼客之约,于同兴居召芷秋、芷香、素香、琴香、玉喜侑酒,座客极喧杂。

十二日(2月7日)　在厂肆购得《于清端公集》一册。申刻,竹珊邀至毓兴合春茗。是日为竹珊尊甫余香先生生朝设筵款客,座有纪言、云峰、子华、企云、巳兰、桐甫。夜复移席于西福云堂。召倩云、寄生、慧仙、芝香、芷香、心兰。

十三日(2月8日)①　珉阶邀至宴宾斋小酌。

十四日(2月9日)　与子桢、觐光、竹珊偕至琉璃厂翻阅旧书,购得《格致镜原》及《经世文编》等。晚间,巳兰邀至伊寓小饮,座有竹珊、肯夫、蒋子珍、司马仁瑞,由己酉举人拣发直隶。

十五日(2月10日)　雨雪。宁波府馆团拜,到者樵孙、鞠堂、竹珊、韵士、薇研、竹晨、子腾、桐甫等,拈阄值年,为韵士、竹晨。杨习之送银鱼、青果来,是日子桢、觐光、梅艇在馆晚膳,所谓雪屋谈诗,至夜分也。挽蓉舟尊甫铭斋先生云:大年逾七旬,记曾避地瀛洲,共向公堂称觥;远游才五月,讵料服官京阙,倏惊子舍啼鹃。

十六日(2月11日)　子桢、觐光进馆。作时艺。发家书。

十七日(2月12日)　杨习之、季鉴泉、徐子华、罗纪言、竹珊、企云在龙源楼晚膳。子华邀至庆云堂小酌。

十八日(2月13日)　邀习之、鉴泉、竹珊、春波在保安堂春茗,春波归已沉醉。

十九日(2月14日)　子桢、觐光在寓晚膳。午刻,至玉庭处借

---

①　天头处文字:山东、河南、直隶、江南、浙江大雷雨,冰雹,其日大雪。整理者按:稿中此处受水渍污染,河南之"南"、"江南"之"江"、"其日"之"日"漫漶不清,意补之。

观河南闱墨。

二十日(2月15日)　濬卿来请示进馆日期。

二十一日(2月16日)　属莼客撰家大人七十寿序。

二十二日(2月17日)　徐子华以柬邀至燕喜堂观剧。是日,演《西游记》《回头岸》《宫宴争花》等剧,兼梆子腔《水精宫》等幻法,极声容之盛,夜四鼓始撤席。

二十三日(2月18日)　入直内廷。书朝鲜国王李熙进贡方物状。共八分。

二十四日(2月19日)　邀同鞠堂、竹珊、莼客在毓兴合小酌,蕙湘亦继至,座有芷秋、绚云、芷香、梦香、寄生、雁秋。

二十五日(2月20日)　星岑邀至燕喜堂观剧,以柬辞之。

二十六日(2月21日)　移砚内城枣红馆。竹珊就馆凝德堂周宅。鞠堂、蕙湘、纶言来馆,陈秋国楫川来谒。奉化人,住鄞县,拟捐佐杂。

二十七日(2月22日)　剃头。作楷字。

二十八日(2月23日)　仙洲到京。

二十九日(2月24日)　雨雪。子桢属题《采莲图》。

三十日(2月25日)　樵孙来馆,叙谈片刻,即出城往晤仙舟并鞠堂、蕙湘、西林,傍晚返馆。严寒,笔砚皆冰。

二月初一日(2月26日)　文庙丁祭。钦派大学士贾桢致祭,其下六部九卿各派员与祭。启圣公系祭酒丁培镒致祭,仪注与各直省皆同,惟乐器备列堂下,歌舞节奏犹沿古制,宣祝及鸣赞疑是蒙古声,不可辨。企云生朝,是夕雨雪。

初二日(2月27日)　春波三十岁,是日生辰。鞠堂来馆。邸抄:左宗棠派往福建阅兵,马新贻浙江阅兵。偕朵山往隆福寺购得钱岱雨所画《益寿延年图》一帧,并《经世文编》一册,计银七两。是编系贺长龄所刊,魏源校,共一百二十卷。闻现有《续编》者,当再购也。

初三日(2月28日)　课题:"汤之盘铭曰"一节。朵山来馆,为探奉天拣发事。是夕梦大罗。戴云帆交来府馆捐银二两,并盛蓉舟封翁公奠分,即信致韵士同年登载公簿。

初四日(3月1日)　按:有多赀入粟者。汉制,赀五百万为常侍郎。张释之以赀为骑郎,司马相如以赀为郎。孝景诏曰:今赀算十乃得,廉士无赀不得官,今限赀四得官。武帝始置武功爵级,故黄霸以入钱赏官补侍郎,谒者所忠建议,请令世家入财子弟得举为郎。吏道入而多端,至后汉遂有入粟为关内侯者矣。

初五日(3月2日)　入署直中班。阅江西江南题名录,知颜荣阶、陆鸿达分校江南文闱,汪彦增分校江西文闱。春波来馆晚膳。不备不虞,不可以师。韩世忠京口之战,只不曾备得无风及火箭二事,遂败于兀术。故用兵者在先识己之瑕,而后可以待敌。邸抄:奉懿旨,翰林院检讨徐桐,着在弘德殿行走,授皇帝读。翰林院侍讲钟启峋,着调赴杨岳斌军营差遣委用。

初六日(3月3日)　出城,晤竹珊、莼客、桐甫。

初七日(3月4日)　子卿来馆。惠春农来馆。寓于西安门内西什库朱宝廉宅。《皇清开国方略》,乾隆丙午御制序文弁首,大学士阿桂等奏表一道。其卷首则发祥世纪也,共三十二卷,第一卷自太祖高皇帝癸未年起至第四卷乙卯年止,第五卷自天命元年丙辰起至第九卷天命十一年丙寅止,第十卷太宗文皇帝天聪元年起至第二十一卷天聪九年乙亥十年丙子止,第二十二卷自崇德元年丙子起至三十一卷崇德七年壬午八年癸未止,第三十二卷世祖章皇帝初即住,未改元,崇德八年癸未至顺治元年甲申十月止。《方略》书成,有御制联句诗一卷,有序:乾隆三十九年,予念祖宗功德炽盛,开创艰难,所以克承天眷者,虽事具实录,而尊藏史宬,莫由仰睹。乃命辑《开国方略》一书,俾子孙臣庶咸谟烈。越十三年告成,谨制广利市。《钦定平定回疆剿捻逆裔方略》八十卷,道光十年御制序文,嘉庆二十五年起,道光九年止。《告成太学碑文》卷首,《四十功臣像赞》有序,长龄、杨芳、杨遇春、武隆阿、胡超、余步云、达凌阿、齐慎、郭继昌、伊勒东阿、寿昌、舒凌阿、杨发、安福、巴清德、田大武等四十人。《军机大臣像赞并序》,大学士曹振镛、吏部尚书文孚、户部尚书王鼎、兵部尚书玉麟等,紫光阁别绘一图。卷首有御制诗序及曹振镛等表文,并纪略。

初八日(3月5日)　寻瑞亭不晤。雨雪。

初九日(3月6日)　春波来馆,接第拾玖号家书。并方万会捐监履历。

初十日(3月7日)[①]　发雩芗一书。国史馆校对需人,周中堂派内阁十六名,予亦得与是役。下午,汉票签送知会来,得悉同列者为焦骏声、牟树棠、章绅、李耀奎、王殿凤、刘恩濬、高隽昌、李芳柳、慕容幹、杨树鼎、潘观保、刘泩焴、翁曾翰、韦瑛、刘庠。

十一日(3月8日)　出城,晤辛芝同年,至竹珊馆,子桢、觐光、梅艇、仙舟亦继至,在龙源楼小酌,为企云补祝生日。竹珊邀至佩珊家浮白。

十二日(3月9日)　午刻进城,至子卿处叙谈。雨雪。邸抄:吴棠署理两广总督,彭玉麟补漕运总督。

十三日(3月10日)　直宿内阁,接班者为慕慈鹤,迟至次日午后退直。

十四日(3月11日)　俞补廷来借肯夫银八两,当即付给。午后,往保元堂晤春波、有声、镜湖、文奎,后与双湖围棋。

十五日(3月12日)　祭酒丁培镃照料钟郡王读书。是夜五更,梦家大人来馆。国子监肄业生题:“言寡尤”两句,“赋得山色早晴翠染衣得晴字”。

十六日(3月13日)　曾国藩奏新中举人就近给咨赴部会试。

十七日(3月14日)　恒和魏三少麓邀至天和馆观剧,座有竹珊、蕙舫、程容伯诸君。下午,采臣、素庵、定甫到京。是夕入直,已日晡矣。

---

① 天头处文字:太白经天。

十八日(3月15日)　辰刻退直。晚间,为素庵、采臣、定甫洗尘,设席于景贤堂,座有仙舟、竹珊、子桢、觐光、梅艇、纶言。

十九日(3月16日)　在保安堂小酌。竹珊、采臣、素庵、仙舟、定甫先后踵至,召芷秋、寄生、仪仙、琴香侑酒。

二十日(3月17日)　黎明,肯夫望东寓叙谈。午后,偕素庵、采臣同谒宝座师,往子卿处一叙。

二十一日(3月18日)　入直内阁早班。下午朵山、纶言、子卿来馆。

二十二日(3月19日)　李虎峰如松、马植轩恩培设席于福隆堂,邀请同署同直及阁长二人。是日到者:鲍子年康、徐子授延祺、黄瑟庵中瓒、何介夫承禧、方子严瀋师、陈菓卿汉镇、陈琢堂兆翰、田厚坤埘增。散席后,即至宁府馆晤子玉同年,与诸公车叙谈片刻,继乃偕至和泰,桐甫邀至如松馆小酌,座有吴瀍城善述、汪丹山凤述、邵朗轩炯德、童竹珊春。

二十三日(3月20日)　方子卿邀同素庵、梦周、竹珊、纶言、企云、镜泉、小浦及予在龙源楼便酌,继至四喜部观剧。

二十四日(3月21日)　发雪湖、晓村、葆臣各信件。

二十五日(3月22日)　邸抄:浙江宁波府知府,着边葆诚调补,所遗嘉兴府知府员缺,着许瑶光补授。

二十六日(3月23日)　恩麟、陶茂林奏官军击退甘肃靖远逆匪,县城解围,记名总兵陶生林赏加提督衔。

二十七日(3月24日)　答拜同乡公车及钟慎斋、王九如诸同年,发梅仙、薇卿各信。

二十八日(3月25日)　宁波会试者二十九人,公车如吴瀍城善述、舟山(顺天籍堇人)汪凤述、凌定甫忠镇、林鼎臣铸贤、章子玉育瑜、陈剑泉仰琨、周子青毓岱、陆篆仙云书、沈炳如逸仙、陈蕊书榜年、邵朗轩炯德、王菁士兰孙、裘禾村性宗、裘惺莲五权、裘心泉升权、张养吾济浩、沈素庵书贤、郑采臣绚、江秀苏仁葆。留京则马子桢廷棫、马觐光廷概、洪梅艇倬云、童竹珊春、邵穀人允昌、张竹晨岳年、陈琢堂兆翰、凌春波鸿藻。

二十九日（3月26日）　书殿卷一本。

三月初一日（3月27日）　吏部投供。

初二日（3月28日）　静坐。

初三日（3月29日）　宁府馆祀文昌,诸同乡俱集派香资各四千,是日翁巳兰生朝。

初四日（3月30日）　返馆。是夕梦梨云。填卷头。计卷费钱十四吊。

初五日（3月31日）　静坐。慈溪会馆祀文昌,与祭者晓沧、素庵、采臣、钧圃、小檠、竹珊、梅艇、仙舟、小泉。

初六日（4月1日）　梅艇、素庵移寓枣红馆,以便进场。简放会试总裁。正:贾桢丙戌榜眼,大学士,山东黄县人;副:宝鋆户部尚书,戊戌,桑春荣礼部侍郎,浙本籍,壬辰,宛平人,谭廷襄刑部侍郎,浙山阴人,癸巳。同考官:阿克丹庚申、胡瑞澜翰林侍讲,湖北江夏,乙巳、王师曾山东聊城,刑部侍郎,癸巳、卢士杰编修,河南光州,癸丑、艺圃、刘溎年编,顺天大成庚申、树君、王庆祺宝坻,庚申,检讨、孙诒经浙江,庚申,检讨、薛斯来江都人,编修,壬戌、王昕顺天,苏州,壬戌,编修、杨先葇贵州贵筑,壬戌,茹香、常恩左春坊中允、高延祐吏科给事中,萧山,癸丑、周星誉御史,庚戌,河南祥符人、朱学笃御史,山东聊城,己未传胪、王兆兰宛平,壬戌,户部主事、林庆贻山东掖县人,礼主,癸丑、许庚身壬戌,刑部郎中、冯端本河南祥符人,丙辰,刑部主事。

初七日（4月2日）　素庵、梅艇来馆,同寓进场。

初八日（4月3日）　会试进场。

十六日（4月11日）　素庵、梅艇移寓。

十七日（4月12日）　至白家庄守成（奇）［寄］殡处烧纸钱。

十八日（4月13日）　邀同子玉、梅孙姓王名卿云、慎斋、九如诸同年,并陈蕊史、傅莲舟诸君在龙源楼酌。

十九日(4月14日) 王宝晋邀至天和馆观剧,座有韵士、子莲、子腾、素庵、采臣、竹珊、霁亭、翁巴兰、姚彦士。晚间,莼客邀至同兴居小酌。晤鲁芝及尹湜轩、沈晓湖、孙予恬。

二十日(4月15日) 郑小浦邀采臣及予与素庵在龙源楼接场小饮,座有霁亭、子卿、慎珪,继至广德楼观四喜部,芷秋演《瑶台》,颇有冶容。

二十一日(4月16日) 采臣邀至广德楼观四喜部。晚间,郑仙舟约至富兴楼小叙,座有鞠堂、采臣、素庵、纶言、云舫、定甫、企云、竹山,召群花而大饮之,漏下三商始撤席。

二十二日(4月17日) 郑嘉元邀采臣及予与素庵在天元馆便酌,继至广德楼观剧。采芝演弹词,极娟秀,素庵即呼至龙源楼侑酒,所谓"莺才学语声犹涩,燕欲离巢羽未丰。花月有缘皆镜水,诗书无福养蒙童"是也,眷恋雏伶,概可想见。晡时进城。

二十三日(4月18日) 吴缵三、江秀荪来馆。

二十四日(4月19日) 罗纶言邀至燕喜堂观四喜部。企云邀至广德楼观三庆部,程长庚演《捉曹放曹》,独擅胜场,满座皆为喝采。晚间,在东升堂小叙,同乡公车及四川旧交居多。子华、竹珊等复召伶人以侑酒,时则有若芷秋、寄生、梦湘、桂仙、心兰、采菱、琴香诸人。子华兴仍未阑,拉企云作曲中游,当筵有所谓蝴蝶者,得一见之,采臣乃更邀饮于春华堂,则晓鸡将唱矣。

二十五日(4月20日) 同乡京官为公车接场,备四席在余庆堂,共三十余人。是夕宿于逊敏斋。

二十六日(4月21日) 采臣、定甫、鞠堂、竹珊、素庵、春波为马吊之戏。

二十七日(4月22日) 戊午南榜团拜,在炸子桥松筠庵。雨辰主其事,备三席,京官分派廿四吊,公车分派十二吊。马子奇世叔首座,兼请马焕卿北榜,文华、蔡乂臣北榜副,世俊、连书樵优贡,自华,分东西座。

惟韵士及章甫优贡,汤鼎熺未到,巳集申散。杭州则戴小村因病未到,邦荣、魏玉岩熙元、章禹钧夏谟,绍兴则朱子柳麟泰、单少帆文楷、钟慎斋观豫、钱莘伯继勋、鲍寅初存晓、徐穆芗文瀚、方望东恭寿、汪砺臣世金、周石珊裕如、胡石史泰复、王九如德容、周廉浦宝琭、朱肯夫逌然,宁波则陈西林兆翰、章子玉育瑜、凌子廉因病未到,行堂、张养吾济浩、邵毅人允昌、洪梅艇倬云、沈素庵书贤、郑采臣绚,嘉兴则石莲舫中玉、朱少虞丙寿、蒋希伯珍,金华则吕鼎臣铭。

二十八日（4 月 23 日）　偕素庵过巳兰、蕙舫、薇研、子腾寓索书、屏幅、纨扇等。至和泰晤企云,询据浙江捐教谕新班遇缺无人,分缺先前一人、分缺先四人,捐训导新班遇缺一人,分缺先前一人、分缺先一百余人,此三月二十五日以前筹饷例业已上先者。申刻进城。

二十九日（4 月 24 日）　书屏幅。黄谋烈来拜。

四月初一日（4 月 25 日）　吏部投供。

初二日（4 月 26 日）　早晨,吴聚成来馆,托寄家书。

初三日（4 月 27 日）　余心图邀至广德楼观剧。

初四日（4 月 28 日）　子桢、定甫、素庵、鞠堂、觐光为叶子戏。

初五日（4 月 29 日）　过肯夫望东寓叙谈。

初六日（4 月 30 日）　陈维彬邀至庆和园观剧。

初七日（5 月 1 日）　北榜戊午团拜,在河东馆彩觞,并及直省戊午京官共七十余人,更邀甲子江南公车约八十人,系补行戊午科者。

初八日（5 月 2 日）　进城。

初九日（5 月 3 日）　作友梅兄覆书。

初十日（5 月 4 日）　子卿托寄家书,陈珪来拜。

十一日（5 月 5 日）　马植轩恩培来馆。

五月初一日（5 月 25 日）　邸抄:国瑞奏僧格林沁进剿发捻,在曹州城西遇伏,力战阵亡。报至两宫,皇上及亲王以下均撤乐哭泣,以为坏西北长城也。国瑞、阎敬铭等不能援救,降革有差。以亲王例从优议恤,并配享太庙云。即着曾国藩赴山东一带督兵剿贼,两江总督着李鸿章署理,江苏巡抚着刘郇膏护理。

初二日(5月26日) 房师朱实甫夫子学笃传知带见瑞中堂、贾中堂、成魏卿琦太老夫子,各备门下晚生手本一分、门礼三星。是日巳刻,先至贾太夫子宅内聚齐,单到即祈书知云。接第陆号家书。四月初十日发。

初三日(5月27日) 至谭座师、宝座师拜节。接第七号家书。四月十三日发。

初四日(5月28日) 至贾中堂宅、桑座师、万师宅拜节。

初五日(5月29日) 端午。心图、慎斋招饮,未赴。

初六日(5月30日) 过莼客馆叙谈。漱兰来。

初七日(5月31日) 寅刻入内,辰刻面圣。由翰林院清闷堂吴某带领也。皇上御养心殿,自诸王及中堂、掌院均以序进,新进士由江西而安徽而浙江而福建以次引见,共五十七名。浙两班,以予班第七在首班之末,共十三人也。见衍圣公谢赏绸缎等物恩。

初八日(6月1日) 偕芝玉、企云观剧。

初九日(6月2日) 奉上谕,着改为庶吉士。巳刻,薇研前辈走价报知。是夕在本馆欢宴。

初十日(6月3日) 谒诸座师。

十一日(6月4日) 谒朝殿师。

十二日(6月5日) 谒朝殿师。

十三日(6月6日) 素庵同年偕柴砺堂清士、谢珉阶辅墀、董敬甫慎行南下,由天津航海。发家书。

十四日(6月7日) 卧疾,邀连、书、樵同年诊视。是夕梦入亲门。

十五日(6月8日) 谒朝殿师。是夕梦梨云。钦派会试覆试阅卷大臣:瑞中堂、朱凤标、绵宜、殷兆镛、谭廷襄、汪元方、王发桂、黄

倬、李棠阶、潘祖荫；殿试读卷大臣：瑞中堂、朱凤标、延煦、董恂、景
霖、桑春桑、绵宜、黄倬；朝考阅卷大臣：倭中堂、周中堂、朱凤标、李棠
阶、全庆、王发桂、董恂、毓禄、毕道远、汪元方、潘祖荫。

　　十六日（6 月 9 日）　在文昌馆公请房师朱实甫夫子学笃，山东聊
城人，己未传胪，现官广西监察道御史。演四喜部，点《醉写》一剧，公分每
人派四十四千。

　　十七日（6 月 10 日）　拜客。午刻，在龙源楼赴王镜泉、郑小浦之招
也。已刻，观嵩祝成部。实甫夫子所取士方学伊等十四人，与馆选者七
人：方学伊、李衢亨、王凤池、蔡卓人、韩毓午、姚步瀛、吴仁杰、杨泰
亨、易子彬、薛德恩、林梁材、张杰、屈秋泰、汪叙畴。

　　十八日（6 月 11 日）　拜客。

　　十九日（6 月 12 日）　谒宝座师。

　　二十日（6 月 13 日）　翰林院送仪注单来。

　　二十一日（6 月 14 日）　马焕卿宅饭膳。

　　二十二日（6 月 15 日）　陈文惠兄邀竹珊及予在富兴楼午膳后
观四喜部。

　　二十三日（6 月 16 日）　拜客。

　　二十四日（6 月 17 日）　马焕卿同年宅晚膳，座有邵信甫、朱条
梅、金少伯、徐尔麐、孙子授、钟雨辰、楼次园、陈赓廷。

　　二十五日（6 月 18 日）　拜客。

　　二十六日（6 月 19 日）　病喉，服元参、麦冬。

　　二十七日（6 月 20 日）　西城拜客。

　　二十八日（6 月 21 日）　章芝玉同年以中书在阙左门验看。钦
派教习庶吉士：周祖培、全庆；小教习：周寿昌杏农、景其濬、徐桐、翁
同龢、孙毓汶、许业香、许其光、林天龄。

　　二十九日（6 月 22 日）　拜客。

　　闰五月初一日（6 月 23 日）　少山、企云邀至如松馆小叙，座有

杨新之福鼎、周东屏维周、童竹珊、郑仙洲。

初二日(6月24日)　喉痛。

初三日(6月25日)　魏少麓、王朵山邀福云居小酌,座有王镜泉、童竹珊、郑企云。

初四日(6月26日)　夕与薇研前辈及少虞、子青两同年围棋。是夕,陈蕊史在维新堂招饮,未赴。

初五日(6月27日)　闰端阳。少虞、子青两同年在广和楼约,招观剧,未赴。

初六日(6月28日)　望云来,送来家传。

初七日(6月29日)　午后,雨。往候朱厚川、凌韵士两同年。

初八日(6月30日)　送别竹珊。

初九日(7月1日)　偕连书樵视郑小浦疾。

初十日(7月2日)　少虞、芝玉进内,带见堂官。

十一日(7月3日)　偕韵士赴朱森庭璜书府县馆捐。

十二日(7月4日)　邵毅人、江秀荪、裴星莲来寓,边云航瀹慈拜会。

十三日(7月5日)　课"园林初夏有清香"赋。

十四日(7月6日)　谒小教习吴蓉圃前辈知分同董执、李鸿达、郑溥元、牛瑄、李士彬、韦业祥、李绪昌、崔焕章、启秀等。

十五日(7月7日)　姚密斋来。

十六日(7月8日)　为边云航瀹慈、陈蕊书、童竹珊送行。

十七日(7月9日)　偕少虞过肯夫寓叙谈。少虞尝口占云:"圆通观里朱公子,手自挑灯读《汉书》。"

十八日(7月10日)　为承天夜游作步月词数阕。座间少虞述及钱瑞生同年稼秋有仆曰王贵者朴诚可靠。少虞尝有句云:"酒阑人散已残更,月黑风高踏雪行。最是销魂听不得,虎坊桥畔水车声。"

十九日(7月11日)　作雯艿侄书,托姚密斋同年寄至开州。

二十日(7月12日)　闭门静坐。

二十一日(**7 月 13 日**) 少山、纶言来。

二十二日(**7 月 14 日**) 偕子青、芝玉两同年公请同乡于西余庆堂,赴席者四十有二人。

二十三日(**7 月 15 日**) 接第玖号家书。课"括囊"赋、"云在意俱迟"排律。

二十四日(**7 月 16 日**) 周翼堂邀至广德观剧。聚贤堂联句:小院更凉月上时理,凉风吹彻锦罥罳。碧梧弄影雨初霁梦,红豆着花人有思。最是多情能顾曲理,可堪知己与谈诗芝。苔岑会合良非偶理,无奈尊前两鬓丝梦。

二十五日(**7 月 17 日**) 《寄题许端甫跻堂祝寿图》名缙,宰陕西永寿,有政声,忤上官落职,届生辰,永寿之民至省称祝,为作此图,雨辰同年所言如此,属少虞同年代作:耆文千秋祝,觥筹百里同。循声古良吏,政绩旧扶风。鞠醪酒盈碧,棠阴花竞红。使君欣再至,骑竹又儿童。

二十六日(**7 月 18 日**) 罗纶言邀至乐和园观剧。夕在富兴楼小叙,继乃移尊于春馥堂,宣伶人芷秋、素香、琴香、桂香、桂卿、桂仙、秋芙、采芝、仪仙、芷衫、福筹、芳兰等侑酒。

二十七日(**7 月 19 日**) 酷暑,食西瓜。子青同年偕少虞、子陶辈为叶子戏。是日傍晚雷雨。

二十八日(**7 月 20 日**) 在龙源楼请诸同乡,徐子华、周翼堂、郑小浦、焕文、王春芳、郑企云、王朵山、冯云槎、王虞亭、陈文惠、维屏、方子卿等在座。午后,偕至广德楼观四喜部,未到郑馥山、姚守信、岑荣全、余心图、陈德芳诸人。

二十九日(**7 月 21 日**) 早晨,偕少虞过下斜街,视王九如同年,犹蒙被卧也,促之醒,偕过其邻花厂四处看花。是早天微阴,九如拉至报国慈仁寺观古松。入山门,见丰碑高树,其西南隅有屋三椽,则顾亭林先生之祠在焉。何子贞前辈有联云:景仰前型,国史儒林第一传;流连古迹,慈仁禅院古双松。进内则大道场,其后则以土墩为僧龛,旁列梵宇。观渔洋山人《双松歌》,左侧有祁相国春圃作七言古一首,极简古可读。与少虞、九如出彰义门,至天宁寺少憩。少虞曰:此间真堪乐饥。相与扪腹而笑。遂入城,至愍忠寺观云麾碑,系础石本,即翁潭溪所摹勒上石者。午刻,饭于慈溪馆,同车至陶然亭暨龙爪槐一凉。晚焉,张诗农祥和前辈有联云:秋声万苇绿成海,斜日半山红到楼。

六月初一日(7 月 23 日)① 国史馆到馆志传兼办。

初二日(7 月 24 日) 温棣华同年来,子廉同年卒于邸寓。

初三日(7 月 25 日) 子廉未刻殁于魏染胡同寓舍。谢鞠师援至如松馆、春馥堂。

初四日(7 月 26 日) 黄菊人来。

初五日(7 月 27 日) 书屏对。

初六日(7 月 28 日) 刘星岑前辈招同鲍子年康、何价夫承禧、汪泉孙元庆在陶然亭小叙,口占一律:小据宣南胜,林亭夏事幽。风篁无热客,诗酒又清游。万苇绿成海,一蝉吟到秋。郁葱坛社地,霖雨圣恩周。时方新雨。

初七日(7 月 29 日) 国史馆供事刘赐龄来。

初八日(7 月 30 日) 崔玉坡同年文海招至广德楼观嵩祝成剧。晚在福兴居小饮,座有周淦、徐昌绪。

初九日(7 月 31 日) 子青招至肉市观剧。

初十日(8 月 1 日) 子廉枢移于增寿寺,寺僧圣果与子廉有旧故,暂停殡宫。是日大雨,送灵者为董樵孙、谢鞠堂、曹翊升、童耕叔、升伯、陈蕖卿、周子青、林子陶、朱少虞、童小檠。

十一日(8 月 2 日) 书屏对。徐小云来。

十二日(8 月 3 日) 作家书并缄小云。是夕饮于桐义堂,为少虞同年三十生辰。

---

① 整理者按:缺闰五月三十日(7 月 22 日)。

十三日（8月4日）　钟雨辰来。

十四日（8月5日）　肯夫来。是夕饮于闻德堂，子陶为主。

十五日（8月6日）　食瓜。童薇翁来。是夕，过圆通观与肯夫谈至夜分，惠《绕竹山房诗集》。

十六日（8月7日）　韵士来，请典子廉丧于增寿寺。

十七日（8月8日）　肯夫来。

十八日（8月9日）　至巳兰、薲卿、鸿卿处送行，三人均赴南闱。

十九日（8月10日）　接家书，悉父亲抱恙未愈，决计南归。

二十日（8月11日）　至西河沿探问轮船，知行如飞，于下月初一日开放。

二十一日（8月12日）　鞠堂师来，至房师宅缴朱卷稿底。

二十二日（8月13日）　子廉枢停于增寿寺，是日开吊。

咸丰十一年十月初五日奉其明年改元同治①

上谕：上年海疆不靖，京师戒严，皆由在事之王大臣等筹画乖方所致，载垣等复不能尽心和议，徒以诱获英国使臣，以塞己责，以致失信于各国。淀园破扰，我皇考巡幸热河，实圣心万不得已之苦衷也。嗣经总理各国事务，王大臣等将各国应办事宜妥为经理，都门内外安谧如常。皇考屡召王大臣议回銮之日，而载垣、端华、肃顺朋比为奸，总以外国情形反覆，力排众论。皇考宵旰焦劳，更兼口外严寒，以致圣体违和，竟于本年七月十七日龙驭上宾。朕抢地呼天，五内如焚，追思载垣等从前蒙蔽之罪，非朕一人痛恨，实天下臣民所痛恨者也。朕御极之初，即欲重治其罪，惟思伊等系顾命之臣，故暂行宽免，以观后效。孰意八月十一日，朕召见载垣等八人，因御史董元醇敬陈管见

① 《咸丰十一年十月初五日奉上谕》至《同治二年十月二十七日》奏折附录于日记稿本"同治三年十月三十日"之后，"同治三年甲子上元肇历子月朔日"之前。

一折，内称请皇太后暂时权宜朝政，俟数年后朕能亲理庶政，再行归政；又请于亲王中简派一二人，令其辅弼；又请在廷大臣中简派一二人，充朕师傅之任，以上三端深合朕意。虽我朝向无皇太后垂帘听政之仪，朕受皇考大行皇帝付托之重，惟以国计民生为念，岂能拘守常例？此所谓事贵从权，特面谕载垣等着照所请传旨。该王大臣奏时哓哓置辨，已无人臣之礼，拟旨时又阳奉阴违，擅自改写，作为朕旨颁行，是诚何心？且载垣等每以不敢专擅为词，此非专擅之实迹乎？总由朕冲龄，皇太后不能深悉国事，任伊等欺蒙，能尽欺天下乎？此皆伊等辜负皇考深恩，朕若再事姑容，何以仰副在天之灵？又何以服天下公论？载垣、端华、肃顺着即解任，景寿等五人着退出军机，派恭亲王会同六部九卿、翰詹科道，将伊等应得之咎分别轻重，秉公按例具奏。至皇太后应如何垂帘之仪，着一并会议具奏。

上谕：前因载垣、端华、肃顺等三人跋扈不臣，朕于热河行营命醇郡王奕谭缮就谕旨，将载垣等三人解任。兹于本日特旨，召见恭亲王带同大学士桂良、周祖培、军机大臣户部左侍郎文祥，乃载垣肆言不应召见外臣，擅行拦阻，其肆无忌惮何所底止。前旨仅予解任，不足蔽辜，着恭亲王奕䜣、桂良、周祖培、文祥即行传旨，将载垣、端华、肃顺革去爵职，拿问交宗人府，会同大学士六部九卿、翰詹科道严行议罪。钦此。

上谕：所有文职部院各衙门及三品以下京堂各官与武职衙门，着自十月十六日为始，一体轮班值日。钦此。

咸丰十一年十月初六日奉

上谕：宗人府会同大学士、六部九卿、翰詹科道等定拟载垣等罪名，请将载垣、端华、肃顺照大逆律凌迟处死等因一折。载垣、端华、肃顺朋比为奸，专擅跋扈，种种情形，均经明降谕旨，示知中外。至载垣、端华、肃顺于七月十七日皇考升遐，即以赞襄政务王大臣自居，实则我皇考弥留之际，但面谕载垣等立朕为皇太子，并无令其赞襄之谕。载垣等乃造作赞襄名目，诸事并不请旨，擅自主持，两宫皇太后面谕之事，亦敢违阻不行。御史董元醇条奏皇太后垂帘事宜，载垣等非独擅改谕旨，并于召对时有伊等赞襄朕躬，不能听命于皇太后，伊等请皇太后看折，亦系多余之事。当面咆哮，目无君上情形，不一而足，且每言亲王等不可召见，意在离间。此载垣、端华、肃顺之罪状也。肃顺擅坐御位，于进内廷当差时，出入自由，目无法纪，擅用行宫内御用器物，于传取物件抗违不遵，并自请分见两宫皇太后，于召对之时词气之间互有抑扬，意在构衅。此又肃顺之罪状。均经母后皇太后、圣母皇太后面谕，议政王、军机大臣逐款开列，传知会议王大臣等知悉。兹据该王大臣等按律拟罪，将载垣、端华、肃顺凌迟处死。当即召见议政王奕䜣、军机大臣户部左侍郎文祥、右侍郎宝鋆、鸿胪寺少卿曹毓英、惠亲王、惇亲王奕誴、醇郡王奕譞、钟郡王奕詥、孚郡王奕譓、睿亲王仁寿、大学士贾桢、周祖培、刑部尚书绵森，面询以载垣等罪名，有无一线可原。据该王大臣金称，载垣、端华、肃顺跋扈不臣，均属罪大恶极，于国法无可宽宥，并无异辞。朕念载垣等均属同支，以身罹重罪，悉应弃市，能无泪下？惟载垣等前后一切专擅跋扈情形，实属谋危社稷，是皆列祖列宗之罪人，非独欺陵朕躬为有罪也。在载垣等未尝不自恃为顾命大臣，纵使作恶多端，定邀宽宥，岂知赞襄政务，皇考并无此谕，若不重治其罪，何以仰副皇考付托之重？亦何以饬法纪而示万世？即照该王大臣等所拟，均即凌迟处死，实属情罪所当。惟国家本有议亲议贵之条，尚可量从末减。姑于万无可宽贷之中，免其肆市。载垣、端华均着加恩赐令自尽，即派肃亲王华丰、刑部尚【书】绵森迅即前往宗人府空室传旨，令其自尽。此为国体起见，非朕之有私于载垣、端华也。至肃顺之悖逆狂谬，较载垣等尤甚，亟应凌迟处死，以伸国法，而快人心。惟朕心实有未忍，肃顺着加恩改为斩立决，即派睿亲王仁寿、刑部右侍郎载龄前往监视行刑，以为大逆不道者戒。至景寿，身为国戚，缄默不言，穆荫、匡源、杜翰、焦佑瀛于载垣等窃夺政柄，不能力争，均属幸恩溺职。穆荫在军机上行走已久，班次在前，情节尤重。该王大臣等拟请将景寿、穆荫、匡源、杜翰、焦佑瀛革职，发往新疆效力赎罪，均属咎有应得。惟以载垣等凶焰方张，受其钳制，均有难与争衡之势，其不能振作，尚有可原。御前大臣景寿着即革职，加恩仍留公爵并额驸品级，免其发遣。兵部尚书穆荫着即革职，加恩改为发往军台效力赎罪。吏部左侍郎匡源、署礼部右侍郎杜翰、太仆寺卿焦佑瀛均着即行革职，免其发遣。钦此。

上谕：昨据王大臣等会议载垣等罪名，请照大逆凌迟处死。经朕法外施仁，将肃顺改为斩立决，载垣、端华赐令自尽。此朕于无可宽贷之中，不得已委曲施恩，业已挥涕宣示矣。我宗室自开国以来夹辅王室，历著公忠，载在史册，乃载垣因肆无忌惮、悖逆情形，凡在臣民同深切齿，实为宗支之玷，嗣后我宗室等务各恪遵家法，黾勉从公，奋武揆文，同襄郅治，推本一气，首重亲亲，庶几翊戴公朝，增辉瑶牒，其各族宗室未登仕籍，亦应敦品立行，以备将本因材器使，用彰我宗室人材之盛。倘或不自检束，身罹法网，则载垣等以亲王大臣朕尚不能屈法市恩，况闲散宗室，岂能稍从宽宥，不执法以从事也？着管理宗人府王公等将此旨宣谕各宗室知之。钦此。

臣胜保跪奏：为政柄下移，无以服众，应请皇太后亲理大政，并另简近支亲王辅政，以正国体而顺人心，恭折仰祈圣鉴事。窃维朝廷政柄，操之自上，非臣下所得而专。我朝君臣之分极严，尤非前朝可比。自文宗显皇帝龙驭上升，皇上嗣位，聪明天亶，尚在冲龄，全在辅政得人，同民好恶，方足以资佐理。如怡亲王载垣、郑亲王端华等，非不宣力有年，然而赫赫师尹，民具尔瞻。今竟以之当秉政巨任，君国大权，以臣仆而代纶音，挟至尊以令天下，实无以副寄托之重，而厌四海之心。在该王等不过以承写朱谕为词，居之不疑，不知我皇上以宗子缵承大统,天与人归,原不在朱谕之有无为定。至赞襄政务一节,则当以亲亲尊贤为断,不得专以承写为名。何也?先皇帝弥留之际,近支亲王多不在侧,仰窥顾命苦衷,所以未留亲笔朱谕者,未必非无辅政,难得其人,以待我皇上自择而任之,以成未竟之志也。今嗣圣既未亲政,皇太后又不临朝,是政柄尽付之该王等数人,而所拟谕旨,又非尽出自宸衷,其托诸擘签简放,请钤用符信图章,在该王等原欲以此取信于人,无如人皆不能相信。民碞可畏,天下难欺,纵可勉强一时,不能行诸日久。近如御史董元醇条陈四事,极有关系,应准应驳,惟当断自圣裁,广集廷议,以定行止。该王等果知以国事为重,亦当推贤虚己,免蹈危疑,乃径行拟旨驳斥,已开矫窃之端,大失臣民之望。命下之日,中外哗然。自古天无二日,民无二王,礼乐征伐,自天子出。凡统兵将帅暨各省封疆,皆受先皇帝特简。虽当势处万难,无不思竭力图报者,亦以统于所尊,故皆一诚不贰。今一旦政柄下移,群疑莫释,道路之人见诏旨,皆曰:此非吾君之言也,此非吾母后、圣母之意也。一切发号施令,真伪难分,故尔汹汹,咸怀不服。不独天下人心日形解体,且恐外国闻知,亦觉与理未顺,又将从而生心,所关甚大。夫天下者,宣宗成皇帝之天下,传之文宗显皇帝,以付之皇上践祚者也。昔周之世,武王崩,成王立,周公相之。本朝摄政王之辅世祖,即犹周公之相成王,疏不间亲,典策具在。以周公元圣,尚不免管、蔡流言,迨风雷示儆于《金縢》,而忠荩益见。现在近支诸王中,能知大体,迈于载垣、端华者,尚不乏人,一切离间之言,应毋庸过虑。又如垂帘听政之制,宋宣仁太后称为女中尧舜,群情欢洽,国本无伤。我文皇当国初年,虽无垂帘明文,而有听政实用,因时制宜,维期允当不易。为今之计,非皇太后亲理万几,召对群臣,无以通下情而正国体;非另简近支亲王佐理庶务,尽心匡弼,不足以振纲纪而顺人心。惟有吁恳皇上俯纳刍荛,即奉皇太后权宜听政,二圣并崇,而于近支亲王中择贤而任,仍秉命而行,以待我皇上亲政以前,一切用人行政大端,不致变更紊乱,以承至治于无穷。宗社幸甚!臣民幸甚!如此,庶于亲亲尊贤之大经既不相悖，且于该王等亦可保全终始，受福良多。此皆中外臣工所欲言而未发，奴才先为言之。奴才忝为大臣，受国厚恩，屡奉先帝手诏嘉勉，云：朕所望于该大臣者至大至远，又奉有忠勇性成、赤心报国等谕，每诵天语，感激涕零。今外患固宜亟平，内变尤为早虑。奴才天良所迫，何忍不言？何敢不言？伏愿皇上乾纲独断，迅赐施行，并请将此折发交惠亲王、惇亲王、醇、郑王等公同阅看。如有尚未尽善之处，应令大学九卿科道集议以闻，庶大局可全，人心可定。今不胜冒昧，披沥上陈，无任激切待命之至。伏惟皇上圣鉴，谨奏奉旨。已录。

上谕：朕奉母后皇太后、圣母皇太后懿旨，上年京畿不靖，皇考大行皇帝特命恭亲王奕䜣留驻京师，办理一切事宜，经权互用，均就妥协，内外人心，如常安谧。皇考大行皇帝驻跸热河山庄，时常垂念，慰悦良深，屡欲于回銮后，特沛殊恩，用示嘉奖。及至大渐，犹复念念不忘。现在梓宫回京，朕奉两宫皇太后旋跸以来，即派恭亲王奕䜣为议政王，在军机处行走，王其秉公持正，力矢忠勤。痛维先帝遗言在耳，厥志未伸，曷敢不仰承先志，茂赏酬庸，以彰继述。因于台见恭亲王奕䜣时，宣示此旨，着以亲王世袭罔替，实属论功行赏，允快众心，用慰在天之灵，非予一人之私愿也。乃恭亲王奕䜣至诚抒抑，洒泪固辞，情词至为恳挚。我母后皇太后、圣母皇太后再三申明，此系先帝恩旨，而该王辞谢倍力，声泪俱下。两宫皇太后未忍重拂其意，不得已姑从所请，将世袭亲王罔替之旨暂从缓议，俟朕亲政之年，再行办理。恭亲王奕䜣着先赏食亲王双俸，以示优礼。王其钦承朕命，勿再固辞，用彰懿美而显诒谋。钦此。

上谕：朱凤标着调补吏部尚书，兵部尚书万青藜补授，户部右侍郎董醇补授，吏部右侍郎孙葆元补授，工部左侍郎单懋谦补授。钦此。

上谕:前因许彭寿于拿问载垣、端华、肃顺特陈管见一折,内有查办党援一条,当令议政王、军机大臣传旨,令其指出党援诸人实迹。嗣据明白回奏,形迹最著者莫如吏部尚书陈孚恩,踪迹最密者如侍郎刘锟、黄宗汉。伊等平日保举之人如侍郎成琦、德克津太,候补京堂富绩,外间啧有烦言。陈孚恩、德克津太于上年七月,大行发下朱谕,命诸臣会议巡幸热河是否可行,陈孚恩即有"窃负而逃,遵海滨而处"之语,意在迎合载垣等,当时会议诸臣无不共闻。大行皇帝龙驭上宾,满汉大臣中惟令陈孚恩一人先赴行在,是尚书为载垣之心腹,即此可见。黄宗汉于本年春间前赴热河,蒙皇考召见,即以危词力迫回銮。迨闻皇考梓宫有回京之信,该侍郎又以京城情形可虑,遍告于人,希冀阻止,其为意存迎合载垣等,众所共知。以上二人均属一二品大员,声名如此狼藉,品行如此卑污,若任其滥厕卿贰,何以表率僚属?陈孚恩、黄宗汉均着革职,永不叙用,以为大僚软媚者戒。至侍郎刘锟、成琦、太仆寺少卿德克津太、候补京堂富绩,虽无与载垣等交通实据,而或与往返较密,或由伊保举起用,或拜认师生,众人耳目共见共闻,何能置之不议?刘锟、成琦、德克津太、富绩均着即行革职,以示惩儆。许彭寿纠弹各节,朕已早有所闻,用特惩一儆百,期于力振颓靡。至端华、载垣、肃顺三人事权所属,诸臣等何能与之绝无干涉,此后朕以宽大为念,既往不咎。尔诸臣亦毋以再办党援等事纷纷陈奏,致启告讦诬陷之风。惟各尽厥职,争自濯磨,守正不阿,毋蹈陈孚恩等恶习。朕有厚命焉。钦此。

上谕:前因已革吏部尚书陈孚恩阿附载垣、端华、肃顺,业经明降谕旨,将陈孚恩革职,永不叙用。昨日因睿亲王仁寿等前此遵议皇考郊祀配位,与廷臣所议歧异,而此次礼亲王世铎等遵议典议折内,又均列衔,恐有迁就,因命仁寿等另行陈奏。乃本日据仁寿等覆奏称,前在热河会奏时,陈孚恩声称道光三十年大行皇帝以三祖五宗为定之旨,系原任协办大学士户部尚书杜受田所拟,又称在京王大臣等会议折内，吁恳恪遵遗训，毋庸举行郊配典礼，系因大行皇帝去秋巡幸热河起见各等语。郊坛配位，大典攸关，为臣下者宜何如援据礼经，敬慎详拟。乃陈孚恩以荒诞无据之词，借耸众听，揣其意不过欲掇合仁寿等一同列衔，以便其谄媚载垣等之计，谬妄卑污，至于此极！又查抄肃顺家产，内陈孚恩亲笔函，中有暗昧不明之语。朕新政颁行，务从宽大，姑勿深究，惟其与肃顺交往密切，已属确有证据，若不从严惩办，何以示儆将来？陈孚恩仅予革职，永不叙用，不足蔽辜。着派瑞常、麟魁前往，将陈孚恩拿交刑部，即将该革员寓所资财严密查抄，并着派大学士周祖培、军机大臣文祥会同刑部定拟罪名具奏。钦此。

上谕：三品衔翰林院修撰刘绎，学品优正，告养回籍有年，现在养亲事毕，办理本籍团练，着俟服阕后即行来京，听候简用。钦此。

上谕：新授都察院左都御史王庆云，着即来京供职。钦此。

上谕：予告大学士翁心存，守正不阿，学问淹博。前任太常寺少卿李棠阶，学养深邃、方正老成。朕当御极之初，亟应延访耆儒，以资辅翼。翁心存尚未出京，着即销假，听候简用。李棠阶现在河南办理团练，亦着即行来京候旨，以副朕侧，席虚贤人，惟求奋之至意。钦此。

上谕：予告大学士祁寯藻，忠清谅直，学问优长，着即来京，听候简用。钦此。

上谕：湖北巡抚胡林翼，秉性忠直，操守廉洁。由翰林历官道府，仰荷皇考大行皇帝特达，于咸丰三年调赴湖北军营，晋擢巡抚，赏给头品顶带、太子少保衔。在军营九年，赏罚严明，知人善任，克复武昌及沿江郡县，肃清楚境，并调官军攻复江西九江，军威大振，所向克

捷。本年八月，克复安庆省城。朕念其公忠体国，懋著勋劳，赏加太
子太保衔，并赏加骑都尉世职。方冀长资倚畀，克奏肤功，及以积劳
成疾，甫经赏假，遽闻溘逝，披览遗章，实深悼惜。胡林翼着追赠总督
例赐恤，任内一切处分，悉予开复。应得恤典，该衙门察例具奏，并加
恩予谥，入祀贤良祠，并于湖北省及湖南原籍建立专祠。伊子胡及勋
侯及岁时，由吏部带领引见，以示朕笃念旧臣之至意。钦此。

同治三年四月十七日内阁奉

　　上谕：国家广开言路，整饬官常，惟期内外臣工，奉公守法，屏除
私见。若身为大员，则平日束身立行，益当谨饬自爱，不受人以指摘
之端。至被参人员，尤宜知止谤自修之义，痛自愧厉，岂可意图报复，
讦人阴私？本年三月间，通政使司通政使王拯曾以金壬滥列，请将侍
郎崇纶、恒祺、董恂、薛焕、安徽巡抚乔松年、内阁侍读学士王维珍量
加裁抑。除折内所称乔松年一节业经寄谕曾国藩察看外，至所参崇
纶、恒祺、王维珍等事无指证。至薛焕巡抚任内被参各款，前此业经
曾国藩查明覆奏，尚无实据，惟办理通商事务颇为熟悉。而此次王拯
折内亦未能指实款迹，是以将折留中，暂缓查办。乃本月初九日，薛
焕奏参王拯吸食鸦片烟，请加惩处等语。昨命议政王军机大臣传旨
询问王拯，据王拯呈称，从前因系治疾，曾经吸食有瘾，现在疾不复
作，旧染亦即痛加屏绝。惟向来持躬勿谨，致被纠参，请旨即予惩办
等语。职官吸食鸦片，例禁綦严。王拯因从前虽治病沾染，究属有干
例禁。本应照变通新章，官员吸食者即予罢斥，姑念王拯一经奉旨传
询，即据实直陈，尚无欺饰，且系原参薛焕等之员，若竟予严惩，恐因
事纠弹者闻而缄口，言路将因此而塞。王拯着从宽，实降三级调用，
并无庸在军机章京上行走，以示惩儆。薛焕被人参劾，不能扪心自
反，辄将王拯吸食鸦片列入弹章，显系意存报复，有为而为，非因公论
列者可比，此风断不可长。薛焕着实降五级调用，以为逞私攻讦者
戒，并着仍在总理各国事务衙门行走，以观后效。该二员当知朝廷格

外之恩,感激奋勉,力赎前愆。现在大小臣工沾染鸦片恶习者恐尚不止王拯一人,亟应痛自改悔,涤除锢习。倘仍苟且偷安,一经发觉,定即照章严惩,断难再邀宽典。至讦人阴私,易开攻击之风,于政体大有关系,如此后再有犯者,亦必从严惩办,决不姑容。王拯折内所参董恂在顺天府府尹任内向其所属月索薪米遂为规例等语,着万青藜、卞宝第、查明据实覆奏,毋许徇隐。钦此。

　　同治二年间给事中赵树吉跪奏:为带兵大员罪状昭著,请特伸宸断,以彰国法而儆党援,恭折仰祈圣鉴事。臣闻刑赏者朝廷之大权也,自古帝王明以出之,断以行之,信赏必罚,所以维持国计于不敝者也。若有功而赏不逮,有罪而罚不果,则善者无所恃,恶者无所惧。其究也,纲纪废弛,威柄陵替,天下皆有轻量朝廷之心,而其端则始于偏听之不聪,当几之寡断。窃见已革兵部侍郎胜保,跋扈骄横,敢行欺罔,荒淫贪冒,养寇殃民,种种妄为,不法已极。虽置之重典,犹不足蔽其辜,自去冬奉旨革职查抄,拿交刑部治罪。凡有血气无不以手加额,同声称快。近闻业已押解到京,并派议政王、军机大臣、大学士会同刑部审讯,生杀予夺,在国家自有权衡,非微臣所敢与议。且革职罪状昭著,已无疑义,煌煌圣训,中外皆知,王大臣必能恪遵前旨,按律科罪,亦无待于臣言。惟臣恭阅邸抄,穆腾阿、瑛棨由六百里驰奏,直隶军务吃紧,请饬胜保剿办。曾经严旨申饬,然道路传闻,皆论其党与甚多,似此代为乞恩者,尚不乏人。诚恐众说纷纭,借口时艰,诡词耸听,一旦巧回天意,使元恶稽诛,则其患有不可胜言者。大抵为之请者其说有三,或谓人才难得,该革员身膺统帅,前后将及十年,带兵不为不多,糜饷不下数十百万,然自江南尾贼北上一困于独流,再困于高唐,若非僧格林沁一军得力,则粤逆李开芳、林凤翔皆成逋寇,畿辅糜烂,其复可问。其后,两办皖豫捻匪而败八里桥之役,该革员闻炮落马,即时狂奔回城,窜伏其家,佯称伤重。由是言之,臣不知其所谓勇往者何在也? 或谓使功不如使过,若宽其既往,予以自新,必能激发天良，立功赎罪。臣又以为不然。该革员屡经获咎之躯，蒙文宗显皇帝弃瑕录用，仍畀以专阃重寄。皇上御极以来，又复再四优容，谆谆训诫，所以冀其悔悟者，时亦久矣，恩亦至矣。不于此时，力图报称，稍赎前愆，而乃怙终不悛，夜郎自大，拥兵纵寇，纳贿营私，是其天良渐灭，尚何有几希感愧之萌。如此而犹望其捍御外侮，收效桑榆，岂可得乎？夫鹰鹯不以在网罗而忘其搏击，豹虎不以出槛阱而易其毒噬，何则？其性然也。若不鉴前车之覆辙，而反期以将来难必之功，臣恐军符一握，故态复萌，非徒害及生灵，又将贻误大局。彼时听之不可，禁之不能，将欲其俯首就逮，复对狱吏，臣又有以知其不能矣。至于以降匪等迟回观望，该革员非有威信恩德足以服人也，徒以天家官爵诱之，使啖百姓脂膏，纵其所取。而该降匪等自知所行不容于众，正特借该营为逋逃薮，以便其私图耳。皇上为社稷民生主，何惮于一二武夫叛卒？使跋扈欺罔之臣，幸逭刑诛，而贻天下以后患乎？凡此数端，皆为邪说。若中外臣工俱无为是言者，则臣为过计，万一有之，亦安可以不察？夫法者，祖宗之典，而天下之公也。定之在祖宗，则今日不得易；公之在天下，则贵近不得私。胜保之犯法，是得罪祖宗也，是得罪天下也。皇上虽帱载包容，恩同天地，欲曲法以生之，何以对祖宗、谢天下乎？伏见近来烈风数作，扬沙折木，当昼晦冥。臣愚不知，占验考之，《洪范》咎征曰"蒙恒风若"，班固《汉书·五行志》谓"思之不睿，厥咎蒙厥罚常风"，窃维两宫皇太后宵旰忧劳，勤求治理，岂复有所壅蔽，以伤日月之明。然天戒昭然，必非无因而至意者，其在欤？伏乞皇上加意垂察，宸断独伸，将该革员明正其罪，毋为群言所摇夺，以彰国法，而儆党援，则臣虽以言取罪，万死无憾。披沥直陈，伏乞圣鉴。

　　山东道监察御史吴台寿奏：为法贵持平，刑必当罪，务实事以求是，无使设以成以敬陈管见仰祈圣鉴事。窃维已革兵部侍郎即胜保奉旨逮问来京，钦派议政王、军机大臣、大学士会同刑部审讯，该革员被参各款，虚实有无，自无难水落石出。乃近闻给事中赵树吉遽请宸断独伸，立将该革员明正其罪等语。臣窃以为非是。夫折狱贵平及情，虽在平民犹必确核，案情以期，折衷至当，岂可预存成见，辄欲以揣测疑似之辞遽为定论，万一刑不当罪，其何以持情法之平？今胜保诚不得为无过，而中外诸臣参劾，亦不得为无因。惟现在既经会讯，自应以审讯得实之情事为凭，不得以传闻无据之空言为准，况议功之辞载在周官，自古为然，于今不废。该革员自咸丰初年督全山右，捍卫畿疆，迭次战功，姑置勿论。即临清之役，能使十数万众北犯之寇，全股荡平，功亦伟矣。是以我文宗显皇帝崇上庙号诏旨，以丰县之捷称武功首，布告天下，中外闻知。若谓此不足以为功，是将以诬胜保者，并诬及先帝矣。在胜保谅不敢自居其功，在朝廷则不忍没其微劳。至八里桥之战，胜保身受重伤，通国见而知之，血迹伤痕焉能伪饰？其不能成功者天也，非战之罪也。乃谓捏称伤重，窜伏家居，无乃屈抑过甚，则欲加之罪，何患无辞者也。又或以钦奏严旨在先，似应如该给事中所奏，即行恪遵前旨，按律科罪，果尔则不问事之虚实有无，不论咎之轻重大小，只据风闻，遂成铁案，何以垂训于天下后世乎？斯所谓陷君于不义者也，恐有累圣德不浅矣。要知前日之奉旨会讯，理归一是，并无两歧，倘审讯明确，其罪果实，不难立置典刑，其罪果虚，且将欲为剖析，此乃太后、皇上所以衡情定罪，明慎用刑之至，意与前奉旨初不相悖也。且如从前之明亮、阿桂、那彦成等均以屡次获咎逮问，旋复起用，卒底成功。仰见列圣用人初无成见，予夺操纵自有权衡，今奈何不逮讯明，辄将借口于恪遵前旨耶？平心而论，胜保之过在一身耳，论其功有克敌御侮、保卫地方之功，论其罪并无失地丧师、贻误大局之罪。采之舆论，佥谓胜保有私罪而无死罪，殆不谬也。况今军务未靖，各省督兵将帅争自奋于功名，若竟如该给事中所奏，是将使朝廷受残害功臣之名，下以寒将士之心，上以成君父之过。揆诸古人所称，务引其君以当道志于仁而已焉者，于义殊未协也。至于借星象风占之变以诛大臣，此乃端华、肃慎，所以嫁祸于柏莜也。前车之鉴尤宜深戒，若以党援之说，宋欧阳修《朋党论》辨之甚明，又乌得以一己之偏辞隔天下之公论乎？昔唐臣陆贽谏《杀窦参》一疏，有曰："当经重任，斯谓大臣，进退之间，犹宜有礼，诛戮之际，不可无名。"又曰："刘晏久掌贷财，当时亦招怨讟，及加罪责，事不分明，叛者既得以为辞，众人亦为怀愍。"陆贽之言亦以事关国体，故用刑不可不慎也，臣不敢意存见好，亦不敢谬附随声，惟念法必准情，事必验实。该给事中所奏实为过当，故不揣冒昧，据理直陈，伏乞圣鉴。谨奏。

　　上谕：前因御史吴台寿奏陈胜保获罪一折，荒谬诞罔，肆无忌惮，实为台谏中卑鄙无耻之员。惟胜保案情尚未审明，未经降旨将该御史惩办。兹据御史刘其年奏称吴台寿朋党挠法饰词，并称伊兄吴台朗夤缘入胜保军营，保至道员花翎，招权肆恶，中外皆知。吴台寿效命私门，甘心鹰犬各等语。所论该御史挟私诬罔各情，朝廷早经洞悉，谅大小臣工无不知其奸诈，吴台寿甫任御史，即敢私意妄为，将来伊于胡底，着即行革职。山东候补道吴台朗本系因案革职之员，复夤缘胜保军营，招权肆恶。此次吴台寿陈奏，其为感激私恩，已可概见，吴台朗着一并革职，拔去花翎，以为夤缘朋比者戒。近来科道中，因朝廷诏求直言、隐恶扬善，遂有谗间忠良、袒庇私人，冀图荧惑者殊不乏人。该科道以谏为职，宜何如正直刚方，指陈得失，何得巧为尝试，颠倒是非？朝廷格外优容，不加谴责，该科道等清夜扪心，能无自愧乎？经此次训饬之后，务当各矢公忠，遇事直陈，不得稍存私曲，亦不得缄默自容，用副厥职。至胜保罪案，现饬王大臣等公同审讯，自必权衡至当，用协于中，无事揣测为也。将此通谕知之。钦此。

同治三年正月侍讲学士孙锵鸣以奏事不实勒令休致

锵鸣，温州瑞安人，尝以侍讲被命办团练，擢学士。去年入都，疏劾温州府知府黄维谆、署永嘉县知县陈宝善等纵匪殃民，酿成会匪之变。已革署平阳县知县苏金策与现署平阳知县金丽元勒捐索贿,捐纳知县沈焕澜入会通匪,乡里不齿,帮办盐务,自设勇船云云。谕令左宗棠查奏,宗棠覆疏言皆无其事。诏责锵鸣徇私挟嫌,居心险诈,勒令休致。

同治三年三月初四日

诏为前任江苏巡抚徐有壬于苏州省城建立专祠,并将其平生事迹宣付史馆立传。伊子正三品荫生候选同知徐震耀,着吏部带领引见,从李鸿章请也。李疏言:有壬所至皆有政声,为湖南布政司,力守危城,督办湖州原籍团防,屡却大敌;为江苏巡抚时,督臣为何桂清,藩司为王有龄,有壬处其间,不苟为同异,卒以一死报国。少师事故刑部郎中姚学塽,尚实学,尤精天算,贯通中西术,著有《务民义斋算学》行世。

同治二年九月二十六日

上谕:御史马元瑞奏条陈薄赋税、慎讼狱、善抚循、勤晓谕四事,以清盗源等语。自军兴以来,需饷浩繁,劝捐抽厘,原不能不借资民力。无如承办各员,往往借端需索,只知为己营私,不顾为国家敛怨,任意侵渔,殊非国家保惠黎元之意。况派兵车则四乡皆扰,立总局则私囊必盈,而且任疮痍之满前,贼未来而不为设法;惧饷需之莫措,贼既至而不肯请兵,种种情形,尤堪痛恨。其安静地方州县各官,又或性耽安逸,于一切词讼诸事,概委诸佐杂微员,以致贿赂公行,是非颠倒,而于朝廷蠲缓恩旨,则延搁不行。催科转急,遂致上下乖睽,众庶愁怨。聚众抗官之案,层见迭出,而流离失所之众,一经煽诱裹胁,即成莠民。总由地方宦视民如仇,以致驱民从贼。似此昧良,岂朝廷设官牧民之意?着各直省督抚大吏,于所属亲民各官慎重选择,严明训饬。于正供而外,不得肆行朘削;于词讼诸事,务各亲身研鞫。无论完善之地、残破之区,均须悉心抚字,俾小民各安生业,不致滋生事端。至一切谕旨之关系民事者,尤必迅即张贴,剀切晓谕,穷乡僻壤,咸知朝廷德意,贼匪不能肆其逼胁。以上各条,皆地方官分所当为,力所易为。前经选降谕旨，谆切训戒，乃各该省督抚大吏，以前次锢习参劾属员者，什不获一，总由平日不能考查属吏，不肯实力整顿之故。经此次训谕之后，各该省地方大吏务各定立章程，于所属各州县严行稽查，综核其能否称职及其居官之贤不肖，朝廷之赏罚，随时上闻。如再仍前因循瞻顾，一经发觉，必将该省大吏一并执法，严惩不贷。懔懔！将此通谕知之。钦此。

御史丁寿昌片：再查直隶为畿辅重地，自宋逆倡乱，屡降屡叛，贼势因之蔓延，近畿一带并遭蹂躏。总督刘长佑自到任以来，防剿均未得手，始而贼扰直隶、山东交界，离京尚远，乃任其奔窜，忽去忽来，往返千里，如入无人之境。甚至由开州以至河间、新河、武邑相继失守，所过地方，无不焚掠。该督前在楚粤屡著战功，自到直隶以来，声威顿损，良由直隶吏治委靡，地方疲敝，积弊情形，已非一日。骑马贼初起之时，不过十百为群，劫掠行旅。若地方官实力举行团练，督率练勇，随时剿捕，何致为此蔓延？皆由州县因循怠玩、漫不经心，遇有劫盗重案，上司代为掩饰弥缝，以致匪众日多，肆无忌惮。始而扰及乡镇，继而直扑城池，劫饷戕官，纵囚开库，悖逆情形，日甚一日。该知县毫无备御，一闻贼至，束手无策，始而贼扰乡镇，坐视不救，已属咎无可辞；继而贼扑城池，委之而去，尚可幸逃法网。查新河、武邑二县，该知县邓铭善、娄道南俱系失守城池，贼来则捏报出城，贼去则指称收复。知县为守土之官，城存与存，城亡与亡，岂有贼已进城反出城御贼之理？且武邑武弁教职及解饷委员俱被戕害，而该县安然无恙，其为弃城逃去情节显然，乃该都入奏仅称阑入县城，一则以带勇出城暂行留任，一则以守兵单弱革职留营，俱邀俞允，原属法外之仁。惟查州县失守城池，例应斩候，罪名甚重。该县既已失守，不治其罪，仍复留任，以弃城逃走之员再膺民社，何以对合境生民？且以偾事之员留于军营，亦复难期得力，诚恐此后各处州县纷纷效尤，恃有留任留营成案，一闻贼至，弃城逃走。畿辅若此，何以责外省州县？且新河、武邑离京不过数百里，该知县失守城池尤非外省可比。相应请旨饬下刑部，将知县邓铭善、娄道南二员如何议罪之处，照例办理。并请饬下直隶总督，嗣后各州县再有失守之员，俱遵照定例革职治罪，不得以出城剿贼及身受重伤代为掩饰，奏请留任留营，预为将来开复地步。庶近畿州县稍知儆惧，平日认真团练，临时固守城池，贼氛得以早平，京师亦可安谧。臣愚昧之见，是否有当，谨附片具奏。

同治二年十月二十七日

臣祁寯藻、臣倭仁、臣李鸿藻跪奏，为释服逾期敬陈管见，恭折仰祈圣鉴事。臣等恭阅邸抄，本月十四日御史刘毓楠奏请崇尚节俭、屏绝浮华一折，奉上谕：逆氛肆扰，兆姓流离，正君臣交儆之时，岂上下恬熙之日？我两宫皇太后痛念山陵未安，民生未奠，孜孜求治，宵旰不遑。所有内廷供奉，业已随时酌减。尔内外大小臣工宜体此意，及时振作，共济艰难，毋蹈奢靡之习，贪耳目之娱，用副朝廷崇实黜浮，无敢戏豫之至意等因，钦此。中外臣工只承训诫，自罔不力求俭约矣。而臣等犹有过虑者，皇上冲龄御极，智慧渐开，当此释服之初，吉礼举行，圣心之敬肆于此分，风会之转移即于此始，则玩好之渐可虑也，游观之渐可虑也，兴作之渐可虑也。嗜好之端一开，不惟有以分诵读之心，而海内之仰窥意旨者，且将从风而靡。安危治乱之机，其端甚微，而所关至巨，可无慎乎？方今军务未平，生民涂炭，时艰鲁目，百孔千疮，诚如圣谕，正君臣交儆之时，非上下恬熙之日也。伏愿皇上恪遵慈训，时以忧勤惕厉为心，事事以逸乐便安为戒，屏玩好以节嗜欲，慎游观以定心志，省兴作以惜物力。凡内廷服御一切用项，稍涉浮靡，概从裁减，虽向例所有，亦不妨量为撙节。如是，则外物之纷华不接于耳目，诗书之启迪益敛夫心思，将见圣学日新，圣德日固，而去奢崇俭之风，亦自不令而行矣。臣等区区愚悃，为杜渐防微起见，不揣冒昧，谨合词恭折具陈，伏乞皇太后、皇上圣鉴。谨奏。

谕江淮居民筑圩固守以安人心示^①

为晓谕安民事,照得亿万生灵。自我朝定鼎以来,二百余年,以迄于今,垂老不见兵革,即有不靖之徒,如川楚九年,百姓如在衽席上过日子。所有数十亿万帑项,有一科派于民,而骚扰闾阎者乎?有签一丁一夫,无论民之大小强弱,而胥糜烂于锋镝者乎?此所以生齿日繁,休养滋息,如斯之盛,为汉唐以后三千余年所未有也。无如凡民之性,劳则思善,逸则思淫,以致骄奢淫逸,妖服奇巧,无不效尤。外夷如鸦片烟,甚于鸩毒,而普天顽民,无不嗜之如饴,以至金银出洋,每岁数千百万,百姓如何不穷?而贪官污吏,不惟不禁,大率首先犯之,荡然无复礼义法度廉耻之心,而厉禁大声疾呼,衰如充耳。小加大、淫破义、少凌长、卑凌尊,所谓六逆者,无不犯之,天心乌得不怒?灾害何得不加?妖孽焉得不感戾气而生?所以降此荼毒,生下无数毒蛇猛兽也。尔等相此言有一句虚话否?今大难方殷,尔等急宜猛省,有财者出财,有力者出力。所有小村皆并成大村,小城不可守,即并为大城,小集镇并成大集镇。公举正派绅士为首,多搭卧铺,分别男女,以为栖址之所。且无论何处,俱是良莠杂处,谚云:家里无贼贼不来。即奸邪绅士与己同姓骨肉,犯此者,亦禀官即时正法。匪民不及禀官,即公议公同杀死,再行禀报。章程一定,即议出财出人,派夫挑挖土垣,四围仿照城池样式,四角仿照空心炮台,戚将军兵书所载最详,各处总有见者。再四面筑起垣墙,必须多设炮眼,墙上多备酒坛以作火罐、石炮之用,艾绒、火药、枪炮多多预备,临时听用,闲时练之。号令、旗帜、金鼓先行制齐,演习熟悉,务要声势处处联络。有急哨路人四面设卡,在十里内外,分班轮替,临时各赴汛地。盖乡里筑成大垣,即如人家宅子一般,垣墙高厚,是守家第一法子。惟安辑各垣穷民,须赖有力之家,倾诸所有,分多润寡,此如同舟遇风,死则俱

---

① 《谕江淮居民筑圩固守以安人心示》至《兵部侍郎赠尚书周文忠公祭文》附录于日记稿本"同治四年六月二十二日"之后。

死，生则俱生，如一家之人，方克有济。如居冲途集镇俱照此办理，即贼多势大，万难支持。一切毒药、火药、硝磺，要多置办听用，凡屋里、街上、井里、河里，皆有计可施。此所谓死有死法，跑有跑法，万万不可出垣浪战，垣外择地多埋伏而已。即有杀死，千古无不死之神仙，何况我辈乎？明成祖有云：惧死者必死，捐生者必生。千古行军格言，一言蔽之，要之卫城、卫乡，即所以卫国。有心思、有钱财，为人即所以为己。人孰不有天良？当时之提醒心头，一转念便是地狱，便入死路，此又王文成公之格言也。此皆圣贤所说的话，断不欺人，望各笃信，谨遵勿忽。咸丰三年正月奉命防剿江淮告示。

附存原任安徽巡抚江忠烈公讳忠源来书

敬翁先生大人阁下：

伏处山陬，耳大贤之名久矣。恒思自近于左右，得片言为圭臬，奉以终身而未由。自先生建节重湖，专征岭表，或隶帡幪，或迩旌麾，窃自忻幸，谓可稍近光仪，究未有绍介，得一亲炙，私自愧憾，莫释于心。妖贼构乱，逆焰滔天，自粤而楚，而江淮，而豫晋，零股且窜及近辅，普天率土，罔不痛心疾首。

一介书生，三载戎行，寸功未建，遂以臬司帮办军务。兹复奉命巡抚安徽，封圻寄重，弥惧陨越。况淮南自古号为重镇，现在贼以金陵为巢窟，而出没长江，进踞皖城，则合肥实北出之要区，非获大君子之教言指画以启颛蒙，恐滋罪戾以负委任。窃以为今日情形，求人、练兵、措饷为三急务。安徽一省之中，岂无志节超越、诚足以化顽感物、智足以洞机知变、廉足以理财激俗、勇足以治军杀贼之人？四者而一有焉。无论其科第、爵位之高卑，历试而任之事，则殄寇安民之责，不恃一人区区之见以自封，而士大夫乐见其长者，或骈集以与我共济时艰。若夫寻常趋承员弁，捭阖幕绅，举世以为才，而致人才败坏者，抑岂无人？先生海内物望所归，又复久居皖省，当早有鉴别于胸中。特当道不能自尽忠款，以求人为急务，而不之告耳。

虽不才，窃愿附于君子之末，以得人为理政、即戎、极民、报国之
要，断不至于见而不举，举而不先。惟望大君子一一密指其良楛，则
进退有所依循，庶乎旬月之间，能与不能，判若白黑矣。此亟欲请诲
于先生者一也①。

自奉帮办军务之命，所带楚勇不满二千人，是以五月中旬，有招
调兵勇万人之请。不数日，贼之别股即围洪都。

入洪都时，兵勇仅三千，陆续调到大营，及湖贵之兵勇，始逾一
万。洪都围解，经张小浦中丞截留之外，而所带又只数千。贼窜至田
家镇。

以九月十二日抵其处②，兵勇济江而北者，仅数百人。田镇溃
防，各兵勇尚在南岸，即饬其迅赴武昌。楚勇在北岸者，不满百，川滇
兵仅数百，开化勇、广勇又数百，合计千余人耳。及至广济，收集张、
徐两观察之溃散，而与唐子方方伯合军，亦只四千余人。十月初六
日，贼自汉口退出。

已叠奉赴庐州之命，急晋楚省会城，与吴甄甫制军、崇荷卿中丞
相见，思欲将原带兵勇带赴庐州，乃贼去会城，仅百余里，风顺溯江，
顷刻即至，断无可撤之理。于十一日仅以轻兵满千前进安徽，现在之
兵，除调在他省外，谅所存亦不多。江南岸之地，为贼所阻隔，其防守
尚恐难自固藩篱。而江北岸之防剿，除安庆陷贼以外，仅余庐、凤、颍
诸州郡。通筹其要隘之处，如安庆可克复，即须于裕溪、栅巷、东梁山
三处置防。古人于东关、濡须口争之不已者此也。守安庆，用兵勇约
须二三千人，三处之守，约须六七千，守合肥约须三四千人，又必得有
精兵健将，往来驰击。于陆路则自滁、和而西北窜凤、寿之道，自太
湖、庐江而北趋颍、（毫）[亳]之道，庶可迎截，又非五千人不给也。合
计二万人内外。料安徽、江北岸现在之兵，必不足也。兵不足，非招

①　"此亟欲请诲于先生者一也"一句以"、"着重标出。
②　天头处文字或为批注:忠肝义胆,言之泪下。

勇不济。窃闻庐州北境及颍、凤多健士,此时以招勇之法部署之,择其明白知道理者,为之首领,奖以大义,激发其固有之天良,俾嚣悍化为劲旅,以为国家用,又足以救乏兵之苦,夫岂不善?特患贪生畏死,不知兵机者为之将,则坐费而无成效矣。想先生夙画深筹,必早及之。第安省招勇,旧日之章程,豪杰之名姓,人才之能否,非新到之人,所能具知。先生以济时艰为己任,谅已久与庐郡士大夫经营措置,均有成竹,举之即行,不待旷日,持议不决,而得以仰资硕画,是所亟欲请诲于先生者二也①。安徽一省,正杂诸项,钱粮及漕米尚能催征七八成否?盐茶诸务,尚有可兴之利否?外此不能不取给于捐输。捐输之有名无实,及观望不前,总由于董劝者之不得人不得法,而干没侵吞比比也。十室之内,必有忠信,苟比州比县,咸举朴诚,不惯办公事之君子,董而理之,俾捐输之人,晓然知董理者之不欺,为之上者保举议叙,亦据实不欺,必无观望不实之患矣。其劣富猾商,甘心输贼而不肯助义者,虽诛之可也,轻则辱之,亦无不可。断不得一切苟且,为呴呴之仁,取悦于民蠹,而不顾事之有济与否。大君子于地方丰瘠,民情背向,绅商愿怼,必有把握在心,以素所蓄积之怀,为国家生财卫民,何以俾大义克明,浮谤不生?必有处之适平适兄,而绅商无怨喷之道,非老成授之成算,不克有济,是所亟欲请诲于先生者三也②。三急务之外,知浅识卑,多所挂漏。若复一一教之,则平生所欲,就正之心,于此可纾。月底谅可到省,晋谒在即,万望为国为民为道珍重。书不尽言。谨上。十月十五日。

　　谨记:光碧等先文忠公卒于咸丰三年九月十五日,江忠烈公来书,系十一月十一日始到,痛哉碧先君未之见也!忠烈公亦旋殉难合肥,岂非气数也哉!

---

① "是所亟欲请诲于先生者二也"一句以"、"着重标出。
② "是所亟欲请诲于先生者三也"一句以"、"着重标出。

兵部侍郎赠尚书周文忠公祭文

受知举人臧纡青谨以清酌庶羞，拜祭于钦差江淮节帅敬修周文忠公之灵曰：呜呼！才足以图天下之难，望不足任天下之重；望足任天下之重，才又不足图天下之难。及才望孚矣，中主疑之，权臣忌之，如胜国刘文成、王文成尚不能以功名终，其他更无论矣。若具盖代之才，负薄海之望，极明圣之知，无金佞之阻，而卒之大功未成，赍志以殁，此则诸葛以来万古未有之痛也。余壮年伏处里阎，每闻行旅人偶语，辄曰：此邑侯，能如皖中周公否？及小有萑苻警，又辄曰：吾邑侯，安得如周公贤？余耸然异之，细询公治绩，抑强扶弱，所至豪猾屏迹，廉公有威，而于民生疾苦、水利通塞，尤自任不遗余力，故遐迩奉之如神。旋阅邸抄，谏垣中有以严酷劾之者，督抚大吏白其枉，疏中有爱民如子、嫉恶如仇二语。先帝为之动容，擢以不次。不数年，至湖广总督。壬寅冬，英夷就抚，余自浙军归，公方自戍所起督漕淮上，年已六十有八，旧友李少常云舫，统兵其地，介而相见。余意公状必魁梧奇伟，乃俭约犹书生，朴讷疑老农，一见如旧相识。论天下事至可愤可泣处，辄须眉怒张，临行执余手曰："天下纪纲颓矣！余以墨绖之身与世龃龉，行将乞归，十年后天下必大乱，倘未填沟壑，当投袂而起，余为义官，子为义士，相与勉之。"时公母丧未终，夺情视事，故云。余不觉戚焉心悲，为之泣下。嗣是关河间隔，不相闻问者数年。庚戌秋，太师杜文正荐公入都，旋奉命巡抚桂林，剿办粤匪。辛亥春，上疏举天下人才，以余名附列。秋八月，公自粤归，招余至袁江，又同至宿州，踪迹始密。今年正月，贼破武昌东下，安庆失守，江北大震。朝廷一日数诏公，风鹤杂沓，凤、颍土匪揭竿而起，且夕蔓延千余里。公无一兵一饷，中夜驰书招余至，连日驰奏《扼守》《筹备》二疏，随侍就道。旋使公子光淮招抚巨盗张凤山等一千七百人，激以忠义，许其擒贼自赎。而其党羽不能无反侧，入宿州城，不肯释刃，炮声如雷。余佐公连斩尤桀骜者三人于阶下，众乃定，受约束，率以搜捕，辄有功。二月，公南剿庐州土匪，土匪嘱余还下相募拳勇。四月，甫旋师，而粤贼数万突据临淮关,其意实欲由彭城北趋燕郡,公以孤军扼符离,寮属率以迎击请者,公辄不应,曰:"余以县令捕贼,尚不畏死,今为大师,何以惧为?但贼锋方锐,彼众我寡,倘失利,则东直摇足,非我有矣!贼善疑,以虚声拒之,可保无虞。"未几,客兵大集,余勇亦至,果闻风遁去。维时怀远获长毛谍者杨宗传等,云"虎头勇有三十万,赴援宿州",遂改道西趋蒙、亳,入豫省,为渡黄计。公与余悉众追贼,日辄百四五十里,炎雨烈日,公每跨马先之。至永城,步骑从者计止四十余人。而贼陷归德,西窜汴梁。廷议以徐州扼要,令公回兵驻守,又移节固镇。入秋,奉命讨颖州盗,兼援庐州。公已患暑痢,犹力疾行。九月十三日,手缮疏稿数千言。十五日,遽不能起,遗书与余诀。余疾驰五百里,已无及,仅抚棺大恸,自此梦公皆论杀贼事。窃谓公一田间老儒耳,五十后始服官,廉直峭厉,一意孤行,荷两朝知遇之隆,逸间不能入片语。今上诏对,排日至十七次,所陈中外痼习及民穷财尽状,皆人所不敢言。上倾德久,益信公诚。一日斥两贵臣,比之杞、桧,天下称快,皆自公造膝发之。密疏皆手治,危言激论,动关宗社,常人阅之,往往挢舌闭目,不敢卒读。公厚重如条候,伉直如汲长孺,节义如颜真卿,忠诚如李纲、赵鼎,威名如岳武穆、刘武穆,世率以包拯、海瑞拟之者,犹浅也。余以匹夫辱公知,至呼为性命之友。三月,言臣陈颂南奏准,将余交公差委,余辞以疾。公连章密陈,不受爵赏,迭奉温谕,传旨杀贼,拨饷接济。余故随公追贼入豫,回守徐州。嗣奉圣谕,屡以余勇自成一队,会剿颖、庐,痛扫贼氛为询。公性卞急,少可多否,有触即发,惟余缓颊,辄为霁威。或议论不合,余好大声以去就争,公亦无不俯听,是以余得尽其肝腑所蓄。夫公不自意得之于两朝明圣,与余不自意得之于公者,皆可为旷世之遇。十年旧约,如烛照数计,而乃半途已废,国之不幸耶!公之不幸!余之不幸耶!天既畀以才隆,以望苍苍者,非无意也。乃令劳瘁以逝,果气数所在,天亦无能为之主宰乎?呜呼!天不吝一人,而一人之所系实重;天不念四海,而四海之所赖尤切。天既生之全之,而复夺之,此又予予终日颠倒瞀乱而不能自解者,乃述公与余离合踪迹,而哭之以词曰:"岳岳周公,北斗泰山。浩然正气,笃生两间。大器晚成,知者天子。六十封疆,五十初仕。直道戾世,赤心对天。古社稷臣,庶乎近焉。锄暴安良,辟以止辟。桁杨刀锯,盗贼是择。积毁销骨,盈箧谤词。陶曰杀之,尧曰宥之。节钺再起,母丧是悲。庐墓十年,励世之衰。冲圣当阳,连茹争荐。蒲轮之征,愿识卿面。昼日三接,闻所未闻。痛哭流涕,责难于君。潢池弄兵,帝念元老。先后受符,用惜不早。以寡拒众,威遏北趋。书生盈庭,反诮异图。积劳力疾,大星遽沉。宸衷雪涕,舆论恫心。赐谥文忠,荣褒身后。并寿河山,永垂不朽。不鄙粗才,十年义誓。扬于王廷,甘为公死。壮志未酬,公去何速。八方烽烟,砥柱江北。天独何心,夺我周公。大河悲涛,水为不东。拜公弓刀,祀公馨香。呜呼苍天,涕泗旁皇。哀哉尚飨。受知举人臧纡青百拜叩奠。

饮雪轩诗集

冯　开

慈溪杨理庵先生饮雪轩诗集　竺麐祥谨题
宣统庚戌开雕板藏经畬家塾刊

饮雪轩诗集序

古者乡大夫退隐于家,则施教于乡里,其德行道艺往往足为后进取法。后世士夫以官为家,退则无所归,昌黎韩氏至引扬侯不去其乡为法。然则自唐以来,知此义而行之者盖鲜矣。慈溪杨年丈理庵先生为翰林同馆前辈,逮孝臧通仕籍,先生先已引养归里,未通謦欬。及与哲嗣寿孙部郎、德孙太史捧手辇下,相习既久,益知先生非独以文学结主,知即其进退之节,深有合于古义者,为可慕也。方先生著作承明,持衡湘沅,升华且日盛,乃眷恋庭闱,解组养志,夕膳晨羞,承欢色笑者十有余年。先生齿发亦垂垂暮矣,遂不复出。乡里群彦从而考道问业,成就益宏。寿孙昆季亦先后由甲乙科服官中外,蔚为国华。以视同时辈流,名位焯赫一时,而先生教泽且赓续有传于后,其优绌殆未易定也。先生著述甚富,所作饮雪轩诗,体格在王、孟之间。中年尝客游粤东,缋《岭峤望云图》,题诗见意。及官京朝,又有"千里江关无恙在,望云不复岭南吟"之句。又以知先生之诗,原本至性,虽早退似乐天,非但如《池上》诸篇委心任运,遂其闲适之情而已。孝臧窃位朝列,无补时艰,幸乞身辞荣,庶几无甚怼于先生。然而舟壑潜移,朝市非昔,俯仰身世,百感横集。视先生挂冠于清晏之时,从容暇豫,奉亲著书,相去又不可以道里计矣。然则先生之诗,所以能上追王孟者,亦幸际其时则然,尤足发人感喟也。夫乙丑冬十月,归安朱孝臧。

光绪慈溪县志·列传^①

　　杨泰亨，号理庵，庆槐子。由咸丰八年举人授内阁中书，成同治四年进士，改庶吉士，散馆，授职检讨，纂修国史。庚午、癸酉两主湖南乡试，得人称盛。以母老告归，侍养及十年。母丧，齿六十，犹杖而后起。幼与伯兄复亨相师友，白首无间言。兄殁，丧之如父。抚孤侄严而有恩，如己出。尝创建先世明孝子诚祠宇，置祭田，供祀事。就设义塾，以教宗人子姓，施及乡里。义举知无不为，最以奖进后起、扶植孤寒为己任。历主郡孝廉堂、月湖书院及余姚龙山书院讲席，课士一以根柢为尚。有子五人，惟伯子家骙以诸生早世；次家骒，举人，知县；次家骤，优贡，朝考以知县用，补江苏溧阳县；次家驹，拔贡，朝考以刑部七品小京官用，捷京兆试，升本部主事；次家骥，进士，官翰林院编修。正途科目，备于同产，一时艳称之。生平勤学好问，工诗文，精书法，至老手不释卷，钞札岁常盈尺，日记至易箦乃止。熟于掌故，搜采乡邦文献，不遗余力。著《饮雪轩诗文》各四卷、《笔记》四卷、《佩韦斋随笔》二卷。光绪二十年七月卒，年六十九。以子贵，累封至通奉大夫。

----

　　① 　整理者按：诗集前所附《光绪慈溪县志·列传》较光绪二十五年《慈溪县志》刻本增入"得人称盛""（家骒……）知县""（家骤……）补江苏溧阳县""（家驹……）升本部主事"四处，当为校刻时所添补。《县志》文末小注"寄龛文存"，当为孙德祖所撰。

诰封通奉大夫原任翰林院
检讨杨公墓表

会稽孙德祖　撰

　　闻之郁不久者,其兴也不浡;源不远者,其流也不长。有若慈溪杨氏,自有宋绍兴间卜居南乡杨村千有余岁,世有隐德,未尝以科第显也。入国朝,至咸丰八年,而检讨公始登乡榜,由内阁中书成同治四年进士,入翰林,领国史,为养亲故辞荣。壮岁,位不福德,因是以育令子五人。厥惟伯子蚤世,不竟其才,仲以下分占正途科目,服官中外,济美竞爽,有以知来者之未量矣。公讳泰亨,字履安,一字问衢,号理庵。曾祖超,祖兆熊,父庆槐,三世皆绩学,有声庠序。母氏任。自祖、父并以公及诸子贵,累赠至通奉大夫,妣赠夫人。

　　公生而颖异,读书目十行下,禀庭诰,务为经世之学,制举文字非所屑,然试笔辄惊侪偶,老师宿儒得所业或避席。起家廪膳生,历试至释褐,主试皆深器之。庚午、癸酉,两膺特简,典湖南乡试,得人称最,骎骎大用。念太夫人春秋高,不任庭闱之恋,告养归,不复出。公惟知诸子之贤而有立,所以承世德而酬国恩者,可券之于后人也。公孝友出天性,既奉母家居,侍养及十稔,凡可以为亲娱者,无所不至。太夫人享上寿,寝疾病也,躬调汤药,衣不解带,至请减己算以益母年。比居丧,齿逾不毁,犹杖而后起。孝之大者,尤在善继赠公之志而述其事也。伯兄训导君,少同学,相师友,推甘让善,老而弥笃。兄终,丧之如所生,抚其孤,严而有恩,如己出。女兄弟四,推父母之爱致乎爱。其季叶贞妇志节之贞,盖交资于兄,贤而能勖也。远祖诚以孝行著明。公创建孝子祠,蠲膏沃,供祀事,因设为义塾,以教育宗人子姓,孝友之所推暨类如此。即凡周亲旧,振穷乏,埋骱骼,课农桑,浚沟渠,平道途,通津梁,利人利物者,事无勿举,见义必为,交瘁其心力而不辞。宗族乡党到今称之,被其泽者,讴思犹盈耳焉。

　　公为学崇经术,励躬行,泊然寡营而好聚书,收藏善本至六万数千卷,筑楼庋之。立经畬书塾于家,延内通才硕学,以为诸子教学相长之资。凡后进材质殊尤者,必招致之,饮食教诲,玉于成而后慊,尤以栽植孤露为己任。先后历主郡孝廉堂,若月湖书院,若余姚龙山讲席,垂二十年。益研穷濂洛关闽之传,精思力践,以为士范。其校艺亦必以根柢磐深为尚,以故隶门下者,大率学行并茂,声实相孚,腾骞王路,项背相望焉。公胸无城府,要于敦本以善俗,下至渔樵耕牧,蔼然齿接,人人各称其意,无论士庶,得一善,津津不去。口有不韪,亦勿为婟阿,侃侃面折亡所假。而育诸子尤严,虽宦达归侍,辄日课倍诵经史,亡少间。岁时张祖父遗挂,必立诸子庭下诏之,以无忘祖宗之留遗;往往泣数行下,诸子自是益自奋,以底于大成也。公少以余力学文,长以余事作诗,著作等身而手不释卷,钞札岁常盈尺,日记至易箦乃止。工书法,而作字甚敬,每谓即此是学,虽造次无或率易。尤勤勤于乡邦文献,得鄞张忠烈公、上虞倪文贞公遗砚,就书塾后筑双忠砚室。岁于九月七日,醵资为忠烈会祭,筹刊《慈溪文征》,甫得二种,梓行《海东逸史》。尝及赵户部家薰、冯学正可镛唱修县志。身总局务,审慎详密,终始不懈。比成书而用不给,未及校刻,而公殁矣。公卒于光绪二十年秋七月,年六十有九。以子贵,覃恩诰封中宪大夫,晋通奉大夫。配氏王有壸德,具德清俞编修樾志铭,累封夫人。子五:家駓,附贡生,候选训导,先卒;家骒,同治十二年举人,尽先选用知县,花翎五品衔;家骙,光绪八年优贡生,花翎同知衔,江苏溧阳县知县,在任候选道;家䯄,光绪十一年拔贡生,十五年顺天举人,刑部七品小京官,升候补主事,花翎员外郎衔;家骥,光绪十一年举人,十六年进士,翰林院编修,国史馆协修,侍讲衔,二十三年江西乡试副考官。女子子一,适优贡知县余姚朱续基。孙:乘玠,监生;乘瑗,附

生；乘璐，附生；乘瑄，监生；乘琦、乘琯、乘琮。曾孙：廷芬、廷华。某
年月日，诸子礼葬公暨王夫人于珉山之陇，祔先茔，用治命也。德祖
以菲材辱见知于公，实志太夫人墓，又尝缀文为公六十寿，学问行谊
与夫生平心契之故略具。公之既安窀穸也，诸子载邮书，谒阡表，且
曰：执友尽矣，惟德祖为足以知公，不可以辞，抑所以报知己者，于是
乎在。爰著其先系，若出处行迹，荦荦大者，百世而下，必有式公墓而
致敬者。虽杨宗之克昌厥后，犹将征信于斯文焉。

诰封夫人杨母王夫人墓志铭

德清俞樾　撰

自古兄弟齐名,若《蜀志》所载之马氏五常,《北史》所载之李氏四括,并流声谱牒,驰誉邦家。此固由川岳钟灵,人材辈起,而石氏一门孝谨,铜川六世有述,川广自源,亦家教然哉!然余谓人之成名,成于其父,亦成于其母。何者?人之少也,于母恒昵,而于父恒疏,其性情嗜好,父知之不若母知之也。或有一言之失,一事之过,父不知而母无不知。为之母者,必多方掩饰,不使得闻于其父,此学业所以堕而愆尤所以积欤!善乎杨母王夫人之言曰:"子之不肖,由母蔽其过也。"呜呼!使为母者皆存此见,则天下无不令之子矣。杨氏丈夫子五人,存者四人,皆当代魁士名人也。其四、五两君与余孙陛云并有同岁生之谊,故余得闻王夫人之贤。光绪十九年十二月甲子,王夫人卒,明年将葬,诸子乞铭其幽宫。余曰:贤母也,例宜铭。谨按状:

夫人为慈溪王荔汀先生长女,生于江苏江阴县尉署。九岁丧母,哀毁如成人。稍长,喜读《女诫》诸书。年十八,归同县杨理庵太史泰亨。时舅姑皆无恙,事之惟谨,病则晨夕侍,或累月不解衣襦。舅先姑殁,姑又二十年而殁,佐太史治丧葬一以礼。太史恒游学于外,已而又官京师,先后两主湘试。夫人则家居,以仰事俯育自任,日治米盐,夜事缝纫,寝室中无一媪婢,启闭洒扫躬亲之,晏眠早起,数十年如一日。其处先后娣姒以和,其御厮役扈养以恕,其处三鄱之亲以及夫兄弟之子若女以谦和,以慈惠,无怒言,无愠色。太史或以事谴责诸仆御,必婉言解免之。而其于诸子也,爱之甚,督责之亦甚,曰:"吾非望汝曹富贵也,愿汝曹读书明理而已。"塾师或以夏楚威其子,则喜曰:"吾子庶有成乎?"家虽贫,于师之贽币必丰,饮膳必精。自宗族亲故,下逮邻里乡党,有以缓急,告必赒之,待以举火。若千家闻一义举,见一善事,辄命诸子助成之,曰:"毋吝。"惟不信佛氏之说,以檀波罗蜜请勿应,比邱尼谢勿见。至采色之悦目,声音之娱耳,尤所不乐,曰:"生平所喜者,惟妇女机杼声、儿童诵读声耳。"读书通经史大义,每称述前言往行,以忞愤其子与妇。太史喜网罗群籍,或得异书,索价高,力不给,夫人每解簪珥庚之。女适余姚朱氏,亦娴文墨,工吟咏。夫人以姚江故,家必多藏书,恒借观焉。子家駓,附贡生,早卒;家駼,同治十二年举人,候选知县;家骤,光绪八年优贡生,江苏溧阳县知县;家骒,光绪十一年拔贡生,十五年顺天乡试举人,刑部主事;家骥,光绪十一年举人,十六年进士,翰林院编修。诸子皆有闻于时,当世所比之五常、四括者也。呜呼!非太史之贤,善教其子,不能至是;非夫人之贤,佐太史以教其子,亦不能至是。女一人,即适朱氏者也,其舅朱詹事逌然,亦名翰林也。婿名续基,以优贡生官知县。夫人故清臞,又积数十年劬劳,遂成恒疾,肝炽脾虚,时瘥时剧,竟以不起,寿六十有七,以家骤官加级得二品封。时太史养望邱园,康强逢吉,诸子皆森然成立。又有孙六人,曰乘玠、乘瑗、乘璐、乘瑄、乘琦、乘琯。孙女九人。疾革时,家駼及乘玠等皆侍侧,朱氏女亦归宁,亲奉汤药。夫人顾之,可以无憾矣。闻将终,异香满室,殆亦生有自来者欤?

　　余以其合铭例也,又重违诸子之请,乃撰次其事而系以铭。铭曰:杨氏诸子,麟超龙骞。或登玉堂,或官郎署。或宰赤县,并有骏誉。是惟太史,树德有素。亦惟夫人,克为之助。凡子不令,半由母故。是噢是咻,是煦是妪。恃爱肆姐,浸成大误。夫人曰嗟,余不汝护。汝勤汝学,汝谨汝度。端汝交游,慎汝举措。贤哉斯人,美哉斯语。我作铭词,埋石其墓。千载而下,贤声犹慕。

饮雪轩诗集卷一

慈溪杨泰亨理庵　　外孙咀英张锡诚重校

慈湖讲舍友人招饮道光戊申九月十七日

欲访太湖石,旋过浮碧亭。炊烟满城白,秋草四山青。文字因缘在,炎凉世味醒。酒醑思踏月,微雨夜冥冥。

同上即席书赠截句

一笑相逢肝胆倾,青衫落拓旧知名。更阑人去湖亭畔,云外凄凉雁一声。

闺　思

小院东风长绿苔,梨花开尽碧桃开。卷帘九十春光老,犹有双双燕子来。

饯　春

曲罢阳关别恨长,无聊自举落花觞。仙源春去空流水,客路人归易夕阳。芍药含情犹媚妩,蘼芜忆梦转荒凉。殷勤说与双飞燕,好啄香泥上画梁。

春来春去自年年,风雨声中一惘然。草草因缘三月梦,茫茫世界六朝烟。华飞梁苑悲胡蝶,柳锁隋堤泣杜鹃。无奈王孙留不得,绿波南浦送君天。

溪上踏青词<small>存二</small>

已觉东风到柳枝，春光百五正芳时。王孙去后无消息，又是青青草满陂。

绿波南浦总茫茫，别路人归易断肠。无奈玉关消息远，不堪西望又斜阳。

本　意

满地黄花心恻恻，高堂白发梦依依。寒宵孤雁声三两，但觉秋归儿未归。

一声寒柝露华滋，独拥重衾梦觉时。枕上思亲空有泪，五更残月乱蛩知。

己酉寓武林友人招饮不赴

一别一回忆，秋风落叶深。垂青君有眼，浮白我无心。床冷夜移席，窗明蕉破阴。凄凉云外雁，应是惜孤吟。

游理安寺<small>七月二十五日</small>

一径绿阴深，禅房何处寻。木鱼清入听，碣屃暗销沉。石罅疏泉滴①，松巅杰阁临。四山回首望，岚翠扑人襟。

庚戌七月八日，月湖讲舍与徐葆甫上舍<small>向宸</small>联句

梧院西风一叶秋，等闲身世寄蜉蝣杨。眼前明月几今古徐，身外浮云任去留。诗酒狂歌常作客杨，湖山长眺独登楼徐。他乡风味莼鲈美，且放扁舟一浪游杨。

---

①　原注：寺有法雨泉。

咸丰辛亥紫蟾山房即事

寒烟抱日暖,春锁梵王宫。一径修篁里,四山丛翠中。压崖篱笋折,绕屋涧泉通。① 遗灶谁烧药,龙湫满壑风。②

癸丑春月甬上侨寓

飞燕一双睇碧疏,高楼岑寂此侨居。门无过客常贪睡,囊有余钱且买书。翠柏苍松武帝庙,元亭绿酒子云车。扑帘细雨欺春色,海国帆樯压市间。

漫　兴

家在溪南杨柳村,清泉白石粉墙根。绿萍昨夜黄梅雨,檐溜参差落涨痕。

家在溪南杨柳村,年年春涨绿当门。槿篱空曲檀栾影,稚子无人见笋根。

家在溪南杨柳村,避人何必武陵源。斜阳一角横山道,阁阁蛙声雨后喧。

家在溪南杨柳村,小桥流水隐柴门。轻蝉送夏惊风露,几日陇头长稻孙。

家在溪南杨柳村,稻场临水散鸡豚。晚菘早韭田家饷,明月清风共一尊。

吴山题壁

春风独上大观台,乍解金貂贳酒来。一卷离骚一囊剑,有谁省识

---

①　原注:屋四周甃石,引溪水注于池,余尝集句作寺门联云:名园依绿竹,石磴泻红泉。盖纪实也。

②　原注:远尘上人精岐黄术,于上年圆寂。

乙邦才。

晓　行

晓行霜气湿征衣,残月荒村白版扉。欲访梅花寒彻骨,野桥欹侧过人稀。

湖　晓

昨夜惊雷起蛰龙,晓烟寒阁凤林钟。瓜皮艇子无多大,任有春愁万斛容。

寄陈伯蕴

吴山越水梦中思,踪迹风尘有项斯。贺岁光阴宜中酒,他乡离索要征诗。多君生性耽禅悦,愧我田园但守雌。僦屋南屏留旧约,肯悬遗榻待相知。

出蛟关漫赋二律

风帆一叶出关门,濒洞波涛啮虎蹲。大榭东横烟霭合,小羊北望水天昏。飙车辘辘诸番耆。津鼓冬冬废戍屯。但使犀军强弩在,纵军海上殄孙恩。

瀚海功名倘可要,生平岂后霍骠姚。欲扶鳌柱长安奠,谁劈蛟门振沈漻。烟雨黄牛迷远礁,天风白马壮秋潮。洗兵愿挽银潢水,万国梯航戴圣朝。

避地至师桥呈沈素庵同年_{书贤}

侧身天地欲何之,六合荒荒此拊髀。处我西台无信国,称兄南郡有袁丝。山川纵眺惊烽火,妻子饥驱哭乱离。捧海浇萤汤沃雪,伤心瓯脱望风驰。

自万金湖经永济禅寺步至后陬而返，同予兄及
子美、子玉、少梅昆季作

山行不觉远，适闲随所至。延缘万金湖，荒草乱流水。薪污犁为田，垒石断岸圮。村落补槿篱，樵担喧花市。西折溪路纡，水木旷明视。野寺偶寻碑，后先蹑游履。回峰抱林麓，谡谡松风起。颓垣环四周，藓壁山门堄。行云自去来，避世岩居士①。猿鸟本无心，邱垄任攀跂。冬心木末摧，爽致孤怀企。褰裳恣幽讨，泂哉川壑美。初入疑无路，林峦但逦迤。訇然洞天开，石扇斜相倚。梦或天姥寻，擘或巨灵拟。龙喷岩泉殷，虎踞崖石峙。踟蹰金锁桥，寥廓欣若此。遥指翠微巅，人家白云里。柴门向山路，溪漘甃阶屺。冠服桃花源，鸡犬柴桑里。山人笑相迎，饷客洒酒酏。客自远方来，匆匆胡乃尔。山肴杂然陈，敦劝十觞累。白石落尊前，青山亦隐几。持谢守钱奴，龌龊情无似。物我既两忘，谈笑竟移晷。嗟予值乱离，避地谋甘旨。年华逝流波，事业悲拊髀。不得留山中，长伴赤松子。一笑出门去，烟凝暮山紫。归路尽残阳，风泉清到耳。如此好溪山，问孰主张是。擘笺裁作诗，细嚼梅花蕊。

读《诸葛丞相集》书后

天欲祚刘刘祚在，王莽篡之不能改。天不命汉汉命更，诸葛图之不能兴。卧龙何事起隆中，鼎足神州割据同。感激主恩契鱼水，艰难王业辟蚕丛。人云相汉非相蜀，图霸而王是亦足。出师二表谟训遗，诫子一书道脉续。群雄力争汉道季，帝魏究非陈寿志。操懿后先同一流，史臣载笔多讳忌。吁嗟乎！楼桑村，南阳里，当时草莽识真主，诸葛君兮真名士。

---

① 　原注：谓傅世城茂才侨寓永济寺。

酬钟静庵灿文兼呈刘石函云俶、方筱巢尧恩诸翁

海角春风客倚楼，故乡止合梦中游。昨朝不赴探梅约，恐见梅花益旅愁。

一梦婆娑莺唤醒，天涯芳草已青青。知君聊试春风手，折得梅花插胆瓶。

慈湖与叶侣皋分赋

溪上旷寥廓，慈湖挹古芬。晴山云叶乱，秋水浪花分。避地谁长策，潜光此逸群。莫嗟遗草泽，世事日纷纷。

寄怀诗

周丹洲步瀛

西溪新霁后，榆柳晚凉生。忽念南屏叟，龙钟杖策行。林泉足清福，文字起群英。尊酒三余阁，月明空复情。

叶芝畦之蕃

碧草思无际，白云情最闲。故人不可见，西望又青山。风雨时横卷，荆榛独掩关。剡中好烟水，应梦共跻攀。

陈悝伯炯

微雨长溪岭，斜阳附郭城。山南望山北，终古暮云横。高羽元方振，遗风三诏清。遥知悬榻待，惆怅若为情。

王伴石景曾

山雨洗空翠，白云晴始波。王郎狂自好，寥落意如何。解带贪长卧，衔杯独放歌。端居任怡衍，幽践托兰坡。

杨愚泉夏复

书圃翱翔久，精神海鹤同。梅花高格调，蓍草大神通。岁月凋双鬓，文章困五穷。才名今已老，谁复惜江东。

慈湖即景四首

一鸟语苍翠,湖山深复深。禅林隐修竹,流水淡人心。物我各微妙,烟霞无古今。迷离吴相宅,杖策独追寻。

山意入秋瘦,峰峰曲似屏。回风薄城堞,落日下湖亭。乌桕全遮白,虬松不断青。野航桥畔路,依旧没烟汀。

西风动天地,百卉尽摧残。满郭开秋雾,重湖生暮寒。北门贫士感,南国美人叹。流水高山操,朱弦强自弹。

清磬一声起,凄凉浮碧亭。草心带秋绿,山气压楼青。风日蝶团影,水花鱼吐腥。文元栖隐处,渔唱答遥岑。

乙卯正月十七日,赴杭寓吴山准提阁

一夕风帆挂越舟,春来揽胜又吴头。仙灵山水无双窟,海国东南第一州。湖气漫天朝倚幌,潮声动地夜眠楼。六桥三竺成香市,领取余杭酒味不。

准提阁酬洪秋国茂才_{九畹}

阴雨霭春城,江流日夜鸣。征帆千尺影,山市万家声。身世青衫泪,关河白纻情。相逢旧相识,惭愧弃缘生。

定海杂咏

附录《定海永安策》①:定海孤邑,砥柱东海,统摄远近岛隩,重地也,亦危地也。东控日本、三韩,北抵海、泗、登、莱、蓟、辽,南达温、台、闽、粤,远逮西洋外彝,海道往来所必经。镇戍星罗,楼船棋布,防守严,巡逻勤,稽察密,外奸内宄,莫敢窃发,即有跀跷巨寇,不能越定境而入内地。国初谢孝廉泰交《请复舟山议》云:"舟山财赋所入,本

---

① 整理者按:《定海永安策》为陈步云道光十四年所呈奏折。

不足给战船兵饷之用，然舟山之当固守者，不止为舟山也。不守舟山，则必守宁、绍、台、温。寇盗无舟山之阻，而遍扰宁、绍、台、温，虽以全浙之兵环守海边而不足，必且增兵益饷，是不守舟山而费国帑更多也。即舟山毫无税入，亦当固守。守舟山而宁、绍、温、台安，苏、松、江、镇亦安；不守舟山，而宁、绍、台、温不安，苏、松、江、镇亦不安。守舟山则防御止一舟山，不守舟山则两浙、江南处处皆宜防御。"诚哉舟山之重也！议者韪之，亦既请于朝设镇兵、置县令矣。百余年来，大化翔洽，岛彝詟服，宵小诛灭，而定镇舟师方耀威于紫澥之上，搜匿于白舫之间，江浙内地，永绝意外之虞。定海之为重地，岂不信哉！虽然，前事不忘，后事之师也，人知定海之重而不知定海之危，则所以守定海者，其道或有所未备，请考古而熟筹之。

　　唐开元二十六年，用采访使齐浣议，始建翁山县。代宗大历六年，海寇袁晁袭而据之，县遂弃。宋熙宁六年，复置昌国县，高宗建炎三年，金人追高宗至此，遂破昌国，毁其城。元至正十一年，台寇方国珍攻昌国，知州帖木儿不花、州判赵观光皆战死，遂为国珍所据。明嘉靖间，汪直、徐海诱倭奴屡据舟山及烈港、岑港、谢浦、金塘等处，与官兵连战，戕害兵民不可胜计。国朝顺治八年，王师平定舟山，设副将三营守之。九年，旋为海贼所陷。十二年，复为郑成功所据。历二十余年，郑塽归诚，而后舟山复沾王化。盖舟山孤悬海外，兵弱而粮少，剧寇一至，则官民骈首就戮矣，子女财货尽为贼有，岂不哀哉！前明胡少保《舟山议》云："寇至浙洋，未有不以舟山为可巢，往往被其登据，卒难驱除。"又云："舟山四面环海，贼舟可登泊，设乘昏雾之间，候风潮之顺，潜袭舟山，以海大而哨船不多，我岂能御之乎？"少保深咎汤信国裁卫置所，旗军寡弱，致罹倭难，故其后增设舟山营参将，佐以正哨、左哨、右哨、团练四把，总益兵二千有余，益船七十有八。而参将又统宁绍水陆官兵八千二百余人，船四百二十有四，悉听调发。故隆庆而后，舟山稍安。今镇兵二千五百余人，分守南北内外洋水陆口，泛及游哨战舰过半矣，城中守兵不过千余而已。合观历代海寇登据之惨，绸绎胡公海大兵少之说，危乎不危？

夫定海岁入不逾万，而兵饷船械岁糜帑金六七万。国家经费有常，海宇晏安，断不能增兵而益饷，然则计将安出？曰：兵不增而自增，饷不给而自给。莫若团练壮丁，使民皆练技，则兵足矣。夫民之居是土者，未尝不畏寇盗之猝乘，难为子孙长久之计。特官无训练之令，则民无自全之策。诚能令丁壮皆习武事、讲纪律，文武长官严其约束，以时校教而赏罚之。官民相亲，远近相联，诸隩有寇，乡勇齐奋，邻接之隩，互为救援，皆足以自守。万一强寇窥城，勇士数万，一呼立至，分道并进，内外夹攻，无寇不歼，大难立平矣。虽然，食亦不可不足也。官宜劝谕士民于诸大隩置义仓，城之四隅置四仓，无事则平籴以济贫民，有事则给饷以资固守。如此则转累卵之危而为泰山之安，诚斯民百世之利也。定海安而江浙内地皆安，防守重地之道，必如是而后备。唐制边郡皆有防御团练使，宋则州县厢军之外，又有乡兵以助守御。曩者蔡牵、朱濆连樯海上，剽劫估舶，大吏尝檄沿海乡民悉练勇技。定海宋邑侯亦尝督民团练，条设法程，今皆废而不行。康熙间，定邑缪侯燧为《大展隩芦花隩社仓记》，劝诱其民者语切，而至今二仓亦废矣。夫寓兵于农者，古圣之遗法也；思患预防者，久安之上策也。兵足食足，而后民信其上。靖海疆，定民人，利后嗣，政无有急于此者。无如长官狃目前之安，以此为不急之务，及其既急而后图之，则无及矣。呜呼！岂不危哉！

余游定海，喜其士勤诵肄、民多朴愿，而尤哀其处甚危之地，虽欲为子孙长久之计而不可得，不禁为之太息痛恨也。孔子曰："不在其位，不谋其政。"然目之所击，义不容默，扬搉而陈，亦冀官是地者闻之而有悟焉，毅然行之，底于有成，世世引之而无废，是则定海之幸也，是则江浙之幸也！

祖印寺

《州志》："在州治东南。寺原在胸山，旧名蓬莱，晋天福五年建。宋治平二年赐今额。嘉熙二年,邑令余桂迁至此,以接待寺并而为一。"今《志》:"宋治平中,密庵杰禅师最有道行。明宣德间,都指挥张焘重建。正统七年灾,成化五年,总督张勇复新之。国朝迁遣后,城垣尽毁,寺前后亦无片瓦寸椽,独大殿巍然不动,若有神呵护者。康熙三十一年,总镇蓝理增建,有记。"案:迁寺入城,在嘉熙中,而今《志》谓明,恐误。

蓬莱古仙院,移建作佛场。大千经浩劫,岿然鲁灵光。

翁洲书院

在元时州治之北,宋应傃读书之所,登进士第,侄应镳接踵魁多士,官参政。淳祐间,理宗书赐"翁州"二字,因以为名。宗族姻党之子弟,肄业于中。元,以应翔孙任山长,冯复京有记。有斋二,曰"诗"曰"礼",讲堂三间,额为"德善堂"。

起家本南荒,天赐荷宠光。愿将诗礼教,薰德俾善良。

芙蓉洲

宋昌国县丞厅之南,环以芰荷。宋淳熙十六年,县令王阮徙建学宫于此,今为营署。洲上旧有清远亭,乾道六年,主簿赵善誉易名冰壶亭。明犹种芙蓉,隐士脱翔有诗,人呼为"脱芙蓉"。

之子意如何,褰裳歌采采。秋深风露多,天末相思海。

宫　井

前明鲁王陈妃,城破日偕贵嫔张氏、义阳王妃杜氏投井死,太监刘朝荷土掩之。事详《明史》暨全谢山《鲒埼亭集·宫井记》。考鲁王走昌国时,以镇署为宫,即今之镇署也。山麓有堂,堂东南有井,井泉甘冽。初疑为殉难处,后闻之老兵云,堂之西槛有眢井,大石掩之,中夜常有声,直者不敢居,其为埋贞之所无疑。守土者祀妃于成仁祠,与张、吴诸公序列一堂,既乖体制,且非其地，当另为寝室以祀妃，则妥矣。

妃嫔殉君王，掩井辱亦了。有斯大节人，莫谓朝廷小。

雪交亭

县治后，即今总镇府后，案《鲒埼亭集》："张公肯堂丙辰入翁州，斌卿馆公于参将故署。公不得志，栽花种竹于圃中，作《寓生居记》以见志。筑雪交亭，夹以一梅一梨，开花则两头相接。尝曰：'此吾止水也。'已丑，名振等奉鲁王至公虚所居邸，以为王宫。辛卯城陷时，名振奉王捣吴淞，而以公为留守，投缳亭下，则雪交亭在参将署中可知也。第既以所居为王宫，似不应仍在署中，抑岂馆于附近耶？乱后，公所植一梅一梨独无恙。黄公宗羲接其种于姚江，高公宇泰接其种于甬上，至今二郡亦皆有雪交亭。"考参将府在镇鳌山麓，即古昌国县基，明初为中中所，隆庆三年改为参将府。康熙二十三年，总镇黄大来即其地建立总镇府。今立雪交亭故址碑于蓉浦书院，非是。

身萍世絮人，命叶愁山日。谁与白雪交，梨一梅花一。

镇鳌堂

宋端平三年县令方晖建，在镇鳌山之麓。《州志》："厅后中堂。"

鳌峰峰整峻，作堂作鳌镇。沧海静不波，地维终古振。

海光亭

《州志》："州治后山，在拂云亭之上。"

山亭闲卷幔，秀纳海天半。时有春风来，便欲移琴案。

大生堂

宋主簿王子亨建，令赵大忠记，与恩波亭相迤，乃祝圣寿放生之所。

赵家块肉沉,崖山泣天祚。留兹祝圣场,大有生生路。

道隆观

《州志》:"在州之南,奉东岳行祠,宋赐观额。建炎间,金人闯境,斧斫殿柱,柱为流血。金人畏,巫遁去,一境生灵,借以全活。观旧有金阙赓扬宝殿,前忠定史越王尝赋《临江仙》词。庚午岁,阁以风雨圮,观之外植门榜曰'蓬莱福地'。"今《志》:"城南观山之麓,宋宣和二年,守臣楼异请建,赐额曰'金阙赓扬,蓬莱福地'。建炎中,金人袭高宗,犯昌国,游兵入观斫柱云云。嘉靖三十七年,毁于倭寇。万历三十年重建,后废。"今《志》遗事:"道隆观毁于嘉靖倭寇之乱,至万历间重建。相传舟山向无虎,忽有两虎白昼伤人,众祷于神,夜闻吼声震地,诘旦见观门外散有血迹,虎患遂绝。嗣后偶有虎患,祷之辄应。"案:今名"伏虎殿",以此《句余土音》。姚江阁部孙公嘉绩从亡,病殁于此。辛卯城陷,张茂滋为卒所持,继至者怜之,命荷囊随行。暮至道隆观,卒指观后曰:"伏此,吾纵汝。"观中屯兵逐逃民若兔。同伏者二人逾垣走,滋及半,墙瓦硌然惊堕。群卒大索,忽巨猫翻檐下,堕瓦之声亦然。卒乃曰:"猫耳。"遂不复索。茂滋得逾垣去。

斫薪讹血斧,独木亦威武。大厦日不支,愿作擎天柱。

蜃 池

一名"笔砚池",在旧州治前,周十数丈,方广如一,亢旱不枯。相传有蜃潜此,《州志》说同,今皆为圃。

蜃气化云烟,定为君子变。不然水一泓,云何名笔砚?

成仁祠

祀明末诸殉节者。谢山谓《翁州志》首厕斌卿,而次张相国,其间亦多伪官名爵,以祠为谬祠,而志为秽志,大决横水洋之清流,未足以洗其玷也,乃为改正成仁祠祀典仪一通,载《鲒埼亭集》中。案《明史》,翁洲死难者:太傅、大学士华亭张肯堂,太子少保、礼部尚书武进吴钟峦,兵部尚书钟祥李向中,吏部侍郎上海朱永佑,通政司会稽郑遵俭,兵科都给事中鄞董志宁,礼科给事、兵部郎中江阴朱养时,户部主事福建林瑛、吴县江用楫,礼部主事会稽董元、吴江苏兆人,兵部主事福建朱万年、长洲顾珍、临山李开国,工部主事长洲顾宗尧,工部所正鄞戴仲明,诸生福建林世英,锦衣指挥王公朝相,内宦监大监①刘朝,安洋将军刘世勋,左都督张名扬,荡胡伯阮进。

舟山小似舟,昌国已不国。忠魂归去来,行人拜秋色。

同归大域

瘗明季殉难诸公,国朝乔钵题。

蹈海海水飞,蹈道道山归。不得同归者,长歌怀采薇②。

普慈寺

《州志》:"距州治三里许。始东晋时,仅一小庵,以'观音'名。唐大中十四年,号'观音院',栋宇略具。宋治平间锡今额。寺毁于庆元间,寸椽无遗。黑山明公禅师极力营建,越淳祐五年,复厄于劫烬,山门独存。足翁麟师繇庐山飞锡至此,又从而鼎创焉,视昔增壮。自庆元迄淳祐垂七十年,而寺之毁者再。宋嘉熙戊戌,作'敬实堂',里人应㒟为记。"洪武初徙卫废,今复建。明施邦彦,字伯玉,忼于庠,事亲孝,与弟端彦友爱,耄而好学弥笃。既卒,总戎张公扶舆,立石于普慈山之麓,曰:明高士施印泉

---

① 整理者按:"内宦监大监"当为"内官监太监"。
② 原注:张忠烈公藁葬南屏山,著有《采薇吟》。

先生墓。《州志》:"孙枝,字吉甫,尝撰《普慈寺罗汉图记驾素》。张公大参见之,称赏曰:'海角有此奇才。'以兄之子妻之。"

道俗大欢喜,海国旧佛地。舍筏一抽身,载读应儳记。

龙峰亭

《州志》:"归附后,普慈寺增葺殊胜,为本州祝胜道场。大德元年,住持觉明复建龙峰亭于山门外。"今废。

黄叶夕阳山,乱泉芳草径。一上龙峰亭,铿然落清磬。

衣冠墓

缪令燧,号蓉浦,江阴人。令定久,有惠政,卒于官,邑人德之,留葬定海,不可会上其事于浙抚谕。以衣冠葬,乃立墓于普慈寺侧。

循良古卫宰,隆隆口碑在。归骨自江阴,归魂宜定海。

梵宫池

道光庚子,姚履堂,讳怀祥,推官至定海为令,月余而英人犯顺,定城不守,投梵宫池以殉。

仓皇欲何之?君门隔万里。泠泠梵宫池,臣心本如水。

黄扬尖

《州志》:"在州东北通陆之处,极巉岩险峻,一峰杰出,人目曰'黄扬尖'。"今《志》:"为东海群山之望。两岩间一大石,方平如几,世传仙人弈处。"

望望黄扬尖,人言采茶好。春云卧山腰,孤峰插天表。

螺　头

宋名"螺头",元改"螺峰"。案《州志》:"去州半潮,有岛突起海心,其状拳然如螺。"

天启扶桑晓,海门远以瞭。烟中螺髻堆,青青长不了。

丁寡妇礁

在竹山门西。乱石崭然突起,潮长则没,舟人弗戒,则触石坏舟。元昌国令王誉,善攻坚植表,复坏。里人朱文仁捐资复之。《州志》作"丁家礁",左大茆港,右螺头洋,繇舟山解缆,一饷可到。

哭夫还望夫,风雨何凄楚。可能化鹤归,问石石不语。

叠石岭

距治十里许,在东皋岭之西,旧有叠石亭,今圮。

石岭岭叠石,南北重洋隔。难为愚公移,拟作巨灵擘。

白泉湖

旧《志》名"富都",一名"万金湖",今皆荒废,垦为田。案《州志》:"湖周广三十里,潴水灌田,源泉汹涌,值旱则桔槔辐辏。沿湖多村落,溪山秀敞,为一村之冠。"

湖水浏以清,沙砾明可数。悠悠出海东,波浪掀天舞。

皋泄瀑布

皋泄庄无涂荡,周陆之水汇白泉浦入海。《州志》:"在州东北三十六里,据山之腰。宋宣和中岁旱,簿尉刘似投以诗云云,诗沉而雨至。又薛主簿有诗。"

飞下白玉龙,渴饮泄潭水。愿言作甘霖,洒遍禾麻里。

柯海山

明嘉靖间,倭寇千余结巢于此。

登山乏斧柯，盐梅嗟自负。管领好溪山，愿假春风手。

翠罗石笋

翠罗山岩石森严峭立，形如石笋，故名。案：翠罗寺，《州志》："在金塘乡之海西，成于唐开成，废于会昌。宋建隆中锡以铜钟。吴越国受封奉国，又镇以铁塔寺，一名金钟。"今《志》："洪武中移置于城东北之炭山寺后。"今圮。

蹑履翠罗山，题名翠罗寺。上有石巉巉，大好凌云致。

受降亭

城东南半里许，明倭寇汪直降建受降亭于观山之上。《嘉靖郡志》："观山以道隆观得名，即指为舟山是也。"《州志》："舟山在州之南，有山翼如，枕海之湄，以舟之所聚，故名。"

海上红羊劫，东南血泪零。梅林筹海略，只剩受降亭。

梁鸿山

离州城约六十里，山形颇隽秀，可赏玩。《旧志》云："晋魏以来，多名贤墨迹，年久率不可读。相传梁鸿曾携妻子避乱于此，墓碣尚委于东陬之侧。复有石坪丹灶，亦掩于山洼壁溜间。"今无所考。俗作梁横山，恐传讹。

万里远投荒，名山与子臧。至今歌五噫，海曲亦凄凉。

安期洞

《州志》："马迹山在海之东南，安期生之洞在焉。"今《志》："在马秦山安期乡，世传安期生隐此，故名。今洞亦湮废，见《乾道图经》。"有《桃花山传》谓安期生炼丹之所，尝以醉墨洒石成桃花纹，故以名山。马迹有龙窟，不可放爆，见生员陈可愿议。

安期避暴秦，不避蛟龙宅。醉墨洒桃花，点染玲珑石。

紫薇尖

　　县西北十五里,一名宋家尖,山盘纡幽邃,居民所聚,或曰古名"紫皮因"。宋高宗避金人航海至此,遂更名"紫薇"。案《云麓漫钞》:"高宗航海,建炎三年十二月也。"李正民侍郎《乘桴录》云:"己酉十二月五日,车驾至四明。十五日大雨,遂登舟至定海。十九日至昌国县。二十六日移舟之温、台。"滨海有天童浦,相传为高宗舣舟之处。

　　号泣青城行,目断黄天荡。驻跸紫薇山,念否蒙尘状。

开夫人墓

　　城东北三里(谈)[淡]水坑之原。夫人郭氏,明洪武中刑部尚书开济妻,谙文墨。皇太后御坤宁宫,召夫人校阅后官书籍。后济坐废置,编管至此。夫人殁,因葬焉。济子忠。

　　别鹄弹荒戍,翰墨玉金钿。不是莲花庄,香梦鸳鸯墓。

张忠烈公遗砚歌

　　砚为定海王槲园明经荣沐所藏,上刻铭词二十四字。铭曰:"投鼠支床,几经磨劫。坚贞不渝,何嫌破裂。佐我挥濡,长此昕夕。"款刻"苍水"二字。砚长尺有咫,方广称是。雍正甲寅九沙万经跋勒云。读铭辞,见先生忠烈之气随在流露。经于吴山书肆得之,裂文邪折,完好如初。手泽所遗,默有呵护者矣。岁辛酉八月上浣,予宿章子玉同年育瑜家,明经持砚示予,属为歌。

　　蟾蜍一滴蛟蛇掣,谁其用者张忠烈。哀者故国无片土,兹砚不与山河裂。崎岖马角十九年,中原虚喝张空拳。侧身天地成孤注,采薇吟罢墨渍鲜。公心如石不可变,半壁南朝延一线。补天无力起娲皇,落落铭词见上錾石砚。读铭二十有四字,字字如铭公素志。忠肝铁石夙研磨,海上孤军公举义。小臣拚为高皇死,瓦全不得玉碎耳。视砚为海笔束云，龙战血腥上激水。三十一城旦夕复，鹳鹆往歌来即哭。蜡丸间道失师期，锁钥金焦坐弃速。师行不戒羊山涛，何物石君能遁逃。璧友并联罗子木，摩挲盾墨天为高。征兵一纸泪眼枯，偷安郑经总非夫。匈匈海水梵音乱，籴舟未返公已俘。山色好向南屏望，青花未殉孤臣葬。故老犹谈劫烬灰，世轴掀翻砚无恙。吴山物色万九沙，海内典型文献家。多善陶泫奉以走，梦随飘瓦落天涯。三瓮老人亦好事，得之陕右如彝器。携归海峤经兵燹，瓦砾斜阳秋草地。王郎博古翰墨薮，购求公砚穷不丑。我来海上访成连，翁洲风雨惊龙吼。自昔石交零落存，雪交老梅为公寿。南田不死死西湖，湖海不枯石不朽。吁嗟乎！玉带生，卜卦砚，文山叠山竟不面，公之忠魂石一片！光绪己卯秋，砚归慈溪杨氏经畲塾，以百金质之。

同治癸亥春试航海北上，与同舟诸君联句效柏梁体

重洋茫茫水拍天鄞县陈燿，飙车俨作孝廉船鄞李椿林。长风直破蛟蜃烟余姚沈文炎，乘槎何羡凿空骞镇海胡梁。五云缥渺聚群仙镇海江仁葆，共缔李郭同舟缘余姚方恭寿。舵楼四顾心茫然安徽繁昌卞宝璋，且赋张华泛海篇慈溪洪倬云。蛮烟蜑雨纷来前会稽王观光，怒涛喷雪溅珠圆镇海谢辅缨。蟒蠓俯瞰圆峤巅江苏娄县沈莲，天吴海若灵炳焉会稽阮福昌。我欲不死问彭篯归安钮承筠，三山何在青绵延安吉颜荣阶。探珠惊起骊龙眠绍兴滕恩沛，掣鲸碧海转坤乾仁和李日章。凌云仰窥牛斗躔乌程徐延祺，足蹑长虹俯大千江苏嘉定陆贻谷。锦袍画鹢何蹁跹江苏长洲朱诠，豪情笑拍洪崖肩江苏昆山汪荫毂。万顷琉璃澄紫渊山阴何乘常，浩然一泻银河悬江苏无锡钱勖。群峦排列小于拳平湖徐锦华，西指登莱东朝鲜山阴莫增奎。移情底事夸成连湖南长沙谭信榘，阊阖咫尺望幽燕会稽陈珪。乘风破浪谁争先秀水陈元骥，鸿毛遇顺无簸颠会稽余恩照。全凭忠信涉巨川慈溪杨泰亨，履险如夷占其旋萧山蔡以珍。河山蚁斗争戈铤归安邵棠，愿与诸君著祖鞭钱唐吴锡熊。胸襟慷慨傀儡捐江苏青浦王道隆，兴来豪饮犀杯镌孝丰王景沂。蒲萄美酒开琼筵江苏

吴江王希鋈,缩项我思槎头鳊江苏吴县潘观保。狂吟真足媲青莲吴江李葆恩,好语一一如珠穿嘉善胡云程。快呓霜毫拂云笺鄞王大森,吴歈越唱同声联萧山蔡以莹。诸公衮衮皆少年江苏新阳朱以增,终须奋翮云程便鄞陈宗翰。簪花珥笔听胪传鄞马廷械,一帆直到蓬莱边镇海王赓华。

癸亥七夕与陈继香燿、谢尺瑚辅缏、童竹珊春联句

七夕例有诗杨,客居况凄寂。明河淡微云童,细雨截雌霓。高斋暑气清陈,宾从兹良觌。小饮理浊醪谢,遥夜闻寒笛。长安风景殊杨,抚时增欢戚。牛女望秋期童,燕婉诉绸愁。天钱讵易借陈,终年常疏逖。一岁一团圞谢,星霜几经历。聚首各天涯杨,苔岑殷勤觅。无为儿女悲童,吉语愿申锡。富贵亦寿考陈,翔步中唐甓。壮哉千里志谢,何事叹伏枥杨。

癸亥重九寄广文兄

佳节每从愁里过,烽烟南望奈关河。尊前绿酒追欢少,市上黄金洒泪多。远道音书原不绝,高堂眠食近如何。天涯我为饥驱累,惆怅西风独放歌。

客岁乡关尚被兵,风声鹤唳梦魂惊。艰难骨肉春间别,颎洞波涛海上行。廿载名场仍故我,一肩家事属难兄。中宵回首亲门远,失计年来薄宦营。

题家书后二截句

寸草春晖欲报奢,阍人科第此京华。天涯鱼雁迢迢路,能有几封书到家。

家书到否知难必,逢着归人便寄翰。明月西清孤馆夜,家山时向梦中看。

癸亥腊月谢尺瑚同年辅缨将之官陕西作歌送之

与君作客长安道，肥鱼大肉金尊倒。离骚一卷剑一囊，我独悲歌君大笑。著书不作穷愁状，东山早系苍生望。行年五十除一官，盛名不使幽闲放。计偕等是今春赋，春申江上寻诗路。花月沧桑又胜游，天涯朋酒原奇遇。飙车迅驶吴淞口，柁工篙师好身手。四十二人韵事联，柏梁吟罢才无偶。座有恶谑阳侯怒，朔风夜半鲸涛鼓。纵教出险有三鱼，山驱海立已惊怖。心香虔爇上苍祷，蓬莱捧出日杲杲。艰难一饭崆峒山，淹留七日田横岛。荒漠溯洄春不温，渊渊戍鼓达津门。结束敝裘事征策，余生水火慰惊魂。入都又逐青骢骑，满城桃李争风致。蓟门四月无好春，落花万点都成泪。乡关回首尚干戈，钱唐以西烟尘多。共君郁郁不得志，劝君且尽金叵罗。意气偏于羁旅亲，同年沆瀣亦前因。河阳君注种花籍，一朝披拣兼金珍。士元之才非百里，牛刀何堪屈吾子。诏书迭下甘泉宫，不为时艰征不起。出门惘惘愁揾揾，行李萧条不得发。余生闻之心忡然，昨宵追骑芦沟月。绨袍张禄旧知己，不然作计南归矣。文章薄俗莫诋诃，岂无健者令公喜。丈夫具有封侯相，贤王疆事防秋将。鞭丝帽影入临潼，壮怀要与风云抗。频年螳斧潢池弄，贾生献策久增恸。疮痍会待使君苏，百二关河手能控。天弧星掩扫櫐枪，郊薮麟游与凤翔。君今幸假尺寸柄，天骥万里资腾骧。愿君功名盖当世，肘后黄金眼前事。十年种学道在兹，扶风士民解读甘棠诗。

宫保佩蘅夫子宝鋆命赋赏菊诗，效柏梁体以应

小阳月届犹重阳，卷帘不怯西风凉。裴公雅有绿野堂，宾朋乐举菊花觞。鸿雁南归草木黄，惟尔菊花能傲霜。尔香虽冷英煌煌，金精玉质当糇粮。养生自得延龄方，会与吾师祝寿康。慈恩献颂恩宠光，何以纪之俾久长。钜公枚马凌词场，毫挥珠玉纷琳琅。佩萸曷取费长房，戈言不数临川王。笑余湜籍走且僵，钧天广乐杂羽商。昔年桃

李列门墙，书林艺圃漫翱翔。何图风月与平章，小草托根近帝乡。故园三径虽未荒，敢言高蹈归柴桑。英可餐兮实可囊，永怀君子不能忘。此花有谱殿群芳，长饮韩琦晚节香。

奉教王亦坡先生

不放奇书一日闲，老来翁子莫低颜。荒祠石马归樵唱，黄叶疏林半角山。

短短芦根浅浅河，西风吹上白蘋波。竹垞重唱还山曲，占得秋心一半多。

拟　体

似鸟印沙还有字，如虫蚀木偶成文。今来古往空陈迹，徒尔人云我亦云。

乙丑闰五月，邸寓招郑采臣绚洪梅艇倬云定海章子玉育瑜诸同年、鄞马觐光孝廉廷概小饮联句

小院更深月上时杨，凉风吹彻锦罘罳。碧梧弄影雨初霁郑，红豆着花人有思。最是多情能顾曲章，可堪知己与谈诗洪。苔岑会合良非偶马，无奈尊前两鬓丝杨。

锄月山房晓起丙寅春客浙藩幕

东园转春阳，独鸟破朝旭。既霁媚景光，嘉卉生繁绿。苔径步诚斋，林淑旷遐瞩。抚兹劫火余，往事多怅触。造化赖斡旋，一隅讵云足。眷言兰苕发，香泽遍奥曲。亭还月斧修，石借云根劚。幽栖惬素怀，息虑蠲尘俗。古芳寻翠微，雅歌良可续。物我各翛然，聊复舒蜷局。

附录和作

李必昌

一雨已春半,阴霾闭红旭。晨光忽熹微,万木森众绿。人生贵适志,何用希高蹋。矧兹兵燹余,往事多怅触。园林涉幽趣,高人初睡足。兰言惬素心,古调弹一曲。活泼养天机,阶前草不剷。放怀空古今,抗论超凡俗。何当裙屐游,载酒莺花续。湖山春社开,豪情师玉局。

张　预

宿鸟唤新霁,墙阴漏晨旭。披衣涉芳园,露草湿犹绿。蔼蔼吴山青,对面畅遥瞩。烟尘几顽洞,感旧屡心触。兴废亦奚常,登眺良自足。睠怀素心侣,回廊径微曲。迎人花欲然,供客笋才剷。颇忘城市嚣,放纷谢尘俗。春风一舒啸,欢会更谁续。流连惜景光,升沉听时局。

后乐园同李兰生司马陪饮作

西飞双燕子,何事入帘来。春序亦云至,芳樽次第开。殷勤披涧草,惆怅谢园梅。风物湘湖好,莼香共举杯。

后乐园偶题

深院无人雨霁初,四围浓绿树扶疏。予生差有希文抱,且向花间补读书。

章采南前辈鋆过访却寄

身世飘零越海东,仲宣橐笔愿从戎。几多战伐经营后,不尽湖山感慨中。客路最愁寒食雨,乡心应逐纸钱风。朱弦未鼓知音少,物色何因到爨桐。

送武葆初司马伯颖引觐入都

丈夫自合致身早，莫恋西湖山色好。一腔热血冻不翔，东风吹上长安道。我亦江湖感转蓬，戟门高会钦才藻。万里功名孰虎头，三春踪迹徒鸿爪。我祝使君菩萨母，抚我灾黎春风手。金马远去竹马来，我为踟蹰频搔首。离亭行色太匆匆，何以赠之折杨柳。明日燕山云，今日余杭酒。

春日偕李兰生司马必昌、汪洛雅同年鸣皋、
张子虞明经预同游西湖归舟联句

夕阳送归舟杨，风静波如练。小聚亦前因李，忍使景光贱。淡荡春风和张，匼匝烟痕冒。乍过水仙祠杨，又历鄂王殿。夹岸听啼莺汪，营巢来飞燕。湖山劫火余李，感慨述杭汴。游衫试越罗张，画院题香扇。入郭眷良游杨，春店供客宴。细脍劈银刀汪，宋嫂当年擅。酬唱无主宾李，得句快麈战。遥山翠欲暝张，落霞红一片。尊酒为开襟杨，韶光转流恋。大块抒文章汪，此会良足羡李。

吴兴志感

烟云画卷阅兴亡，何处莲花是故庄。正欲题诗忽怅触，道场山外剩斜阳。

舟经三里桥

长塘废戍接城濠，无复赢粮泊大艚。断井颓垣斜照里，髑髅零落乱蓬蒿。

震泽水次

渔舟衔尾两三行，柳陌菱塘纪水程。浅渚不波鱼可数，荒陂无主鸭齐鸣。晚来野市寻虾菜，夜入孤篷听雨声。历历旧游回首处，等闲

哀乐廿年情。

题邓晋占明府恩锡《梦游雪窦图》

我自罗山浮山放棹还，烟云离合犹紫魂梦间。使君示我《梦游雪窦图》，丹青妙墨画法本荆关。始信邓尉乃是风雅宗，神游四明二百八十峰。劳心抚字游屐不能遍，梦中现出朵朵青芙蓉。灵骨虚龛群迂神明宰，顿使绝郭风烟发精彩。句章士民兵火已凋残，胡以道路隆隆口碑在。使君前身合是谢康乐，清风亮节遗爱犹如昨。使君后身又是宗少文，卧游历历不负青山约。惟余昔年采药入天台，两涉剡溪一登妙高台。攀萝扪葛心神特惊悸，千丈岩前瀑布声喧豗。披图恍惚置身于其旁，但见珠林镜池排空苍。我生虽乏陶公济胜具，常令梦与鸾鹤同翱翔。

西　湖

古寺题名西复东，大千浩劫等闲中。钱王旧宇兵戈洗，苏小荒坟粉黛空。画桨迟迟青荇水，游骢寂寂绿杨风。花时雪月彭宫保，长愿湖山作寓公。

丙寅夏，晤袁君德玉于穗垣，出小像属题，漫成一律

乡国几烽烟，相逢各惘然。秋风仍客子，明月又尊前。金粟三生梦，银槎万里缘。留将图画在，同证木樨禅。

丙寅秋，罗山精舍与李兰生司马必昌、汪洛雅同年鸣皋、张子虞明经预夜坐联句时同客粤抚蒋艻泉中丞益澧幕

同是天涯客李，相逢各素心。煮茶开夜宴杨，剪烛发新吟李。并集芝兰室汪，还跻翰墨林。疏星窥夕幌张，宿酒浣尘襟。屋小灯如豆李，诗成字掷金。芸披书满架杨，棠睡阰连阴。风定帘衣静汪，烟笼镜槛深。庭花扶蝶梦张，窗竹叶鸾音。宝鼎牓檀爇李，衡斋棨戟森。

不教长铗赋杨，且使浊醪斟。幕许郗诜入汪，池邀逸少临。游踪萍易合张，离思柳难禁。列座参公干，分题到杜钦。良因莲社结汪，韵事柏梁寻。萧籁催更柝张，高歌抚榻琴。红羊谈劫火杨，丹凤纪祥禖。甲洗银潢净汪，签鸣玉漏沉。啮槽惊枥马张，归树稳巢禽。醉墨飞残渖杨，轻寒袭短衾。古欢期共洽汪，聚首感苔岑张。

附录《岭峤望云图》赠诗先君有自题《望云图》诗两首，惜原稿已佚，男家騄等谨识。

理庵老兄太史出素绢索作《岭峤望云图》，走笔以应，并志廿八字，时同治丙寅立秋日。

兰生李必昌江西临川

频年磨盾涉江湖，劳我亲心日倚闾。写罢此图翘首望，天涯何处是吾庐？

叔雅王彬福建

十年琴剑逐风尘，我亦飘零作客身。陟屺而今回首望，酸心不见倚闾人。

墓田空剩不胜嗟，望远犹伤丙舍赊。寄语浪游众朋辈，但能啜菽莫辞家。[①]

少桐杨近光广东番禺

渤澥滃回五岭分，却从羊石望榆枌。南陔乐事春晖恋，北斗声华绮岁芬。梦去好随珠海月，思来时眺玉山云。平生雅慕庚华黍，五鼎何如菽水欣。

旌节艨艟到海隅，同舟仙侣夕朝俱。珍藏远道衣中线，痛绝同怀掌上珠。橐笔偶然参幕府，登高不觉认归途。几回翘首苕溪望，拟补

---

① 原注：丙寅瓜秋，兰生司马为理庵太史作《望云图》并系以诗，读之怅触余怀，率成二首。

斑衣洗腆图。

白英何国琛

生不识珠海峒，梦不到罗浮居。瞥然示我纸帐图，令我目眩心神
徂。十年归养春明庐，朝夕何愁人倚闾。风摇树静陔兰芜，烟荒云惨
天模糊。鸟飞三匝扶桑隅，玉堂仙吏行与俱。感君灵椿霜露枯，栾栾
相对形瞿瞿。羡君萱草方荣敷，鸿宾海上何为乎？雄冠负米慈颜娱，
空山投杼惊樵苏。灯影机声啮指无，惝兮恍兮来华胥。蕉窗覆鹿南
柯虚，凝烟含月梅花锄。君不见潘板舆，温绝裾，何如狄公岭上回首
长吁嘘。①

粹甫赵佑宸邺

慈云五色荫蓬莱，神仙排出金银台。游子天涯归未得，心目直注
慈湖隈。慈湖太史人中杰，黼黻河汉称奇才。青云才躐玉堂署，中庭
忽报椿树摧。偶然橐笔参戎幕，将军上客重邹枚。母曰予季嗟行役，
陟岵瞻望复徘徊。龙眠画笔固奇绝，为君写图生面开。我展此图不
忍视，蓼莪痛废增悲哀。羡君三春辉正永，草心报答长芳荄。还朝供
职慈颜喜，出山用作霖雨材。皇华使者白华养，好将彩服咏南陔。明
年岭峤辎轩驻，会看潘舆送喜来。还君此图为君贺，郁郁纷纷气佳
哉。同治己巳冬月望日。

蓉浦杨颐 广东茂名

芙蓉幕向穗城开，人重承明著作才。不为当归频寄远，四明东望
独徘徊。

---

① 原注：同治丙寅夏五，偕太史客粤东抚署，索题斯图，君念倚闾，余怀永
感，不无枨触之思，大有酸楚之语。何堪持赠，聊当写愁。后之览者，亦将有感
于二人。国琛并识。

白云山上白云飞，缥缈慈溪隐翠微。昼锦春晖今正永，未须筑室傍苔矶。①

新持篿节去熊湘，雨露恩深爱日长。药笼参苓储几许，归途好佐紫霞觞。

长安同作宦游人，萱草年年两地春。海上蟠桃应已熟，轺车可许驻轻轮。②

云罃廖鹤年广东番禺

三年我别南中去，君曾经岁南中住。君上罗浮望四明，我家却在扶胥渡。潇湘千里接浈江，五岭花迎使节香。我行归筑花田屋，待迓潘舆拜道旁。③

采南章鋆邺

游子常思亲，陟屺吁瞻望。慈母思子心，乃更难为状。弧矢志四方，遂致定省旷。母送子出门，须臾岂能忘。命棹扁舟归，冀受荣禄养。频年任远游，曷解倚闾怅。望望日踟蹰，有愿难并偿。君绘此图时，粤东佐军将。家书寄当归，归帆驶无恙。入门拜高堂，亲欢子心畅。既登著作庭，三载依瀛阆。衡文赴熊湘，楚宝悉搜访。陈情一省亲，跪奉天家贶。还朝又逾年，披图凄客况。白云千里飞，目注神早迁。我谓君才高，同列低首让。篿节行且持，贵符食肉相。日丽华堂开，气与山河壮。一朵慈云红，福星灿相向。迎养慰亲心，安舻泛江涨。宫袍舞斑斓，佛寿祝无量。当绘华陔图，笙诗迭赓唱。④

---

① 原注：慈溪，本因孝子董黯筑室溪上得名。

② 原注：庚午夏五，理庵同年奉命典试楚南，濒行出《岭峤望云图》见示，则丙寅客粤时所作也，援笔赋此以赠。

③ 原注：时方典试湖南。

④ 原注：同治辛未冬月。

悉伯李慈铭会稽

素馨十里开羊城，翰林橐笔依老兵。忽起登楼望云峤，珠江越水无限情。人生苦为衣食计，短簿髯参岂初意。湖边岁给二顷租，何羡东方拥千骑。君今谖草荣北堂，承明归奉天羹香。难兄粲粲持馔案，循陔笑看芝兰长。昔年抡才往南国，星轺归献五花敕。罗浮衡岳千里云，都映宫袍万年色。披图读罢心自哀，皋鱼薄禄徒徘徊。项里墓田松柏少，白云天际为谁来。先人葬项里山。

子韬陈铦钱唐

白云栖山中，冉冉含清晖。俄与飘风会，东西随所之。或纠缦若舞，或黢黮若痴。但作出山态，讵睹还山姿。譬彼子行役，再拜辞庭闱。尘劳苦牵引，恩爱日已漓。岂不感倚闾，蓬转莫自持。所以古大臣，将母申苦辞。杨侯金闺彦，天衢骋六螭。文韬无辍訾，靡得展乌私。念昔客五羊，戢翼寄一枝。秋灯闪孤馆，魂断游子衣。丈夫苟自振，亦足持旌麾。胡然潜酸辛，低首幕府为。文章许命达，聊答圣善慈。毛檄果色喜，潘舆仍愿违。乃叹爱日永，犹当惜寸晖。百年罔极恩，色养能几时？显扬属大孝，王事有驱驰。负米亦云劳，啼笑或依依。兹图迹已陈，杨侯手重披。今昔夫何殊，恍恍明发思。寄语青云客，无心非可师。

题郭筠仙中丞嵩焘《荔湾话别图》丁卯

戟门昼静昨登坛，已遂抠衣得识韩。北府难留旌节驻，南炎饯饮酒杯宽。千章驿路桫椤绿，一片忠忧荔子丹。文字他年归朗鉴，蓬瀛深幸列仙官。

庚午正月十八日校贞妹事略竟，漫书

彤管扬辉百十篇，久思刊刻广其传。大雷心事畴相问，不道蹉跎已十年。

先君弃养妹先殁,宿草秋坟我未归。咫尺西郊鹃叫处,贞魂合傍茗山飞。①

菽水堂前奉旨甘,阿兄家事一肩担。金门待诏嗟予季,老母明年七十三。

附祀宫墙俎豆崇②,明禋千载藻蘋丰。峨峨贞碣张家渡,风雪乡关旅梦中。

完贞完节古来难,伦理当求性所安。他日阐幽登国史③,愧无鸿笔泪汍澜。

男家䮫、骥,孙景瑗、潞同校

---

① 原注:先大夫葬茗山里隩。
② 原注:去秋叶筠潭茂才森祀妹栗主于本邑节孝祠,并建坊张家渡。
③ 原注:予职史馆,拟将妹名上列。

饮雪轩诗集卷二

慈溪杨泰亨理庵　　　外孙咀英张锡诚重校

同治庚午春日，宫保佩蘅夫子命分赋咏史诗

郭汾阳

将臣谁？柳营胡。相臣谁？李哥奴。亲臣谁？老雄狐。渔阳鼓竞鸾舆出，二十四郡皆沦没。皇天眷命太子立，国家再造卿之力。诏令光弼兵分屯，监军乃有鱼朝恩。尺书一下即就道，孤臣待罪来君门。恩赉崇缛君之赐，僭赏冒进臣之耻。身兼数官容恳辞，作法请从老臣始。中兴事，一委卿，非公长者畴输诚。令公来，吐蕃败，回纥望风皆下拜。三代而还匹者少，岂以功名掩学道。历四朝，一元老。大富贵，亦寿考。

李赞皇

脂盝妆具不为侈，浙西营索不逮此。愿君更诏宰相议，俾臣何以不违旨。兵家胜负定圣策，明告泽潞诛积逆。愿君无为浮议摇，臣请以死塞其责。卫公蹇位朝端，铜鼓喧阗惊可汗。帝曰太尉汝力殚，朕欲酬公恨无官。世轴掀翻牛李门，恩怨分明祸之根。臣性孤峭容有之，致罹党祸毋乃冤。臣每顾，君积怒，令君毛发为森竖。臣愿崖州作司户，丹宬六箴忠可补。

赵韩王

君臣鱼水契，风雪幸私第。论语二十篇，变作阴符计。兵权藩镇

削，干强庶枝弱。国事由书生，开济资雄略。莫谓处决无学术，能令禅诏袖中出。莫谓深沉有岸谷，但得万钱塞破屋。誓书约自杜太后，臣名虽署臣心否。齐王廷美生性骄，未必克胜赵氏后。为天子亦大艰难，一误再误臣胡咎。告太祖，臣借口。周世宗，何独负。

曹武惠

左手提干戈，右手取俎豆。其器远大非常流，黄金之印悬肘后。使吴越，馈遗厚，世宗强之却弗受。倅澶州，掌官酒，太祖求之谢无有。身衣绨袍坐胡床，贵臣碌碌无短长。百虫之蛰不忍伤，江南公事能干当。获妇女，悉闭处。与下语，是将御。一朝事罢放之去，啧啧将军真仁恕。东西招讨降王四，璨玮将才举子二。吁嗟乎！不杀无辜第一义，元功阴德有由尔，汉马唐郭无过此。

故明景帝陵怀古 和王渔洋韵

鱼嗛恨不上鼎湖，飞堕龙髯空号呼。寿陵已毁遽藁葬，金山幽寝发长歔。景皇体魄今何所，红墙碧瓦沟藤铺。夺门迎驾苦相迫，豆萁本是同根株。太息龙舆归寂寞，坏土郁窣云气苏。玉鱼潜闭三百载，虬松偃卧天寿隅。张杨即世洪宣季，庙谟颠倒由刑余。内官传宣王振至，以刃加颈释不诛。云端天子下沙漠，百万健儿为狄俘。京师根本不可动，议和议迁人人殊。少保重为社稷计，擎天赤手功难诬。窝儿帐外黄龙返，天顺重御畴良图。一腔热血洒何地，此举无名竟伏辜。上皇岂意旋复辟，锢之南宫任监奴。不过亨等意若此，谋立襄藩事则无。葬附夭殇谥成戾，皇家骨肉难匡扶。日月再中天再造，纪年独忍不诏除。胡为旌忠及戎首，沈香刻木殉珠襦。斜照残碑野芜没，君臣一代空斯须。行人下马拜秋色，败丛窜鼠卷苍须。十三陵树悲风起，晚山感慨纷何如。

庚午六月出试湘南过芦沟作

沆准联镳第一程，轺车六月赋骁征。蓬瀛恩注三霄渥，衡岳云开万里明。拔类负惭毛颖子，闻名旧识弃繻生。垂杨夹道敷繁荫，策马芦沟雨乍晴。

晓发良乡六月八日

晓日豁林霭，出郊旷清幽。大道循坦易，径遂不可求。微雨能膏土，安鳞非急流。野人性所适，亦各为身谋。

别自成村落，纵横野水通。树高人坐暍，篱密蝶团风。沟草绸缪绿，崖花琐碎红。此乡风景好，走马惜匆匆。

晓发定兴六月十日

五更荒烟乱，行行河北间。浅水无人渡，驱马相往还。炊烟出丛薄，明星住晓山。东向回首处，海天正青殷。

保定感事

盗弄潢池豫晋连，如何仓卒及幽燕。三千铁甲追逋寇①，十万金汤坐镇边②。横海楼船无统率③，临淮壁垒未全坚。要知贼运将销歇，滚滚洪荒界廪延。

出望都境口占六月十二日

堤柳千条万缕拖④，平沙风激皱如波。郁葱不独祥桑里，高树童

---

① 原注：左爵帅追贼至畿辅。
② 原注：官中堂退守保定。
③ 原注：雇轮船防堵天津。
④ 原注：王荫堂府尹前令望都时所植。

童羽葆多。

天放晴云四幂张，不嫌炎暑道途长。问名知是清风店，未卸行装已觉凉。

经种春园六月十三日

繁华阅尽种春园，难得功成晚节完。莫漫乞师黄石秘，风流挥麈误谈元。

发真定六月十四日

晓树瞳瞳日，洪流滚滚河。出城不十里，云是古滹沱。略彴长虹断，余皇浅濑拖。太行西望处，山势郁嵯峨。

过赵州大石桥至古郭城作六月十五日

平野旷无际，客路纡以长。踟蹰冯唐里，行旌指柏乡。柏乡不可见，沙阜亘平冈。白日澹将夕，仆夫走且僵。迨登平冈望，烟树但苍苍。西北遥山矗，势若争低昂。夙有爱山癖，游具赍糇粮。匆匆乘轺去，无缘涉太行。

经临城第一铺

高树无风夕照殷，黄埃不起白云还。太行苍翠分明滴，赢得轺车饱看山。

梁原道中六月十六日

叱驭梁原道，轻装暑气微。晓烟杨叶重，新雨豆苗肥。古迹金鸡邈，荒邱石马非。太行遥瞩处，片片白云飞。

过沙河六月十七日

铃语郎当簿笨车，荒屯废戌少人家。平原莽莽无边际，一任轮蹄碾细沙。

杜村六月十八日

三晋争衡迹已陈,杜村风雨草如茵。相如尚有回车巷,枋国当知善下人。

过杜村

征尘顿觉豁吟眸,藕渚菱塘芦荻洲。漫道故乡风景好,沿缘绿水接磁州。

磁州早发

槐柳笼烟淡不禁,磁州城外绿成阴。昨宵孤馆潇潇雨,直是冰壶一片心。

邺城驿十五里抵魏家营六月二十日

季龙城外促行旌,阅马台边雨乍晴。新水拍堤泥滑滑,炊烟一缕魏家营。

晓发宜沟六月二十一日

一夕宜沟碧涨生,垂杨阴里听驹鸣。长途频向征夫问,淇水汤汤可有声?

经淇水关

入伏渐炎热,征途休苦艰。一襟淇澳水,万笏太行山。竹露作秋意,菰云破晓颜。仆夫聊憩息,密荫互松关。

过新乡六月二十二日

莫漫驻轺车,经涂水满渠。白云横岱岳,碧草剩殷墟。塔耸虬龙势,碑残科斗书。欲求安乐法,何处访行庐。

亢村至王禄营

犹是梅炎气,侵晨郁勃多。未经荥泽口,雷雨大滂沱。沙涨全封草,田洼尽偃禾。好风樯溜断,明日渡黄河。

王禄镇阻水

距河北岸望无多,野水纵横闲阻河。欲济不容舟楫具,空令绕舍听虾蟆。

渡河至荥泽口荥泽属开封府

河广不十里,中央界一洲。沿缘先北岸,容与复东流。绳负沈沙纤,锚抛急溜舟。斜阳山外影,迢递听渔讴。

草墩坡

青草坡前驿,征骖为暂留。炎天晴复雨,襆被晒还收。驿马羸难择,河鱼贵莫求。鸣蝉檐外树,但觉绿阴稠。

草墩坡至沙河

参差野水痕,青草剩荒墩。茅屋支三架,土墙围一村。鸡豚篱外散,井臼竹中喧。纡折沙河路,乡风古朴敦。

郑州道上

漫将风物异乡夸,珠颗蒲萄玉削瓜。陡觉好风香气送,郑州绕郭白荷花。

郭家店

骤雨崇朝见蜉蝣,梅霖暑气郁蒸同。出郊眼界清凉甚,无数遥山滴翠中。

颍　上

两朝相业姓名馨,吕氏贤声照汗青。颍上往来人似织,至今犹说馈瓜亭。

寄怀蒋苎泉中丞_{益澧}

杭州始得识荆州,尚邸衙斋礼遇优。毕竟三三开蒋径,前身应合是羊求。

发临颍经小商桥_{七月二日}

驱驰饥渴逼炎歊,争愿皇华使者轺。一片冰心何处寄,泠泠流水小商桥。

过沙沱河

成渠野水纵横是,泛泛轻航鸭嘴船。此次莎汀闲不税,尽容白鹭两三拳。

过螺湾河

螺湾河畔钓人居,烟火朝来趁市墟。此是南中好风景,乱摊荷叶卖鲜鱼。

西平过沟河

迟殢西平驿,沙沟第几桥。田洼红藕短,山近白云遥。乡语人难省,炎天马不骄。巡方重到日,子细采风谣。

早发遂宁驿

更残鸡唱渡沙河,杨柳风微水不波。知是昨宵新雨后,农家早起负锄多。

确山驿

望望朗陵谷，行行曲水边。云阴疏复密，山势断还连。雨过肥青豆，风来俯白莲。紫桑延暮色，墟落上炊烟。

至新安店

十里复五里，三家又两家。一山一起伏，山路若修蛇。藉草牛羊卧，芸瓜子妇哗。木簰原宝筏，横界碧溪沙。

至信阳州

荆楚咽喉许洛边，三关形势总茫然。古来折戟沉沙地，都被农人犁作田。

彭家湾书所见

山民勤力作，寒暑但祈年。米粒知为宝，松毛不论钱。倒推车二把，轻笋轿双肩。鸡犬桑麻社，仙源别有天。

惊　豹

宿李家寨，在群山中。夜三鼓，突闻街上喧嚷，逾时方定。询之，据云有豹子来啮犬，犬噪，大家起喊，豹始遁去。并云豹如驴大，(日)[目]光闪闪，黑夜可辨，喜噬犬及牛羊，居民夜行必持担以防之。或闻铁器响，亦遁。

街市松棚又竹棚，纵横露卧夜三更。突惊豹至大家起，震地喧天叱咤声。

应山道上书怀

晓入清溪路几湾，松杉滴翠洗尘颜。往来鹭埭观音站，环绕螺峰武胜关。三户雄图流水换，五朝血战夕阳殷。于今大地狼烟息，禾黍秋风过应山。

有　触

西施艳色本无伦，少伯来时识面新。越水迢迢流不尽，至今多少浣纱人。

至郭店

陟彼崔巍我马黄，山行镇日畏秋阳。有时一径入丛薄，谡谡风来松下凉。

杨家冈

东谷复西谷，经行路几叉。悬流撑石涧，密竹蔽山家。露重稻垂颖，水香蘋吐花。丛祠听叠鼓，想像会无遮。

录旅夜作

蚊蚋盛如许，旅夕苦溽暑。闷极起搴帏，露坐花深处。一解花深暗几丛，秋虫涩无语。露气粉墙西，流萤自来去。二解久坐不可支，止索惝恍睡。昨夜趁程途，计里八十二。三解隐隐闻雷声，反侧宁成寐。荒驿不闻鸡，呼灯起作字。四解仆马中夜起，行行复止止。一雨一襟寒，又是秋来矣。五解

双庙驿作即呈王柳汀年前辈绪曾，时同典湘试

万里西风白雁还，驰驱豫楚赋间关。新凉一味尘襟涤，来看黄陂雨后山。

汉　上

四面玻璃拓绮窗，笙歌齐放木兰艭。澧兰沅芷思无极，容与中流

溯汉江。

书赠沈然亭外翰畯

秋风汉上驻轺车,离乱中经十载余。一笑相逢君不省,武昌三日食无鱼。

周瑞讯至

天末秋鸿信未迟,湘江渺渺汉弥弥。故人心迹有如水,我乃知君君不知。

昨夜寄朱肯夫年前辈逌然

昨夜西风动桂枝,月明千里共相思。焚香无事闲开箧,尚有遗山一卷诗。

湖东书怀寄盛蓉洲功曹植型

湖东佳处在山行,山鸟山花管送迎。红到枫林秋瑟瑟,碧余莎草水盈盈。识涂老马腹殊俭,饮露寒蝉心尚清。四十头颅嗟半白,无才惭愧玉溪生。

咸宁官塘作

无际潇湘澹夕烟,美人香草思娟娟。暑涂已历三千里,秋赋曾经十二年。古剑丰城虹气贯,潜珠沧海夜光圆。原知沙砾资披拣,惭愧冰心一片悬。

山店作距蒲圻县南十里

遥遥白石塔,郁郁青松林。群山迤逦来,片片留云阴。筑室傍岩腹,阅世无古今。高人时还往,庞公相招寻。明月为佳客,流水当鸣琴。清溪缭以曲,前山深复深。秋风已荐爽,秋思澹不禁。故山号大隐,退企结赏音。

蒲圻民夫

官差役民夫,夫价例有常。胥役会中饱,前途多逃亡。我仆驱之前,鸣饥坐路旁。长官闻而怒,追价还以偿。胡为仍兔脱,或者是农忙。

皇华桥

兰芷谁从蒿艾求?千秋骚怨付湘流。皇华桥畔清泠水,能涤肝肠似雪不?

题万年庵壁和吴文恪公原韵

诸天花雨散,寂静不闻喧。祇树心香爇,甘茶舌本翻。诗龛尊贾岛,经箧守长恩。企彼远公社,能参众妙门。

妙有广长舌,溪声静亦喧。老僧留榻待,初地借经翻。佛火销尘劫,星轺纪国恩。负惭题壁句,布鼓过雷门。

万年庵晓发

信宿禅关暂息骖,征程计日到湘南。万年桥上清秋节,大好溪山一草庵。

入临湘北境

矗立危峰不可攀,琅玕青削破孱颜。过溪已属临湘道,爱看湖南第一山。

长安站

昨宵萧寺雨,今日洞庭秋。碧涨菰蒲阔,黄云粳稻收。忍饥待官饭,张盖作山游。节物西湖盛,乡思寄白鸥。

平水铺作，寄怀云和司铎叶芝畦之蕃

群山如马争欲奔，横截平水虓虎蹲。长林古木滴苍翠，弯环樵路修蛇蟠。筱行山驿不觉远，衣葛凉新秋宛宛。山家篱竹路旁花，绿意绸缪红缱绻。天涯落落谁知己，不数云山几千里。大地纵生种种光，眼福何如佳山水。山水之奇搜不足，括苍雁宕君簿录。回头吴会白云深，愿君健翮振黄鹄。望君不见寄君诗，西泠道上明湖曲。时芝畦当赴杭办考入闱。

云溪驿晓发

沿缘向溪路，斥堠难记里。居民三两家，墟落成山市。椽竹架松棚，行人喝坐喜。断涧激瀑泉，清流何弥弥。众山皆培塿，突兀一峰峙。中亘白弥漫，孤烟卧于此。日高荡微风，散作灵花似。坡陀互起伏，登望复迤逦。花鸟媚新秋，幽讨恣未已。揭来名胜区，洗眼由兹始。今日云溪云，明日巴陵水。

湖汊

东向沿缘溯洞庭，绿波晴港好扬舲。橹声半响比登岸，犹见君山一角青。

青冈晓发至常春铺

青冈不十里，又上野航船。潦积上游水，湖湮再熟田。西风鲑菜地，清昼鹭荷天。指点荆溪路，松烟杳霭边。

大荆镇作即呈王柳汀年前辈绪曾

逦行三四千里，料量五六十天。放眼洞庭无际，举头衡岳岿然。竹梢凉露滴滴，林罅晓日暹暹。莫道耻居王后，惟君马首是瞻。诏吾河汾秋水，披我燕湖春风。下走专攻下学，遑论朱陆异同。

心迹眼前风月，文章笔下波涛。持此丝纶独茧，钓来沧海六鳌。

发归义驿

嘐嘐鸡唱发山家，古戍无人路几叉。最是五更残月晓，方塘露白看荷花。

过湘阴

石塘迤逦亘湖心，菱叶蘋花澹不禁。莫笑风尘来热客，一襟凉雨过湘阴。

由岳州入长沙八月朔日

壮心万里入秋先，风顺鸿毛赋子渊。符节北来收俊异，江湖南去洗腥膻。黄穲比栉金盈野，白塔撑空玉挂天。动色云山如有喜，前程努力祖生鞭。

发长沙赴湘乡

出郭不数武，横连芦荻洲。苍苍伊岳麓，滚滚此湘流。交契关河在，文章杞梓搜。山行驺从简，款段听樵讴。

宁乡晓行即呈李兰生司马必昌

茅檐风露益清清，和梦登程戒五更。蟋蟀声中秋已老，乱山残月照人行。

灰汤作有庙舍，舍旁出泉滃然，冬夏如沸汤，以手掬水即烂，嗅之有石灰气云。

西风黄叶路，秋思入逶迟。跷捷篼舆适，攲斜略彴危。土房幽似窖，茶臼小于卮。遥想陈蕃榻，高悬又几时。

官书急庚午十月九日，泊舟小鹭洲作

马上官书急星火，县中供亿汝勿惰。上官昂然来，下吏俯道左。公喜差无妨，公怒慎不可。驴骡几头车几许，行厨进食负前弩。酒肉不足仆夫怒，若辈安知县官苦。县官穷且疲，供帐安得辞。铸铜无山金无穴，苦我百姓膏与脂。剥民脂，充汝腹，青蚨横飞鞭箠酷，堂下吞声不敢哭。长吏粒粒盘中餐，小民刀刀几上肉。风尘俗吏有如此，率属须从长官始。公勿轻怒勿轻喜，试问县官俸钱几？

锦江驿夜泊贞港，土音称曰"增港"，景象与清港相似，而繁庶过之，再下为彤关驿

霜天未曙不闻鸦，渔火星星三两家。梦醒湘江残月落，桅樯细雨泊寒沙。

清油湾

朔风三日阻行程，终夕船头激荡声。知是三闾骚怨处，汨罗滚滚恨难平。

峨峨画舰鹢飞还，信宿芦花浅水湾。频剪烛花仍就枕，冷衾和梦到家山。

连樯

连樯沙渚泊，竟夕鼓隆隆。野马狂吹垢，江豚竞拜风。壮心三尺剑，乡思九秋蓬。无限潇湘水，寒声逐远鸿。

晓发鹿角驿庚午十月二十二日

朔风几日阻江程，今始扬舲鹿角行。四面湖光天上下，半帆风力棹纵横。鸥眠鄂渚苍烟晚，螺点君山浅照晴。估客连樯相次泊，参差雉堞岳阳城。

归 桡

巴陵风猎猎，惆怅晚归桡。劫火红羊换，狂涛白马骄。岸倾撑石骨，水涸断山腰。犹喜收帆后，清樽破寂寥。

登岳阳楼和李兰生司马韵

宝筏同登大愿船，空明色界洞庭天。雁声衡岳惊寒阵，螺点君山荡夕烟。万里秋思诗卷外，六朝帆影酒尊前。时清正合需舟楫，不数端居孟浩然。

差竣乞假省亲南旋，途次巴陵驿，即呈王柳汀前辈，四叠李兰生司马元韵

东风昨夜洞庭船，紫蟹黄鸡载酒天。湘浦娟娟香草韵，汉阳渺渺柳丝烟。七襄织锦从君后，千里扬旌导我前。髀肉半生违夙愿，何时姓氏勒燕然。

风力难争上濑船，萧萧落木薄寒天。昨宵三尺巴陵水，今日一帆鄂渚烟。宦迹偶然经楚尾，才名深愧在卢前。共舒中禁观书目，藜照几回太乙然。

估客连樯任泊船，潇湘无际落霞天。花飘芦渚犹晴雪，草剩莎汀只暮烟。壮志不灰蜷曲后，归心常逐鹢飞前。一声欸乃听柔橹，煮茗清谈楚竹然。

剡中曾泛鸭头船，红树青山夕照天。三楚昨来搜杞梓，九嶷今望但云烟。恳恩枫陛从秋末①，归侍萱帏在腊前。捧檄不无毛义思，故乡鱼鸟亦欢然。

---

① 原注：闱事毕，乞假省亲回籍，楚抚刘韫斋前辈于九月杪附奏。

附录兰生司马登岳阳楼作

风卷芦花浪拍船,岳阳城外水如天。两三星点洞庭渡,八九气吞云梦烟。我辈登临皆逆旅,斯民忧乐到尊前。蓬蒿满地飞鸿集,一度凭栏一惘然①。

柳汀前辈和作

湖口方停旅客船,登楼遥望晚晴天。同临鄂渚千潭月,独忆齐州九点烟②。沅芷澧兰归眼底,江东渭北话樽前③。从兹雨露三霄渥,破浪乘风意快然。

文巡捕闵丕哉和作

此日征帆浪拍船,碧天连水水连天。山名团匾蒙蒙雾④,地接潇湘漠漠烟。八百洞庭来眼底,万千气象列楼前。何年驻守巴陵郡,胜景常游亦快然。

伯英太守闰十月朔鄂渚饯别作何国琛

五羊城郭忆分襟⑤,黄鹤楼前使节临。蜑雨蛮烟如昨梦,吴头楚尾惬讴吟。三湘杞梓抡才手,一代文章报国心。游子衣衫慈母线,闰阳春里寿觞斟⑥。

---

① 原注:岳澧连年水灾,居民多流徙者。
② 原注:理庵以省亲归浙,余不便请假。
③ 原注:兰生有上海之游,数日即将分手。
④ 原注:洞庭中有团、匾二山。
⑤ 原注:丁卯,余与君同客粤抚幕,君先归。
⑥ 原注:君乞假归省。

经邵家渡作 闰十月十四日,由甬上返棹

紫蟾山上紫蟾稀,鹳鹤江边鹳鹤归。正是午潮风猎猎,芦花如雪过船飞。

经黄墓渡

终始不仕汉,黄公天下闻。至今句甬上,犹是郁孤坟。风急帆眠浪,山高路挂云。行人拜秋色,枫叶下纷纷。

辛未七月既望,佩韦斋与尹秋雪金焱、陈雪楞景墀两舍人联句 家骙等谨案,先君《佩韦斋随笔》云:京都慈溪试馆,在东安门外皇城跟夹道,小甜水井胡同东首路南,同治戊辰春公车所捐置也。距举厂不甚远,尤便于殿廷考试。余与赵瑾伯稼部家薰、洪云轩舍人九章,廉其直而购之。明年己巳,增置南院厢屋两间,曰"枣红馆"。逮甲戌,复置西院一所,曰"三鱼书屋",共计大小房屋二十八间,先后约糜六百余金。东院南构佩韦斋。余退直之暇,同人会文其中,拟属桐城吴挚甫同年汝纶记之,不果。

谁将残暑去,一叶忽惊秋杨。雨挟奔雷过陈,虹兼夕照收。莼鲈乡国梦尹,裘马上都游陈。作达应非计,炎炎不可求杨。

萧斋无俗韵,风雨此朋俦杨。杨绾精神鉴,陈蕃肯我留尹。庭阴桑耳落,墙隙竹芽抽陈。短绠资深汲,休言道阻修杨。

壬申初夏,佩韦斋分柬尹秋雪金焱、
洪云轩九章、陈雪楞景墀三舍人

墙竹初栽叶渐摧,盆荷新买少花开。北城尹老可人意,风雨今朝期不来。秋雪

白芡红菱碧玉觥,西湖廿载少年场。岂知今夜长安月,来照尊前两鬓霜。云轩

论交三世卅年中,京国相依薄宦同。何处秋风埋宿草,家山梦里

哭封翁。雪楞

壬申秋夕漏尽，题家书后

纸上平安枕上思，未能将母遂乌私。料知深夜醒无寐，正是高堂念及儿。

一住长安已两年，南天北地路三千。迢迢鱼雁几时到，想在中秋节后先。

又上广文兄

自问行年四十七，齿摇发秃未为迟。抽书架上我寻事，运甓斋头天赐时。数数还家徒有梦，悠悠作宦竟无诗。原知短绠苦修汲，勉强精神尚可支。

癸酉再典湘试，闰六月望日午发泾阳驿

泾阳南去路，林木蔽郊坰。阵阵廉纤雨，行行长短亭。水湮莎草绿，云敛晚山青。四载欣持节，鸿泥记昔经。

泾阳驿阻雨

涓滴蹄涔马腹平，泾阳道上阻人行。谁知一雨收炎暑，满地蜩螗不敢声。

出望都

望都城外水潆洄，杨柳千行夹道栽。莫漫尘劳讥热客，清风明月我重来①。

---

① 原注：是日经清风店、明月店。

经信阳州

居民结屋傍崖间，溪路沿缘武胜关。客至似曾相识面，信阳城外旧青山。

转头禾黍便秋成，雁户参差鹭埭平。红树夕阳归犊路，沿山打稻一声声。

出武昌省垣抵湖东驿作

荒山废垒乱啼鸦，兵火残黎三两家。莫谓秋郊无景色，湖东荞麦已初花。

寄怀盛蓉州功曹植型

思君不见君，汉上清秋节。行馆耿难寐，候虫声唧唧。

癸酉秋，再题万年庵道远和尚诗册仍用吴文恪原韵

闭户耽禅悦，何来车马喧。上方题句遍，初地借经翻。衣钵传新命，湖山拜旧恩。松风时一径，再到记云门。

附录芑庭前辈作时同典湘试

陈翼福建闽县

暂憩招提境，欣无尘俗喧。竹阴禅榻净，花影佛幢翻。古额传遗迹，残碑识旧恩。老僧清不俗，题句遍山门。

寄怀蒋芗泉中丞益澧

解组归田去，英风媲昔贤。头颅犹四十，平地竟神仙。粤浙成功后，衡湘养晦年。经营小邱壑，花木富平泉。

癸酉冬假归省母，甲戌新春北行

昔岁辞京今上京，往来万有二千程。冻雷一夜推残腊，杨柳依依春水生。

附录再典湘试赠诗

理庵同年再试湖南赋赠 昭阳作噩闰月

蓉浦杨颐广东茂名

圣主龙飞日，中兴宝篆昌。烽烟销建业，钟鼎伟湘乡。一代科名重，千秋沉瀣香。楚材天下选，射策备贤良。

伯起人中杰，高名仰斗杓。三湘重剖璞，四载两乘轺。翼向衡阳展，群知冀北超。鲸鱼争跋浪，莫漫认兰苕。

八月乘楂客，秋风又洞庭。题诗高太白，鼓瑟纪湘灵。去撷芳洲杜，归储药笼苓。波澜应不二，英簜昔曾经。

同试金銮殿，声华独羡君。浓薰兰芷气，迥出凤鸾群。楚泽吟青草，慈湖恋白云。笑人惭寂寂，归梦鉴江濆。

悉伯李慈铭会稽

楚南才为天下雄，文忠文正人中龙。提挈群贤廓氛雾，遂成一代中兴功。其余彭左亦奇杰，若罗若李勇无敌。一时骧首攀风云，生画麒麟死埋血。所惜文教犹未昌，剽窃理学成猖狂。先诋阳明及许郑，欲以学究升明堂①。何晏清谈老逾恣，彦伦山居不识字。后生佻达

---

① 整理者按：李慈铭《越缦堂诗文集》此句后有"甚者欲改六经制，奋笔议礼语尤恣"。

习大言,涂抹以外无余事。依草附木诚无尤,妄校尉亦能封侯。功名凌猎到学术,不持寸铁争伊周。三载宾兴国大典,使者一双帝亲选。激扬风俗在此行,况楚多材易为善①。君承异数②尤独偏,三年两使湘南天。沅芷澧兰拾不尽,望衡面面开红莲。慈湖自昔讲学地,龙山蕺山一脉寄。东邻鄞县西余姚,黄全文献实职志。薰风马首双旌开,文章光气凌珠台③。儿曹鏖战曲江捷,北堂高举南山杯④。

秋雪尹金荄同邑

文昌昨夜光熊熊,简书晓下蓬莱宫。玉堂仙人衔恩命,锦车玉马纷西东。就中岳岳杨伯起,挥毫夙擅蟠龙技。曾持使节莅衡湘,归来入觐天颜喜。皇华诗好一再赋,又策轻车就熟路。多士仍凭玉尺量,良工还把金针度。君不见苍梧山高高接天,九嶷横与浮云连。鼫鼯啼烟猿啸雨,山鬼疾走青峰颠。天风一扫云翳尽,萝月高挂岩扉前。洞天石室人不到,云之君兮来翩翩。又不见洞庭无波风日午,微馨袅袅吹兰杜。渔歌唱彻楚天秋,一阵惊鸿起遥浦。有时忽触冯夷怒,轩然大波若雷鼓,日月跳掷蛟鼍舞。喷岩礴壑万窍号,估客帆樯皆气沮。深山大泽俄险夷,其间岂曰无英奇。君今为国收神骏,相马毋徒相其皮。文词屈宋好标格,千古风流未销铄。且把珊瑚铁网收,好将杞梓神斤伐。送君行,饮君酒,不用临歧惜分手。此行都道气如虹,云梦胸中吞八九。来时采得骊龙珠,争先快睹遗韶后。

---

①　整理者按:李慈铭《越缦堂诗文集》"激扬风俗在此行,舞袖回旋易为善"。

②　整理者按:"异数",《越缦堂诗文集》作"恩眷"。

③　整理者按:"文章光气凌珠台",《越缦堂诗文集》作"文章为国勤储材"。

④　整理者按:《越缦堂诗文集》有注:"君诸子就试浙江。君将以试事毕回籍省亲。"

樵孙董学履鄞

三年重过楚江滨，星使频来证凤因。胜地芷兰多恋旧，公门桃李又栽新。名场佳话应传诵，后辈英才更绝伦。苹野既赓芹水馥，胶庠还乐荷陶甄。

将才本羡楚邦多，争向疆场奏凯歌。自有宗工持玉尺，不烦良士荷雕戈。兰芬好撷灵均艳，棠芨曾经召伯过。他日新昌重宴集，北堂献寿乐如何。

男家骓、骥，孙景潞、乘瑄同校

饮雪轩诗集卷三

慈溪杨泰亨理庵　　外孙咀英张锡诚重校

光绪纪元乙亥秋日赴杭

芦渚秋风起,长亭鼓棹行。昨经文种巷,今发范蠡城。野店寒鸦阵,江涛怒虎声。吴儿乘晓渡,杂坐话戈兵。

晚归杭寓,同洪秋国明经九畹作

吴山杖策试登临,城郭人民慨叹深。北赭怒潮冲战骨,西泠凉月照禅心。载罹兵火伤王粲,犹剩知交识杜钦。回首昔年诗酒地,无端画角动哀音。

寿铅山程叔渔年丈鸿翔暨德配郑宜人七十

我侯慈父母,下车癸酉岁①。灾区起疮痏,煦煦阳春惠。我从恩假归,宦迹乡关滞。无以为母欢,菽水慈颜霁。一旦高轩过,沆准同年缔。东洛仰儒宗,程氏太中裔。家声紫溪流,华胄黄墩系。庭诰汉川承,母范叱羹继。堂构美燕诒,簪笏传勿替。小试得花封,学优锦可制。垂白奉双亲,款曲琴堂诣。共庐爱日欢,蓍策家人筮。诏我引年辞,养必曾参逮。明岁寿筵开,七十称觞计。鸣姜罗兼珍,脍鲤谋甘脆。将此孝治思,大为薄俗厉。懔然识尊亲,风义激氓隶。谁省案牍稀,三年劳抚字。花鸟讼庭闲,啧哉清白吏。诗书泽斯民,咸拜传

---

① 原注:令子稻村同年明府云俶上年七月莅吾邑任。

经赐。儒雅乃吾师，力矫词章弊。公余手一编，尊酒论文细。惭愧豚
犬儿，未解雕虫艺。校技童子军，先后通家契。召伯兼杜母，并奉文
翁贽。从兹游与杨，立雪程门侍。学校旋振兴，教泽孤寒被。山县小
于钱，大力斯文寄。阚湖复慈湖，讲席鹅湖嗣。始信学术闳，渊源有
由致。兹忻丙占星，甜雪献嘉瑞。孝笋发上春，兰蕙森于砌。开我经
纶堂，列我云璈队。悬我绛县弧，设我金妃帨。上寿祝高堂，齐年纪
盛事。鸣钟馈玉文，朱鹤青鸾使。彩毫琼屑编，锦字珠玑缀。斓斑莱
子衣，官舍群扬觯。椿荣萱亦繁，德荫千春庇。南国竞讴思，长此甘
棠憩。

寿魏丈云浦明经凤林八十丙子八月

　　云浦先生羲皇人，行年八十犹清贫。丈夫自信在千载，吾道有屈
必有伸。俗儒喧呶竞章句，孔书遗绪忽以沦。句章耆旧沿朴学，文元
文洁俎豆陈。里社能知崇先正，星星之火亦传薪。先生崛起云山麓，
励学探奥绝匹伦。眇觇邃古宗洙泗，白发著书还等身。论语微言多
阐耀，春秋大义亦纷纶。天地宗子大父母，大宗论记吟且呻①。手书
一编自怡悦，知音落落叹风尘。有时出语骇时俗，壮夫气短懦夫嗔。
相期汗漫幽燕道，素书或得达紫宸。乡校何人敢论列，愿宥一介草莽
臣。思量昕夕中肠热，此身可殒名不泯。十步九顿气喘急，出门惘惘
皆荆榛。亲朋劝阻不得发，青衿老矣潜悲辛。吾年虽老志坚忍，从兹
稳卧西溪漘。溪上薄田粗可治，虾蟆绕舍鹅鸭邻。身世寂寞非所计，
往哲绪言终不湮。藏之名山是亦足，使者征索待蒲轮。三诏六聘料
不起，容有来生未了因。咸丰季年妖氛逼，土寇窃发闪野磷。乡约乡
团及保甲，茧足炎天劝诫申。一朝星扫槜枪靖，皦然不滓风波民。徜
祥里中访故旧，白蕉之衫紫荷巾。饮雪轩开常过我，纵谈今昔殊断
断。当年曾举六老会，龙山鸥墅鸡湖滨。吁嗟小子得隅侍，至今父执

---

① 　原注:《论语微言》《春秋大义》及《大宗记》皆先生所著书。

星已晨。① 金窖隩中梅寂寂,水云庵外水潾潾。水流不竞云常在,中有一叟行戴仁。于世无求信高洁,贪夫俗子目不瞑。避嚣偶与弥勒伴,招提不出动经旬。想见鬘丝禅榻畔,年敌黄安养谷神。文孙继起传祖砚,桂花香里悬弧辰。松苓可劚蒁可采,鸣姜煮芋当兼珍。桂醑合作千日酒,群从及门称觞频。岿然灵光存此老,庶为后学开迷津。芝兰气味松筠操,先生坐是上寿臻。荣世之寿侈高爵,遗世之寿葆天真。君不见,张苍伏胜暨辕固,博士江翁杜子春。

再呈云浦先生

已分名山老,谁为大箸②传。二三故家子,犹说媲前贤。东洛尧夫学,西京伏胜年。愧无灵寿杖,赠彼地行仙。

怀彼都十章

咸　阳

阿房焦土久成烟,长乐钟声寂不传。处处草生三殿满,年年月挂五陵圆。沙平渭水销楼阁,地铲骊山失墓田。独有流莺还似昔,春来一过故宫前。

洛　阳

赤伏符兴白水乡,长安父老泣萧王。云台帘卷珠门敞,太室峰阴紫殿凉。剑佩有声归北阙,香烟不断绕明堂。许昌迁后分吴蜀,无复衣冠在洛阳。

成　都

汉国山川玉垒分,永安行殿剑门军。锦江不尽群臣泪,巫峡空高百战勋。丞相祠堂留古柏,先皇陵寝卧斜曛。谁令路辟阴平道,八阵

---

①　原注:六老会分时分地,而举王丈素闲、叶丈东阳、王丈静兰及先大夫均下世,今惟先中暨潘丈哲夫存耳。

②　整理者按:“箸”,当为“著”。

图前只暮云。

邺 都

魏武经营漳水旁，英雄霸业怕凄凉。河清下见螭头影，风过遥闻鸡舌香。歌舞玉残春不转，楼台燕去夜空长。西陵寂寞宫人散，墓草萋萋对夕阳。

建 业

江水东流千尺深，六朝事业此销沉。后庭花落谁来往，故国猿啼无古今。天外晓云空垒石，城头夜气怨埋金。河山收拾新亭泪，燕子矶边听暮禽。

汴 京

千里黄河壮帝京，历年二百不知兵。山呼创业陈桥驿，月满遗香夹马营。艮岳石推人尽去，北门锁断雁无声。金明池水清何底，隐隐天边五国城。

临 安

半壁东南社稷坛，康王尚在聚千官。江潮带恨黄云动，宫树无情白露寒。诸将战归皆赐第，六桥朝罢共鸣銮。中原万里烟尘满，不向吴山立马看。

燕 京

金陵迁鼎燕飞回，天子临边万乘来。南海离宫通御苑，西山高阁望宁台。九龙池月松楸暗，五凤楼云拜舞开。岁岁车书漕挽路，芦沟杨柳玉河梅。

姑 苏

西子乘舟别国年，馆娃新草绿芊芊。宫花夜落空台泪，苑树春笼高阁烟。侍女尽随句践去，遗黎只为伍胥怜。虎邱石畔悲风起，忤触歌声到水边。

会 稽

禹庙空山草木枯，越王城上夜啼乌。但闻一剑藏兰渚，不见扁舟在镜湖。北望烟销军士老，南还账冷美人无。年年风雨三江水，辛苦君臣五大夫。

丁丑春日,偕洪梅艇同年倬云游天童寺六十韵

嗟嗟道不闻,问年五十二。我与洪梅艇,老母幸各侍。母言尔两人,同年又同志。朝夕营旨甘,里居苦憔悴。眷言太白山,仙灵夙所寄。五日以为期,儿但去游戏。皮陆互唱酬,游山亦高致。光绪丁丑春,二月二十四。乃检游山具,酒榼并茶器。信宿古汉塘,雨篷声乱坠。秋国亦齐年,有约期不至①。一水甬句东,问涂从兹始。夜泊小白河,朝发天童寺。招手来舆夫,竹轿双肩置。鸟多泥滑声,策少游春骑。山家未焙茶,村落不成肆。长街接溪头,樵担纷老稚。十里复五里,略彴横水次。零落杜鹃花,宿雨寒犹渍。一径入松风,谡谡有凉意。湿翠扑人衣,万绿修篁媚。寺深不见门,匝地云阴閟。行尽清关桥,梵宫忽现示。七塔界双池,辟此烟霞秘。游山逢主人,入林欣把臂②。为母祝遐龄,开场作佛事。呼僮煮茗泉,招僧移襆被。蔬笋杂然陈,山肴洁且备。春乐轩静幽,奎焕阁崔嵬。寺僧捧法物,云是天恩赐③。荃题岩壑辉,龙螭蟠光瑞。溯晋义兴师,结茅深山里。临济衍宗风,正觉师宏智。松源四叶传,法席今犹嗣。僧言真若空,院宇失修治。行脚远来僧,挂担无糇糒。普告善知识,咸与大布施。妙术擅点金,或可相推伙。索我李邕书,问我扬雄字。叩我维摩经,属我名山志。我本枯腹僧,能弗恧焉愧。禅榻话宵深,大众齁齁睡。尘梦豁然醒,晨钟杵有几。诘朝出门去,初日虚檐迟。往蹑玲珑岩,杞

---

① 原注:谓表弟洪明经九畹。
② 原注:镇海方正甫观察义路预订游约。
③ 原注:谨观世祖章皇帝御书"敬"字一帧,"松风水月""尧天舜日"二额,"无法向人说,将心与汝安""孤云卧此中,万山拜其下""大护法不见僧过,善知识能调物情"各楹帖。圣祖仁皇帝御书金字《心经》、石刻《金刚经》各一卷及"名香清梵"额,琳琅瑰宝,墨迹犹新。

棘森芒刺。欲觅妙光铭，纵横卧赑屃。遵彼南山行，林壑更幽邃。磴道断涧溪，回环景物异。旁连幻智庵，圆悟栖真地。额曰祖师在，美哉慧定谥。塔院访中峰，颓垣深薜荔。寻碑屡生云，山鸟催归思。茶话憩山亭，暂作骄阳避。打包亦云熟，破伞毋捐弃①。归舟挂布帆，解衣同一醉②。桃渡夕阳红，惜别情逾挚。眼福广青山，斯游意良遂。昨携藤杖来，堂上各归遗。倦游返里门，母曰嗟予季。絮述向母前，作诗当游记。

天童寺用姜西溟寄山晓和上韵

万竹千松绕寺门，空王礼数独称尊。攫拿狮柏风无影，潋滟龙池月有痕。静夜泉声通枕席，平明云气失山村。何当参破维摩法，粥鼓斋鱼寂不喧。

游山用乌春草先生原韵

万里东溟海上山，无端太白落人间。龙归净钵空潭碧，虎卧香龛老石斑。藤杖携来溪叟便，芒鞋踏去野僧闲。神仙窟穴烟霞侣，只让岩居昼掩关。

归自天童柬洪秋国十绝

惊雷骤雨逐吟篷，一夕春潮急甬东。不恋禅家蔬笋味，爱山重入古天童。

浩劫东南阅大千，松源犹幸佛灯传。题名古寺模糊在，不到天童廿七年。

造次岩花红不断，殷勤涧草绿相招。今朝竹轿双肩稳，昨夜兰舟独橹摇。

---

① 原注：梅艇目予为破伞道人。
② 原注：有冯麐祥、余九如两君同归。

玲珑岩石碧苔封,缥缈遥瞻太白峰。廿里松关行欲尽,寒云几杵晓山钟。

怪石长松磴道遥,四山回合抱僧寮。门藏修竹深难见,万绿丛中人过桥。

梵王宫殿倚参差,七塔亭亭夹两池。清磬疏林烟霭散,看山门外立多时。

圆悟当年选佛场,天题岩壑贲辉煌。山灵护惜昭华宝,犹有先皇御墨香。

慧业名山我未能,频年辛苦打包僧。芒鞋踏月佛无相,竹笕穿云禅上乘。

瞳瞳日影上香台,花雨诸天霁色开。待晓溪声清到枕,耳边真是好音来。

绝壑潜虬动夕吟,朝来一雨洗园林。闲云终合还山去,遭际清时会作霖。

六月望日,携诸子登赭山顶龙王堂

溽暑才经一雨收,腥风习习古灵湫。闲携谢傅游山屐,高据苏髯望海楼。赭北丹砂分野色,溪南碧涨画江流。村农报赛成香市,蛇径盘纡漫阻修。

施邑宰劝办积谷,偕至东乡保国寺,途次偶成七月二十八日

备荒海国意勤勤,富室句章与劝分。社祭不忘袁正献,义庄犹说范希文。鸥思江上仍青草,骠骑峰前但白云。岂有甘棠忧剪伐,斯民亦解诵诗云。

方正甫观察义路属题画

辋川闲情别墅,米老妙画远山。斜日西风片棹,白沙清渚半湾。此中琴声流水,何处诗界晚霞。绿酒尊前词客,丹枫江上渔家。

元亮柴桑地僻,杜陵草阁江深。不有故人情话,难酬万斛秋心。

丁丑十月十日,宿陈雪初亲家理问壖玉几山房

黄叶疏林画不如,讴思江上抱村居。霜风半榻宵听雨,山景满楼晓读书。岸刈寒芦薪束后,场登晚稻税租余。狮峰合沓通樵径,时有炊烟缭碧虚。

答张灿扬上舍叠前韵

片席寒毡意泊如,笔床茶灶两峰居。问奇愧我元亭字,搜秘多君圮上书。苍狗世情云幻后,红羊尘劫雪消除。沧溟会见鲲鹏化,莫笑空言畏垒虚。

丁丑仲冬,陈雪初亲家属题慈东石湾八景

洞桥春望

春涨洞桥波,萦拂洞桥柳。愿言赋长杨,春风常在手。

隐湖秋月 湖旧在师隐庵,前曰"庵湖",今名"隐湖"

佛灯初上时,梵呗秋山歇。入定印禅心,止水一泓月。

师隐晓钟

山房玉几横,夜宿山房静。十年待漏人,晨钟发深省。[①]

西岭晚霞

仙子醉流霞,省识春风面。返照入桃林,落红纷片片。

南坪残雪

南陂陶家山,霁色开墟里。冰雪点梅花,玲珑驾玉几。

讴江渔火

夜泛讴思江,讴吟无尽思。江水自去来,渔火二三四。

---

① 原注:时告养在籍。

狮峰夕照

山头兀相向，蹲作狮子状。仕路得回头，不堕青云望。

龙冈烟雨

呼龙龙不应，盘郁烟云在。莫漫卧山林，霖雨苍生待。

《寸草心图》自题戊寅春日

十载违亲杨理庵，两蒙恩假在湖南。归来犹有婴儿色，不道行年五十三。

一寸回肠百虑侵①，南陔致养愧予今。如何小草春辉报，视此卷葹未拔心。②

偕赵瑾伯农部家薰至慈湖书院信宿有作

杨子亭西杨柳东，春来步屧惜匆匆。湖山游旧凋零后，煨烬文章慨叹中。无恙樽开梧院月，有时瓦堕竹檐风。惊心三十余年事，萧寺钟声历劫同。

柬孙彦清广文德祖、冯舸月孝廉可镛，
用龟山先生"此日不再得"韵

彩笔不梦江，铁砚当磨桑。三人笑相视，鬓发各苍苍。文章岂不贵，期为君道光。吾道有派别，象山与紫阳。德舆在主敬，力行道同方。懿钦杨文元，析理极毫芒。风徽渺难即，心仪良亦臧。③扩充此善端，无任物欲戕。立言不立德，词华亦秕糠。嗟哉兵燹后，遗籍鲜

---

① 原注：唐句。

② 原注：像系谢蕙舫所绘，属王端如补图。

③ 原注：是日，属工重摹文元公遗挂及明张忠烈公、本朝姜西溟乡先辈像各一幅。

秘藏。披辑不惮劬,泽古征余芳[①]。愧余驽钝质,铅刀扺金刚。负山责蚊力,中夜起彷徨。古人或诏我,绠短心苦长。好学阚生宅,旧邻城北庄。回思汉道季,人文启句章。馨香奉俎豆,辟兹选佛场[②]。爱今而薄古,卖饼讥公羊。万灵郁潜德,阐幽毋遗忘。百年余过半,蹉跎四十强。譬如断港流,难济大海航。涓滴容有补,汲汲修尔常。求得在心源,舍之则速亡。因文以见道,穿凿心所伤。慎旃各努力,余言瞽且狂。

附录彦清广文赠诗

孙德祖会稽

昔闻关西杨夫子,今见鄞西杨夫子。起居八座太夫人,文苑三朝太史氏。只从乘轺回衡雁,为恋倚闾复慈水。养雏惊看齐五凤,生驹何止论千里。云何今雨写心素,偏许春风追杖履。割鸡分味及林宗,悬榻扫尘款徐稚。已经笔陈窥羲献,旋承缟带欢群纪。公门四世雀环留,会见七叶貂蝉珥。却谢承明侍华白,未羡回翔博纡紫。公辅终须及黑头,忠孝已足光青史。顾我无能叨礼币,愧以菲材间杞梓。风流儒雅得所师,低首宣城从此始。[③]

溪上野老行,为施九韶邑侯振成赠别

咸潮来何速,溪南有堰胡不筑。咸潮去不来,溪南有堰胡不开。去年县官初下车,随车甘雨欢有余。六月食瓜齿芬在,县官一年竟瓜代。今夏苦旱卧治难,出城步祷社稷坛。官不爱钱爱百姓,吁天敢为民请命。百姓利病官留意,恻恻劳农筹水利。邑濒东海斥卤旧,处暑

---

① 原注:时修邑志,诸君殚心分纂。

② 原注:案,普济寺别设阚相祠,已废,今议奉栗主于西廊,以规复旧制。

③ 原注:时在光绪庚辰冬日。

无雨咸潮救①。锄强亦念父母慈,慈溪溪水清而弥。安得百年黍雨膏,改堰筑闸备旱涝。土瘠能令粳稻腴,官不催科赋无逋。迢迢官驿芦花絮,秋风吹送官船去。官去有母需粥饘,愿官选受一大钱。

九月五日拟续龙山登高不果,柬彦清、舸月

如此江山如此秋,登临我已约朋俦。乾坤何可无高眼,风月从来有胜游。不尽寒流溅鹳浦,只余荒草满龙湫。小春会欲重携酒,寄语诸公首肯不。

题魟儿遗照庚辰十一月二十二日

汝殁已经旬,何来身外身。叫呼惊稚子,掩抑泣家人。泡影三生梦,昙花一现因。虽非真面目,形迹总相亲。

汝年三十五,算我廿年加。痛念重闱在,衰龄八秩赊。倘令悬小像,难免戚全家。任尔妻孥守,背啼勿见爷。

岁　除庚辰

才过今宵岁又新,亲年八十有三春。诸孙来此重闱侍,明旦衣冠少一人。②

蹉跎五十五年余,药里经秋到岁除。多少亡儿经手事,伤心最是检医书。

杨村八咏

双　峰

郎行未及冬,颜色双峰好。山雪白头看,愿共双双老。

---

①　原注:征谚语。
②　原注:魟儿新亡。

杨柳村

案:曾大父越凡公《春景》截句云:"杨柳佟佟绿到门,农夫家世秀才村。一年生计春尤急,且读且耕课子孙。"

前有史王梁,后有顾陈杨[1]。杨叶社中酒,春风岁一香。

小方池

旧即青草滩,广袤三亩许,先兄次湖广文乃以石甃之,锡名曰"小方池"。

莲鸥梦已凉,沙蚤语未歇。阑风满四天,有时皱华月。

枇杷潭

潭在赭山北麓旁,连步蟾山庄旧址。

山庄一潭水,形小枇杷似。石乳即金浆,吸取文章髓。

清果禅院

今名赭山寺。

寺藏翠微湾,迤逦及松关。乱泉芳草径,残磬夕阳山。

龙 湫

老龙行雨归,倦就赭峰宿。鳞甲出宵光,闪闪照僧屋。[2]

堵江闸

在杨村东北。道光间,清果寺僧远尘清修苦行,夙与先大夫树人公为方外交,遗香楮钱三千贯,属为改堰置闸,溉田万余亩。余姚朱久香阁学兰纪其事。一名"多稼闸"。

远公功德水,万亩成沃壤。明月上东山,轧轧桔槔响。

草舍利庵

距村一里,亦名广济禅院。相传明时村中有杨古岩先生梦征者,未遇时,尝读书庵中,夜爇结穗如小珠,扪之极坚,竟夕可得圭撮,如是旬日。或曰:此草舍利也,主文字之祥。后人因以名庵。

---

① 原注:村人谚语。
② 原注:龙王堂住僧言,光随响至,如击石然。

儒关非禅关,苦行还一致。舍利本无相,放光因文字。

杨村十六咏

珊枝河

环村有河,形似珊瑚枝,故名。

南望赭山坪,沙流句漏赤。屈曲珊枝河,交映树多碧。听彻读书声,中有扬子宅。

东图墩

世传大父东图赠公兆熊钓游处,俗名"东涂墩"。

北带慈水长,南经篆江曲。春涨满东河,莎草一墩绿。游钓有隐君,终古仰高躅。

诵芬堂

杨恺廿七公家庙也。同治壬戌八月间毁于粤逆,比先大夫自瀚洲返,即冬营建飨堂。越五年,先兄次湖广文旁筑厢房,东缭以垣。

居官懔四知,立身除三惑。彝训在聪听,何分家与国?虽经丧乱余,慎勿忘祖德。

二石居

同治癸亥,先大夫所筑室也。洎予丙寅幕游至杭,载二石还。时崇文山长章采南前辈鋈同归,为作《归舟载石记》,锡名曰"玉笋",曰"擎天柱"。

二石如二叟,朝夕相与处。永结忘年交,问之无一语。持以补天阙,点头或相许。

寿母桥

桥故有闸,在东河,久圮。予母任恭人耄年出纺织资,命一再修之,村人呼为"寿母桥"。

修桥筑石梁,行人占利济。母言学不修,礼义茅心蔽。箴尔读诗书,永作津梁逮。

饮雪轩

予兄弟读书讲艺处,额为昆明赵文恪师光所题。

不赋饥雪吟,不学食雪事。惟兹澡雪心,借励映雪志。兄弟相友师,朝夕饮文字。

紫稼桥

距杨古岩先生梦征旧宅不数十武。

遇穷道乃亨,年高德弥劭。风雨一茅庐,读书复长啸。行行紫稼桥,淡烟亘斜照。

双穗陇

同治八年秋,村南真武殿前田禾双穗,故名。贺仲肃邑侯瑗征予作《嘉禾颂》。

陇有双穗禾,下邑拜天赐。畿辅产更多,爵相上其事。帝曰吁怫哉,卿勿侈符瑞。①

说经轩

杨小坡明经春晖,晚号亥谷居士。端谨诚悫,与人交,终始不渝。聚书一室,探讨故实,勤于札记,推奖后进,娓娓不倦,远近称为长者。先大夫改建宗祠,修辑谱系,别立宜尔册,纪载笔墨,倚为左右手。其殁也,予兄弟为之视敛,涕洟不止。云葬于步云桥北之高原。

夜集枕善居,昼接谈经室。不弃小子予,异书抽一一。教作擘窠书,曾授如椽笔。

涤 园

杨守正赠公所筑,因以自号。其大父嵩峰先生膺拔萃科,父蔚先茂才,承家学,尝师事我大父东图。赠公纳交先大夫涤园,慷慨明爽,客京邸,多贵游。二子际春、咏春,入赀作牧令,得赠三代,惜二子均不永年。孙介福,咸丰乙卯北榜副车,输饷为部

---

① 原注:直督李爵相鸿章献嘉禾,诏却之,为边侍御宝泉所劾。

郎,亦不禄。

忆昔大父言,涤园将远客。命父往送之,秋水东河白,持赠语何如,虚己受人益。

树德庵

在赭北,杨大使公、提领公墓东侧。元时建庵以守墓,屋材多蠹,屡修屡圮。先大夫重筑,更今名。

赭峰倚夕阳,篆水临前渡。郁郁望松楸,樵牧往来路。黄叶拜秋风,马鬣先人墓。

蒙养书屋

杨霁青广文文涛承其父叶洲赠公遗志而作也。广文御子姓严而有恩,延师课读其中,故名。

养儿如养竹,稚嫩当护持。疾风暴雨来,何堪摧折之?广文曰否否,教子当严师。

步蟾山庄

庄因紫蟾山得名。昔先大夫营建于枇杷潭侧,奉祀杨睦五公、睦六公、恺廿七公神位,以悌五十五公、慈三十七公、慈五十月川公、祚相公、君贤公、维明公、维周公、维乾公、维聪公之栗主祔祀,缘先茔皆附近也。别置山房,拟重设经畲课塾,会遭粤寇,不果。

山以紫蟾名,庄以步蟾号。愿言有志士,拾级云梯好。门外水一潭,先酌励清操。

朱陈村

杨村南,与朱、陈两姓相毗连,亦曰"杨陈村"。

大村包小村,大户连小户。婚嫁风俗通,村自朱陈古。合作黄稼陇,渊渊伐田鼓。

箕山堂

杨赭湫先生源来讲学处。先生居小山,河北工举业,从之谈艺,多有时名。今遗稿已散佚。徐舍人渊、郑广文芬,皆高足弟子,课子极严,岁朝不辍,故杏斐先生帏林能世其学。暮年背诵七经,尽卷不错一字。先大夫与之友善。

有仆不职耕,维草宅其亩。督仆篑山阳,杖策一老叟。仆乃背叟言,砚田足糊口。

松风水月阁

阁据赭峰顶,为游览胜处。昔杨雨青先生春如,高才硕学,能为诗古文词,试辄高等。晓音律,善岐黄,幕游浙西,名流倾服。晚乃授徒于清果禅院,从游甚众。先大夫尝师事焉,先生器之曰:"吾家千里驹也。"先大夫曰:"先生曾登赭峰,闭阁读书,昼夜攻苦者经年,衣袽生虮虱皆满。"

如此清凉界,岂无智慧果。跌宕文史余,风月持赠我。时或闻妙香,掩关坐佛火。

寄怀李菊圃同年用清

西粤忽东粤,天涯复水涯。时勤千里想,竟作七年离。烟雨桫椤地,盟书海国时。欲将倾积愫,执手邈何期。

送韩生培森、朱婿续基归余姚辛巳闰七月二十六日分赋

来游逾六载,问字亦频频。岁月思亲梦,文章报国身。柳风青眼旧,芦雪白头新。解缆作行客,河梁一怆神。韩

秋冷逗深更,姚江一夕程。送将公子去,不尽女儿情。远水明渔火,孤篷碎雨声。丈亭栖泊处,比晓待潮生。朱

题周德乘画

大好溪山如画图,阚湖西去又慈湖。吹嘘欲遍人文薮,留得春风笔底无。

年来钟鼎亦山林,恋恋春晖寸草心。千里江关无恙在,望云不复岭南吟。

秋日兴怀岳州

岳州南去接长沙,浅水湖边鸭鸭哗。狼籍西风秋有色,白头开到荻芦花。

辛巳十月十日山北途中

我行虎胛山,后涉杜湖岭。沿湖牛峡湾,起伏村落景。山农粒食艰,荒田百十顷。寒水摸鱼儿,蓻泽泛舴艋。

归路半湖亭,海云湿带雨。瞻彼南山陲,暮霭相吞吐。宿鸟亟投林,但作讴鸦舻。前村野店中,灯火两三数。

登赭山寺坪

黄公何处旧芝田,越角风烟思渺然。隔水樵夫归晚担,乘潮海舶卖冰鲜。行经鹳浦江斯曲,吟到蟾山月亦圆。期与故人携酒至,稻花齐放占秋先。

存　稿

非真莱子日衣斑,但博慈亲喜动颜。梦里觚棱犹北望,年前文轸已南还。时求大隐溪中水,好住寒村屋后山。未有诗人传作在,聊存旧稿不容删。

辛巳冬,騤儿返自越,漫书

杉舟独橹经黄渡,竹轿双肩过赭山。八十三龄慈母喜,有孙絮述越游还。

偶　占

千秋遗蜕寻黄墓,一片寒阳下赭山。行向珊枝河畔去,萧萧红叶两三湾。

梦游四明山歌

浙东佳气何郁葱,群山蜿蜒走苍龙。天台四万八千丈,四明二百八十峰。太白梦游亦已事,石窗谁与蹑仙踪。我今亦应明山梦,梦中朵朵青芙蓉。徐凫巉岩耸天造,云北云南展众妙。餐霞之子蕴奇思,采芝仙人企高蹈。东临雪窦洞壑开,华藏历劫无三灾。鹿亭樊榭在人境,瀑泉直挂妙高台。遥遥赤城天与齐,青有风棂丹为梯。扪历参井摘牛斗,呼吸帝座魂不迷。仙游振策翔鸾起,从此扶摇九万里。下视黄埃滚滚中,樊笼局促徒为尔。秦皇汉武乏灵胎,刘晨阮肇非仙才。仙灵慧业在文字,神山荒忽安在哉?阊阖一声天鸡啼,戛然梦醒西溪西。人生如梦不称意,明日看山还杖藜。

书寄林晋霞明经颐山

阆湖水碧阆峰青,如此江山炳有灵。一抹红阑两堤柳,送君曾上水心亭。

溪南寻余处士

步屧溪南处士庄,晓来清露湿衣裳。渚禽格格飞过陇,邻犬狺狺吠出墙。村径微茫禾黍掩,野塘造次芰荷香。诚多入室盈尊酒,醉态常忧俗物妨。

题孙彦清广文小像

良觌复良觌,慈湖我有行。咏春朋亦集,补乘稿将成。词客新图画,文坛旧主盟。怀哉千秋业,珍重若为情。

五十未全老,况君四十三。知心今有几,揽鬓我何堪。史汉两张本,文章一寄龛。化身播百亿,宝相共和南。

壬午四月十八日赠别洪秋国即题小像

近来离索感，时梦到君边。姻娅凡三世，知交已卅年。有书宜子弟，无病即神仙。为我鸰原痛，相逢独见怜。

我年五十七，君后七旬生。文字几回饮，星霜两鬓盈。及时行乐耳，于世亦何争。只以茅容故，负惭鸡黍情。

题邹芷汀邑侯文沅《万壑松云图》

我家听松庵，近在赭山前。群峰所罗列，苍龙走蜿蜒。荡胸出神境，云气常溶然。我侯莅慈溪，雅操贞松坚。因云洒润泽，甘霖书有年。眷兹人文薮，山县起诵弦。搜岩亦采干，涧谷无遗贤。愿今秋赋众，致身青云巅。阚峰高而竦，慈湖清且涟。绝郭发精采，治繇儒教先。琴堂乃坐理，幕僚辟跛仙。幽兴托豪素，泼墨为云烟。胸中具邱壑，写此好林泉。万松俨太白，过云拟剡川。无碍宰官身，松风绕梦边。别构峥嵘壑，竟登非想天。云物还造化，独立形神全。普告善知识，绘画本空筌。部民永遗爱，解读甘棠篇。哦诗无好句，聊志翰墨缘。

题《朔方游牧图》

皇威詟栗边徼多，至今瀚海无干戈。穷荒万里班声动，铁骑长讴敕勒歌。谁欤画马穷殊相，行营校尉连云帐。韩干能将绝艺传，韦韝鞯幕纷万状。塞外健儿好身手，矜夸紫骝神抖擞。黑狐川畔穹庐开，射鹿崖前候骑走。安东骁将玉骢马，夜脱雕鞯宿烽下。军侨结束晓扬鞭，驷追蹀躞汗流赭。风驰瓯脱秋来早，碛石青苍觉秋好。雉尾高牙落日悬，目极龙沙皆白草。朔方已靖收东隅，伏波横海军移符①。北人乘船如乘马，再绘周家王会图。

---

① 原注：时有事高丽。

珉山陇书所见

浅水渔梁鲅鲅,天风高鸟鸦鸦。霜中乌桕几树,山下青烟数家。
秋气斯人独觉,冬心于我何加。个个风入竹叶,圈圈太极梅花。

至十九都李家访鸿渚司马宏滋

　烟村临古渡,莎阪绿丛丛。卖笋肩山客,牵牛饭牧童。园林初夏
景,鸡黍古人风。午涨连朝雨,扬舲我欲东。

我年三首用白香山和元微之原韵

　我年五十七,头颅已如许。惭愧父兄师,淹蹇翰墨主。时过然后
学,难成徒自苦。不学亦奚为,女娲抟黄土。
　我年五十七,百般见事迟。无才日呰窳,褊性时魁累。泛彼圣涯
广,乘舟嗟无维。钻研及道要,初不细意为。菑畬宝经训,家世本贫
羸。世德禀刚正,柔滑耻腥脂。绍述余小子,煮字不疗饥。孝弟力田
科,子孙策镞之。静修俭养德,我生所大期。隐山与慈湖,伊人水
之湄。
　我年五十七,乡居尘事少。眷恋我萱闱,诚敬宁尽了。有獭在河
涘,失大而养小。言进送喜舆,思涉忘忧沼。假旋已十年,随情原不
矫。故箧理陔余,古哲苦茫渺。或定寝门昏,或梦觚棱晓。欢承莱子
多,寿等麻姑夭。慈竹拜天恩,龙钟扶风筱。忆自洞庭归,两上陈
情表。

作家书寄骐骥两儿京都题后癸未二月望日

　十日数离乡,春风碧海航。端期敦品谊,余事善文章。但得名师
益,能酬大母望。莫将家计绌,苦为忆高堂。
　家骐贡太学,家骥赴春官。儿曹博进取,父母念平安。装束治行
易,家书叠接难。误医宁勿药,生怕病躯单。

自甬归癸未七月十四日

西行出江郭,襟抱清炎熇。归理今晨楫,痕消昨夜潮。岸枫衣草把,水荇庇鱼苗。一雨久不雨,沿山待种荞。

白云行未歇,随我渡江来。杨柳风斯举,菰蒲响又催。龙湫凉意满,鹳浦夕烟开。有母归期克,迎门遣幼孩。

风雨叹

光绪癸未七月三,疾风怪雨来溪南。蟹浦迤西海塘齾,咸潮倒灌田禾淹。乱流澎湃势汹汹,里老仓皇舍儿恐。明州太守上元宗,函书问我灾轻重。不道才经二十日,东风大作吹海溢。发屋动地势更雄,雨阵迅冲车轴匹。虬龙怒吼豺虎嗥,金铁铻铮万窍号。深山老松千尺偃,平地潮头一丈高。屋瓦乱飞沙石走,风荷水藻穿户牖。自辰交午骇绝时,耳聋幸未惊我母。我母年今八十五,异事百不一二数。家人相戒慎勿声,床头床足无干土。破庐受冻我犹可,行作饿殍愁杀我。早禾漂没晚禾枯,坐令万姓泪潜堕。万姓休矣勿复道,州县催科书上考。灾区安敢望蠲租,即事蠲租吏中饱。道逢流民山北来,携妻抱子哭声哀。就食无方空就死,风灾奈何罹水灾。我愿挥天戈,斩馘生蛟鼍。又愿挽天河,净洗甲兵多。怒雷一震海氛清,晏然不使风雨惊。吁嗟越南休用兵,一波未平一波生。

东舸月

残荷听雨荐新凉,庭院秋风桂子香。待乞菊花将进酒,拜君嘉贶过重阳。

秋末自慈湖归

苍然暮霭生,湖亭滞我行。水禽赴暝色,堤柳震秋声。负惭章句鄙,虚含风雅情。史事苦重复,乱山亘未平。

慈　湖

多少学人谈孔孟,纷纷门户相争竞。高明笃实同一归,金溪于尔独何病。一轮明月印慈湖,心之精神是谓圣。

癸未除夕 用厉樊榭庚午除夕韵

去年今日已先春,明日来年六十人。长寿慈亲莱子愿,粗完家事向平身。救灾请籴非为福,负债求书不称贫。一夕天寒山雪霁,岁华宜与白头新。

读万悔庵先生《续骚堂诗集》二十韵

闰运蹙海东,明社既云屋。日把离骚经,一读还一哭。国破家亦亡,何处归邦族。告密飞章名,不丽狂生六。行歌赋黍离,隐遁榆林谷。猛犬吠猈猈,孤臣悲放逐。白云纵鹪鹋,倾身救巢覆。生友梨洲黄,死友文虎陆。决绝博士征,奚烦詹尹卜。感喟旧神州,谁上徐陵牍。中山悔释狼,众喙任谤讟。憔悴此湘累,郁伊载其腹。心死出哀吟,炊断启诗轴。惨凄楚些辞,三闾存面目。浙河风气开,名士老而秃。继雅三百篇,借作风诗读。孔子所不删,诗史良见独。埋山沉井中,终古必传作。湘水吊无知,血泪纷渗漉。先生魂归来,寒松风谡谡。

挽蛟川陈尔修明府 丰昌

河阳归去鬓毛斑,自分疏慵再出山。孤馆灯檠犹夏课,渡江梅柳不春还。颍川吏治留人口①,无己文才与古班。射鸭堂前流水逝,寒塘曲汇月明湾。

---

① 原注:尔修于同治辛未成进士,出宰江西广丰。

寿母堂重九迟客不至

家骐等谨案：光绪癸未秋，先君于居宅前隙地仿鄞范氏天一阁制，南向建筑楼房六楹，移书籍六万余卷藏之楼上。时先大母任太夫人年及耄，爰额厅事曰"寿母堂"以志幸。楼前旧有屋数楹，庖湢咸备，为经畲塾，课及门与诸子会文之所。东厢濒河翼以后，楼颜曰"文征楼"，搜辑吾邑耆旧诗文，将从事校刊也。西厢为"双忠砚室"，合庋前明倪文贞公元璐、张忠烈公煌言遗砚各一，属会稽孙丈德祖为文记之。

睡起余书味，吾斋独憩休。无花堪插帽，有酒已盈瓯。秋气凉于水，夕阳红到楼。今朝重九是，曾约客来游。

经黄公墓

子房水石投，商山奚借重。商山虽云高，乃为雌吕用。惜哉孝惠孱，七年祚汉统。黄公胡为者，遁逃甬句东。爵禄不可羁，万古激清风。我来寻遗垄，不见汉黄公。但见沧江上，芝田烟霭中。

横山桥

十里横山前后江，数家村落吠寒龙。野航独橹穿桥去，乌柏霜禽飞起双。

男家骐、骥，孙乘瑄、琮同校

饮雪轩诗集卷四

慈溪杨泰亨理庵　　外孙咀英张锡诚重校

光绪甲申夏秋之间,朱武显祠夜闻战鼓声,若治军然。左近居民并见人马出队状,络绎孔道。时佛兰西寇闽。《县志》:"武显祠即高节祠,县西三里马路湾,一名'慈郭庙',俗称'朱将军庙'。祀国朝总兵例赐恤浙江金华协副将朱公讳贵,并其子武生昭南。道光二十三年,邑人周璠募建,云贵总督林则徐题其堂曰'忠规孝矩',浙江学政吴钟骏撰《祠堂碑记》。"案:公字黼堂,江南上元人,寄籍甘肃河州。道光二十二年,英吉利寇浙陷宁波,公奉檄领所部九百人屯慈溪大宝山。二月初四日,敌大至,四面环攻,公以火铳击其酋,巴麦尊毙之。自辰至申,斩杀无算,而敌来益众,乞援不应,与其子昭南力战阵亡。裨校兵丁死者二百余人,敌亦大衄,舟载尸回,累日不尽,痛哭惊悸。相谓自入犯以来,未有如公之力挫其锋者,公死有余烈,自是无人言战,敌亦胆落,不敢深入矣。

庙湾战鼓夜冬冬,闪烁秋磷拥鬼雄。知是将军余热血,愤将神旅出灵宫。一千里外同仇切,四十年来饵敌空[①]。恸哭海天风雨苦,山枫点上泪殷红。

附录冯舸月孝廉和诗

宝峰西瞰武功祠[②],蛇马凄迷昔驻师。终古河山留战垒,至今风雨现灵旗。里创饮血仍前恨,跃马横戈俨旧时。料是鬼雄思赴敌,天南羽檄正纷驰。

---

①　原注:武显阵亡,距今四十三年。
②　原注:朱公官副将,授武功将军,太史诗作"武显",则从其赠官阶也。

甲申冬仲自郡归，偕冯舸月作

出郭理归棹，罨湖西复西。冬心谁共抱，道侣好相携。诗卷惭风雅，家山要品题。寒衣行蹩躠，不乱独王倪。

乌桕荒村路，黄芦浅水湄。如何临野渡，复此怅分离。木落山容瘦，江寒潮讯迟。陇头梅似雪，犹欠去年诗。

自有津堪问，江形篆曲弯。鱼腥冰泽吐，鸦闪夕阳还。露草零黄墓，霜林断赭山。鹳寒飞不起，横浦水潺潺。

冯君称大小，尚着老莱衣。我抱终天恨，难延寸草晖。霜华欺两鬓，岁事苦恒饥。孺子空余泣，亲门寂寞归。

书　事乙酉正月十九日

毒雾海天昏，祥轮驭晓暾。皇威扬鲲壑，天险恃蛟门。铁甲楼船毁，红衣大炮尊。山城观战者，笑语溢春温。

马尾懂而跳，天骄气不骄。鼠将投火穴，鲸复跋春潮。海国烽烟警，关屯士卒骁。元酋瞻汉使，犹是霍嫖姚。

自阚湖归乙酉夏日

阚湖静不波，阚峰兀不动。我行湖心亭，云物水天总。

饮雪轩秋夕

萧萧络纬鸣，新凉纳窗牖。桂子发天香，留待中秋后。

书所见

开残篱菊两三朵，摇落山枫四五枝。独抱冬心芦似雪，白头犹有好风姿。

南溪游

檐溜初停喜昨宵，南溪游侣旧招邀。山从车厩高为障，田到罗江低受潮。人杂舟摇三板渡，鸟呼泥滑两肩轿。荒村暝色催孤炊，已有鱼梁宿鹭翘。

雪　后

梅花高洁竹平安，乐有知交共岁寒。积雪满庭闲不扫，要留虚白室中看。

晚归经畲塾

亦耕亦读溪南里，门外青山屋外河。槐柳萧疏遮不住，书声断续晚风多。

珉　山丙戌夏日

珉山循陇去，青翠两相当。渚鸟浴秋水，野蝉鸣夕阳。松楸回望合，禾黍转头香。廿载兵戈后，年丰为国望。

我自念庭闱，途歌人独稀。芦江秋涨满，竹里午烟微。莎草绿无税，鸥凫生有机。思恩泉濔濔，上有白云飞。

读《汉书》志感四首

周亚夫

将军持重大功成，遗垒千秋细柳营。久矣三章从约法，俄然七国起纷争。臣冤不合诛强谏，儿戏如何与典兵。漫说绛侯名父子，竟令一死一全生。

贾　谊

汉家宣室本求贤，无奈长沙有谪迁。才士几人知己遇，文章百代谏书编。席虚文帝恩犹薄，传合灵均品不悬。鹏鸟赋成嗟谶语，湘江凭吊思怆然。

晁　错

豪宗发难早和迟，臣罪当诛曷谢为。父子胡然伤诀绝，申商无那误师资。忠怜小智身难保，议削雄藩谏亦宜。最是朝衣东市去，狱成袁盎悔奚追。

李　陵

饥疲步卒敌胡当，太息书生不自量。杀虏几人铭战绩，开边千古误封疆。高皇雄略平城困，苏武冰操朔漠僵。降将报恩难置喙，小儿多事出齐梁。

四明山心石刻歌为宗湘文郡侯源瀚作

四明二百八十峰，梦中朵朵青芙蓉。何当奋身凌绝顶，归鸟决眦云荡胸。明州太守亦好事，遗我摩崖擘窠字。横张画壁走蛟蛇，四明山心大字四。出力字外棱藏中，隶书奇古光熊熊。竟观纸尾无姓氏，手笔汉人将毋同。字径二尺高逾丈，何来瑰宝供珍赏。凿石嵯峨杖锡山，猿猱欲度扪萝上。缚竹架木梯而登，拓石椎毡铠鞳响。山僧对此色然惊，屏风岩擘巨灵掌。此山环匝畴计量，地维约略提其纲。主山本隶明州境，志地独别梨洲黄。主名歧出纷争多，怪诞莫若毛西河。竞言实事求其是，无奈山灵腾笑何。惜哉李蔡不复得，峄碑石鼓皆剥蚀。只今购买挥缣缯，炎汉以来视兹刻。天台雁宕互品题，四明洞天古有稽。前身合是谢康乐，游具还将笔墨赍。应梦名山始于此，明日杖藜我行矣。

题柯丈霁青振岳《兰雪图》

溪上风骚主，谁欤独擅扬。苇间无继轨，兰雪亦流芳。前辈陪裘璇郑梁，同人角尹元炜王信。凤凰山色旧，图画郁苍苍。

普济寺书所见

慈湖东去阚湖西,吾道青山一杖藜。流水涧边谈妙理,法华幢里识菩提。佳人不怨才无福,僧众焉知佛有妻。竹柏交阴禅入定,隔林疏磬晚鸦啼。

饭云栖归

万绿丛中万竹深,猖猖黄犬出溪浔。斯游来饮上池水,常得惺惺已见心。

蔬笋山斋气味投,儒家淡泊亦缁流。年来懒拙吾衰甚,酒兴曾难一笔勾。

断石经幢卧古苔,山僧三两担柴回。出门无一由旬地,黄叶声多骤雨来。

山隈欹仄到江隈,竹轿双肩暝色催。不信冬心居士老,怒涛百里听春雷。

芦 江

渔网当门三两家,夕阳无语一川斜。风帆沙鸟潮初上,碧叶萧萧芦白花。

寄李鸿渚亲家司马宏滋,时丁亥初夏

南风不雨麦苗枯,夜月腰镰悯野夫。多是君行赭山去,龙宫笑作雨师呼。

田 家

等闲芒种后先过,辛苦田家早晚禾。闲掇芹香雏燕垒,忙输花课蜜蜂窠。夜潮宿涨东风竞,朝雾冒山渴雨多。连日坐愁新谷籴,牧童犹唱饭牛歌。

登天封塔怀古

金汤巩固明州控，仰叩天门云瀚瀚。百八十尺窣堵波，风雨如山兀不动。登封万岁溯通天，天后祚唐礼佛先。广铸佛图立佛塔，甬东建置丙申年。起讫天封名不苟，峻嶒雄峙三江口。此间都会岁大兴，景统有言五百后。天台山势蜿蜒来，南标赤堇西大雷。蛟关虎蹲东百里，吐纳灵潮海国开。老蝉突起兜率宫，金昙变现生芙蓉。宝相庄严瞻七级，孤高上耸霄九重。珊瑚栏楯琉璃瓦，灰蜃斓斑砖甓下。具大神通转法轮，能谈劫烬长年者。合写胸襟仙缥缈，登临绝顶青云表。江山大半文藻收，日湖月湖当杯沼。乘时帝释放祥光，不数舍利阿育王。辽鹤飞来尚城市，但闻塔铃自语声琅珰。

咏钟馗故实四首戊子夏五

啖 鬼

鬼雄入梦抑何奇，邪魅从今并啖之。破胆有灵张铺后，吞声不第下场时。孽除虚耗沉灾澹，腹饱彭亨大嚼宜。郁垒神荼皆辟怪，终葵多事误钟馗。

嫁 妹

云軿鹿驾远将迎，小妹何堪别乃兄。择婿应教占鬼伯，嫁殇原亦等人情。喜倾蒲酌当羊酒，仙驭花舆数雁程。薜荔女萝真窈窕，红榴一点漆灯明。

移 居

不爱终南老此身，出山捷径又何因。路行荦确还驮驾，室瞰高明与比邻。大第长安新进士，仙乡佳婿旧姻亲。猪龙饥嚼黄金屋，小鬼揶揄怒目瞋。

出 猎

阴山夜猎大围场，特起苍头尽鬼伥。鞭见山灵腥雨洒，铃闻野魅阵云张。蓝袍簇拥韝鹰疾，乌帽傞俄立马僵。赤脚行将龙尾踏，画图鬼趣点戎装。

拟少陵《诸将》五首用原韵

汉兵鏖战贺兰山，雪窖平填始入关。岂意将军疆寄重，坐愁胡骑雨风间。军屯上谷千营久，血洒长河万里殷。泾渭从来根本地，失图方略士无颜。

临河三筑受降城，节钺论功典有旄。逆贼敢伸朝义讨，中原竟借吐蕃兵。诸公狼顾三边险，高祖龙兴四海清。沦没几多州若郡，常山遗恨耿难平。

渔阳鼙鼓夜传烽，花萼摧残殿阁重。太息府兵遗制坏，可怜节度就军封。勤王义旅畴先举，转饷行营亟上供。关辅河淮持久计，粮储嗟咄大司农。

阃外专兵将领标，观军容使总魂销。一麾队逐黄埃散，百斛珠征碧海寮。藩镇虚声冲铁骑，侍中殊宠珥金貂。汉家万国遵同轨，济济冠裳会请朝。

峥嵘剑阁上皇来，一曲铃淋万古哀。扈从飘零西蜀地，羯胡合沓北轮台。曲江谏主曾金鉴，严武筹兵此酒杯。道是锦城奚足乐，回銮簇拥羽林材。

示骓骥两儿

收拾西泠旧烬余，浙东故籍几藏储。儿今兄弟来扶老，我有多年未晒书。

寄骠骃两儿

风雨蓟门倍黯然，吴淞口外水连天。儿今兄弟分南北，寝梦来归路几千。

郊步

禾黍西风亟景凋,黄芦乌柏晚萧萧。炊烟墟里寒鸦阵,双顶山前七里桥。

无复诗仙寄一瓢,赌棋谢墅掩僧寮。煮糜腊八清斋散,万点梅花绛雪桥。

老羞

蜘蛛网明檐,坐愁秋风老。空受雨露多,经纶耻怀抱。

己丑四月,为十三世祖斋二府君孝子祠落成敬赋

依依杨柳小村环,孝子桥头绿水湾。俎豆馨香崇庙貌,管弦嘈杂念家山。慈湖重刻遗书就,董墓方清隧道还。七百年来新族望,服畴食德世追攀。

题阎立本画《职贡图》

左相沙漠功鼎鼎,右相丹青厮役等。欲图王会侈明堂,诏传式与萧梁并。有唐有事花门留,惊乌夜半呼延秋。太宗开边祸所肇,不通职贡兵早休。乃歌七德舞七德,宅中图大垂无极。诸蕃入谒大明宫,君臣相顾欢颜色。纥罗敦肥阴山道,碧眼胡儿紫髯獠。珠缨花鬘通天犀,卉服岛夷装点好。呜呼!此画传千春,车书一统今皇仁,星源月髒皆渐被。不事兵戈讨不宾,但事怀柔绥远人。

越中四咏

粟里

百官旧里舜江东,鄙语姚墟附会同。亩亩于今耕稼外,仓储自古委输中。千秋载纪重华绩,四海犹歌乃粒风。斜日牛羊荒草陇,历山谁氏赋称工。

蕺　山

会稽风雨旧山河,越绝书编采蕺歌。槜李兵戎仇固结,姑苏臣妾涕滂沱。捧心士女良图少,尝胆君王苦志多。望望吴中樵牧去,迷离石室尚烟萝。

梅　市

何事休官漫隐沦,始知仙尉即忠臣。千言有疏排宫阙,四海无家溷市尘。不省封殷师事孔,可怜篡汉运移新。九江故里遥相问,禾黍秋风自寿春。

柯　亭

小劫焦桐爨下伤,赏音犹遇蔡中郎。清风椽竹思炎汉,流水柯桥话夕阳。扬子旧亭铭刻古,马融新赋笛材良。最怜娇女胡笳拍,识曲无人此引喤。

己丑秋日送朱氏女归余姚

一年一度省亲归,百里姚江我见稀。最是一篷风雨夕,凄凉哀雁橹声飞。

己丑九月癸亥夕梦中得句,醒记其三

蛟水山乡民未苏,霾霖九月苦灾成。人天有福须开赈,海国无忧已放晴。积雨木棉心尽蠹,经秋禾黍耳皆生。救荒自古无奇策,弹压黔黎乃请兵。

辟邪翁

采囊九日制香罗,大好龙山载酒过。辟恶长房仙去药,思乡摩诘醉中歌。严寒可御无量寿,虚耗能除有道科。帏佩已充知健在,更披獬服触邪多。

延寿客

琼筵大启会重阳，嘉客招邀晋一觞。晚节有香韩魏国，寻诗无侣骆宾王。欲餐秋色还宜酒，自抱冬心独傲霜。醉后逃禅凭说法，此身不坏是金刚。

庚寅春季

二月今年闰不迟，梅花如雪又杨枝。有书游子春闱艺，无睡老人晓枕诗。欲却愁魔惟中酒，独伸道力要知时。一家四海同中外，何术自强试问之。

南宋杂事

铁叶重门翠辇经，一丝春柳几湾青。吴头仙观标天望，如此江山旧有亭。

五国城

秦桧南还洪皓死，九哥何幸又邦家。秋边目极南天还，五国城头散暮鸦。

庚寅五月十三日赴姚江

百里姚江一夕程，晓来栖泊芦花处。青山不解送迎人，扁舟自来还自去。

慈　湖

青莲龛傍佛浮图，樵有山僧晚担孤。梦墨峰前谈妙涧，淡烟疏磬落慈湖。

吴相园林委绿芜，水滨问讯姓名无。春风大雅吾师在，不可浊清德润湖。

慈云阁

谁直爇心香,先生拜老杨。慈云何处阁,更筑一椽将。

集句寄刘十二

团扇风前众绿香,荷花世界柳丝乡。因过竹院逢僧话,始觉空门意味长。

辛卯二月二十五日,与袁谔斋大令杰会葬童薇研侍郎师华于鄞西鳖山庵

细雨春江浴鹳鹅,行行五岭尚平坡。苍松作盖天无缝,翠荇牵丝水不波。马鬣崇封宿草满,龙纶谕祭鋈文多。鳖山一掬寒泉泪,独橹舟摇野酌过。

遵岐山渡半浦归

难觅知音阮仲容,老来萧散郭林宗。芦湾野渡数声橹,茅屋村墟何处春。几两芒鞋樵采路,双肩竹轿客游踪。归途暝色催鸦起,烟雨明山隐映重。

答李菊圃方伯同年用清

归计秋田赋遂初,廿年欢喜奉潘舆。猪肝恐益知交累,驴券何劳博士书。野束草人行避鸟,江横竹籍动惊鱼。悬车山右还相问,云岫无心陶隐居。

辛卯九月二十日，醒枕落一齿，伤已。余自毁齿得三十二，至是豁然不可复补。诗云"黄发儿齿"，岂作是想耶？入秋久雨，病疟稍间，往寿叶筠潭内翰森六十。比返，终宵困惫，齿脱亦宜。嗟乎！岁月飘忽，性灵不居，随物迁化，志士所痛。余以自灰，亦以自奋。余光秉烛，老学无裨，幸存一息，庸敢颓丧？勤学立品，矢之没齿，或者继轨前修于万一乎！口占一诗

余年六十又加六，卅有二齿脱尽速。齿脱较量嗜好殊，宁使饮雪毋食肉。瓜壶风雨野人庐，食兹旧德铭馐粥。言归圣谛乐婆娑，百年荒荒一转毂。我虽衰老所欲奢，西溟寒村相追逐。同学少年别思深，研摩文字经畬塾。学为经世有用材，男儿不负诗书腹。课儿廿载复课孙，未得课耕且课读。原上卷施未拔心，养亲但益皋鱼哭。留此君亲未报恩，传家清白儿孙勖。端忧不齿在人群，咿唔老去书城筑。秋来有梦瓯棱熟，翻愿霆霖能作苍生福。

早　春

谁如金石寿，芳序奈逡巡。劫烬江乡旧，边愁海国新。病多伤我老，宦拙觉儿贫。何物称强项，梅花开早春。

寄方正甫观察义路

病风病疟几多时，陈檄抛来读杜诗。笔下难能春在手，镜中易见雪生髭。有心劝学防攻短，无术酬恩怕受施。竹轿轻便稀远出，不堪腰脚强支持。

读《孟子》

战国君王似豺狼，齿牙宓厉群相当。战国策士如瘦狗，投之以骨争开口。舌兮摇弄掌兮抵，其志不过图金紫。世无乐毅鲁仲连，不将

羞杀天下士。呜呼！凤麟之出圣者起，吾乃以是贤孟子。

舟归蜀山渡

密云天酿雪，微雨暗江关。一夕西风暴，飞帆达赭山。

壬辰立春试笔

万里春风万绪牵，儿曹吴会又幽燕。楹环隐水亲亡矣，座对明山道惘然。自分毫厘无一补，空令七十少三年。精神羡与梅花最，还寄新诗写寸笺。

经鄩隩口入文溪

岚气朝来凝不分，春寒侧侧雨纷纷。山家几缕炊烟起，化作纡徐出岫云。

东林合沓乱泉声，无数松杉湿翠生。十里文溪诸涧水，出山犹是在山清。

杨 修

运割金刀鼎祚湮，后先操莽一流人。凡为刘氏思存汉，同是杨家不美新。文思独多詹事日，杀机早伏读碑辰。可怜耆德垂垂老，犊舐桥边细草春。

草 滩

昨宵雨洗草滩尘，料有潜鱼发藻蘋。向晚大方池上望，白荷香里独垂纶。

瓮头春酒暗香霏，桑柘阴浓草色肥。石碓停声行就晚，囊担碾米叱牛归。

壬辰三月晦书家书后

论年七十未输三,劳我如何杨理庵。宵短梦长长短路,三男蓟北一江南。①

壬辰四月二日,偕张诲斋年家广文世训登赭山

楝风吹暖薄晴天,与客山行我有缘。藜杖大堪支两脚,竹轿便可驾双肩。西来鹳浦江流曲,南上龙湫石乳悬。一览前溪余万绿,桑阡柳陌又秧田。

沉沉闷闷忽推排,轩豁江山老眼开。惊湃松声禅座起,微茫粟影估船来。茶寮偶憩寻诗句,竹院因过话劫灰。入社陶潜欢把臂,雨香重上远公台。

寿母桥晚眺

河流曲抱绿杨村,莎草东图旧有墩。独橹穿桥低不碍,舟人背指理庵门。

秧田麦陇水纵横,三两村农雨后耕。人影渐长斜日路,柳花风送读书声。

有事赭山西水利口占

赭山棹转卸帆迟,映斗桥头水满陂。前后江程三十里,丈亭系缆候潮时。

入浦随潮达野航,朱陈村北太原王。河桥十里徐牵缆,舵尾人讴太史杨。

苏梁深浚始通潮,石佛亭东七里桥。大放光明草舍利,古岩居士

---

① 　原注:騄儿赴春闱,駉儿以刑部官应试,骥儿庶常散馆,驺儿令江南溧阳。

旧书寮。

浦名谢墅里安仁，瘴卤年年苦海滨。安得御咸兼纳淡，就桥置闸在通津。

城山旧治总荒凉，泥堰潘家合谢郎。遇旱若将河四塞，权宜引水到苏梁。

水云鸥浦郑公乡，东甬江关一苇杭。最是珉山桥畔路，棹歌声曳柳丝长。

村　晚壬辰五月二日

蘋风几度又棠阴，杨柳村前夕照深。策杖柴门无俗事，读书花屿有清音。干霄新竹扶摇势，含雨灵苗长养心。溪上归农行亦乐，陇头流水当鸣琴。

文征楼

芳序迁延去，野花造次红。登楼无一事，帘卷坐东风。

读《兰雪集》

溪上风骚孰与论，襟怀擘敛苇间存。寒村风废横山老，光气多惭饮雪轩。

书示驹骥儿京邸

十年劳我觚棱梦，补衮多惭侍从臣。满眼青山安乐法，到头白发苦吟身。扬州杜牧斯香士，辋墅王维乃臭人。经济有书谁补读，时光炳烛尔严亲。

钟茌山前辈宝华示梦

自非忠孝不神仙，梅尉儿孙识否贤？廿载别君今见梦，慈湖风月与谈禅。

酌　泉

酌泉觉爽敢言贪，老我疏慵杨理庵。俗吏风尘多热客，冰心一片望江南①。

亚　父

亚父鸿门计太愚，欲将鱼肉沛公图。明知五采成云气，可有屠龙手段无？

忧　患

人不忧患天不开，冰霜消受看寒梅。梅黄时节方成果，为有春风次第来。

寄呈童四先生镜涵世姻丈章上虞学署

七十灵光叟，明州健在人。古虞栖署冷，皖臬喜儿陈②。夏课文孙旧，秋坟季子新③。可能回甬棹，来就雪轩尊。

书寄骥儿溧阳

轸恤蝗灾半赋租，小春草木已昭苏。溧阳梦里分明认，米老溪山旧有图。

壬辰冬杪严寒

水晶为屋柱，骇见太平桥。雪霁仍风壮，百年未一朝。赭山枯石

---

① 原注：骥儿令溧阳。

② 原注：令子次山亲家观察由编修改官道员需次安徽，壬辰八月三日，署按察使篆。

③ 原注：文波孝廉新故。

井,黄渡折冰桡①。梅令真强项,凌寒独不凋。

学　究

自知学问坐空疏,一领青衿白发余。适馆不常原择主,救贫第一在佣书。咸齑淡饭磨牙后,女嫁男婚毕力初。雨湿床床逢屋漏,最愁风雪压吾庐。

经年不见陈雪樵年家比部康瑞 赋赠壬辰十一月二十七夕,雪窗呵冻

嵩阳山长久推袁,谭往伤今舌可扪。午饷围风团酒气,夜床听雪冷诗魂。铁崖老去常携杖,无己归来且闭门。笑我蠹书鱼近似,岁除空复礼长恩。

制　药

晨鸦啼后少鸣蛙,扶杖过来卖药家。清润槐阴闲坐处,一池荷叶两三花。

寿母堂牡丹,癸巳夏初,与冯汲蒙茂才毓搴同观

增冰积雪岁寒嗟,蕉柿惊雷少冻芽。莫道春明无富贵,石阑盛放牡丹花。

癸巳秋分,和郑仁甫国学寿圻、宓莲君孝廉清瀚酬答韵四首

一逢大雅愧言卮,太息衰慵苦费思。竹报稽迟三子信,舻棱迢递廿年期。醉来每有天真语,老去曾无细律诗。醒枕五更风露晓,满阶

---

① 原注:覆溺者十三人。

蟋蟀听秋时。

犹有荷香入酒卮,一渠秋水澹人思。闭门老我陈无己,分社宜君向子期。蕉叶种成今日纸,梅花债负去年诗。可堪游宴欢娱地,意兴都非少壮时。

无当瑶卮取瓦卮,不才鲈脍遂乡思。秋闱校艺谈前事,夏课征文责后期。劳我蝇头多作字,续人貂尾少酬诗。嫁衣金线还相问,花样于今不入时。

欲修秋禊泛兰卮,各骋妍词与秘思。自分忍饥偕曼倩,何当却老问安期。知交座上休辞酒,病叟尊前最爱诗。会待龙山藜杖策,朋簪莫负菊花时。

寻石莲花癸巳十月九日

昔闻妙法寺,今过石人桥。枫叶经时落,莲花顾影凋。横溪松作筏,便地竹为轿。岂有朱翁子,衰迟困采樵。

晓临东图墩癸巳十一月五日

鸡鸣古埭谢公墩,莎草霜枯浅水痕。我与芦花寒照影,白头相对两忘言。

涉　历

涉历荆湘粤与燕,归来王子但青毡。虫鱼风月从朋酒,老我无闻六十年。

癸巳十一月朔日书事

江北神祠佘使君,笙歌士女竞嚣纷。自营自坏嗟尘劫,二百余人一火焚。

送朱婿续基游台湾抚幕 癸巳十一月十二日

邻柝已传声,寒灯话二更。长贫还作客,屡试不成名。鸿鹄冲霄志,鲸鱼跋浪情。梅花当破腊,驿信待嘉平。

即　事 癸巳腊八

风嘶窗纸座频移,梅影横斜三两枝。书卷纷陈无著处,一年又遇扑尘时。

偶书《后汉书》首卷 癸巳腊望

庋书满架读无时,善本奚容多购为?劫烬灰飞谈未了,冬烘头脑太书痴。

乌哺常愁进膳难,廿年已事每心酸。余生愿作书中蠹,遗集摩挲手泽存。

十二月二十一日夕

七十行年少二年,悼亡新赋泪潸然①。人缘老去丝难断,厌听人言寿梦圆。

老妻卧病再经秋,大半庸医药误投②。若使还丹留妙术,刘纲夫妇岂无俦。

儿女哀号绝续声③,孰云太上竟忘情。更深人静泣幽咽,穗帐然灯暖不明。

病急呼儿几在旁,壶公缩地竟无方。宦游南北三千里,二子都门一濑阳。

---

① 原注:痛亡室王夫人,腊月既望子刻永诀。
② 原注:人参五分五味子十粒,气喘垂绝。
③ 原注:騄儿亲侍汤药,朱氏女腊月五日自余姚归省。

水火刀兵历劫余,家贫亲老重欷歔。转头五十年来事,谁与宵深伴读书。

癸巳除夕

空房灯火夕,无复话团圞。既望新丧偶,今宵又岁阑。病来腰脚软,老去地天宽。诸子各南北,骤闻凶耗难。

甲午元旦三十韵

新年六十九,妻丧未三虞。力疾祀祖祢,族属咸嗟吁。枯瘠成骨立,慰言貌清癯。察声行自念,霜鬓雪盈须。我心重恻恻,薄宦儿曹图。无奈绝袪去,亲老垂桑榆。騃儿幸亲侍,铨选未赴都。仅注种花籍,热中胡为乎。阿连兄之子,襚敛事勤趋。凋年景苦亟,中庭泣乌乌。骔儿令濑水,水遥不可呼。视事二年半,免亏官项无。驹骧供京职,学业忧荒芜。长安居不易,旅食自支吾。我家尚不给,安得寄飞蚨。料知奔丧日,如山坐宿逋。年家朱仲立,作婿亦羁孤。台湾依幕府,囊笔为饥驱。有女来归省,裹药以时须。路远儿莫致,望眼泪流珠。南北几千里,雨雪载征途。匍匐各就道,提挈妻与孥。停棺迟游子,待殡南园隅。因梦钱财送,黔娄良非夫。我行神明负,冢男先母殂。诸男竞科第,分秩领县符。振灾书报最,增级拜恩殊。夫人崇二品,重壤哀荣俱。潜翳悼淑俪,遗挂魂不苏。安排身后事,岁首思郁纡。

沉　闷

闷闷沉沉日勉支,不将书卷手停披。蠹虫桂蠹相生活,辛苦浑忘老去时。

甲午正月十日,自题丙寅粤幕所绘小像,距今二十八年,致不相识,感而赋此

新春病起减容辉,岁月峥嵘此逝机。悔我无闻修省法,不知六十九年非。

南逾湘汉北天津,两次蒙恩得省亲。来往羊城经万里,百年身外又何身。

官样文章坐腐儒,苍茫独立秃头奴。但能朝夕粗闻道,何恤今吾不故吾。

断　弦

甲辰春结缡,癸巳冬病殂。玉臂谁云寒,清辉明月在。旦昼百年好,瑟琴五十载。

村　望

流水稻田新,吾师农丈人。光阴如过客,鱼鸟亦相亲。里老勤中寿,蓬庐物外春。炊烟今晚起,劫烬几灰尘。

夏　课

蚊帐蛾灯夏课虔,秀才异等让人先。寻常文会犹高兴,七十老翁似少年。

购林和靖遗集不得

东风燕子又谁家,秋去春来信不差。阅尽炎凉留憾事,生平曾未见梅花。

男家駼、骥,孙乘瓒、犹龙同校

日记人名字号音序索引

毕保厘　1863.6.13

毕道远　1865.6.8

边葆诚　1865.3.22

边氏　1864.7.9

边瀹慈(边云航)　1865.7.4,7.8

边云航　见边瀹慈

卞宝第　1863.11.8

卞宝璋(卞竹坪)　1863.6.15,6.19

卞竹坪　见卞宝璋

伯璬　1864.7.23

伯声　1863.8.25

C

采臣　见郑绚

采菱　1863.9.25;1864.11.18;1865.
4.19

采芝　1865.4.17,7.18

蔡世保(蔡滋斋)　1863.9.5;1864.
11.8

蔡世俊(蔡义臣)　1864.3.27;1865.
4.22

蔡义臣　见蔡世俊

蔡元隆　1864.3.6

蔡卓人　1865.6.10

蔡滋斋　见蔡世保

曹秉濬　1863.6.13

曹亦　1864.12.11

曹翊升　1865.8.1

曹振铺　1865.3.4

岑秀峰(岑荣全)　1864.2.26,11.
28;1865.7.20

岑荣全　见岑秀峰

永祺　1864.12.12

柴砺堂　见柴清士

柴清士(柴砺堂)　1865.6.6

长龄　见贺长龄

常恩　1865.4.1

常四　1864.11.15

陈榜年(陈蕊书)　1865.3.25,7.8

陈本枝　1864.3.27

陈伯蕴　1864.8.12

陈春田　见陈守泽

陈春兄　1863.8.27

陈大诜　1864.3.27

陈德坊(陈立甫)　1864.8.14,9.22

陈德芳　1863.8.25;1864.5.11;
1865.7.20

陈东友　1863.12.15

陈飞熊　1864.12.12

陈缝人　1864.12.5

陈赓廷　1865.6.17

陈珪(陈叶封)　1863.7.20,7.25;
1865.5.4

陈桂堂(陈兰谷、兰谷)　1863.6.10,
6.11,6.28,7.8

陈国瑞(国瑞)　1863.12.15,12.22;
1865.5.25

陈汉章(陈季台、季台)　1864.8.14,

12.9,12.10,12.11

陈汉镇(陈巨卿、巨卿、钜卿、陈蕖卿、
陈渠卿、蕖卿、渠卿)　1863.11.
14,11.15,11.22,12.19,12.23;
1864.1.7,1.8,1.9,1.10,1.17,1.
31,5.23,7.5,7.6,8.14,8.16,8.
17,9.6,9.17,9.30,10.3;1865.1.
7,2.2,3.19,8.1,8.9

陈楫川(陈秋国)　1865.2.21

陈季台　见陈汉章

陈继翁　见陈耀

陈继香　见陈耀

陈继增　1864.12.12

陈剑泉　见陈仰琨

陈蕉生　见陈文霖

陈巨卿　见陈汉镇

陈钧堂　见陈守鸿

陈坤书　1864.5.21

陈兰谷　见陈桂堂

陈立甫　见陈德坊

陈鲁　1864.12.15

陈劢　1864.5.9

陈曼禅　1864.5.13,9.6

陈念东　见陈元骥

陈沂(陈云舫、云舫)　1863.7.13,7.
17,8.6,8.9,12.6;1865.4.16

陈秋国　见陈楫川

陈渠卿　见陈汉镇

陈剑泉　见陈宗翰

陈蕊史　1865.4.13,6.26

陈蕊书　见陈榜年

陈珊士　见陈寿祺

陈少溪　见陈钺

陈世清　1863.12.17

陈守鸿(陈钧堂、钧堂)　1864.6.2,
6.3,7.12,7.24,8.14,9.5,10.4,
10.10

陈守湜(守湜、清甫)　1864.6.2,
8.14

陈守泽(陈春田、春田)　1863.11.
15,1864.5.23,6.3,8.14,10.11

陈寿祺　(陈珊士、珊士)　1864.2.
18,6.17,12.9

陈寿武　1864.7.25

陈树勋(陈雨香)　1863.7.10,7.27,
7.30,10.14

陈万福　1863.12.15

陈万胜　1864.7.25

陈维彬　1864.4.28;1865.4.30

陈维屏(维屏)　1864.3.25,12.26;
1865.7.20

陈文霖(陈蕉生)　1864.10.27;
1865.2.5

陈文惠　1863.11.9;1864.2.26,4.
26,5.23,7.27,8.7;1865.6.15,
7.20

陈西林　见陈兆翰

陈心斋　1864.1.4

陈学菜　1863.6.13

陈杨氏　1864.7.9

陈仰琨(陈剑泉)　1865.3.25

陈养珊(养珊)　1864.6.24,7.22,
　　7.27

陈耀(陈继香、陈继翁)　1863.8.7,
　　8.29,8.30,8.31,9.2,9.19;1864.
　　1.1,8.16

陈叶封　见陈珪

陈彝　1863.6.13,9.12

陈永爵　1863.12.17

陈有昇　1863.12.15

陈雨香　见陈树勋

陈元骥(陈念东)　1863.6.17

陈铖(陈少溪)　1863.9.23

陈云舫　见陈汧

陈长庚　1865.1.28

陈兆翰(陈琢堂、琢堂、陈西林)
　　1863.6.24,6.27,7.18,7.19,8.1,
　　8.6,8.8,9.19,10.19,11.6,11.
　　15,12.23;1864.1.17,2.22,3.5,
　　3.26,3.27,4.18,6.3,8.16,10.3,
　　12.7,12.13;1865.1.11,2.25,3.
　　19,3.25,4.22

陈政钥　1863.12.25;1864.12.12;
　　1865.1.2

陈琢堂　见陈兆翰

陈子兴　1864.4.28

陈宗翰(陈剑泉)　1863.7.29

成琦(成魏卿)　1865.5.26

成魏卿　见成琦

成俞卿　1863.12.15

承斋　见侯三锡

程恭寿(程容伯)　1863.12.17;
　　1865.3.14

程楞香　见程廷桂

程容伯　见程恭寿

程廷桂(程楞香)　1864.3.27

程学启　1863.12.6,12.15;1864.
　　4.9

程长庚　1865.4.19

尺瑚　见谢辅缵

崇恩　1863.8.31

樗庵　见蒋学镛

楚香　见王宝善

春波　见凌鸿藻

春舫　1864.6.22,12.20

春海　见童恩

春木　见余春木

春农　见惠庆滋

莼舫　见童会

莼客　见李慈铭

莼老　见李慈铭

慈安皇太后　1864.3.2

慈禧皇太后　1864.3.2,3.19,11.1

崔焕章　1865.7.6

崔穆之　1864.3.27;9.8

崔文海(崔玉坡)　1865.7.30

朵山　见王朵山

E

恩麟　1864.6.12；1865.3.23
恩锡（恩竹樵）　1863.6.10
恩竹樵　见恩锡

F

范德馨　1863.6.13
范鸿谟　1863.6.13
范妹　1863.8.25
范上腾　1864.12.12
范雪芝暨妻姚氏　1864.12.12
范允中　见范宰执
范运鹏　1864.9.8
范宰执（范允中、允中）　1864.7.25，
　8.3,8.5,8.14
方成宗　1864.5.11
方鼎锐（方子颖）　1863.8.8,8.13
方魁（方吟香、吟香）　1864.8.11,8.
　12,8.14,8.17,9.2,9.16,10.9,
　10.10,10.15
方万会　1865.3.6
方望东（恭寿）　1865.4.22
方心莲　1863.10.29
方熊祥（方子望）　1863.7.3,8.13
方学伊　1865.6.10
方吟香　见方魁
方丈　1864.5.19

方子卿（子卿）　1863.11.12,1864.
　4.15,4.28,5.3,5.23,6.5,8.4,8.
　24,8.27,9.24,10.15,10.20；
　1865.1.4,1.21,3.4,3.9,3.17,3.
　18,3.20,4.15,5.4,7.20
方子望　见方熊祥
方子颖　见方鼎锐
芳兰　1865.7.18
房农　见张兴留
房师　见朱学笃
费天将　1864.5.21
冯　见冯柏年
冯柏年（冯鹤岩、冯）　1863.7.17,7.
　25,8.6,9.5；1864.1.9
冯端本　1865.4.1
冯鹤岩　见冯柏年
冯虎臣　1864.5.8
冯骞（冯云楂）　1864.6.13
冯昆山　1864.4.28,5.5
冯柳堂　见冯镕
冯品玉　1864.7.10
冯清榕　1864.7.31
冯镕（冯柳堂）　1863.6.24,7.15
冯栻（冯晓沧、晓沧）　1864.5.12,5.
　23；1865.3.31
冯吾楼（吾楼）　1864.4.22；1865.
　1.17
冯向华（冯杏林）　1863.9.5
冯晓沧　见冯栻

冯杏林　见冯向华
冯云槎　1865.7.20
冯云楂　见冯骞
冯子材　1864.5.24
孚郡王　见爱新觉罗·奕谡
福筹　1865.7.18
福寿　1865.2.1
父亲　见杨庆槐
傅莲舟　1864.11.2；1865.4.13
傅振邦（傅正邦）　1863.12.15，
　12.22
傅正邦　见傅振邦
富贵父子　1864.4.4
富奎　1864.11.15
富明阿　1863.12.15；1864.5.24
馥山　见郑馥山
馥笙　见翁在玑

G

甘三　1864.7.6；1865.1.28
高隽昌　1865.3.7
高隽生　见高伟曾
高连升　1864.5.4
高蓉泉　1864.5.23
高伟曾（高隽生）　1863.11.9
高文铭　1864.3.27
高文煜　1864.3.27
高延祜　1865.4.1
高宗纯皇帝　见爱新觉罗·弘历

郜云官　1863.12.15
戈登　1863.12.6，12.15；1864.5.21
哥哥　1864.7.29
葛春元　1863.12.22
葛东　1863.12.22
葛麟（葛左臣）　1864.8.14
葛小士　1864.8.13，8.18，9.6
葛玉太　1863.12.22
葛占青　1863.12.22
葛左臣　见葛麟
艮峰　见倭仁
耕叔　见童坊
龚承钧　1863.6.10
龚聘英　1863.6.13；1864.9.8
龚生阳　1863.5.21
龚绥　1863.12.15
巩丰　1864.4.26
古隆贤　1863.12.3
毂人　见邵允昌
毂生　1864.6.17
顾邦瑞（顾云台、云台）　1863.12.
　10，12.14，12.20；1864.10.18，11.
　9，11.19，11.20，11.23
顾淡如　见顾菊生
顾菊生（顾淡如）　1863.7.2，8.16
顾太亲母　1864.12.6
顾亭林　见顾炎武
顾衍高　1864.1.18
顾宜楣　见顾芸

顾云台　见顾邦瑞

顾芸(顾宜楣)　1863.9.5

管岑云　见管鼎勋

管鼎勋(管岑云)　1864.6.4

管世祥　1863.12.22

桂昂　1863.6.13

桂炳(桂双湖)　1863.6.24,8.19,8.22;1864.11.17,11.23;1865.3.11

桂鉴湖　见桂熙

桂镜湖(镜湖)　1864.5.23,7.13;1865.3.11

桂兰　1864.7.7

桂林一　1864.5.29

桂卿　1865.7.18

桂双湖　见桂炳

桂熙(桂鉴湖、鉴湖)　1863.6.10,6.17,10.10,11.15,11.28,12.20,1864.4.2,5.14,5.23,7.23,11.23

桂仙　1865.1.1,4.19,7.18

桂香　1865.7.18

桂香树　1864.5.23

桂有声(有声)　1864.11.23;1865.3.11

郭从矩　1864.3.27,9.8

郭继昌　1865.3.4

郭庆藻　1864.7.31

郭松林　1863.12.27;1864.4.10,5.21

郭嵩焘　1864.12.8

国瑞　见陈国瑞

H

海容　1864.3.27

海岩　见林达泉

韩葆元(韩梅仙、梅仙)　1864.6.28,7.7,7.12,7.23,7.25,8.14,8.17,8.28,9.2,9.5,9.6,9.7,9.16,9.27,10.4,10.9,10.10,10.11;1865.3.24

韩梅仙　见韩葆元

韩穆笙　1863.11.3

韩毓午　1865.6.10

韩仲鸣　1865.12.14

汉佐　1864.5.11

何安太　1864.4.9

何炳书(何子升)　1863.11.3

何承禧(何价夫、何介夫)　1863,8.6;1864.11.16;1865.3.19,7.28

何价夫　见何承禧

何建鳌　1863.12.15

何介夫　见何承禧

何介甫　1865.2.5

何金寿　1863.6.13

何俊卿(俊卿)　1863.12.22;1864.6.2

何徕青　1863.9.15,10.21

何如璋(何子莪、子莪)　1864.1.10,1.11,6.4

何廷谦　1864.9.3

何玉贵　1864.7.25

何子莪　见何如璋

何子升　见何炳书

何子贞　1865.7.21

和甫　见吴存义

贺绪蕃　1863.12.15

贺长龄（长龄）　1865.2.27,3.4

恒龄　1863.12.22

蘅仙　1863.11.3,11.30

闳卿　1864.5.23

洪凤洲　1864.10.7

洪福琪　1864.12.8

洪梅艇　见洪倬云

洪梅兄　见洪倬云

洪调纬（洪幼元）　1864.5.23,7.6

洪幼元　见洪调纬

洪倬云（洪梅艇、梅艇、洪梅兄）
　1863.6.10,6.14,6.17,6.18,6.
　22,7.6,7.13,8.3,8.14,8.22,8.
　27,9.19,10.10,10.27,11.7,11.
　15,12.2,12.10;1864.1.8,1.10,
　2.10,2.11,2.14,3.26,4.16,4.
　25,4.30,5.23,6.2,7.30,9.5,10.
　27,12.14;1865.1.11,1.18,1.20,
　1.30,2.2,2.10,3.8,3.15,3.25,
　3.31,4.1,4.2,4.11,4.22

鸿卿　见董世翰

侯熙民　1864.5.19

侯坚　1864.3.27

侯敬庵　1865.1.18

侯三锡（侯五、承斋）　1864.11.10,
　11.19,11.20

侯五　见侯三锡

厚坤　见田堉增

胡超　1865.3.4

胡家玉　1864.6.19

胡鉴　1864.1.4

胡梅卿　见胡寿谦

胡瑞澜　1865.4.1

胡瑞图　1864.8.28

胡石史　见胡泰复

胡寿谦（胡梅卿）　1864.2.18

胡泰复（胡石史）　1865.4.22

胡小山　1863.9.19;1864.5.7

胡姓　1864.5.24

胡幼山　1864.5.23

湖　1863.9.28

蝴蝶　1865.4.19

焕卿　见马文华

焕文　见郑焕文

黄霸　1865.3.1

黄定文　1864.12.2

黄和锦　1864.5.21

黄槐森　1863.6.13;1864.9.8

黄景说　1864.4.26

黄菊人　见黄裳

黄立鳌　1864.12.12

鉴湖　见桂熙

鉴泉　见李鉴泉

江炳煦　1864.3.27

江仁葆（江秀荪）　1863.7.29；1865.
　3.25,4.18,7.4

江荣光　1864.12.12

江小云　1864.12.22

江秀荪　见江仁葆

江元太　1863.12.17

姜宸英（姜西溟）　1863.6.24

姜梅生　见姜敏修

姜敏修（姜梅生）　1863.6.13,6.19；
　1864.1.5

姜西溟　见姜宸英

姜烜（姜悦堂、悦堂）　1864.6.2,8.
　14,10.11

姜悦堂　见姜烜

姜仲林　1863.9.2

蒋彬蔚　1864.9.11

蒋绥青　1864.7.27

蒋希伯　见蒋珍

蒋湘洲　1863.9.1

蒋学镛（樗庵）　1864.12.2

蒋益澧　1863.10.19；1864.3.6,4.
　19,5.4

蒋珍（蒋希伯）　1865.4.22

蒋子珍　1865.2.9

焦骏声　1864.3.27；1865.3.7

觉罗桂（觉罗瑛）　1864.3.14

觉罗瑛　见觉罗桂

金丹阶　1864.11.23

金烈妇李氏　1864.4.14

金上舍某女　1864.4.14

金少伯　见金曰修

金生　1864.11.15,11.18

金曰修（金少伯、少伯）　1863.7.13,
　7.19,8.6,10.7,12.28；1864.1.
　21,12.20；1865.6.17

觐光　见马廷概

景剑泉　1865.2.5

景霖　1865.6.8

景其濬　1865.6.21

镜湖　见桂镜湖

镜泉　见王镜泉

镜亭镜堂昆季　1864.5.19

九如　见王德容

九王爷　见爱新觉罗·奕譞

久香　见朱兰

驹　见杨家驹

驹儿　见杨家驹

鞠堂　见谢辅玷

菊堂　见谢辅玷

巨卿　见陈汉镇

钜卿　见陈汉镇

钧圃　1865.3.31

钧堂　见陈守鸿

筠潭　1863.9.15

俊卿　见何俊卿

K

康缙　1864.3.27

康模　1864.3.27

柯湖子　见李慈铭

克根木督　1863.12.6

肯夫　见朱逌然

孔继涑　1863.9.21

孔宪彝(绣山)　1863.9.21

奎印甫　1863.9.9

昆冈　1863.6.13;1864.3.27,8.6

L

骓　见杨家骓

兰谷　见陈桂堂

兰卿　1864.9.10

兰生　1864.11.2

兰荪　1863.12.4;1864.11.18

兰香　1863.6.28

蓝承瀛(蓝鹿苹、鹿苹)　1864.8.3,
　8.5,8.12,8.14

蓝鹿苹　见蓝承瀛

蓝仁得　1863.12.17

懒仙　1863.11.9

乐嗣经　见乐镇

乐镇(乐嗣经)　1864.7.31

黎炳森　1863.10.7

黎勉基　1863.12.7

黎培敬　1864.9.3

礼耕　见王礼耕

李鉴泉(鉴泉)　1863.12.12;1864.
　3.1,3.5,7.13;1865.2.12,2.13

李邦达　1864.5.4

李邦永　1864.1.18

李葆恩(李咏裳)　1863.6.17

李朝斌　1863.12.15;1864.4.9

李臣典　1864.7.25

李莼客　见李慈铭

李慈铭(李莼客、莼客、莼老、柯湖子)
　1863.9.30,10.12,10.19,10.
　25,10.28,11.1,11.17,12.31;
　1864.1.11,2.18,4.14,4.15,4.
　16,5.13,6.2,7.6,7.9,7.11,7.
　12,9.6,10.11,10.27,11.2,12.1;
　1865.1.8,2.6,2.16,2.19,3.3,4.
　14,5.30

李德亨　1864.4.27

李芳柳　1865.3.7

李镐(李仲京)　1864.1.25,2.18

李鹤章　1863.12.27;1864.5.21

李恒嵩　1863.12.15

李鸿达　1865.7.6

李鸿章　1863.12.6,12.7,12.15,
　12.27;1864.1.11,1.18,2.2,2.
　12,3.2,3.21,4.9,4.10,4.11,5.
　21,7.14,9.8;1865.5.25

李虎峰　见李如松

李莲水　见李濂

李廉水　见李濂

李廉兄　见李濂

李濂（李濂水、李廉水、廉水、李廉兄、李莲水、莲水）　1863.6.17,6.19,6.24,6.27,6.30,7.15,7.18,8.9,8.10,8.27,8.29,9.19,11.9,11.11,11.13,11.21,11.23,11.30,12.3,12.4,12.9,12.14,12.26；1864.1.12,1.14,1.17,1.21,1.28,2.21,3.3,3.10,3.12,3.26,4.17,5.8,5.23,6.2,6.23,7.6,7.12,8.14,8.16,10.3,10.11

李濂水　见李濂

李瀹泉　1863.8.31

李明魁　1863.12.17

李南华　1863.12.15

李庆元　1864.3.27

李衢亨　1865.6.10

李如莲（李逸仙）　1864.6.4

李如松（李虎峰）　1864.12.31；1865.3.19

李汝弼　1864.3.27

李善初　1864.3.17

李芍洲　见李宪章

李士彬　1865.7.6

李棠阶　1864.3.2,9.8；1865.6.8

李文森　1863.6.13

李霞城　1864.4.20,7.27

李宪章（李芍洲、芍洲）　1863.6.13,

8.3,9.8,10.11,12.28,12.30；1864.1.5,3.26,3.27

李心阶（心阶）　1864.5.6,6.12

李秀成　1863.12.15

李绪昌　1865.7.6

李续宜　1863.12.28

李耀奎　1865.3.7

李耀南　1864.5.4

李逸仙　见李如莲

李咏裳　见李葆恩

李友鹤　1864.5.11

李祉　1864.9.8

李仲京　见李镐

李助发　1863.12.15

李子清　1863.11.13

李祖光　1863.6.13

理　见杨泰亨

丽生　1863.12.6

励藩清（励听和、听和）　1864.8.14,10.4

励听和　见励藩清

连升　1863.12.4

连书樵　见连自华

连喜　1863.12.6

连自华（连书樵）　1865.4.22,7.1

莲水　见李濂

廉水　见李濂

梁恩问　1864.3.27

梁美材　1864.7.25

梁肇煌　1864.7.9

廖毂士　1863.9.12

廖坤培　1863.6.13

林达泉(林海岩、海岩)　1864.1.10,
　1.11,6.4

林德清(林老五)　1864.10.28

林鼎臣　见林铸贤

林海岩　见林达泉

林辉叔　1864.8.15

林家江(林雪樵)1864.6.4

林老五　见林德清

林梁材　1865.6.10

林烈妇李氏　1864.4.14

林庆贻　1865.4.1

林天龄　1863.6.13；1864.9.8；
　1865.6.21

林雪樵　见林家江

林镛　1864.3.27

林铸贤(林鼎臣)　1865.3.25

林子陶(子陶)　1865.7.19,8.1,8.5

麟洲　见张翊俊

灵桂　1863.7.7

凌春波　见凌鸿藻

凌定甫　见凌忠镇

凌行均(凌韵士、韵士)　1863.6.10,
　6.13,6.24,7.16,8.15,9.9,9.19,
　9.27,9.30,10.27,11.15,12.23；
　1864.1.26,4.30,5.23,8.16,10.
　3,10.27；1865.2.10,2.28,4.14,

4.22,6.29,7.3,8.7

凌行堂(凌子廉、子廉)　1863.6.13,
6.16,6.18,6.21,6.22,6.24,7.8,
7.15,7.27,7.31,8.14,8.17,8.
22,9.2,9.9,9.19,9.30,10.14,
11.7,11.15,12.2,12.18,12.19,
12.23；1864.1.1,1.2,1.22,1.30,
2.5,2.7,2.20,2.29,3.5,3.18,3.
21,3.26,3.27,4.16,4.25,5.7,5.
10,5.23,6.2,6.3,6.4,6.7,6.17,
7.24,8.16,10.3,10.27,12.6,12.
7,12.9；1865.1.7,4.22,7.24,7.
25,8.1,8.7,8.13

凌鸿藻(凌春波、春波)　1863.6.10,
6.24,6.27,7.18,7.30,8.4,8.7,
8.28,8.29,8.30,8.31,9.3,9.19,
10.10,10.27,11.11,11.12,11.
15,11.26,11.28,12.3,12.4,12.
9,12.20；1864.1.6,1.9,1.12,1.
14,1.20,1.21,1.22,1.24,1.28,
2.21,2.23,2.25,2.26,3.4,3.10,
3.11,3.26,4.2,5.11,5.23,6.7,
7.12,7.31,8.17,9.5,9.22,10.4；
1865.1.30,2.13,2.27,3.2,3.6,
3.11,3.25,4.21

凌鸿章　1864.7.31

凌年伯母　1863.11.15

凌韵士　见凌行均

凌忠镇(凌定甫、定甫)　1863.6.19,

6. 27，7. 18，7. 24，8. 11，8. 22，8.
23，9. 4，9. 19，10. 10，10. 15，10.
16；1865. 3. 14，3. 15，3. 16，3. 25，
4. 16，4. 21，4. 28

凌子廉　见凌行堂

菱舟　1864. 12. 20

刘赐龄　1865. 7. 29

刘恩溥　1864. 3. 27；1865. 3. 7

刘古山　见刘堃

刘光明　1864. 9. 29

刘涆年　1865. 4. 1

刘涆焴（刘星岑、星岑）　1863. 8. 6，
8. 12；1864，1. 8，2. 16，5. 15，7. 6，
9. 14，10. 21，11. 16，12. 6，12. 10，
12. 14；1865. 1. 14，2. 20，3. 7，7. 28

刘瀚　1864. 4. 26

刘既堂（既堂）　1863. 10. 10；1864.
5. 11，8. 17

刘继堂（继堂）　1863. 11. 30，12. 3，
12. 4，12. 9；1864. 1. 28，2. 21，3.
10，3. 11

刘崐　1864. 10. 23

刘堃（刘古山）　1863. 10. 14

刘锟　1864. 7. 31

刘连捷　1864. 7. 25

刘明澄　1864. 5. 4

刘铭传　1864. 5. 21

刘瑞祺　1863. 6. 13；1864. 9. 8

刘士奇　1863. 12. 15；1864. 4. 9，

5. 21

刘松山　1863. 12. 17

刘五　1864. 6. 7

刘熙载　1864. 3. 18，9. 3

刘庠　1865. 3. 7

刘星岑　见刘涆焴

刘郇膏　1865. 5. 25

刘蔗泉　1863. 10. 7

刘振禾　1864. 3. 27

柳门　见陶甄

龙湛霖　1863. 6. 13

楼次园　1865. 6. 17

楼玉圃　见楼誉普

楼誉普（楼玉圃、玉圃）　1863. 6. 20，
7. 9. 7. 14，8. 3，8. 16，8. 28，9. 8

楼豫斋　1863. 8. 31

卢镐　1864. 12. 2

卢华胜　1864. 9. 29

卢士杰　1865. 4. 1

鲁芝　1865. 4. 14

陆秉枢（陆梅生）　1864. 2. 1

陆鸿达（陆恂友）　1863. 10. 10；
1864. 1. 5，1. 26；1865. 3. 2

陆梅生　见陆秉枢

陆廷黻（陆霞、陆渔笙）　1863. 12.
25；1864. 7. 31，8. 14，9. 22，10. 10，
12. 12

陆霞　见陆廷黻

陆恂友　见陆鸿达

陆渔笙　见陆廷戳

陆云书(陆篆仙)　1865.3.25

陆篆仙　见陆云书

鹿传霖　1863.6.13

鹿苹　见蓝承瀛

纶言　见罗朝宣

罗朝宣(罗纶言、罗纶翁、纶言)
　1863.8.12,8.14,9.5,12.11,12.
　20;1864.3.17,3.23,4.13,5.23,
　7.19,7.30,11.18,11.19,11.24,
　12.6,12.9,12.10;1865.2.7,2.
　12,2.21,3.15,3.18,3.20,4.16,
　4.19,7.13,7.18

罗大春　1864.5.4,9.29

罗惇衍(罗椒生)　1864.1.1,9.8

罗荣　1864.3.27

罗逢元　1864.7.25

罗椒生　见罗惇衍

罗纶翁　见罗朝宣

罗纶言　见罗朝宣

罗云峰(云峰)　1863.12.11,12.20;
　1864.3.1,3.12,4.20,7.27,7.30,
　10.18,11.18;1865.1.2,1.13,2.
　1,2.7

骆文蔚(骆月樵)　1863.9.28;1864.
　1.11,2.18

骆月樵　见骆文蔚

吕保椿　1864.12.21

吕朝瑞　1864.9.3

吕鼎臣　见吕铭

吕铭(吕鼎臣)　1865.4.22

侣皋　1864.12.10

M

马传煦(马春阳)　1863.7.13,10.
　14;1864.2.18

马春阳　见马传煦

马德风　1865.2.4,2.6

马恩培(马植轩)　1865.3.19,5.5

马焕卿　见马文华

马觐光　见马廷概

马仁山　1864.12.9

马世叔　见马子奇

马廷概(马觐光)　1864.8.12,8.14,
　10.10;1865.1.11,1.18,1.20,1.
　30,2.2,2.6,2.9,2.10,2.11,2.
　14,3.8,3.15,3.25,4.28

马廷械(马子桢、子桢)　1863.6.24,
　7.16,9.19,9.30,11.15,12.2;
　1864.4.30,5.6,5.23,8.16;1865.
　1.11,1.18,1.20,1.30,2.2,2.6,
　2.9,2.10,2.11,2.14,2.24,3.8,
　3.15,3.25,4.28

马文华(马焕卿、焕卿)　1863.6.14,
　6.17,6.25,7.5,7.10,7.13,7.27,
　8.16,8.26,8.27,9.5,9.23,10.
　14,12.8,12.10,12.24;1864.3.
　27,6.2,6.17;1865.4.22,6.14,

6.17

马相如 1863.6.13

马新贻 1865.2.27

马元瑞 1864.9.8

马韵海 1863.6.19

马植轩 见马恩培

马子奇(马世叔) 1864.3.18,3.26；
1865.4.22

马子贞 1863.8.3

马子桢 见马廷械

毛凤纶(毛溪芷、溪芷) 1864.6.7,
7.2,8.14,9.17

毛鸿宾 1864.12.8

毛鸿图 1864.9.8

毛烺 1864.6.2

毛溪芷 见毛凤纶

懋颖 1864.12.12

梅见田 1863.6.11

梅孙 见王卿云

梅艇 见洪倬云

梅五(梅伍) 1863.9.25,11.3,
11.30

梅伍 见梅五

梅仙 见韩葆元

美堂 见姚美堂

梦 1865.7.16

梦香 1863.6.27,10.15,11.3,11.
30,12.6；1864.7.7,7.31,8.28；
1865,2.19

梦湘 1864.11.15；1865.1.1,4.19

梦周 1865.3.20

宓薇卿 见宓祖羲

宓祖羲(宓薇卿、薇卿) 1864.6.30,
7.4,7.7,7.12,7.23,8.14,8.17,
9.2,9.5,9.7,9.16,9.24,10.4,
10.9,10.10,10.11,10.15；1865.
3.24

绵宜 1863.7.13；1865.6.8

苗景开 1863.12.15

苗沛霖 1863.12.15,12.22

苗希年 1863.12.22

珉阶 见谢辅墀

敏生 1864.12.9

铭安 见叶赫那拉·铭安

铭斋 见盛铭斋

冀阶 1864.10.3,10.4；1865.1.19

莫桂先 1864.9.29

牟树棠 1865.3.7

慕慈鹤 见慕荣幹

慕荣幹(慕慈鹤、慕容幹) 1863.9.
5,11.3；1864.2.29；1865.3.7,
3.10

慕容幹 见慕荣幹

穆管香 见穆经荣

穆经荣(穆管香) 1864.8.14

穆荫 1864.12.11

N

南铭 1864.12.30

1865.7.21

祁世长　1864.6.19

祁相国春圃　见祁寯藻

岐丰　1864.4.4

企三　见赵有涛

企山　见赵有涛

企云　见郑企云

启秀　1865.7.6

钱宝清（钱雅琴）　1863.12.29

钱岱雨　1865.2.27

钱登卿　见钱赞

钱惇卿　见钱赞

钱敦卿　见钱赞

钱厚庵　1864.5.23

钱继勋（钱莘伯）　1865.4.22

钱稼秋（钱瑞生）　1865.7.10

钱铭书（钱西尊、钱西箴、西尊、西箴）
　　1864，6.29、6.30、7.2、7.7、7.
　　12，7.13、7.22、7.23、7.24、7.25、
　　8.12、8.14、8.17、8.27、8.28、9.6、
　　9.7、9.16、9.17，

钱卿藻　1863.8.25

钱瑞生　见钱稼秋

钱莘伯　见钱继勋

钱西箴　见钱铭书

钱西尊　见钱铭书

钱雅琴　见钱宝清

钱赞（钱登卿、钱惇卿、钱敦卿）
　　1863.8.28，9.5，9.28，10.1；1864.

11.8

倩云　1863.9.25，10.15；1864.11.
　　2；1865.2.7

樵孙　见董学履

巧林　1864.7.31

巧伶　1863.11.30

秦丙南　1864.5.23，9.17

秦老隆　1863.9.19

秦隆翁　1863.11.15

秦士美（秦思泉、秦思翁）　1863.8.
　　2，8.9，8.13，8.14，8.27，9.7，9.8

秦思泉　见秦士美

琴伯　见赵家薰

琴香　1863.6.27，10.15，11.30，12.
　　3；1864.7.6，7.7，7.24，7.31，11.
　　15；1865.2.6，3.16，4.19，7.18

琴兄　见赵家薰

清甫　见陈守湜

庆升　1863.11.1

秋芙　1865.7.18

秋航和尚　1863.8.31，9.3

秋宇　见徐锦华

裘禾村　见裘性宗

裘升权（裘心泉）　1865.3.25

裘五权（裘惺莲、裘星莲）　1865.3.
　　25，7.4

裘心传　1864.4.4

裘心泉　见裘升权

裘星莲　见裘五权

裘惺莲　见裘五权

裘性宗（裘禾村）　1865.3.25

屈秋泰　1865.6.10

渠卿　见陈汉镇

蕖卿　见陈汉镇

全霖　1864.3.27

全庆（全小汀）　1863.9.9；1865.6.
　8,6.21

全小汀　见全庆

全祖望（谢山全氏）　1864.12.2

R

饶筠圃　见饶世贞

饶世贞（饶筠圃）　1863.7.19,7.31

戎维棠　1865.1.17

蓉舟　见盛植型

蓉洲　见盛植型

阮元（阮芸台）　1864.5.10

阮芸台　见阮元

蕤香　见王赓华

瑞常（瑞中堂）　1863.7.20；1864.2.
　8,9.8,10.31；1865.5.26,6.8

瑞兰　1864.8.28

瑞堂　见朱瑞堂

瑞亭　1865.3.5

瑞中堂　见瑞常

润翁　1864.6.8

S

三伯　1864.2.13

桑春荣　1863.7.13；1865.4.1

桑春桑　1865.6.8

桑座师　1865.5.28

僧格林沁　1863.12.15,12.22；
　1864.6.5,11.21；1865.5.25

珊梅　见周毓麟

珊士　见陈寿祺

单恩溥　1864.12.21

单少帆　见单文楷

单文楷（单少帆）　1865.4.22

善倬　见张岳年

芍洲　见李宪章

少庵　见朱宝林

少伯　见金曰修

少鹿　1865.1.4

少山　见周咏

少仙太年伯　1863.8.25

少虞　见朱丙寿

邵铎　1864.12.2

邵毅人　见邵允昌

邵洪　1864.12.2

邵基　1864.12.2

邵炯德（邵朗轩）　1865.3.19,3.25

邵朗轩　见邵炯德

邵茗仙　见邵文煦

邵文煦（邵茗仙）　1863.8.12

邵信甫　见邵懿瑞

邵懿瑞（邵信甫）　1863.7.10,8.23；
　1865.6.17

孙诒经（孙子授）　1863.6.13,7.27,
　8.13,8.28,12.25；1864.1.21；
　1865.4.1,6.17
孙翼谋　1864.6.19
孙咏仙　见孙颂清
孙予恬　1863.10.7；1865.4.14
孙毓汶　1863.6.13；1864.9.8；
　1865.6.21
孙子授　见孙诒经
孙竹林　1864.1.25
所忠　1865.3.1

T

泰亨　见杨泰亨
谭钧培　1863.6.13；1864.9.8
谭韶甫　1864.8.28
谭绍洸　1863.12.15
谭体元　1864.9.29
谭廷襄　1865.4.1,6.8
谭座师　1865.5.27
汤鼎熺（汤章甫）　1864.10.24,10.
　27；1865.4.22
汤桂风　1863.12.17
汤章甫　见汤鼎熺
唐根石　见唐壬森
唐国翰　1863.6.13
唐壬森（唐根石）　1864.1.5
唐蓉石　1864.5.30
唐训方　1863.12.15；1864.5.5

陶桓公　见陶侃
陶侃（陶桓公）　1863.6.11
陶柳门　见陶甄
陶茂林　1865.3.23
陶生林　1865.3.23
陶甄（陶柳门、柳门）　1863.10.10；
　1864.1.26,3.26,6.27,8.12,9.
　25,9.26
天保　1863.6.27；1864.7.6
田大武　1865.3.4
田厚坤　见田堉增
田某　1864.11.18；1865.1.28
田壬霖　1863.9.14
田堉增（田厚坤、厚坤）　1863.12.
　22；1864.7.5,7.6；1865.3.19
听和　见励藩清
同拶奎　1863.6.13
桐甫　见沈淮
童秉厚（芝田）　1864.5.23,8.14,
　9.6
童承载　1864.4.28
童澄斋　1864.4.3
童春（童竹珊、童竹山、童琢珊、童琢
　兄、竹珊、竹山、琢珊、竹、琢）
　1863.6.10,6.23,6.24,6.27,7.
　13,7.18,7.24,8.9,8.20,8.28,8.
　30,8.31,9.16,9.19,9.20,10.4,
　10.10,10.15,10.20,10.23,10.
　27,11.3,11.11,11.15,11.21,11.

22,11. 23,11. 28,11. 30,12. 3,12. 4,12. 6,12. 9,12. 12,12. 14,12. 17,12. 19,12. 20,12. 27,12. 29；1864. 1. 1,1. 6,1. 9,1. 11,1. 12,1. 14,1. 17,1. 18,1. 20,1. 21,1. 22,1. 25,1. 28,1. 29,2. 1,2. 7,2. 10,2. 11,2. 19,2. 21,2. 23,2. 25,2. 26,3. 1,3. 5,3. 10,3. 11,3. 12,3. 17,3. 26,4. 16,4. 17,4. 20,4. 25,5. 2,5. 7,5. 8,5. 23,6. 3,6. 7,6. 15,6. 16,6. 23,7. 7,7. 12,7. 22,7. 23,7. 24,7. 31,8. 16,8. 17,10. 3,10. 4,10. 9,10. 10,10. 27,11. 3,11. 4,11. 15,11. 18,11. 24,12. 6,12. 9,12. 10,12. 13,12. 14,12. 23；1865. 1. 1,1. 7,1. 8,1. 15,1. 16,1. 18,1. 19,1. 20,1. 21,1. 27,1. 30,2. 1,2. 2,2. 7,2. 9,2. 10,2. 12,2. 13,2. 19,2. 21,3. 3,3. 8,3. 14,3. 15,3. 16,3. 19,3. 20,3. 25,3. 31,4. 14,4. 16,4. 19,4. 21,6. 15,6. 23,6. 25,6. 30,7. 8

童春海　见童恩

童纯舫　见童会

童德厚(童玉庭、玉庭、玉廷)　1864. 5. 23,8. 14,9. 6；1965. 2. 14

童恩(童春海、童春翁、春海)　1863. 6. 24,7. 13,8. 1,8. 16,9. 7,9. 11,9. 17,10. 24,11. 15,11. 22,12. 19,

12. 23,12. 30；1864. 1. 7,1. 8,2. 6,2. 27,3. 5,3. 19,3. 20,3. 21,3. 24

童坊(童耕叔、耕叔)　1863. 7. 8,9. 19,11. 11,11. 15；1864. 1. 21,3. 5,3. 22,5. 23,6. 2,6. 18,8. 16,11. 24；1865. 1. 7,1. 11,2. 2,8. 1

童耕叔　见童坊

童华(童薇研、童薇翁、薇研、薇妍、薇翁)　1863. 6. 17,7. 8,7. 15,7. 16,8. 1,8. 21,9. 6,9. 19,10. 25,11. 1,11. 15,11. 22；1864. 1. 18,2. 11,3. 5,5. 20,5. 23,6. 27,7. 7,8. 6,8. 16,11. 2,11. 6；1865. 1. 5,1. 7,1. 15,1. 19,2. 2,2. 10,4. 23,6. 2,6. 26,8. 6

童会(童纯舫、纯舫)　1863. 11. 14,11. 15,11. 22；1864. 1. 18,2. 22,3. 5,5. 8,5. 23,7. 6,8. 14,8. 16,10. 3

童蕙湘　见童可常

童介山　1864. 4. 4

童可常(童蕙湘、蕙湘)　1863. 9. 19,11. 15；1864. 1. 2,4. 18,5. 23,6. 2,6. 15,6. 16,6. 18,11. 19,11. 24,12. 6；1865. 1. 7,1. 9,1. 15,1. 19,2. 2,2. 19,2. 21,2. 25

童可翁　1863. 11. 13

童升伯(升伯)　1863. 11. 15；1864. 5. 23,6. 2,6. 16,8. 16,11. 24,12. 6；1865. 8. 1

童薇翁　见童华

童薇研　见童华

童小槃（小槃）　1863.10.14,11.15；
　1864.8.16,10.3；1865.2.2,3.31，
　8.1

童小磐　1864.5.23

童玉庭　见童德厚

童毓英　1863.6.13

童竹山　见童春

童竹珊　见童春

童琢珊　见童春

童琢兄　见童春

屠凫园　1864.12.2

万藕舲　见万青藜

万青藜（万藕舲、万师）　1863.6.19，
　6.24,7.7；1864.1.1,2.4,6.7；
　1865.1.24,5.28

万师　见万青藜

汪□□　1864.5.5

汪保发　1863.12.17

汪曾本（汪子养）　1863.9.23

汪朝棨（汪玉森）　1864.1.9,1.23，
　1.27,2.1,2.25,2.27,3.2,4.25，
　5.23,6.17,6.18

汪承恩　1864.3.27

汪丹山　见汪凤述

汪菜（汪诵清）　1863.10.23

汪凤述（汪丹山）　1865.3.19,3.25

汪经　1864.4.26

汪砺臣　见汪世金

汪泉孙　见汪元庆

汪三　见汪元泉

汪芍卿　见汪绶之

汪世金（汪砺臣）　1865.4.22

汪绶之（汪芍卿）　1863.7.10；1864.
　1.8

汪诵清　见汪菜

汪叙畴　1865.6.10

汪彦增　1865.3.2

汪有为　1863.12.15

汪玉森　见汪朝棨

汪元方　1865.6.8

汪元庆（汪泉孙）　1865.7.28

汪元泉（汪三）　1864.5.5

汪正元　1863.6.13

汪子养　见汪曾本

王宝晋（宝晋）　1864.3.17,4.20,5.
　23,7.27；1865.4.14

王宝善（王楚香、楚香）　1863.7.19，
　8.6,8.12；1864.1.23,4.4,5.30，
　7.6,7.21,8.2,10.18,12.17，
　12.23

王琛　1863.6.13

王楚香　见王宝善

王春芳　1863.7.15,7.22,8.25,8.
　30；1865.7.20

王大森（王子竹）　1863.7.29

王大钥　1864.12.21

王道源　1863.6.13

王德容(王九如、九如)　1865.3.24,
　4.13,4.22,7.21

王殿凤　1865.3.7

王鼎　1865.3.4

王朵山(朵山)　1863.11.12,12.6;
　1864.3.22,4.5,4.28,5.5,5.9,5.
　27,6.12,12.26;1865.1.4,1.6,1.
　11,1.21,2.27,2.28,3.18,6.25,
　7.20

王恩培　1864.11.30

王二　1864.11.2

王发桂　1865.6.8

王凤池　1865.6.10

王福保　1863.6.13

王赓华(王葓香、葓香)　1863.7.29;
　1864.11.26

王贵　1865.7.10

王吉人　见王维嘉

王家壁　1863.6.11

王嘉祥　1864.7.9

王锦全　1864.6.27

王菁士　见王兰孙

王景全　1864.7.27

王镜泉(镜泉)　1864.8.7;1865.3.
　20,6.10,6.25

王镜逸　见王儆

王九如　见王德容

王夔石　见王文韶

王埜(王小铁、小铁)　1863.8.31;
　1864.12.16;1865.1.10

王兰孙(王菁士)　1865.3.25

王礼本　1864.4.28

王礼耕　1863.9.26;1864.2.27,5.
　24,6.13

王礼堂　1863.7.10,7.22

王烈妇孙氏　1864.4.14

王柳堂　1864.5.13

王盼云(盼云)　1864.7.12;1865.
　1.1

王沛然（王沛翁）　1863.10.14;
　1864.4.8,4.28,10.2

王沛翁　见王沛然

王祺海　1864.6.9

王起(王砚香、砚香)　1863.9.4,9.
　16,9.20,11.9

王器成　1864.3.27

王卿云(梅孙)　1865.4.13

王庆祺　1865.4.1

王庆元　1863.12.7

王蕖　1864.7.9

王葓香　见王赓华

王闰翁　1864.5.5

王珊　1864.3.27,7.9

王升　1864.7.9

王师曾　1865.4.1

王守成（守成）　1864.4.4;1865.
　4.12

王思沂（王与轩）　1864.1.2

王松龄（王濬卿、濬卿）　1864.3.22，
　4.6,6.2,8.14;1865.2.15

王通元　1863.7.22

王桐　1863.6.13;1864.3.27

王万清　1863.12.15

王维嘉（王吉人）　1863.7.9,11.9,
　11.30;1864.2.26,4.5,7.2

王文韶（王夔石）　1863.9.28

王锡驯　1864.3.6

王小铁　见王堃

王俲（王镜逸）　1864.6.4

王昕　1863.6.13;1865.4.1

王训导庆恩女　1864.4.14

王砚香　见王起

王荫丰　1863.6.13

王引孙　1864.5.9

王饮之　1863.9.12

王膺之　见王允美

王映斗　1864.9.3

王永胜　1864.4.9,5.21

王友梅（友梅）　1863.10.29;1864.
　10.16;1865.5.3

王酉卿（酉卿）　1864.6.7,7.24,7.
　27,10.18,11.19

王雯艿（王玉书、雯艿）　1864.3.6,
　6.15,7.8,7.9,7.12,7.13,7.17,
　7.23,7.24,7.25,8.5,8.15,8.30,
　8.31,11.4,11.21;1865.3.7,7.11

王虞亭　1863.12.28;1865.7.20

王与轩　见王思沂

王玉书　见王雯艿

王允美（王膺之）　1864.7.6,8.5

王允谦　1863.6.13

王允善　1864.3.27

王兆兰　1865.4.1

王之翰　1864.8.6

王子弼　1863.12.17

王子竹　见王大森

望云　1865.6.28

薇卿　见宓祖羲

薇翁　见童华

薇妍　见童华

薇研　见童华

韦业祥　1865.7.6

韦瑛　1865.3.7

维屏　见陈维屏

味莲　见朱逌然

渭生　1864.12.27

魏乃勳（魏吟舫）　1863.8.8,8.12

魏三少麓　见魏少麓

魏少麓（魏三少麓）　1865.3.14,
　6.25

魏廷荣　1864.1.28

魏熙元（魏玉岩）　1865.4.22

魏吟舫　见魏乃勳

魏应升　1864.12.12

魏玉岩　见魏熙元

伍维寿　1863.7.25

武隆阿　1865.3.4

武丕化（武雨生）　1864.6.4

武雨生　见武丕化

文奎　1865.3.11

X

西垣　1864.12.20

西簏　见钱铭书

西尊　见钱铭书

溪芷　见毛凤纶

习之　见杨习之

喜禄　1864.11.15

夏同善（夏子松）　1863.11.1,11.26,12.10

夏子松　见夏同善

仙舟　见郑翰

仙洲　见郑翰

香谷　见叶炯

香士　见赵香士

湘屏　1863.6.27

项安世　1864.4.26

项大英　1864.5.11

项平甫　1864.4.27

萧孚泗　1864.7.25

萧庆衍　1864.7.25

萧廷滋　1864.3.27

小白子　1865.1.1

小峰　见杨钰

小凤　1863.12.3

小筠　见俞斯瑁

小兰　1864.11.18

小侬　1863.6.30

小槃　见童小槃

小浦　见郑遐年

小卿　1864.2.25,11.2

小泉　见孙小泉

小山　1864.11.25

小铁　见王堃

小园　见杨小园

小云　见徐用仪

小竹　见郑芳圭

晓沧　见冯栻

晓村　1865.3.21

晓湖　见沈晓湖

筱筠　见俞斯瑁

筱云　见俞斯瑁

谢尺瑚　见谢辅缨

谢尺兄　见谢辅缨

谢叠山　见谢枋得

谢枋得（谢叠山）　1863.6.24

谢辅墀（谢珉阶、珉阶）　1865.1.11,1.12,1.21,1.27,1.30,2.8,6.6

谢辅坫（谢鞠堂、谢菊堂、鞠堂、菊堂）　1863.11.14,11.15,11.22,11.23,11.28,12.3,12.4,12.9,12.12,12.13,12.14,12.20,12.21,12.23,12.25,12.28,12.30,12.

8.27，8.28，8.30，9.23，9.26，9.
28，10.1；1864.5.4

徐景轼　1864.9.8

徐穆芗　见徐文瀚

徐钦鎏（徐枕山）　1864.8.18，8.19

徐秋翁　见徐锦华

徐秋兄　见徐锦华

徐秋宇　见徐锦华

徐士銮　1864.3.27

徐世标　1864.5.26

徐世英（徐子华、子华）　1863.12.9，
12.13，12.17，12.20；1864.1.6，1.
13，3.17，4.27，5.14，7.27，10.17；
1865.1.18，2.7，2.12，2.17，4.19，
7.20

徐似道　1864.4.26

徐汀鸥　1864.3.6

徐桐　1864.9.8；1865.3.2，6.21

徐文瀚（徐穆芗）　1865.4.22

徐小云　见徐用仪

徐延祺（徐子寿、徐祉受、徐子授、子
寿）　1863.7.19，7.31，8.6，10.
22，11.27，12.22；1864.1.10，5.
30，7.6，7.30，8.2，11.8，11.17；
1865.1.10，3.19

徐瀛　1864.4.2

徐用仪（徐小云、小云）　1863.9.28；
1864.10.13，11.26；1865.8.2，8.3

徐兆勋（徐充之）　1864.6.4

徐肇珥　1863.6.13

徐枕山　见徐钦鎏

徐祉受　见徐延祺

徐子华　见徐世英

徐子寿　见徐延祺

徐子授　见徐延祺

许　见许庚身

许滇生　1864.5.23

许端甫　见许缙

许庚身（许星叔、许、星叔）　1863.7.
20，7.25，8.6，8.8；1864.1.9，5.
23，6.9，7.6，8.30；1865.4.1

许季仁（许善长）　1863.8.6

许缙（许端甫）　1865.7.17

许彭寿　1864.9.11

许其光　1865.6.21

许善长　见许季仁

许星叔　见许庚身

许瑶光　1865.3.22

许业香　1865.6.21

许云发　1864.7.25

叙伯　1864.5.23，10.10，12.9

绚老　见郑绚

绚云　1863.6.27，11.30，12.3，12.
6；1864.7.6，7.7，7.31；1865.2.19

薛德恩　1865.6.10

薛焕（薛琴堂）　1864.1.1

薛琴堂　见薛焕

薛斯来　1863.6.13；1865.4.1

14,6. 20,6. 25,6. 30,7. 13,8. 9,8.
10,8. 16,8. 17,9. 19;1864. 4. 1,4.
22,5. 11,7. 6,8. 21

杨遇春　1865. 3. 4

杨沅　1864. 7. 9

杨岳斌　1864. 6. 12,7. 25;1865. 3. 2

杨云舫　见杨焕章

杨芸桂　1864. 5. 4

杨贞女　1863. 12. 15;1864. 4. 14

杨周氏　1864. 7. 9

杨子和　1864. 7. 31

养珊　见陈养珊

姚步瀛　1865. 6. 10

姚广武　1863. 12. 15

姚美堂(美堂)　1863. 6. 29,9. 20,
10. 12

姚密斋　1865. 7. 7,7. 11

姚孺人　1864. 12. 12

姚守信　1865. 7. 20

姚守性　1863. 7. 20;1864. 2. 1

姚彦士　1865. 4. 14

叶菜田　1864. 8. 13

叶初芳　1864. 1. 21,1. 28

叶帆　见倪杰

叶观光(叶亦宾)　1864. 6. 4

叶赫那拉·铭安(铭安)　1864. 8. 6

叶金龄　1864. 4. 14

叶炯(叶香谷、叶芎谷、香谷)　1863.
11. 29,11. 30,12. 3,12. 6,12. 9,

12. 14,12. 17,12. 19,12. 20,12.
23,12. 27;1864. 1. 6,1. 9,1. 13,1.
14,1. 20

叶礼南　1864. 4. 4

叶烈扬　1864. 7. 9

叶守矩　1864. 3. 16

叶芎谷　见叶炯

叶香谷　见叶炯

叶亦宾　见叶观光

叶毓桐　1864. 4. 12

伊勒东阿　1865. 3. 4

仪仙　1864. 7. 24,7. 31,8. 28,11. 2;
1865. 3. 16,7. 18

宜绶　1863. 6. 13;1864. 3. 27,9. 8

宜振　1864. 9. 3

易开俊　1863. 12. 3,12. 17

易子彬　1865. 6. 10

弈斋嵩　1864. 3. 14

殷宏畴　1864. 11. 2

殷兆镛　1864. 6. 9,8. 6;1865. 6. 8

吟伯　见张家甫

吟香　见方魁

尹德欢　1863. 7. 22

尹德辉　1864. 8. 7

尹绍甫　1863. 6. 13

尹湜轩　1865. 4. 14

英翰　1863. 12. 15

英启　1864. 3. 27

英卓　1864. 3. 27

玉森　见汪朝棨

玉廷　见童德厚

玉庭　见童德厚

玉喜　1864.11.2；1865.2.6

郁德培　1864.7.10

毓禄　1865.6.8

袁伯鸿　1863.10.29；1864.10.7

袁春帆　1864.5.28，7.6

袁少簹　1864.6.30

袁韫山　1864.4.25

悦堂　见姜烜

云舫　见陈汧

云峰　见罗云峰

云琴　见蒲贵和

云台　见顾邦瑞

云轩　1863.9.15

耘圃　1863.10.14

允中　见范宰执

恽杏耘　见恽祖诒

恽祖诒（恽杏耘）　1863.3.27；1864.
　11.8；1865.1.10

Z

在玥　见翁在玥

臧峻峰　见臧锡钧

臧锡钧（臧峻峰）　1863.6.20

皂保　1863.7.7；1864.5.21

曾国藩（曾帅、涤生）　1863.6.11，
　11.2，12.3，12.15，12.17；1864.1.

17，3.2，5.11，7.25，8.1，10.22，
　12.8；1865.3.13，5.25

曾国荃　1864.7.25

曾帅　见曾国藩

曾源　1863.6.10

翟本邦　1863.5.11

詹起纶　1863.12.15

张伯　1864.6.17

张从龙　1863.12.15

张房农　见张兴留

张茞　1864.4.4

张福　1863.12.15

张功甫　见张镒

张功父　见张镒

张光太　1863.12.15

张鸿远　1863.6.13

张济浩（张养吾）　1865.3.25，4.22

张家甫（张吟伯、吟伯）　1864.8.14，
　8.17，8.31

张家驹（张千里）　1863.11.13；
　1864.5.23

张家骧（张子腾、子腾）　1863.6.13，
　6.14，6.24，6.27，6.30；1864.4.
　16，4.20，5.7，5.23，8.16，9.14，
　10.3，11.19，11.25，12.6，12.13；
　1865.1.14，1.21，1.22，2.2，2.10，
　4.14，4.23

张嘉桢（张子舟）　1863.6.16

张建猷　1863.12.15，12.22

张杰　1865.6.10

张晋祺　1864.6.19

张景渠　1864.3.6

张菊潭　1863.9.9

张联第　1864.3.27

张良臣　1864.4.26

张良璋　1863.6.13

张亮基　1864.11.26

张麟洲　见张翊俊

张其藻　1864.5.2

张千里　见张家驹

张慎斋　1864.12.13

张胜禄　1863.12.17

张诗农　见张祥和

张诗日　1864.7.25

张释之　1865.3.1

张树声　1863.12.27

张祥和(张诗农)　1865.7.21

张兴留(张房农、房农)　1863.9.5;
　1864.8.6,8.7,12.20;1865.2.5

张养吾　见张济浩

张翊俊(张麟洲、麟洲)　1863.6.10,
　6.17,6.25,6.27,7.18,8.18,8.22

张吟伯　见张家甫

张瀛　1864.9.8

张遇春　1863.12.15

张岳年(善倬、张竹晨、竹晨)　1863.
　6.24,9.3,9.19,10.24,11.13,12.
　14,12.16,12.27;1864.4.18,11.

6,11.7;1865.1.1,2.10,3.25

张照　1864.4.6

张之洞　1863.6.10;1864.5.23

张忠玉　1864.12.12

张竹晨　见张岳年

张卓人　1863.11.15

张卓翁　1863.8.27

张镃(张功甫、张功父)　1864.4.26,
　4.27

张子久　1864.6.8

张子腾　见张家骧

张子舟　见张嘉桢

章鳌(章蕣卿)　1864.8.14,8.17;
　1864.7.31,10.10

章蕣卿　见章鳌

章绅　1865.3.7

章太宜人　1863.9.16,9.19

章夏谟(章禹钧)　1865.4.22

章禹钧　见章夏谟

章育瑜(章子玉、子玉)　1864.5.11,
　6.30;1865.3.19,3.25,4.13,4.22

章鋆　1864.6.1,9.3

章芝玉(芝玉)　1865.6.1,6.21,7.
　2,7.14

章子玉　见章育瑜

赵炳章琴伯　1864.8.14

赵粹甫　见赵佑宸

赵粹翁　见赵佑宸

赵蕃　1864.4.26

13,7.22,7.27,11.15;1865.1.1,
1.15,1.18,6.23,7.13

周友檀(周卓园)　1863.8.6,8.8

周裕如(周石珊)　1865.4.22

周毓岱(周子青、子青)　1865.3.25,
6.26,6.27,7.14,7.19,7.31,8.1

周毓麟(周晋麟、周珊梅、珊梅)
1864.6.2,6.7,7.3,7.13,7.22,7.
30,8.14,9.17

周云裳　见周孙锦

周允臣　1864.11.2

周珍金　1863.12.17

周芝台　1864.5.23

周中堂　见周祖培

周卓园　见周友檀

周子青　见周毓岱

周宗坊　1864.7.31

周祖培(周中堂、周)　1863.7.20,
11.25;1864.11.8;1865.2.8,3.7,
6.8,6.21

朱宝廉　1865.3.4

朱宝林(朱少庵、少庵)　1864.8.23,
10.27,10.28

朱丙寿(朱少虞、少虞)　1865.4.22,
6.26,6.27,7.2,7.9,7.10,7.17,
7.19,7.21,8.1,8.3

朱纯甫　见朱锡安

朱定基(定基)　1863.8.25

朱凤标(朱桐轩)　1863.7.7;1864.

3.27,9.8;1865.6.8

朱和之　1863.9.9

朱洪章　1864.7.25

朱厚川　1865.6.29

朱璜(朱森庭)　1865.7.3

朱久香　见朱兰

朱肯夫　见朱迪然

朱兰(朱久香、久香)　1863.6.17,7.
2,7.17,8.12,8.13,8.25,8.26,9.
9,9.12,9.18;1864.5.9,9.3

朱麟泰(朱子柳)　1865.4.22

朱梦元　1864.8.6

朱南桂　1864.7.25

朱品隆　1863.12.3

朱瑞堂(瑞堂)　1864.10.27,10.28,
11.5,11.29

朱森庭　见朱璜

朱少庵　见朱宝林

朱少虞　见朱丙寿

朱实甫　见朱学笃

朱氏　1863.10.14

朱条梅　1865.6.17

朱桐轩　见朱凤标

朱味莲　见朱迪然

朱锡安(朱纯甫)　1863.8.23;1864.
1.5

朱学笃(朱实甫、房师、实甫夫子)
1865.4.1,5.26,6.9,6.10,8.12

朱迪然(朱肯夫、肯夫、朱味莲、味莲)

1863.6.11,7.13,7.31,8.14,8.16,8.23,8.25,9.2,9.6,9.9,9.12;1864.11.28,11.30,12.7,12.9,12.14,12.27,12.31;1865.1.2,1.12,1.23,2.3,2.4,2.9,3.11,3.17,4.22,4.29,7.9,8.5,8.6,8.8

朱子柳　见朱麟泰

竹　见童春

竹晨　见张岳年

竹山　见童春

竹溪　1863.11.15

卓人　见张卓人/蔡卓人

琢　见童春

琢珊　见童春

琢堂　见陈兆翰

子莪　见何如璋

子华　见徐世英

子莲　1865.4.14

子廉　见凌行堂

子年　见鲍康

子谦　1864.8.30,8.31,10.3,10.10,10.11

子侨　见郑金文

子青　见周毓岱

子卿　见方子卿

子寿　见徐延祺

子陶　见林子陶

子腾　见张家骧

子玉　见章育瑜

子贞　1863.7.15

子桢　见马廷械

左制军　见左宗棠

左宗棠（左制军）　1863.10.19,11.22,12.25;1864.3.2,3.6,3.28,4.11,4.19,5.2,5.4,11.13,12.8;1865.1.2,2.27

《中国近现代稀见史料丛刊》已出书目